# LONGAS LÂMINAS

Irvine Welsh

# LONGAS LÂMINAS

Tradução de Rogério Galindo

Rocco

Título original
THE LONG KNIVES

*Copyright* © Irvine Welsh, 2022

Primeira publicação em 2022 por Jonathan Cape, um selo da Vintage.
Vintage faz parte do grupo de empresas Penguin Random House.

O direito de Irvine Welsh de ser identificado
como autor desta obra foi assegurado por ele sob o
Copyright, Designs and Patents Act 1988.

Direitos para a língua portuguesa reservados
com exclusividade para o Brasil à
EDITORA ROCCO LTDA.
Rua Evaristo da Veiga, 65 – 11º andar
Passeio Corporate – Torre 1
20031-040 – Rio de Janeiro – RJ
rocco@rocco.com.br | www.rocco.com.br

*Printed in Brazil*/Impresso no Brasil

Preparação de originais
TIAGO LYRA

---

CIP-BRASIL. CATALOGAÇÃO NA PUBLICAÇÃO
SINDICATO NACIONAL DOS EDITORES DE LIVROS, RJ

W483L

Welsh, Irvine
Longas lâminas / Irvine Welsh ; tradução Rogério Galindo. - 1. ed. - Rio de Janeiro : Rocco, 2023.

Tradução de: The long knives
ISBN 978-65-5532-353-5
ISBN 978-65-5595-199-8 (recurso eletrônico)

1. Ficção escocesa. I. Galindo, Rogério. II. Título.

23-83434
CDD: 828.99113
CDU: 82-3(411)

Meri Gleice Rodrigues de Souza - Bibliotecária - CRB-7/6439

O texto deste livro obedece às normas do
Acordo Ortográfico da Língua Portuguesa.

*Este livro é dedicado ao vívido e imortal espírito de Bradley John Welsh.*

*Uma saudade todos os dias, uma inspiração a cada momento.*

Um adversário é alguém que você quer derrotar. Um inimigo é alguém que você precisa destruir. Com adversários, chegar a um meio-termo é uma virtude: afinal, o adversário de hoje pode ser o aliado de amanhã. Mas, com inimigos, meio-termo é sempre uma conciliação pouco satisfatória.

Nos nossos tempos modernos, estamos perdendo a distinção entre as duas coisas.

PRÓLOGO

Ele está só de cueca. Preso à cadeira de plástico. Os pulsos e os tornozelos com marcas brancas nos lugares onde passa a corda. A pele, apertada e arrepiada, tremendo. Fora a cueca boxer listrada, ele só está vestindo mais uma coisa: o capuz de couro marrom que enfiamos na cabeça dele. Mas agora ele está quieto, enquanto o observo do outro lado do grande depósito vazio. Eu espelho seu silêncio sentado em uma cadeira parecida, de onde o estudo de longe.

Você é sempre um estudante. Neste jogo, assim como na vida, não existe conhecimento absoluto. Você só pode contar com suas próprias experiências, com o que você observa e infere usando seus sentidos, alimentados, se tudo der certo, com um pouco de imaginação. E, óbvio, com a qualidade que é dolorosamente rara em pessoas da mesma classe que ele: a empatia. Na maior parte do tempo, essa deficiência parece ser boa para eles, da maneira limitada deles, enquanto eles andam por aí fazendo bobagens correndo atrás de seus resultados financeiros e suas margens de lucro, assombrosamente sem se dar conta de que também são parte deste mundo que sistematicamente fodem.

Como eu posso me colocar no lugar dessa figura trêmula? Bom, deixa eu tentar: estou em um ambiente completamente aterrador, sobre o qual não tenho controle. Não consigo ver nada através do capuz sufocante que está sobre minha cabeça e meu rosto, exceto por uma nesga do meu próprio corpo e do piso de madeira do depósito. (Esse traje estranhamente faz com que esse cativo pareça sinistro, como se ele fosse o opressor. Mas não, ele está totalmente em nosso poder.)

Não sei como estou me saindo aqui, mas é evidente que ele não está numa situação boa. Sinceramente, não é confortável nem para mim, por mais que eu esteja feliz de estar na minha situação, e não na dele. Uma leve náusea cresce dentro de mim. Será que vai piorar se eu chegar mais perto? Eu me levanto e ando na direção dele, quase na ponta dos pés, para manter o silêncio enquanto piso nas tábuas. Especulando que cada passo pode me fornecer mais informações quanto ao estado emocional dele.

Sim... mais uma vez, ele estica as cordas. É inútil. Os pulsos e os tornozelos estão praticamente soldados à cadeira. Os braços estão brancos e ficaram flácidos por conta da indolência e da decadência. Agora os tendões se esticam loucamente dentro dos braços, atravessando os ombros estranhamente moldados, debaixo dos peitos flácidos que balançam.

Debaixo dessa carapuça escura, imagino que ele esteja enlouquecido. O couro fino se dobra para dentro quando ele respira, e a língua talvez faça um esforço intermitente para empurrar aquilo para longe quando ele sente o gosto da pele de animal morto. Talvez ele fixe os olhos naquela vaga fonte de luz debaixo do queixo, sim, uma pequena fresta, que se espalha pela fenda da máscara, um corte feito para deixar o oxigênio entrar. Agora ele está claramente tentando se recompor — isso é instigante — enquanto tensiona ainda mais o corpo, respirando fundo, e depois gritando — MAS QUE MERDA...

Não é o primeiro grito desde que acordou, mas, de novo, só o que ele ouve é a própria voz ricocheteando friamente no espaço imenso e abafado. Ele deve estar pensando como veio parar aqui, o que essa perturbação dramática que atingiu sua existência significa. Lá está a dedicada *Samantha*, e o modo como ele a decepcionou. Mas essa vagabunda foi feita para ser decepcionada; foi treinada, como tantas mulheres de sua classe social, para absorver danos psicológicos e para chorar baixinho no travesseiro à noite, ou quem sabe nos braços de um amante, ao mesmo tempo que apresentam o rosto estoico para o mundo. Os amados filhos deles, *James e Matilda*; talvez tenha sido mais duro para as crianças. Bom, em breve a coisa vai ficar bem mais difícil. Aquela redação para a faculdade que é preciso discutir, o jogo de rugby ou a peça da escola que ele perdeu em função das *pressões do trabalho*; essas são as menores dentre as preocupações dele agora.

Era nessas merdas que esse imbecil devia ter pensado antes de embarcar nessa de desgraçar a vida alheia. A irmã dele, *Moira*, a advogada; qual é o lance entre eles? Suspeito que ela vai ser a pessoa que mais vai sentir a perda dele. Aquela vida doméstica tediosa que ele jamais teve — o sólido trabalho de corrupção e de enriquecimento daqueles que já são ricos consumiu todo o tempo dele —, como ele deve desejar isso agora. O que interrompeu isso? Minha ligação: insistindo que ele voltasse. Que voltasse a um lugar que ele já tinha deixado para trás, exceto pelas visitas à irmã, para ver as crianças.

Agora ele está parado de novo. Eu recuo, mantendo meu silêncio do canto do imenso espaço, me afundando novamente em minha cadeira. Ele deve estar com muito frio: a carne dele pulsa no ar carregado e úmido. Sei por experiência própria que você continua percebendo esses pequenos horrores, mesmo quando está imerso num oceano de terror abjeto. Eu ia gostar de discutir isso com ele, mas tenho medo de cair na indulgência do torturador que se regozija com o tormento. Não é esse o jogo que estamos jogando. Acima de tudo, isso iria alimentar a mentira de que isso é sobre ele. Ele não é, nem jamais vai ser, o narrador desta história. Este não é o último capítulo. É só a última vez em que esse personagem em particular vai aparecer.

Homens como ele normalmente contam a história.

Nos negócios.

Na política.

Na imprensa.

Mas não desta vez: repito, ele não está escrevendo esta história. E esta abdicação está involuntariamente em seu legado!

E ela provavelmente é a última pessoa que ele iria imaginar. Mais difícil até do que me imaginar com meu nêmesis pessoal, que nós infelizmente só conseguimos incapacitar: à medida que você envelhece, as atrocidades da infância se tornam mais vívidas do que as da adolescência e as da vida adulta, atenuadas pelos hormônios. Mas, para homens assim, nós não passamos de pequenos e obscuros danos colaterais, em um depósito cheio de almas que eles arruinaram e prejudicaram à medida que satisfaziam suas próprias necessidades imediatas e vis.

Ele não está escrevendo esta história.

Ela entra, magnífica com calças xadrez, tênis e um casaquinho curto, que tira, revelando uma regata que mostra que está pronta para a ação. Os braços dela são magros e torneados pela musculação. Os cabelos estão presos embaixo da boina. Em sua mão, a bolsa de ferramentas indicando que as coisas não vão terminar bem para ele. Ah, a gente aprendeu isso na vez anterior. O barulho da vedação de plástico no pé da porta deve ter sido percebido, mesmo do outro lado do capuz sufocante.

Ela sorri, toca no meu ombro. Eu me levanto dessa cadeira velha. Andamos lentamente pelo piso na direção dele. Um rangido numa das tábuas. O corpo dele se retesa de novo, ele se joga para trás na cadeira. Agora ele consegue ouvir passos: alguém avançando lentamente. Será que ele está pensando: *talvez tenha mais algum deles aqui?*

— Quem está aí? Quem é? — A voz dele está mais baixa, mais hesitante agora.

Andamos lentamente em torno dele. Tão perto que ele deve sentir a luz da nossa presença. Não é o calor; é só a aura de outros seres humanos nas proximidades dele. Ele sente o cheiro de algo, os seios nasais fazendo um leve ruído debaixo da máscara enquanto ele tenta descobrir o que é. Talvez livros velhos. Será que ele está em uma biblioteca? É o perfume dela. Único e raro, se chama Escritores Mortos. Supostamente inspirado em romancistas como Hemingway e Poe. As notas de chá preto, baunilha e heliotrópio na verdade criam um odor de uma sala cheia de livros antigos. Não existem muitas mulheres que teriam colhões de usar uma fragrância como essa.

Mas não existem muitas mulheres, nem homens, que têm os colhões dela. Se por acaso ele chegou a ter, logo não será mais o caso.

— O que vocês querem? Olha, eu tenho dinheiro... — A voz abafada dele se arrasta numa súplica.

Nós respondemos com um silêncio tão denso que ele deve senti-lo fechar seus pulmões. Afogando.

Ele causou isso a si próprio. De novo.

*Samantha.*

*As crianças.*

O que ele sempre fez foi montar armadilhas autoindulgentes para que eles caíssem na arapuca. Testando a lealdade deles. E ele quase conseguiu consertar a última cagada que fez, quase a convenceu a ir ficar com ele em Londres, a tentar de novo, num cenário maior, onde ele estava novamente em ascensão.

Ah, sim, nós sabemos tudo sobre ele. Nenhum de nós é do tipo que joga no escuro. Quanto mais pesquisa você faz, mais certeza pode ter de algo. Conheça as vaidades e os pontos fracos deles. Dê um empurrãozinho para que eles caiam na própria armadilha. No fim das contas, é isso que eles mais desejam, o drama da mais profunda desonra e humilhação. É o capítulo mais irresistível da biografia do narcisista. É nisso que eles estão sempre trabalhando, independentemente das bobagens com as quais eles decidiram se iludir.

Como ele deve estar se odiando agora. Detestando a fraqueza que o trouxe até aqui. Essa punição, nas mãos de uma força que ele não consegue compreender; até onde isso pode fazer a pessoa se odiar?

Logo ele vai estar livre disso. Chegou a hora.

Ela vira a cabeça bruscamente na minha direção, os olhos subitamente tomados por uma luminosidade feroz. Ela se move com uma velocidade felina, seus braços na cueca dele num puxão súbito e intransigente, tirando sua última peça de roupa. Ele se contorce, sentindo-se impotente e violado, enquanto o pinto e as bolas caem desamparados entre as pernas. Com as convulsões e os tremores de seu corpo aumentando e diminuindo, e os ruídos nervosos na garganta, vejo que ele está assustado, mas talvez um pouco esperançoso também. Embora isso remeta à mais sombria das transgressões, também é uma sugestão de uma pegadinha inofensiva, ainda que humilhante, de clubes de rugby, do tipo que as pessoas mais cruéis de seus círculos externos adoram fazer.

*Eu conheço essa sensação.*

Será que esse balbuciar ainda pode dar lugar a uma risadinha conivente? *Os Evans. Os Alasdair. Os Murdo. Os Roddy. Aqueles palhaços...*

Ele aceitaria isso numa boa agora.

Mas algo faz com que ele congele de novo. Talvez seja o perfume dela: a mensagem que aquilo passa é outra.

— Pare — ele suplica, a voz aguda trêmula, possivelmente fazendo com que ele se lembre de seu tempo de escola. Talvez ele estivesse voltando para casa, de uniforme, e encontrasse um grupo de alunos de escolas públicas (ou antros públicos, como chamam aqui) de algum colégio da vizinhança. Será que eles iam sentir prazer em socar os braços gordos dele, dançar em volta dele numa felicidade mórbida pelos machucados que causavam, sabendo que iam deixar hematomas? Eu acho que sim.

Isso foi muito tempo atrás. Ele tinha se transformado num homem bem diferente. A academia e os esportes, para satisfação dele, sabotaram a trajetória rumo à obesidade de sua juventude. O papel de vítima sumiu junto com a flacidez. Claro que havia a preguiça de uma meia-idade acomodada e sua carreira; viagens de primeira classe, despesas generosas, noitadas, e ele de volta à versão nada apetitosa de si mesmo que vemos agora. A corpulência crescente exemplificada pela pança redonda e branca, pela papada carnuda que capitula diante da gravidade, e pelas tetinhas em que um bebê poderia mamar. Mas isso não era importante. Agora ele era um vencedor. Ele podia *comprar* mulheres bonitas.

Sim, ele tinha *passado por cima de algumas pessoas...* Imagino que ele esteja tentando pensar: de quem? O problema terrível com aquele sujeito, o Graham; um desejo sombrio que ele precisou satisfazer. Aquilo quase arruinou com ele.

Agora ela.

Agora eu.

Claro que não: ele não pensaria nela depois de todo esse tempo. Talvez algo dos negócios.

E claro, ele pergunta, numa súbita inspiração:

— Isso é por causa do contrato com o Samuels? Vocês não precisam... NÃO! — Ele grita quando as mãos dela, com luvas de látex, tocam no seu corpo: ele sente a borracha fina e pegajosa e o prepúcio se encolhe diante do toque. — NÃO!

E eu faço a minha parte, simplesmente colocando minha mão no ombro dele. Ele se encolhe, e eu aposto que ele jamais sentiu um toque tão frio como esse.

A inexorável pulsão de terror se espalha com tal intensidade pelo seu corpo, gerando um espasmo de tensão, que por um momento eu chego a temer que as amarras cedam com a força que aquilo gera nos músculos dele.

Mas não tem como: só o que ele consegue é fazer com que as cordas se afundem mais em seus pulsos e tornozelos.

Levanto minha mão com um floreio, deixando o corpo dele cercado apenas pelo ar que açoita o pinto mole e as bolas expostas.

O toque dela, de quem examina, estranhamente delicado, agora também cessou, deixando um vácuo ainda mais desconfortável.

Mas não por muito tempo. Não vamos cometer o mesmo erro dessa vez. De novo, toco nele sem tocar. Ninguém tem uma carícia mais gelada do que eu, imperfeito, inumano. O pau dele literalmente se contrai mais dois centímetros ao sentir meu toque.

Ela é mais calorosa, sem dúvida, mas não que ele vá sentir algum benefício, agora que ela começa a envolver seus genitais com a tira de couro. E a colocar no lugar o torniquete devastador. Ela gira a manivela de madeira para ficar bem firme.

— POR FAVOR! — Ele sente o couro apertar. — Não, por favor... — ele diz baixinho agora, respondendo à dor que causa contorções.

E, sim, há uma breve sensação de excitação; ele conhece esses jogos, e sabe como é causar dor sexual nos outros, ainda que sempre seja ele quem está no controle. Mas não agora. Agora ele está sentindo o ar se esvair de seus pulmões, ao mesmo tempo que suor e lágrimas escorrem pelo rosto, pingando no peito por baixo do capuz enquanto o pênis vai inchando com o sangue que está preso nele... e então...
... Eu abro o estojo e ela pega a faca de quinze centímetros...
... E aí o corte... um belo movimento enquanto o sangue jorra. Ela puxa o pau dele e corta, mas aquilo não sai! Ele grita alto, igual a um porco... Nós nunca tivemos que lidar com isso, a faca é afiadíssima, mas estamos preparados. Deixamos de lado a lâmina cerimonial, e eu pego outra faca serrada na sacola e entrego para ela. Em meio aos respingos de sangue e aos gritos dele eu me sinto levemente decepcionado — as facas do Pai mais uma vez não se mostraram à altura da minha tarefa de vingança —, mas não por muito tempo, porque ela vai serrando freneticamente, os músculos de seus braços retesados, e os genitais dele finalmente saem na mão dela. Eureca!

Será, penso eu, que ele está vivendo um estranho alívio, uma impensada leveza no cérebro e no corpo, ao saber que algo que é um fardo foi removido dele... talvez apenas antes de se dar conta de que aquilo jamais voltará?

Porque ela está segurando aquilo no ar, aquele troféu belamente grotesco, quando ele percebe que não se livrou de um peso, mas sim que aquilo que foi removido é algo muito próximo da essência de quem ele é...

— AAAAGGHHHEEEEE...

Um grito animalesco, diferente de tudo que eu já tinha ouvido; ele berra por baixo da máscara... Ele segue produzindo o barulho de uma furadeira, enquanto joga seu corpo bruscamente para a frente, talvez na esperança de que um desmaio o liberte da dor. Talvez ele esteja rezando pela abençoada libertação que é a morte; qualquer coisa que o leve para um lugar diferente. E certamente ele deve sentir que isso está acontecendo, mas apenas depois de muitos outros segundos gritando no purgatório.

Ela segura os genitais a um braço de distância, olhando para eles, depois para ele, antes de colocá-los na caixa de plástico. Será que ele sente o cheiro do perfume? Se for o caso, essa sensação logo é suprimida violentamente, quando ele grita, em meio ao inferno de dor excruciante que desintegra seu espírito, um nome familiar:

— LENNOX...

# DIA UM
## Terça-feira

# 1

Ray Lennox respira fundo. Isso mais atiça do que extingue as brasas que queimam seu peito e suas panturrilhas. Lutando para superar a dor, ele se força a seguir um ritmo constante. No começo é uma tortura, depois os pulmões e as pernas começam a trabalhar juntos como amantes experientes, e não mais como um casal no primeiro encontro. No ar fresco há uma sensação revigorante de ozônio. Em Edimburgo, o outono às vezes dá a impressão de ser a estação padrão, nunca a mais do que uma isóbara de distância. Mas as árvores imensas ainda não perderam suas folhas, e a fraca luz do sol dança atravessando as copas acima dele, enquanto ele se move rapidamente pelo caminho à beira do rio.

Tentando chegar ao Holyrood Park, atravessando um labirinto de ruas menores, ele se depara com aquilo: a entrada fica no estacionamento de um conjunto banal de apartamentos. Ao ver aquilo, os ouvidos dele zumbem, forçando-o a parar. Ele não consegue acreditar.

*Não é esse túnel...*

É o Innocent Railway Tunnel, inaugurado em 1831. Fica bem abaixo do Conjunto Residencial Pollock, da Universidade de Edimburgo, e, no entanto, segue sendo um segredo para a maior parte dos estudantes que moram ali. Ele é um perito nos túneis de Edimburgo, mas nunca atravessou esse. Ele para na entrada. Ray Lennox sabe que esse não é o túnel em Colinton Mays onde foi atacado quando era menino, um túnel hoje decorado com arte espalhafatosa, por onde ele passou dezenas de vezes desde então.

*Você não me assusta.*

Mas este assusta. Mais do que o túnel de Colinton, que é sua fonte, essa passagem escura e estreita evoca terríveis lembranças. Ele sabe que, apesar do nome do lugar, inúmeras mortes — incluindo a de duas crianças na década de 1890 — aconteceram neste túnel. Lennox não consegue ir em frente. Ele sente as pernas tremerem. *É só uma merda de uma ciclovia*, ele pensa, percebendo os postes e a grade metálica na lateral da entrada do túnel. Vão fazer alguma obra. Ele tinha lido que havia algum trabalho de manutenção planejado.

E, no entanto, o adulto não consegue entrar no túnel mal-iluminado em que a luz — e a libertação — no outro lado parece estar a uma vida de distância. O túnel serpenteia em direção ao esquecimento que Lennox sabe que irá engoli-lo. Este não vai deixar que ele escape. A estranha sensação no ar gélido e cada vez mais denso, um campo de força que ele não é capaz de romper. Há um zumbido em seus ouvidos. Ele se vira e sai correndo de volta para a estrada principal. Começa a acelerar novamente, tentando ser mais rápido que sua vergonha, primeiro rumo aos Meadows, depois ao Tolcross, perplexo com a ideia de que alguém que consegue olhar para cadáveres, para olhos de assassinos e para parentes aterrorizados de suas vítimas sem hesitar, tentando imaginar como um homem desses não consegue passar correndo por um túnel. Ele grita, tentando tirar os pensamentos importunos de sua mente. Correndo em círculos, sem saber para onde vai, ele chega ao Union Canal, e segue a passos largos por uma pista à beira do rio, passando por seu pub local, gerido por Jake Spiers, o dono de bar mais desagradável de Edimburgo, antes de voltar sem fôlego para seu apartamento num segundo andar da Viewforth. Aqui, os blocos de apartamentos vitorianos olham com desdém para as novas casas e escritórios chamativos na margem do rio que nunca vão durar mais do que eles.

Desabando na poltrona à beira da janela, Lennox deixa os pulmões se acalmarem. Ele achava que tinha provado ser capaz de dominar seus medos. O Innocent Tunnel nem era o culpado. E, no entanto, ele se sente tranquilizado ao olhar para o taco de beisebol do Miami Marlins que deixa perto da porta, por razões de segurança.

*Por que essa bosta está voltando?*

Ele se vira para inspecionar o belo gramado dos fundos cuidado pelos vizinhos de baixo, das casas com pés-direitos altos e janelas salientes. Essa parte da cidade sempre deu a ele a impressão de um pequeno estado independente. Faz meses que ele se mudou para cá, vindo de seu antigo apartamento em Leith. Ele e a noiva, Trudi Lowe, chegaram a falar em morar juntos, mas decidiram não fazer isso.

Trudi tinha dito que topava, ainda que, depois de Lennox vender seu flat em Leith, ela não tenha conseguido ver sentido em ele comprar em vez de alugar. Ela mudou de opinião depois que ele disse que o mercado imobiliário estava indo bem e que era um bom investimento. Se passassem uns dois anos no apartamento dele ou no dela, daria para alugar o outro imóvel e comprar algo maior um pouco depois. Ela admitiu que fazia sentido. No entanto, Lennox não quer morar numa casa, pelo menos não por enquanto. A vida num apartamento é conveniente para ele. Os planos de casamento dos dois esfriaram após uma viagem para Miami, que supostamente seria relaxante, mas que acabou sendo traumática, embora, em última análise, catártica. Ele é um ímã para problemas do pior tipo.

*Foi por isso que me colocaram aqui.*

Do outro lado da cozinha, no balcão de mármore, o celular vibra. Ele se levanta e vai até lá, com urgência cada vez maior quando vê escrito na tela: TOAL. Ele chega bem a tempo.

— Bob — ele fala quase sem fôlego, sentando de novo no lugar onde estava.

Nada é tão eloquente para anunciar um desastre como os silêncios de Toal.

Esse silêncio prolongado faz Lennox se explicar:

— Saí para correr. Cheguei bem a tempo de te atender.

— Você está em casa?

A voz de Toal está ajustada para o sussurro confidencial que Lennox conhece tão bem.

— Sim.

Da poltrona ao lado da janela, Lennox olha para a cozinha de seu apartamento de dois quartos. O papel de parede estampado continua feio de doer como sempre. É exatamente igual ao do pub, e Lennox desconfia que Jake Spiers teve alguma coisa a ver com a produção daquilo. É difícil conviver com o papel de parede, mas tirar ia dar muito trabalho, e ele vem adiando isso. Ele cogita pedir a seu irmão Stuart, um ator quase perenemente inativo, que gosta de achar que é super-habilidoso para trabalhos domésticos, que assuma a tarefa, embora isso tenha lá seus riscos.

— Chego em cinco minutos. Esteja pronto — Toad alerta.
— Certo.

Lennox desliga e vai direto para o chuveiro. Ele está preocupado. Toal é um policial que lida com burocracia e que só sai do quartel-general da polícia em Fettes em último caso. Por isso Lennox se apressa e está terminando de secar os cabelos, que vão até a altura do ombro, quando seu chefe aparece na porta.

Toal faz que não com a cabeça de batata decorada com fios grisalhos e cada vez mais escassos e profundas rugas de preocupação quando Lennox oferece chá ou café.

— Estamos indo para um galpão lá no cais de Leith. Acharam uma coisa meio feia.

— Ah, é?

A careta cheia de marcas de Bob Toal inclui olhos cerrados com força e lábios fazendo um beicinho.

— Um homicídio.

Lennox contém o riso. O departamento de polícia adotou o termo que os americanos preferem usar para assassinato, como se a palavra original dita com sotaque escocês estivesse fadada a soar muito parecida com um bordão do tira que Marl McManus interpretou na TV nos episódios sempre reprisados do popular seriado Taggart.

Fica mais fácil ficar sério quando Toal detalha a história:

— Um desgraçado amarrado e castrado.

— Puta que pariu.

Lennox veste uma jaqueta e segue o chefe que já vai saindo pela porta.

— Pior ainda, o sujeito é parlamentar do Partido Conservador — Toal acrescenta, virando o pescoço na direção de Lennox enquanto desce a escada de lajotas.

A resposta de Lennox é cáustica:

— A maior parte dos escoceses vai querer ajudar na investigação então.

— Você conhece o sujeito. Ritchie Gulliver.

O olhar minucioso de Toal está focado em Lennox. Lennox está abalado, mas tenta não demonstrar e só levanta um pouco a sobrancelha.

— Certo.

Toal faz uma recapitulação rápida e sinistra.

— Gulliver desceu do trem noturno hoje cedo; ele usa essa linha sempre e os funcionários do trem confirmaram. Isso lá pelas 7h. Ele se registrou no Albany, um hotel boutique que ele usava havia anos para seus encontros. Eles são conhecidos por serem discretos; ele chega pela entrada de mercadorias, nos fundos. O porteiro da noite estava acabando o turno e tinha deixado a chave debaixo do capacho na porta do quarto 216. Eles levaram dois cafés da manhã para o quarto às 7h45, mas ninguém viu a outra pessoa. As bandejas foram colocadas do lado de fora, o garçom bateu à porta e foi embora.

Toal abre a porta da escada e respira fundo.

— O segundo café da manhã, para um amante?

— Presumo que sim — diz Toal, abrindo a porta do carro, mas sem entrar, olhando para Lennox.

— Então você quer saber onde eu estive hoje de manhã?

— Vamos, Ray, você sabe como essas coisas funcionam.

— Fiquei na cama até as 7h, aí saí para correr. Sem testemunhas nem corroborações, talvez alguma imagem de câmeras de segurança...

— Certo, certo.

Toal ergue as mãos e entra no carro. Eles saem, rumo ao cais de Leith.

— Todo mundo que esteve envolvido no interrogatório do Gulliver sobre o Graham Cornell no caso Britney Hamil — Toal balbucia — Amanda Drummond, Dougie Guillman, eu; todos nós temos que explicar o que estávamos fazendo.

Lennox fica em silêncio. Os chefes estão nervosos. Ele olha para a hora no celular. São 10 e pouco quando eles descem a Commercial Street.

— Quem avisou pra gente que ele estava no galpão?

— Um telefonema, uma fita que mandaram pra gente às 9h17.

— E Toal aperta o play para uma voz robótica em seu celular: *"Vocês vão encontrar o corpo do membro do parlamento Ritchie Gulliver no galpão 623 da Doca Imperial em Leith. Por favor, tirem de lá antes que os ratos levem um dos seus embora."*

— Usaram um bom gravador com variação de velocidade e voz sintetizada. Colocamos uma equipe de informática para tentar tirar os filtros, mas eles dizem que o trabalho foi bem-feito e que dificilmente vão conseguir limpar o som.

— Então... — Lennox pensa em voz alta. — Se ele tomou café da manhã às 7h45, como ele saiu de um quarto num hotel no centro da cidade e foi parar, pelado e morto, num galpão nas docas em pouco mais de uma hora?

— Não tem registro dele saindo do hotel. Tem uma câmera de segurança na frente, mas não nos fundos, no estacionamento usado pelos funcionários.

Pensava-se que a revelação do caso homoafetivo entre Gulliver e um homem prestes a ser preso acabaria com sua carreira política no parlamento escocês caso tivesse vindo à tona na época. Mas não foi isso o que aconteceu. Embora eles hoje morassem a 900 quilômetros um do outro, a esposa de Gulliver o apoiou publicamente enquanto ele relançava sua carreira em Westminster com uma cadeira tranquila de conquistar em Oxfordshire. Foi uma volta por cima espetacular, e o racismo que ele praticava, especialmente treinado para atacar pessoas que viajavam, provou-se uma plataforma popular para um novo começo na região.

Embora Lennox não tenha muita compaixão pelos Conservadores em geral e por Ritchie Gulliver em particular, a coisa muda quando ele vê o corpo amarrado e nu. Ele já testemunhou cenas horrendas de assassinato, mas este banho de sangue, que tanto se espalha pelo piso de concreto quanto se concentra em uma poça escura coagulando aos pés de Gulliver, coloca a cena no nível dos horrores mais arrepiantes. Ele precisa se inclinar para ver o rosto do parlamentar.

Os traços estão congelados num terror mudo e retorcido, como se ele estivesse inspecionando a zona ensanguentada onde antes ficavam seus genitais, e ultrajado com a sua remoção.

Será que eles fizeram o sujeito testemunhar isso? Provavelmente não; Lennox nota as marcas em volta do pescoço, que não são profundas o bastante para indicar uma ferramenta de estrangulamento, mas que talvez sejam de um capuz apertado. Sem dúvidas, o parlamentar morreu numa agonia excruciante, seu sangue jorrando, possivelmente enquanto ele sufocava aos poucos. Lennox não consegue desviar o olhar daquele toco que restou do pênis, enquanto sente um espasmo percorrer o próprio corpo. Ele leva um tempo para registrar por completo as outras pessoas que estão ali.

O perito forense Ian Martin observa as poças de sangue no piso de concreto. É um sujeito que tem as costas retas e um rosto de pássaro, com cabelos castanhos que vão ficando mais raros, e que tira fotos sem demonstrar emoção. A esguia Amanda Drummond, que normalmente é pálida, parece mais exausta do que nunca, sacando o seu celular novo, com uma câmera de resolução mais alta. Brian Harkness, com seu corte de cabelo militar, tem náuseas, sua e passa a mão no pescoço. Com olhos marejados, ele pede licença com um gesto de mão, e passa apressado por Lennox e Toal na direção do banheiro. É um banheiro masculino, e ironicamente tem um conjunto de genitais desenhado sobre o símbolo. Enquanto ele e Toal reconhecem o som de alguém vomitando, Lennox analisa a obra de arte.

— Será que isso é coisa antiga ou recente? — Ele muda de posição, cheira, e percebe um leve aroma de caneta marcadora.

— É recente. Eles têm um senso de humor macabro.

Toal faz uma careta de nojo, olhando para Ian Martin.

— Peça pra alguém procurar manchas.

— Já fiz isso — Martin responde, de cócoras, sem olhar para cima, absorto nos padrões do sangue que jorram da região genital de Gulliver. — Nada. Quem fez isso pode ter sido engraçadinho, mas não foi descuidado. Não sei se eles atraíam o sujeito até aqui ou se ele veio coagido, mas, pela consistência e pela temperatura do sangue, ele foi trazido aqui e morto perto das 9h. Eles já tinham acabado às 9h45, que foi quando mandaram a gravação para nós e para a Radio Forth. — Martin olha para o relógio. — A gente chegou na cena do crime às 10h45.

Então Lennox ouve uma fala arrastada que conhece bem, informando a ele que Dougie Gillman, com seu rosto anguloso, tinha chegado à cena do crime.

— Fizeram o desgraçado virar uma mulherzinha.

Essa observação foi seguida por um lamento agudo e anasalado:

— Bom, melhor você do que eu com essa mulherzinha, tio Doogie, porque vou te dizer que por nada... Puta que pariu...

O novo parceiro dele, o rechonchudo Norrie Erskine, fica repentinamente chocado ao ver o corpo e cai num silêncio pouco característico.

Os dois são velhos companheiros. Em outros tempos conhecidos como Tio Doogie e Tio Norrie, Gillman e Erskine eram guardas rodoviários que percorriam as escolas de Lothian como uma dupla de humoristas estilo pastelão. Mesmo fazendo um sujeito certinho que interage com o piadista da costa Oeste, Gillman era a pessoa errada para o papel, simplesmente porque seria a pessoa errada para qualquer papel, e Lennox fica fascinado e se esforça para compreender a nova encarnação de seu inimigo de longa data. Enquanto Gillman deixou o uniforme para trás para trabalhar no departamento de Crimes Graves, a carreira de Erskine, o "Tio Norrie", seguiu um rumo completamente diferente. Tendo aprimorado seus talentos artísticos em peças amadoras antes de entrar na faculdade e se tornar uma subcelebridade da pantomima, ele também tem no currículo créditos por suas participações como um policial corrupto em *Taggart* e como um criminoso sexual em *River City*.

Quando o trabalho de ator começou a ficar escasso e ele precisou pagar um divórcio, Erskine voltou para a força policial. Depois da transferência dele de Glasgow para o departamento de Crimes Graves, seu novo chefe, Bob Toal, revelou um senso de humor até então desconhecido, decidindo reunir Tio Doogie e Tio Norrie como uma dupla de detetives. A ideia não foi muito bem recebida por alguns, e houve quem risse baixinho.

Lennox tinha ouvido que o modus operandi de Erskine é voltar ao papel cômico, muitas vezes nas circunstâncias menos apropriadas.

— Olha só, alguém fodeu com o infeliz — Gillman diz, olhando para Lennox.

— Ah, não foderam, não — Erskine diz, evidentemente nervoso, mas forçando olhos arregalados de desenho animado enquanto espera uma resposta do impassível Gillman. Quando a resposta não vem, ele se vira para Lennox numa espécie de pedido de desculpas.

— Se você não rir, vai acabar chorando — ele apela, virando as palmas das mãos para cima.

Lennox força um sorriso amarelo. Dá para ver que Erskine está abalado. Branco como um fantasma, as mãos dele tremem. É uma reação estranha para um policial experiente de Crimes Graves, ainda que a situação seja particularmente macabra. Por outro lado, Lennox pondera, ter medo de atravessar correndo um túnel ferroviário por causa de uma coisa que aconteceu quase trinta anos atrás também é uma demonstração extraordinariamente forte de hipersensibilidade. *Nós somos todos uns esquisitões.*

Drummond, que largou o celular e está conversando com Ian Martin, não parece impressionada, enquanto Harkness volta do banheiro, evitando olhar para o corpo amarrado de Gulliver. Toal, que cuidadosamente vinha ignorando as excentricidades de seus comandados, diz com tristeza:

— Isso vai chamar muita atenção na Escócia inteira, tem eleição mês que vem.

Gillman repentinamente decide se intrometer, fazendo um sotaque chinês:

— Pelo zeito, esse cletino aí não vai mais ter ereição.

Enquanto Drummond tem um arrepio e Toal faz uma careta, Lenox percebe que Gillman está testando o potencial de Erskine para deixar todos ainda mais perturbados.

Aproveitando a deixa, Erskine, ainda trêmulo, força uma resposta, com sotaque oriental:

— Drugras especura crastração?

Drummond, que se aproxima de Lennox, fuzila Erskine com o olhar, mas Toal mais uma vez finge que não ouviu. À beira da aposentadoria, Lennox acha que seu chefe pode ter desistido da ideia de tentar ensinar a Gillman, e indiretamente a Erskine, sobre a necessidade de seguir o protocolo dentro do politicamente correto. Nesse momento, ao ver o olhar de Drummond, o chefe diz:

— Chega.

Lennox percebe que o cachorro velho ainda sabe latir.

Gillman sorri e concorda com a cabeça, como se tivesse sido pego trapaceando em um jogo. Lennox sabe como esse tipo de humor ácido funciona. Por baixo da falsa bravata, certamente Erskine, e até mesmo o durão Gillman, estão chocados com o que estão testemunhando.

— O galpão está vazio há anos — Drummond, segurando seu iPad, informa. — Ainda pertence à Autoridade Portuária de Forth. A porta estava fechada com dois cadeados. Eles foram cortados, provavelmente com alicate industrial... — Ela olha rapidamente para o corpo coberto. — Um segurança faz ronda pelo perímetro, mas não viu nada suspeito. Não tem nada para roubar no galpão, por isso não tem câmeras de segurança deste lado. Do lado da Seafield Road dá para ver pixels de veículos e de pessoas passando a pé, que o Scott McCorkel e o Gill Glover estão checando.

Lennox assente com a cabeça, e se aproxima de Ian Martin, que aponta uma lanterna para a área vermelha dos genitais. Tendões cortados estão pendurados, como fios de espaguete. Lennox sente algo se revirar dentro dele.

— Ferimento estranho para uma amputação. É como se eles tivessem usado dois instrumentos de corte diferentes, um com uma lâmina reta, o outro com uma serra. — Martin faz um movimento de serrar enquanto se vira para Lennox. — Talvez a primeira faca não estivesse dando conta do recado, ou quem sabe eles quisessem que ele sentisse. Que sofresse — ele especula. Ele segura um saco plástico para Lennox inspecionar. Tem uma fibra vermelha lá dentro. — Esses são todos os indícios forenses que temos até agora.

Isso perturba Lennox. Amadores dificilmente dão essa sorte. Ele para de novo para olhar o semblante de Ritchie Gulliver, o rosto congelado de terror, marcas em torno do pescoço. Martin concorda que é provável que tenham colocado um capuz nele, que ficou preso bem firme.

— Deram drogas para ele ficar inconsciente?

— No começo eu achei que sim, e não vou ficar surpreso se o Gordon Burt encontrar vestígios de alguma coisa — ele ergue o saco plástico contra a luz — quando mandarmos ele para a patologia e para a necropsia. Mas você está vendo essa marca na testa dele?

— Martin aponta para uma marca quase quadrada. — É como se Gulliver tivesse sido atingido por alguma coisa, o tipo de pancada que faz você desmaiar. É intrigante.

Lennox pensa no modo como boxeadores conseguem nocautear; muitas vezes com um soco rápido que faz o cérebro colidir contra a parte detrás do crânio. Isso pode ter tido um efeito semelhante. De repente, ele pensa no modus operandi de Rab Dudgeon, vulgo Carpinteiro da Insanidade. Mas ele está em segurança na penitenciária de Saughton. Ele olha mais uma vez para o semblante pálido de Gulliver, se esforça para reconhecer alguém que estava disposto a deixar o homem inocente com quem ele estava tendo um caso ir preso, só para proteger a própria carreira. Ele não consegue vê-lo ali. Apesar de ter falado tanto desse caso com sua terapeuta, Sally Hart, aquele é só mais um rosto morto, ainda que desanimado.

Uma grande questão paira no ar, e Lennox pergunta:

— Algum sinal dos genitais dele?

— Sumiram — Martin canta, com um aspecto melódico na voz.
— Não tem nem rastro aqui. Nada de rastro de sangue, portanto, parece provável que eles tenham colocado num saco quase que imediatamente.

— Então o criminoso levou o equipamento do rapaz embora — Gillman diz, depois olha para Drummond. — Ou a criminosa, perdão pelo sexismo.

— Troféu? Talvez a gente devesse procurar na sala da diretoria do Tynecastle. — Erskine ri. Ninguém mais ri.

— Vou ficar feliz de sair deste circo — Lennox ouve Bob Toal dizer para si mesmo, um raro comentário sem filtro, que Drummond também percebe.

Ela se aproxima de Lennox.

— No que você está pensando, Ray?

Ray Lennox está pensando num incidente que ocorreu três semanas antes em Londres.

2

Sentar no carro de Bob Toal é sempre uma experiência estranha para Lennox. Tradicionalmente o chefe dele valoriza o silêncio, mas o rádio toca vigorosamente "The Lebanon", do Human League. Lennox se dá conta de que, não fosse pela presença do chefe, ele estaria cantando alto, o trânsito arrastado, proibitivo de Edimburgo sem conseguir derrubar seu ânimo. Ironicamente, o único incômodo dele no momento é com o próprio bom humor; afinal, ele está investigando um crime horroroso. Mas a extrema antipatia que sente pela vítima, depois do conflito que eles tiveram, está se mostrando bastante resistente.

Ele via Gulliver como um provocador, um sujeito arrogante e intolerante que cinicamente lançava mão do racismo e do sexismo para causar discórdia e melhorar seu desempenho político. E se as vítimas desses crimes estão finalmente reagindo aos abusos dos poderosos, talvez isso seja um impulso louvável num cidadão, mas inútil para um policial. Isso é para ele uma confirmação de como está no papel errado. Agora ele está sendo cogitado, embora relutante, para o posto de Bob Toal, que vai se aposentar. Ele dá uma olhada rápida no perfil do chefe, com sua papada.

*Você nunca vai ser o Toal.*

*Você nunca vai conseguir fazer politicagem com todos esses cretinos.*

A realidade surge diante dele na forma do QG da polícia, Fettes, o prédio insosso dos anos 1970 batizado em homenagem à enorme escola particular que fica ao lado.

*Como se houvesse alguma dúvida sobre para quem nós trabalhamos.*

— Vamos começar, Ray — Toal diz, olhando para seu relógio de pulso. — Organize uma sala de investigação, e nós nos encontramos lá em quinze minutos.

Ele acaba de chegar à sua mesa quando Amanda Drummond chega ao espaço sem divisórias. Ela tem um olhar furtivo, e seus lábios estão cerrados com força. Pela primeira vez, ele percebe que o cabelo dela está mais curto. Ao contrário do que acontece com a maior parte das mulheres, Lennox acha que o corte cai bem nela e comenta:

— Visual novo.

— Sim.

Ela reage à observação sem graça dele com uma afirmação indiferente.

Eles encontram uma sala e pregam uma imagem de Gulliver, com seu sorriso pretensioso sempre ameaçando surgir, no quadro de cortiça. Quando os movimentos dele e das pessoas próximas são postos ali, um esqueleto da vida da vítima começa a se formar. Em seguida, eles começam a ver vídeos dos discursos dele. O conteúdo é deprimente. Gulliver conquistou um eleitorado em grupos socioeconômicos pelos quais ele se recusaria a mijar em cima caso estivessem pegando fogo.

Lennox bufa e revira os olhos, abaixando o som do computador. Afinal, eles estão à procura de pessoas indeterminadas. Ele congela a tela e clica na imagem de um sujeito gordo de terno marrom, que está na coxia enquanto Gulliver fala.

— Esse garoto é...?

Drummond tem uma lista de delegados das conferências mais importantes com fotos.

— Chris Anstruther, um membro do parlamento escocês que era colega dele antes da ida para Westminster... Eu acho...

Ela aponta para a imagem roliça, e eles tentam comparar os dois.

*Isso é trabalho policial de verdade*, Lennox pensa. *Trabalho policial tedioso pra caralho.*

À medida que os vídeos vão passando, Lennox percebe que Drummond está inquieta, o que se manifesta pelas mudanças no padrão respiratório dela. Ele tem a sensação de que ela está se preparando para dizer algo. E, de fato, assim que o vídeo seguinte acaba, ela olha para ele e diz, num tom baixo e comedido:

— Você sabe que eu me candidatei para a vaga? De superintendente?

— Sim, ouvi dizer.

A dupla dele, Amanda Drummond, que foi promovida recentemente, agora é vista como a forasteira ambiciosa. Lennox sabe que isso vai irritar muitos oficiais mais antigos, e a imagem de Dougie Gillman surge em sua mente para seu deleite.

— Sei que acabei de ser promovida para detetive-inspetora, então não espero ser escolhida...

— Nunca se sabe...

— Mas pelo menos isso faz eles me notarem, faz os chefes verem que eu estou aqui.

Lennox concorda com a cabeça, sorri para si mesmo. Ele continua em silêncio enquanto sua mente, num flash, volta a uma conversa que ele teve muitos anos atrás com um aflito mentor, Bruce Robertson. Durante uma blitz para apreensão de cocaína, Lennox disse quase exatamente as mesmas palavras para seu parceiro sênior, que era um sujeito racista e misógino. Um tempo depois, Lennox foi promovido e Robertson se enforcou. Ele assente com a cabeça para Drummond enquanto uma cacofonia crescente de tagarelice ininterrupta num sotaque da costa oeste com pronúncia anasalada prenuncia a entrada de Norrie Erskine, junto com o ameaçadoramente quieto Dougie Gillman e seu queixo quadrado. Atrás deles vêm o ansioso Brian Harkness, a pequena e atarracada Gillian Glover, a magricela e faginesca Ally Notman, e aqueles veteranos monumentos com escolhas de vidas duvidosas e ternos mal cortados: Doug Arnott, Tom McCaig e Jim Harrower. No fim da fila estão o ruivo Scott McCorkel e o afetado metrossexual Peter Inglis, profundamente absortos em conversas técnicas.

A um sinal de Lennox, eles se acomodam nas desafiadoras cadeiras plásticas vermelhas, olhando para o retrato em aerografia de Gulliver. Toal entra e fala com eles.

— Primeira coisa: vamos deixar o humor colegial fora disso. — Ele passeia seu olhar pela sala, mas se demora um instante em Erskine e Gillman. — Segundo: como sempre, vamos respeitar a confidencialidade. Dessa vez, vamos fazer isso com extremo cuidado. Ritchie Gulliver era um ex-integrante do Comitê da Polícia. Ray — ele se vira para Lennox —, você está no comando.

Lennox assente com a cabeça para Toal. Ele percebe que seu chefe está abertamente dando a ele a pole position para a promoção, e não consegue ver a reação dos outros. Mas ele se pergunta, e não pela primeira vez, se é a melhor pessoa para o cargo.

Ele aponta para a imagem no quadro do presunçoso Gulliver.

O parlamentar, indicado para o ministério num cargo menor na Saúde, parece ter acabado de defender a esterilização em massa das mulheres da classe trabalhadora ou alguma outra das teses de seu repertório de "controvérsias".

— Precisamos investigar o passado de Ritchie Gulliver... — Lennox diz. — A vida desse cara parece ter sido um monumento ao lucro pessoal e a interesses próprios, portanto, imagino que não vai faltar gente com algum tipo de rancor contra ele; pessoas que trabalharam com ele, rivais na política, prostitutas, namoradas, namorados, pessoas com ciúmes dos namorados e das namoradas. — Ele faz uma pausa, ciente das sobrancelhas erguidas de Guillman. — Independentemente do que vocês pensam dele, é um crime hediondo e uma coisa terrível, não importa com quem tenham feito. Vocês sabem o que fazer. Vamos pegar o filho da puta do pervertido que fez isso — ele diz, sabendo que sua voz não consegue achar o tom usual de convicção.

Mais fragmentos isolados de informações relevantes trazidos pela equipe são colocados no quadro; fotos, documentos, post-its e rabiscos. Eles tentam encaixar tudo aquilo na narrativa dos últimos dias e horas de Gulliver. Gilliam Glover confirma que o parlamentar, que tinha base em Londres e Oxfordshire, continuava separado da mulher, que ficou em Perthshire com os filhos. Quando vinha a Londres para visitar as crianças, Ritchie sempre ficava na casa da irmã, Moira, que fica perto da casa da ex.

Quando a reunião acaba, Lennox vai para sua mesa, pensando em sua crise existencial. Ele entrou nesse jogo para combater predadores sexuais que atacavam pessoas vulneráveis, especialmente crianças. Pegar quem fez essas coisas insanas, evidentemente horrendas e inenarráveis com um homem corrupto que, a serviço de seus senhores endinheirados, demonizava os membros mais marginalizados da sociedade, jamais esteve na sua lista de prioridades.

Ele decide sair do escritório. Examinar as informações pode, a essa altura, ser o verdadeiro trabalho policial, mas ele ainda tem um pé numa era que já ficou para trás, e os millenials nerds da TI são melhores nessas coisas.

*Agora eu estou pensando como o Gillman! Não faz tanto tempo que ele, o Robbo e o Ginger me viam como um desses nerds.*

Entrando em seu Alfa Romeo, Lennox dirige na direção oeste, rumo a Forth Bridges, passando por Fife e depois seguindo para o norte. Havia alguma coisa na ideia de sair da cidade e atravessar o Firth que sempre causava uma leve euforia nele. Evocava a possibilidade de liberdade, ou pelo menos uma fuga de uma vida em confinamento.

Pegando a estrada principal para Perth, ele admira o modo como a Escócia começa a revelar sua beleza, primeiro lentamente, depois com um drama crescente. Saindo da rodovia dupla para uma estrada que na maior parte do caminho é de pista simples, ele passa pelo vilarejo no pé de uma serra, de olho na entrada que leva à casa de campo de sua irmã, Jackie, e do cunhado, Angus. Continuando na estrada, atravessando uma ponte de pedras onde a rodovia se alarga agradavelmente, ele vê, surgindo no alto em meio às cada vez mais raras bétulas prateadas e os carvalhos, os pináculos de uma residência muito mais robusta. A mansão é o lar da família Gulliver. Ao chegar, ele vê que a casa está fechada. Ele vai até os fundos para tentar dar uma olhada no lado de dentro, e encontra uma mulher corpulenta com pernas de uma magreza improvável. Colocando o lixo para fora numa série de latões, ela olha com desconfiança para Lennox até que ele mostra o distintivo de policial e ela se transforma, derretendo em lágrimas e se tornando imediatamente submissa.

— Sim, ela está na casa da irmã, graças a Deus — confirma a mulher que se apresenta como Hilda McTavish. — Que coisa terrível.
— Você falou com ela?
— A sua colega...
— Gillian.
— Isso, Gillian Glover — Hilda diz — deu a notícia para a senhora Gulliver. — Eu falei com a coitada muito rapidamente, mas eu não sei quais são os planos dela. O que ela vai dizer para aquelas pobres crianças?
*Que elas estão melhor sem o cretino do pai?*
Lennox pergunta a Hilda sobre quaisquer negócios suspeitos que Ritchie pudesse ter, ou se alguém estranho apareceu na casa da família.
— Não. Era difícil ele vir aqui. Ele visitava as crianças menos do que devia, na minha opinião. — Hilda fecha um olho. — Mas andar com outros homens daquele jeito, ainda mais ele sendo casado, eu não aprovo, sr. Lennox, eu não aprovo.
Hilda franze os lábios e sacode a cabeça.
Por um breve segundo, Lennox pensa nos velhos programas policiais britânicos filmados em casas imponentes, *e a assassina é... Você era tão homofóbica que ficava enojada com os atos de Ritchie Gulliver... Enojada o bastante para remover os genitais dele...* E então corta para Hilda completamente psicopata com um alicate de cortar cadeado cheio de sangue: *Eu não aprovo!*
Lennox combate a leviandade subversiva com um pensamento sombrio: é inevitável que pensem em mim também, tendo em vista a minha história com Gulliver. Ele agradece à mulher e volta para o carro, bem quando Drummond liga para seu celular. Ela diz que o apartamento de Gulliver em Londres, em Notting Hill, está vazio.
— Os agentes de Londres conseguiram entrar, mas não acharam nada comprometedor. Embora Gulliver tivesse sido membro do Parlamento Escocês e tenha família e contatos de trabalho, isso não explica por que ele tinha voltado para a Escócia. O Parlamento em Westminster não está em recesso — Drummond diz daquele jeito

ofegante e ansioso dela. Como se qualquer intervenção fosse fazer com que ela perdesse o fio de meada.

Ela está dizendo em voz alta o mesmo que Lennox está pensando. O que um membro do parlamento por Oxfordshire estaria fazendo em Edimburgo no meio da semana, além de estar sendo torturado e morto? Gulliver estava politicamente morto, tinha caído em desgraça depois de seu romance homossexual com um homem suspeito de matar uma criança. Em seguida, ele consegue se eleger e ocupar tranquilamente uma cadeira para os Conservadores mais ao sul. Foi uma reviravolta implausível, mesmo levando em consideração o gangsterismo de colarinho branco de quem é macaco velho em sua rede de conexões. O que ele sabia sobre os pedófilos do establishment para conseguir esse tipo de favor? Uma pessoa que talvez pudesse ajudar a esclarecer isso era a irmã de Ritchie Gulliver.

Moira Gulliver e o irmão eram próximos, e Lennox ironicamente tinha uma tênue ligação com ela por meio de sua própria irmã. Se a casa de Ritchie é palacial, a de Moira, a tradicional propriedade dos Gulliver, a vinte minutos de distância, que era o lugar onde o irmão tendia a ficar quando voltava à Escócia, é um verdadeiro castelo. A casa tem, inclusive, uma torre medieval, com acréscimos georgianos e vitorianos. Quando a campainha toca, através de uma porta impressionante de madeira em um arco imenso, o latido desconcertante dos cães enche o ar. Uma mulher com longos cabelos escuros e traços bem definidos atende. Os lábios e os seios saltam do corpo magro e da cintura inacreditavelmente minúscula, a ponto de Lennox imediatamente suspeitar de implantes.

Moira Gulliver é advogada e colega da irmã dele, Jackie. Não há hostilidade em sua voz quando ela cumprimenta Lennox.

— Você deve ser o detetive Lennox. — As sílabas continuam sendo perfeitamente enunciadas numa entonação elegante, mas há um certo cansaço nelas, os olhos indicando que ela luta contra a névoa dos medicamentos. — Isso é terrivelmente doloroso — ela diz, lutando contra o choro, e sua dor parece genuína.

Lennox é sabotado pelo pensamento de que talvez Gulliver não fosse apenas o sujeito preconceituoso, oportunista e incitador de turbas que ele apresentava ao mundo.

— Entendo. Lamento a sua perda.

Moira parece incomodada, e, por um instante, Lennox sente certa vergonha. Os dois sabem que ele não está particularmente abatido.

— Jackie é uma ótima advogada — ela diz, mudando rapidamente de assunto para falar da irmã dele.

— Ela certamente é ótima em me dizer isso.

Lennox sorri, antes de se dar conta de que talvez não seja o caso de fazer piadas neste momento.

Isso se confirma quando Moira o conduz por uma grande sala de estar.

— Queria que o Ritchie estivesse aqui, para eu poder dizer o mesmo para o meu irmão. — E ela abafa outro gemido, apontando para uma poltrona imensa. Novamente, a dor da mulher enfia uma lâmina de culpa nele. — Claro — diz, retomando a compostura —, você sabe que a Jackie e o Angus têm um chalé aqui perto. Eles vinham bastante quando os meninos eram mais novos e traziam as crianças aqui. Você tem filhos?

— Não — Lennox diz. Trudi quer filhos, mas a ideia não é muito atraente para ele. Já existe gente demais para ser salva. — E você?

— Infelizmente não. Fiz histerectomia quando era bem nova, por causa de um tumor cancerígeno — ela diz, sem demonstrar nenhuma emoção. Lennox não percebe sinais de um parceiro. É uma casa grande para alguém morar sozinho.

Então um mastim gigante dá um salto, e Lennox sente o corpo congelar.

— Não se preocupe com o Orlando. Ele é aquele velho clichê do cachorro grande e bobo — ela explica. Bem quando ela fala isso, o cachorro cheira a mão dele e vai embora. — A Jackie ainda tem aquele cachorro...

— Sim. — Lennox assente com a cabeça, pensando no cão esquisito da irmã. Não consegue nem mesmo lembrar o nome. Animais de estimação não são muito a cara dele.

Moira serve para si mesma uma grande taça de vinho branco.

— Posso te oferecer algo, detetive Lennox...? Parece estranho chamar você assim sendo que sua irmã é minha colega e amiga...

— Pode me chamar de Ray, sem problemas, e não quero beber nada, obrigado — Lennox diz, sem acreditar que está tendo desejo de tomar um drinque. Ele faz uma anotação mental de ligar para seu padrinho, o bombeiro Keith Goodwin.

Moira Gulliver, colocando os cabelos negros brilhantes atrás de uma das orelhas, senta com sua taça de vinho. Pela garrafa, Lennox consegue ver que é um Sancerre bem decente.

*A dor dela é real, e você lamenta isso. Mas você não dá a mínima para o irmão dela. Na verdade, você está feliz por alguém ter matado aquele cretino.*

— Ele não era uma pessoa má, Ray — Moira diz. — O Ritchie — ela confirma, diante da expressão inescrutável dele. — Ele simplesmente via a política como um jogo, e, na verdade, um pouco como uma piada.

Lennox não se convence nem um pouco. Para quem é trabalhador, política é tentar alimentar a família e pagar a casa ou o aluguel. Apesar de ser alimentada pela mídia com uma dieta constante de falsas aspirações, a maioria nunca conheceu nada além de uma vida de dificuldades e penúria. A política não devia ser essa única coisa que ela se tornou: um passatempo para sociopatas entediados, ricos e narcisistas, inúteis para qualquer outra coisa e programados apenas para drenar os recursos de uma comunidade para os bolsos dos membros da elite que bancam suas campanhas.

Moira o leva a um escritório. O local é iluminado e arejado, com grandes janelas francesas que dão para pastos onde ficam ovelhas, e que se elevam mais adiante em colinas marrons cobertas por arbustos.

— Ritchie muitas vezes trabalhava aqui quando vinha ficar com a gente.

— Ele vinha com frequência?
— Sim, para ver os filhos. Ele não era exatamente bem-vindo na casa da família. Claro, você sabe de tudo isso — ela diz abruptamente, antes de apontar para uma agenda. — Eu já olhei isso aí, claro. Não tem nada que chame a atenção.
— Então você não tem a menor ideia do que ele estava fazendo num galpão em Leith?
— Claro que não. — Os olhos dela se cerram, hostis.
— Desculpe — Lennox diz —, não foi isso o que eu quis dizer. Mas ele não contou por que tinha voltado para a Escócia? Não parece estranho, sendo que ele geralmente fica com você quando vem ver os filhos?
— Não, ele não me contou, e sim, é muito estranho — ela admite. Ela toma um gole de vinho. O rosto dela se contorce como se provasse vinagre.
Lennox espera que Drummond esteja tendo mais sorte falando com os colegas de política de Ritchie Gulliver. Ricaços são muito bons em fazer cara de paisagem, e essa advogada, mesmo de luto e furiosa, é uma das melhores.
— Relacionamentos fora do casamento?
Ela olha para ele com um rancor renovado.
— Você teria ficado sabendo.
— Eu obviamente sei sobre o romance homossexual dele com Graham Cornell, sim. Houve outros? Gay ou hétero?
Moira zomba com certa ironia.
— Ele era homem...
Generalidades desse tipo nunca ajudam. Há homens de todos os tipos: hábitos, impulsos sexuais e moralidades diferentes. E essas coisas, como ele sabe por experiência, podem mudar ao longo do tempo e conforme as circunstâncias.
— Alguma coisa específica?
— Não que eu saiba. — E ela, de repente, olha diretamente para ele. — Mas homens são cheios de segredos, não?

Lennox sente o desafio desconcertante no tom com que ela fala. Ele se pergunta se ela e Jackie conversam sobre os respectivos irmãos. Ele se vira e começa a folhear o livro; logo ele vê que nos compromissos de Ritchie Gulliver a letra "V" aparece com regularidade. Lennox se pergunta se pode ser uma prostituta com quem ele estava fazendo sexo.

*Mas ele acabou amarrado e castrado num galpão deserto no cais de Leith. Como foi parar lá?*

— Você se importa se eu levar isso? Eu devolvo.

— Fique à vontade.

Lennox coloca o livro debaixo do braço.

— Obrigado.

— Você vai encontrar o homem que fez isso?

— Por que você tem certeza que foi um homem?

Ela olha como se ele estivesse doido.

— Bom, eu não tenho certeza, mas eu sou uma criminalista — ela diz, com um arco de sua sobrancelha como se insinuasse: *e você é um detetive.*

*É justo*, Lennox pensa. As probabilidades são enormes. Mulheres simplesmente não cometem esse tipo de crime. Ele se pergunta por que insinuou que isso seria possível.

— Vou fazer todo o possível.

— Tendo em vista a sua história com Ritchie, você pode entender por que eu fico preocupada — ela diz. — Mas eu acredito em você. A Jack me diz que você trabalha duro nos seus casos.

É estranho ouvir outra pessoa chamando a irmã dele de Jack. Nem os pais dele, nem o irmão nunca usaram o apelido com que ele gostava de se referir à bem-sucedida advogada criminalista Jacqueline April Lennox. Ele só usava esse apelido porque no começo isso irritava a sua irmã mandona e em franca ascensão. Mas à medida que, na cabeça dela, esse apelido passou de proletário a feminista, Jackie aceitou.

— Nem sempre eu concordo com a minha irmã — Lennox admite —, mas neste caso, Moira, ela tem razão. O seu irmão morreu nas mãos de uma força tremendamente perversa e empenhada. —

E ele sente sua voz assumindo a convicção necessária. — É possível que eles tenham feito isso antes...
— O Savoy?
*Mas que merda, como ela sabe disso?*
— Nós obviamente estamos estudando o modus operandi em busca de semelhanças com o recente ataque em Londres, mas se eles não forem pegos, é provável que voltem a agir.
— Eles? Por que o plural? Algum indício que sugira mais de uma pessoa?
— Eu estava tentando evitar dizer "ele" ou "ela" — Lennox diz, por mais que Moira não pareça convencida.
— Eu volto a todos os casos em que já trabalhei — ela diz, desanimada. — Por quê? Por que eles fazem isso?
— O poder é sempre implacável em sua propagação e na satisfação de suas metas. Nós construímos um sistema econômico projetado para concentrar esse poder. À medida que isso acontece, a oposição ao poder fica cada vez mais extrema. Nós estamos simplesmente colhendo o que semeamos — ele diz, e deixa Moira pensar nisso.

Ele se pergunta, se afastando da casa em seu carro, se ela consegue ver como sua riqueza, sua educação e seus contatos a protegeram contra os resultados mais negativos desse sistema. Assim como protegeram o irmão dela.

Até agora.

Chega uma mensagem de Gillman.

> Acharam o pinto e as bolas do cretino no Monumento Scott. Estavam pendurados e bateram na cara de um turista.

Se fosse outra pessoa, ele ia achar que era uma piada. Mas o Gillman adora ser o grosseiro, porém impassível, portador de notícias extremamente desagradáveis como essa.

3

Ray Lennox volta de carro para a cidade, cultivando uma vã fantasia de fazer sexo com Moira Gulliver. Isso não é novidade para ele, na verdade, é um hábito com certas mulheres com quem ele entra em contato. Mas nesse caso tem um elemento perturbador, que vem da percepção de que ele jamais se permite o luxo de uma distração desse tipo num caso que seja importante para ele. Quando ele pensa no corpo esguio de Moira, isso oblitera de sua mente os vestígios dos genitais retalhados do irmão dela.

*Melhor lidar com uma ereção do que foder com a cabeça pra sempre. O Monumento a Walter Scott...*

Olhando para o relógio no painel, ele decide não ir para o norte no trevo de Maybury para voltar ao escritório. Em vez disso, ele vai na direção oposta, para a penitenciária de Saughton, lembrando de uma reunião que teve em Birmingham na semana anterior.

O queixo de Frederick Goad tinha desaparecido num pescoço de sapo-boi. Era uma visão que Lennox sempre tinha associado, embora sentisse que talvez isso fosse injusto, a um desespero existencial. O tom gelado, exaustivo de Goad não ajudava a acabar com essa impressão.

— Ele era um cara que trabalhava duro, tinha iniciativa, viajou o país todo lidando com vários projetos diferentes, dava ideias para várias equipes multidisciplinares — ele disse, em referência a um de seus funcionários.

Lennox fez que sim com a cabeça, ficando em silêncio, mesmo com imagens de meninas mortas, de almas brutalmente arrancadas dos cadáveres frios com olhos de peixe que eram deixados para trás, queimando junto com o café em suas vísceras.

Mesmo assim, Goad continuou, sem dar atenção ao rancor crescente de Lennox.

— Ele precisava desenvolver protocolos num ambiente que mudava rapidamente, influenciando outras pessoas em todos os níveis, além de gerenciar de maneira eficiente vários trabalhos... Ele se dividia entre Londres, Birmingham e Leeds — Goad continuou tagarelando, vomitando todas as irrelevâncias tediosas há muito sabidas, com Lennox o estudando o tempo todo, por mais que estivesse entediado.

Dá para entender, ele tinha sido questionado sobre esse funcionário em particular muitas vezes. Por policiais, por gente da imprensa, pelos seus próprios chefes, pelo próprio Lennox. No entanto, esse gerente de operações do Departamento de Transporte iria ser mencionado em conversas pelo resto de sua vida. A resposta de Goad tendia a soar como uma descrição do emprego de Gareth Horsburgh feita pelo departamento de Recursos Humanos.

— No serviço público, o Horsburgh tinha acesso a diversos benefícios; um período generoso de férias, boas opções de aposentadoria, ambientes de trabalho flexíveis e inclusivos, e diversas outras coisas que permitiam um equilíbrio saudável entre trabalho e vida pessoal — Goad declarou, evidentemente incomodado pela ideia de que um homem com esse tipo de vantagens na vida pudesse descarrilar daquele jeito.

Foi nesse ponto que Lennox perdeu a paciência.

— Infelizmente os projetos de vida dele tinham a ver com o sequestro, estupro e assassinato de meninas.

— Não teve absolutamente nada que chamou a atenção nos exames de segurança, que são bem rigorosos — Goad disse de repente, num tom quase de súplica.

Lennox olhou bem nos olhos do homem da HS2.

— O que eu preciso é que você me fale sobre o Horsburgh... alguma coisa que eu não saiba.

— Eu sei que ele é um monstro, mas ele realmente é um bom engenheiro e um bom funcionário público — Goad afirmou, e então, percebendo o que tinha dito, colocou a mão em arrependimento no peito e perguntou para Lennox: — O que acontece para um homem agir daquele jeito?

— Quando ele era menino, o padrasto e os amigos dele voltavam do pub e usavam o garoto de banheiro. Isso durante anos.

Goad caiu num silêncio atônito. Lennox foi embora e saiu dirigindo para o norte.

Agora ele está do lado de fora da penitenciária de Saughton, pensando nessa conversa com o chefe do Sr. Confeiteiro, assim como na conversa que teve com a ex-mulher e com a mãe dele, pensando que realmente já tirou as últimas gotas de leite dessas pedras. E, no entanto, ele segue em frente, no seu próprio ritmo. O caso não está encerrado para ele. Para que os pais de crianças e moças desaparecidas há muito tempo realmente possam ter um desfecho para a história, ele precisa encontrar as lamentavelmente célebres páginas amarelas do Confeiteiro — os diários que ele escondeu em diversos locais, detalhando seus crimes. Para isso, ele precisa voltar a se encontrar com o monstro.

A ala das feras, a parte da penitenciária que abriga os criminosos sexuais que ficam isolados, sempre deprime Lennox. Ele os observa, com suas roupas marrom-avermelhadas, olhando furtivamente enquanto anda pela área de recreação deles. O antigo diretor da unidade era um fã do Hibernian FC com um senso de humor afiado, e instituiu as novas cores dos trajes, escolhendo para os pedófilos a cor do time rival local, o Heart of Midlothian. Ironicamente, isso foi instituído antes do time favorito de Lennox contratar um sujeito com passagem por crime sexual como empresário. Ele encara o olhar sarcástico daqueles pedófilos, cheios de medo, mas cheios de atitude. Ele colocou muitos deles ali.

*Um lança-chamas e carta branca por uma hora. Seria lindo.*

E o maior de todos os portentos entre eles é Gareth Horsburgh, o homem que eles conhecem como Sr. Confeiteiro. O serial killer de crianças usou vários jogos mentais com Lennox, que tentou arrancar do Confeiteiro seus inalcançáveis diários.

Gillman extraiu do assassino uma confissão sobre a morte da menina Britney Hamil, de Edimburgo. Depois conseguiram ligá-lo aos assassinatos de Nula Andrews e Stacey Earnshaw, em Welwyn Garden City e Manchester. Os chefes da polícia não ficaram nem um pouco felizes com esse resultado, uma vez que isso exigia a libertação de Robert Ellis, que tinha sido demonizado pela imprensa depois de ser erroneamente condenado por esses crimes. Mas depois disso, o homicida contratou um advogado e se recusou a cooperar com uma multidão de casos de outras meninas que tinham desaparecido ao longo dos anos. Ele dava pistas de estar envolvido, mas, na ausência de provas físicas, era impossível seguir em frente com as investigações. No entanto, Ray Lennox não consegue deixar isso para trás, e, com a morte de Ritchie Gulliver, ele sente o cheiro de uma oportunidade.

Essa é a primeira vez em anos que Gareth Horsburgh se dignou a falar com ele, desde que Lennox cometeu aquilo que o assassino em série de crianças viu como uma traição: soltar seu colega, o perverso Gillman, em cima dele. Agora o detetive se odeia pela expectativa e pela empolgação que tomam conta dele. Ele encontra a assistente social Jayne Melville na recepção. Ela ajudou a intermediar a visita, correndo um grande risco, com a colaboração de dois funcionários da cadeia, Ronnie McArthur e Neil Murray.

Jayne Melville é uma mulher baixa e roliça com um corte de cabelo tipo tigelinha e óculos grandes. Ela tenta obsessivamente descobrir o que aconteceu com sua irmã, Rebecca, que desapareceu há doze anos. Lennox se uniu a ela nessa *idée fixe*, embora tenha dito que, tendo em vista as circunstâncias, era improvável que Rebecca tivesse sido vítima do Confeiteiro.

A primeira impressão dele, quando o carcereiro Murray o deixa entrar na cela, é que o Confeiteiro parece ter ganhado peso. A barriga é visível e a papada tem um aspecto instável. Comida de cadeia. Como o pomposo funcionário público deve odiá-la.

— Detetive Lennox.

O Confeiteiro sorri, se recostando na cama, as mãos atrás das costas.

— Olá, Gareth.

Lennox se recusa a fazer um preâmbulo, indo direto ao assunto dos diários que o Confeiteiro escondeu.

— As páginas amarelas.

— Meus dedos vão falar por mim.

A segunda coisa que Lennox percebe é que Horsburgh recuperou a arrogância que temporariamente Gillman tirou dele.

— Me dá alguma coisa, Gareth.

— Ou você vai mandar aquele animal, o Gillman — o Confeiteiro zomba, sentando-se. — Meu advogado foi informado de tudo. Uma marca que seja em mim e...

Enquanto puxa a única cadeira da cela, Lennox interrompe, falando com clareza e devagar.

— Eu não vim aqui fazer ameaças nem intimidar. Só estou pedindo, por favor, me dá algo. Hazel Lloyd. — Ele olha para o assassino mantendo a calma. — A família dela está sofrendo. Eles rezam todos os dias para saber o que aconteceu com ela. Eles são pessoas boas, Gareth. Independentemente do que você pensa sobre a maldade do aparato estatal, eles não são parte disso. O teu legado, seja qual for, não tem a ver com torturar gente assim. — E ele passa uma lista para o Confeiteiro.

O assassino de crianças pega, mas não olha para ela.

— Você jogou aquela besta do Gillman em cima de mim. Você me traiu. Agora você quer conversar de novo?

*Claro, seu bosta de pedófilo assassino!*

— Quero os nomes que estão nessa folha. Quantas delas foram você, os lugares onde estão enterradas. Os cadernos amarelos... me dê mais um. Só um. Hazel Lloyd.

— Por que eu deveria fazer isso?

— Eu já te disse: esse não é o teu legado.

— Você não sabe qual é o meu legado, Lennox. Todos eles são cúmplices. Ficar neutro, viver em ignorância deliberada, é escolher um lado.

Lennox decide mexer com o ego do Confeiteiro. Ele sempre alegou, de maneira pouco convincente, ter motivos mais sérios do que simplesmente satisfazer seus desejos sexuais cruéis e pervertidos e sua necessidade de se sentir no comando. Talvez ele precise acreditar nisso para executar crimes tão hediondos. Lennox vê isso como um potencial calcanhar de Aquiles, que ele não conseguiu explorar. Ainda.
— Você estava atrás de peixes maiores, Gareth. Tentando conseguir essa reação de um Estado corrupto, moribundo, e de uma opinião pública passiva. Eu suspeito que espalhar o terror nos corações de desconhecidos, de pessoas que estão tentando tocar a vida, não é o que realmente te move.
— E você acha que me conhece. — Ele ri causticamente.
— Eu não conheço, mas meu palpite é que parte do que você diz é verdade. — E ele encara novamente os olhos desumanos e sem vida.
— E tem mais um motivo.
— Qual?
Lennox mostra para ele as fotos em seu celular. São as imagens que Drummond fez de Gulliver. Além delas, há uma foto mais recente de genitais ressecados pendurados num arco gótico.
O Confeiteiro as analisa. Não há movimento nos músculos de seu rosto e os olhos continuam apáticos como antes.
— Tiradas hoje cedo. O pinto cortado foi pendurado de tarde. Se isso tiver relação com um ataque semelhante que aconteceu em Londres, ninguém mais vai lembrar de você. Esse cara novo está atacando gente poderosa de verdade, não crianças indefesas — ele diz, fingindo estar triste. — Isso é bem mais intrigante para a imprensa e para a opinião pública.
Ele observa o Confeiteiro, que olha para ele e, relutante, devolve o celular.
— Um celular desses seria útil para mim, Lennox. Será que você me arranja um?
— Posse de um celular na prisão é uma infração grave — Lennox diz, impassível, sabendo que o Confeiteiro cumpre três penas de pri-

são perpétua. — A pena máxima é de dois anos de prisão ou uma multa, ou as duas coisas.

— Eu fico com a multa. — O Confeiteiro sorri.

Lennox volta ao ponto.

— O que eu estou dizendo é para você pensar em todo o seu planejamento, todo o esforço ao longo de anos para criar um legado. E tudo isso pode ser relegado a uma nota de rodapé. Se você me desse pelo menos um caderno amarelo e uma localização, você volta para o jogo. O importante é não perder o momento. — E ele encara o Confeiteiro com frieza. — Eu não vou ficar na polícia para sempre, Gareth. Eu tenho um legado também. Eu quero ser o cara que pegou o serial killer mais perigoso da Grã-Bretanha, e não alguém que pôs na cadeia um pedófilo problemático que atacava alvos fáceis. Pense nisso — ele pede, se levantando e se preparando para sair da cela, para deixar o preso refletindo. — Tem alguém lá fora castrando homens poderosos. Essa é a única coisa que interessa a polícia e a imprensa hoje. Eles não ligam para as meninas e moças da classe trabalhadora que você raptou e matou. Você e eu ligamos, de jeitos diferentes.

O Confeiteiro está cercado de silêncio.

Lennox olha ameaçadoramente, depois aponta para ele.

— Não me vá estragar tudo.

— Eu vou pensar — o Confeiteiro diz, petulante. — *Você* pense no meu celular.

E enquanto sai para encontrar sua noiva, Ray Lennox deixa para trás o homem que abomina mais do que qualquer outro, com a sensação de que mergulhou mais fundo do que nunca em seu esgoto.

## 4

Uma vela queima sobre a toalha xadrez da mesa, banhando seus ocupantes com a lisonjeira luz do romance. Lennox vê um sujeito de meia-idade de terno ao lado deles cortar um pedaço grande de carne de veado, o que leva Lennox a se lembrar dos restos mortais ensanguentados de Gulliver. Ele olha para Trudi Lowe, sua noiva, do outro lado da mesa, tentando se livrar da associação mórbida. Com os cabelos presos, Trudi está com um belo vestido azul-esverdeado. Ele se arrepende de ter escolhido um traje mais casual: um blazer Harrington preto com um suéter Hugo Boss azul-claro de gola redonda. Os sapatos são confortáveis mocassins com franjas. Lennox se sente um tanto inferiorizado, sabendo que seu irmão Stuart, torcedor do Hibernian, tende a desprezar mocassins, por ser coisa de torcedores do Heart of Midlothian.

Trudi está sentada com uma taça de vinho diante dela. Lennox, que bebe água com gás com um espresso duplo, queria que eles jantassem aqui, em vez de ir comer na irmã dele; a comida é mais do que aceitável nesse restaurante francês, que também é um bar de vinhos que eles frequentam regularmente. O lugar se orgulha de ter uma culinária despretensiosa, usando ingredientes locais. A comida de Jackie vai ser exagerada, e Lennox tem medo de encontrar a mãe deles lá.

Trudi está feliz de ver o noivo relaxado. O vinho não foi sua melhor ideia, mas ela quase nunca bebe na frente dele. Só uma taça de um Chardonnay que não chega a ser insuportavelmente doce. Ela lança um olhar desaprovador para o espresso duplo dele. Ela leu que o café, com sua dose massiva de cafeína, é uma porta de entrada para a cocaína. Ele segue o olhar dela, reconhece aquela expressão, e eles trocam caretas cheias de mágoas. A conversa recai numa discussão se a promoção de Lennox no meio da reorganização que está para acontecer vai diminuir ou aumentar o estresse.

— Vai ser menos estressante — Trudi declara — porque você não vai precisar lidar tão diretamente com todos esses casos perturbadores, mas também vai ser mais estressante porque você vai ter que responder pelos erros dos outros.

— Então ficam elas por elas.

Trudi passa a mão pelos cabelos loiros, prendendo uma mecha atrás da orelha. Arruma um brinco que estava soltando.

— Mas o que ia ser mais estressante para você, Ray?

— Não sei — Lennox confessa, olhando mais uma vez para o executivo de terno ao lado deles. Assim como Lennox, esse sujeito está com uma mulher mais nova, e dá um rápido sorriso de cumplicidade nauseante para ele. Lennox pensa na vítima de Londres; ele também foi descrito como um "executivo" e sua identidade não foi revelada. Esse incidente, supostamente envolvendo um homem nu que correu cobrindo com as mãos seus genitais ensanguentados até o saguão do hotel Savoy, recebeu uma cobertura tímida da imprensa, e só interessa a policiais e a advogados como Moira Gulliver. Isso significa que se tratava de alguém conhecido, talvez um político experiente, talvez uma celebridade. Certamente alguém com dinheiro e poder.

Trudi estava ansiosa para conversar sobre a falta de interesse de Lennox pelo poder, sobre as entrevistas para a vaga de Bob Toal que vão acontecer na segunda seguinte como parte da reorganização do departamento de Crimes Graves de Edimburgo.

— Estão se livrando dos mais velhos, começando pelo Bob Toal.

— Mas ele já não ia se aposentar mesmo?

— Vai ser um pouco mais cedo do que ele planejava, graças a essa reorganização. — Lennox toma um gole de água. — Acho que ele continuaria se tivesse essa opção. Mas já que não tem, ele parece estar se dedicando à ideia da aposentadoria — ele diz, observando o sorriso reptiliano do executivo, enquanto ele estende a mão até o outro lado da mesa para tocar na mão da mulher.

— Isso é bom — diz Trudi, tomando um gole de vinho, satisfeita por notar que o noivo não dá sinais de invejar a sua bebida alcoólica.

— E, portanto, aqui estou eu — Lennox faz um bico — sendo cogitado a contragosto para uma promoção importante que eu não sei bem se quero.

Trudi, que teve duas promoções do gênero na Caledonian Gas, diz:

— Não tem nada de errado em ser ambicioso, Ray.

Os olhos dela brilham, indicando empolgação com a ideia de se tornarem um casal poderoso. Uma chance para o progresso social de ambos que afastaria Lennox da parte perigosa do trabalho.

Lennox passa a mão pela barba que vai crescendo no queixo. Ele pensa em sua visita ao Confeiteiro, e acha que, de fato, não seria a pior coisa do mundo se outra pessoa tivesse de lidar com esse tipo de interação. Às vezes isso cansa.

Trudi se inclina para frente na cadeira. Exibe um decote ousado, como se o desafiasse.

— O que você *realmente quer*, Ray?

— Eu quero... — Lennox diz pensativo, lançando seu olhar para ela, em seu vestido que lembra a pele de uma sereia. — Eu quero levar você pra casa e te comer loucamente.

— Eu ia gostar disso — diz a noiva, ronronando, feliz com a volta do velho Lennox. Agora ele não se parece mais o homem em escombros que foi pouco tempo atrás, quase destruído pelo Sr. Confeiteiro, antes de se sentir estranhamente revigorado por sua aventura rebelde em Miami.

— Queria que a gente não tivesse essa droga de jantar. Depois, então. Por isso é melhor a gente não ficar até muito tarde!

— Na sua casa ou na minha?

— Na minha — Lennox diz. — Até troquei o lençol.

— Assim você me acostuma mal. — Trudi bebe o vinho de um gole só e olha para o celular. — O táxi chegou.

Lennox toma sua água e levanta. A última vez que ele viu a mãe foi no funeral do pai. Ele surtou e fez uma cena. Agora ela rompeu com o amante de longa data, Jock Allardyce. A confusão de Lennox fica evidente para Trudi nas rugas de sua testa.

Na corrida de táxi pelas ruas de Edimburgo que ficam menos iluminadas à medida que o verão vai acabando, ela pede para Lennox:

— A vida é muito curta, Ray. Seja gentil e não se envolva nas merdas dos outros.

— Bom conselho.

Tem gente que vai atrás das merdas dos outros. Tem outros que não fazem nada e já vão arremessando as merdas neles.

O trânsito é leve nas ruas secundárias tortas que o motorista escolhe usar, e, embora o trajeto sacolejante lembre uma montanha-russa, eles se divertem. Trudi olha com aprovação enquanto eles começam a andar nas pedrinhas do terreno da imensa casa de campo de arenito vermelho em Grande, e são recebidos por Condor, o labrador caramelo que está cada vez mais gorducho. A casa pertence a Jackie e a seu marido, Angus. Os dois são advogados, ela criminalista, ele corporativo. Lennox percebe as marcas de ponderação na testa da noiva. Imagina que ela esteja estimando os valores dos apartamentos dos dois e acrescentando os salários deles, para calcular a hipoteca necessária para comprar uma casa como essa.

Quando o latido do cachorro chega a um tom mais ameaçador, Jackie abre a porta. Lennox leva um susto. A irmã parece dez anos mais nova do que na última vez que os dois se viram. Perdeu uns bons cinco quilos, mudou o corte de cabelo, tingiu as raízes e adotou um jeito mais jovem de se vestir.

— Vocês dois estão supermagros — ela diz, olhando para eles.

— Você também está ótima. — Lennox sorri.

— É verdade — Trudi diz.

— Uma dieta nova, baseada em jejum — Jackie murmura. — Você pode comer o que quiser, mas só das dez da manhã até as quatro da tarde.

No entanto, quando eles entram no vestíbulo onde penduram os casacos, Lennox percebe uma tensão na irmã, que está com a testa franzida. Ele também se dá conta. É uma ocasião especial; a mãe deles, Avril, deixou Jock Allardyce. Afastado dela desde o desastre do funeral do pai, Lennox entra ansioso.

*Você não estava bem porque o Confeiteiro tinha ferrado sua cabeça. Peça desculpas.*

*Não. Não peça desculpas. Nunca.*

Percebendo o olhar perdido e os lábios tensos do noivo, Trudi aperta forte a mão dele, enquanto em sua mente Lennox volta ao funeral, onde ele foi cruel tanto com Avril quanto com o amante dela, Jock, antes de ter um ataque de raiva. O que aconteceu entre a mãe dele e Jock?

*Ele era o melhor amigo do seu pai e estava transando com a mulher dele.*

*Que filho de uma puta.*

*Que vadia.*

Foi Trudi quem insistiu que ele aceitasse o convite de Jackie e Angus para um jantar em família e fizesse as pazes com Avril.

— Lembre — ela sussurra, enquanto Jackie conduz os dois para o salão, onde Angus está sentado com a mãe dele, mostrando para ela os bonecos de Cossacos Russos com seus olhares furiosamente alegres que ele trouxe de uma viagem recente a Moscou —, a vida é muito curta.

Angus cumprimenta Trudi e, além dos bonecos, começa a mostrar a ela algumas fotos emolduradas. Para Lennox, é evidente que o marido não tem no olhar o mesmo brilho da esposa.

*Alguém está brincando no parquinho dela, e não é o Angus.*

Lennox aproveita a deixa, faz um aceno pouco à vontade com a cabeça e vai, relutante, na direção da mãe para cumprimentá-la com um beijo tenso no rosto.

— Meu filho — Avril diz, com uma tristeza úmida nos olhos perdidos.

*Parece que ela está dopada de Valium...*

Se Jackie parece mais nova, Avril mergulhou de cabeça numa velhice de aparência frágil desde a última vez em que ela e Lennox se viram. A pele dela, que já foi macia, está se desintegrando num crepe ressecado, que fica evidente de uma maneira mais grotesca nos braços nus. O rabo sacolejante de Condor diminui de velocidade enquanto ele cheira Lennox. Depois o cachorro vai na direção da lareira e deita no tapete em frente ao fogo.

Angus oferece drinques, mas Jackie aparece, anunciando por cima dele que a comida está pronta. Eles contrataram uma empresa para preparar o jantar. Trudi está empolgada com algumas das fotos, incluindo algumas do chalé.

— Não é maravilhoso, Ray?

— Sim — Lennox concorda, pensando em Moira Gulliver e seu irmão mutilado.

— Vocês deviam passar uns dias lá para descansar — Angus sugere. — Podem pegar as chaves quando quiserem. Aproveitar os últimos dias em que o clima ainda está mais ou menos tolerável.

Trudi dá um gritinho de empolgação.

— Seria incrível! Ray?

— Parece bom — Lennox concorda.

— Só estamos esperando o Stuart, como sempre — Jackie diz tensa, mostrando o celular —, mas ele está a caminho. Vamos começar com o gazpacho.

— Boa escolha — Angus concorda, agitando a mão em frente ao nariz para afastar um odor desagradável que surge de repente, e leva todos para fora do salão, enquanto olha acusadoramente para o cachorro.

— É aquele momento especial do Condor...

Eles chegam rápido à sala de jantar e tomam seus assentos à mesa. Os filhos adolescentes de Jackie, Fraser e Murdo, sentam com eles. É difícil para Lennox, e para os outros, não perceber que Fraser está de vestido e usando maquiagem. Só Angus parece não ver nada, mas Jackie e Avril estão obviamente incomodadas. Trudi dá uma

57

olhada nervosa para Lennox, enquanto Murdo sorri diabolicamente durante uma troca de elogios e frases cordiais.

Enquanto a sopa fria é servida e rapidamente consumida, Lennox e a mãe trocam um olhar tenso, enquanto Stuart, o irmão mais novo de Ray e Jackie, finalmente chega. O ator é mais baixo, porém mais forte que o irmão, e cheio de uma energia irrequieta.

— Pois olhe só, eis aqui a Sra. Allardyce — ele diz cantando para Avril, dando um beijo na mãe enquanto entrega uma garrafa de vinho tinto para Jackie. — Estou vendo que vocês traçaram o gazpacho rapidinho. — Ele sorri.

— Bom, você estava atrasado — diz Avril, olhando dramaticamente para o fino relógio de ouro balançando em seu pulso queimado pelo sol.

— Minha sopa esfriou? — Stuart dá uma risadinha, pegando a garrafa de vinho tinto mais próxima dele e enchendo sua taça de Clarete. Lennox olha invejoso. — Chega desse olhar, Raymondo! Eu estou comemorando! Nós fizemos uma exibição do meu programa novo para o elenco e a equipe, e acho que a BBC Escócia pode estar disposta a já aceitar uma segunda temporada da série!

— Qual é essa série, Stuart? — Jackie levanta a sobrancelha. — De qual pérola nessa infinita cadeia de audições, testes, primeiros dias de filmagens, últimos dias de filmagem, festas, exibições e estreias que geram constantes celebrações estamos falando neste momento?

— A língua de minha irmã transborda de impressionante desdém, Angus... — Ele se vira para o cunhado: — Silenciai vossa bela donzela com um longo beijo!

Angus revira os olhos e olha desconfortavelmente para longe.

— Me deixa fora disso.

— Eis as palavras de um sábio homem.

Stuart ergue novamente sua taça, piscando de modo exagerado para Jackie.

— É meu sitcom na BBC Escócia, claro; *Typical Glasgow*, com ponto de exclamação no fim, onde eu faço o papel do esnobe da New Town de Edimburgo, que pega um pub pé-sujo bem na divisa do East End com a Merchant City, e quer transformar o lugar num bar de vinhos, atraindo uma clientela mais chique. Obviamente os moradores da região têm outra...

— A gente lembra — Jackie interrompe, impaciente, o que surpreende Lennox, já que a irmã tende a ser indulgente com Stuart na mesma proporção em que o critica. Mas ele percebe que ela não tira os olhos de Fraser, e está se preparando para dizer algo.

Mas é Avril, a mãe deles, quem fala primeiro, perguntando ao neto:

— Qual o problema daquela jaqueta linda que eu comprei pra você?

O menino lança um olhar sarcástico para a avó. Lennox conhece aquele olhar e aprova.

— Eu vou vestir o que eu escolher vestir.

— Não, não vai. — Jackie sacode a cabeça com veemência. Ela mantém os olhos na sopeira vazia, mas aponta para a porta. — Por gentileza, levante da mesa e volte com uma roupa adequada.

— Jackie... — Angus apela.

— Só me aceite, mãe — Fraser afirma com calma. — Eu sou uma mulher trans. Viva com isso.

— Não. Você não é. — Jackie encara o filho. — Quando você saiu de mim, disseram: é um menino. E quer saber? Eles tinham razão. Às vezes eu preferia que eles estivessem errados, mas não estavam.

— Mais um absurdo reacionário transfóbico de TERF. — Fraser suspira.

Os dentes de Jackie se cerram.

— Eu sou feminista — ela olha desafiadoramente em torno da mesa, o queixo proeminente —, e meninos como ele, agindo assim, são fantoches perigosos do patriarcado, atacando os direitos que as mulheres conquistaram com muita luta. — Ela se volta para o filho, sacudindo a cabeça, contrariada. — Eles não entendem o dano que estão causando!

— Eu me identifico como uma mulher trans! Qual é o problema disso?

— Você não é uma mulher!

Angus observa a situação.

— Jackie, deixa. A gente passou pela mesma coisa com o Bowie.

— Uns tolinhos privilegiados com seus pintos tentando tomar conta dos espaços das mulheres! Eu não vou aceitar isso!

Stuart, que está bêbado, volta a encher um copo que Lennox nem chegou a ver esvaziado, e se vira para Jackie.

— Por obséquio, *mein schveet schwester*, por que você se incomoda tanto com o jeito como o Fritzy prefere se vestir?

— Porque ele está sendo iludido para dar seu apoio tácito a um patriarcado tóxico, e ainda está passando ridículo por causa disso.

— A colher que ela aponta passa de Fraser para Stuart. — E você não comece!

Fraser abruptamente se levanta e sai da mesa.

— Isso mesmo! Vá! — Jackie grita. — Vá embora quando a coisa fica difícil. Dê uma de vítima.

— Jackie — Angus resmunga, enquanto eles ouvem os pés de Fraser pisando forte na escada a caminho de seu quarto.

— Ele era bem assim também com aquela história de ficar com outros homens — Avril resmunga, olhando para Stuart.

— O Fraser *não* está ficando com outros homens — Jackie diz, irritada.

— Um brilhante exemplo de castidade se pronuncia — diz Stuart, erguendo uma taça para brindar sua mãe. — Obrigado, Sra. Allardyce!

Isso dá início a uma série de provocações. Lennox permanece em silêncio o tempo todo, olhando para a mãe.

*Você a viu na cozinha, enquanto Jock Allardyce descia as escadas. Ninguém esperava que você voltasse tão cedo do passeio de bicicleta com*

Les Brodie naquele sábado. Mas você voltou. *Houve um incidente, e você esfolou os joelhos.*

Lennox percebe que não está apenas encarando a mãe como ela está boquiaberta olhando para ele. Ela desvia o olhar de Lennox para os irmãos dele, que continuam brigando.

— Eu queria que o Fraser fosse gay, aí eu ia entender — Jackie diz, continuando seu argumento. — Mas ele já namorou meninas, a Angelica e depois aquela maluquinha da Leonora. Isso é só pra conseguir atenção, não passa disso.

— Exatamente, como a gente com o Bowie — Angus disse.

Quando Lennox sente a mão de Trudi apertar sua coxa debaixo da mesa, seus pensamentos mudam. Ele pensa em um velho colega de polícia, um tira durão, que bebia muito, chamado Jim McVittie. Jim acabou entrando para o Alcoólicos Anônimos, mesmo sem gostar. Mas lá ele encontrou o Narcóticos Anônimos, que era muito mais o estilo dele. Os encontros eram num pub à moda antiga onde McVittie disse a um Lennox altamente embriagado que ele devia fazer daquele seu último drinque. Jim perguntou o que ele estava escondendo. Lennox respondeu por reflexo que não estava escondendo nada. McVittie disse para ele: "Todo mundo está escondendo alguma coisa."

*Todo mundo está escondendo alguma coisa.*

— Ray? — A voz de tribunal de Jackie arranca Lennox de seus pensamentos. — O que você acha dessa bobagem toda?

Lennox olha em torno da mesa, todos os olhos sedentos pelo seu ponto de vista. Ele se decide por dizer:

— Talvez todos nós devêssemos ser mais tolerantes uns com os outros. São tempos difíceis e as coisas estão mudando rápido.

— Pare de se policiar, Ray.

Jackie evidentemente não está satisfeita, mas o fato de ela estar falando mais baixo indica que está feliz com a trégua, bem na hora em que os pratos principais estão sendo servidos.

Stuart faz um trocadilho:

— O que você podia esperar de um policial?

Lennox olha para o irmão. O rosto dele está inchado de álcool.

— Você conhece um ator chamado Norrie Erskine?

Os olhos de Stuart se iluminam.

— O cara que jogava futebol. Sim, fiz uma peça com ele por uma ou duas temporadas! *Aladdin*. Ele não era um de vocês? — A voz de Stuart assume um tom de rancor, como sempre acontece quando ele fala da profissão de Lennox.

Tentando evitar que ele entre no assunto, Lennox diz:

— Sim, continua sendo.

Stuart responde com vigor:

— Não me surpreende. Aquele puto era uma praga; um tarado. Eu podia te contar umas histórias...

— Histórias que nós não queremos ouvir na hora da mesa, muito obrigado, Stuart — Jackie diz.

Lennox está levemente interessado, mas era isso que ele sempre ouvia sobre os amigos atores de Stuart. Nos raríssimos casos em que não eram putas e pervertidos, eram incels.

Stuart recua quando Avril começa a falar dos palavrões dele. Apesar da defesa espirituosa que Stuart fez da palavra "puto", o resto da noite transcorre sem incidentes. Quando eles estão se preparando para ir embora, Lennox anuncia:

— Vou subir para me despedir do Fraser.

Jackie dá de ombros, mas deixa que ele vá, se contentando em pegar os casacos enquanto Lennox sobe as escadas. Ele sempre gostou do menino, acha que as conversas com ele são mais profundas e, ao mesmo tempo, mais descontraídas do que as que ele tem com Murdo. Ele levou o menino a Tynecastle, para ver os Hearts várias vezes. Lennox segura o riso quando pensa em Fraser vestindo seu traje atual no Wheatfield Stand.

Ele bate à porta.

— Oi, parceiro.

Fraser está sentado diante do computador, jogando alguma coisa on-line. Os gráficos indicam que se trata de algo japonês ou chinês ou, quem sabe, coreano. Ao perceber que Lennox entrou, o sobrinho tira os fones de ouvido.

— Eu não quis causar uma cena, tio Ray. Foi ela.

— Eu sou irmão dela, amigão — Lennox diz. — Ela sempre exigiu que as coisas fossem do jeito dela.

— Nem me fale. — Fraser sorri. — Imagino que você vai dizer que eu estou passando ridículo e que eu não sei o que estou falando. Que eu sou um jovem confuso.

— Todos nós somos jovens confusos, parceiro. A gente só descobre jeitos de esconder isso melhor. Mas todo mundo continua sendo adolescente, só que com uma pele que nunca para de piorar.

Lennox vê o pôster dos Hearts na parede. A velha flâmula que ele comprou para Fraser quando ele era pequeno, uma bandeira que hoje está ultrapassada, que não inclui as duas últimas vitórias no Campeonato Escocês. Ele fica comovido por ver que o sobrinho guarda aquilo pelo valor sentimental.

— Então, não, eu não vou te dizer isso. Só quem pode saber disso é você. E se você sabe o que quer, você está se saindo melhor do que a maioria.

Fraser assente lentamente com a cabeça para o tio.

— Você vai dar um jeito, meu chapa, nessa história de ser adulto — Lennox diz, forçando um tom animado na voz. Seu sobrinho tem quase vinte anos de idade e está no segundo ano de Direito da Universidade de Edimburgo, mas em vários sentidos ainda parece bem mais novo. — E quando você conseguir, me conta, porque eu também estou correndo atrás — ele diz, e depois pondera: — Não, conta pro teu tio Stu primeiro, ele está pior ainda. Bom, seja como for, vou te deixar com um pensamento feliz...

— Mil novecentos e dois. — Fraser ri.

Lennox pisca para o sobrinho (ou será que agora é sobrinha?) e desce as escadas.

No táxi para casa, Trudi diz ter ficado fascinada com a roupa de Fraser, e pergunta a Lennox:

— Você já se vestiu de mulher?

— Não — Lennox mente. Uma vez, no quarto da mãe, quando a família tinha saído, ele experimentou uma versão drag completa.

Trudi parece pensar nisso por um tempo extraordinariamente longo. Eles decidem voltar para a casa dela, que fica mais perto. Excitada, ela leva Lennox para o sofá, onde começa a beijá-lo apaixonadamente. Ela pergunta baixinho, ronronando:

— Que tal se vestir de mulher e transar comigo?

Lennox ri meio nervoso.

— Não fico exatamente louco pela parte de me vestir de mulher, mas a outra parte parece interessante.

Mas Trudi não está nem um pouco disposta a deixar sua proposta de lado.

— Vamos, vai ser divertido — ela diz, esfregando os seios nele, arqueando as costas, tirando o cabelo do rosto.

Os dois sabem exatamente como ela está manipulando o noivo. Lennox ri do quanto ele é previsível nesse tipo de situação, mesmo curtindo o efeito excitante que a ideia está tendo sobre os dois.

— Bom, dá pra ver que você está a fim — ele comenta. — Sendo assim...

Ela levanta, pega a mão dele e o leva para o quarto. O Harrington já ficou para trás, os mocassins e a calça jeans slim seguem o mesmo caminho pouco depois. Colocando Lennox diante do espelho de sua cômoda, Trudi faz uma maquiagem no rosto dele, toda concentrada. Depois ela coloca uma peruca na cabeça dele, antes de fazer com que ele entre num vestido floral apertadíssimo. Vendo como a roupa fica justa nele, ela fica espantada de pensar como nela o tecido fica solto e ondulante. A calcinha que ele veste fica enfiada na pele. Ele quer ficar sem roupa de baixo, mas ela insiste e, por isso, ele sorri e decide suportar. Os sapatos são ainda mais problemáticos, e os dois acabam admitindo a derrota e deixando Lennox descalço, enquanto Trudi pede que ele deite e coloca as mãos por baixo do vestido para tirar a calcinha dele e jogar no chão, o que causa alívio em Lennox.

— Menina malvada — ela diz —, nada de calcinha nesse quarto.

Lennox mal acredita na ereção que está tendo, enquanto ela se agacha sobre ele, baixando o corpo lentamente.

— Estou pensando no teu pau como sendo meu e estou enfiando na tua buceta — ela diz, enquanto começa a se mover.

Ficar deitado imóvel e deixar que ela faça o trabalho nunca foi o estilo de Lennox, mas logo a perplexidade dele cresce e ele sente seus olhos tomados por uma névoa vermelha. O clímax pulsante dele viaja pelo corpo, aparentemente começando nas solas dos pés. Ele tem dificuldade para se segurar, mas consegue aguentar até Trudi chegar a um orgasmo insano.

— Foi maravilhoso — ela diz, enquanto os dois ficam deitados ofegantes nos braços um do outro.

— Foi incrível — Lennox admite, ligeiramente incomodado por esse êxtase pós-coito ser atrapalhado por uma pressão na bexiga.

Ele levanta relutante e vai urinar, olhando para si mesmo com um interesse fascinado no espelho do banheiro.

*Tudo é indefinido e tudo pode mudar.*

# DIA DOIS
Quarta-feira

5

Lennox levanta cedo e deixa Trudi na cama. Ele olha para os dois pela configuração de espelhos no banheiro da suíte dela. Depois Lennox se concentra no seu próprio rosto, que lavou ontem à noite, sem conseguir eliminar todos os vestígios de maquiagem. Por isso agora ele vai para o chuveiro, deixando que seus pensamentos passeiem pelos eventos recentes.

*Subjugar o Gulliver exigiria um homem forte, ou uma mulher habilidosa. Talvez tenham sido necessárias as duas coisas.*

Uma pessoa que tem uma história em comum tanto com ele quanto com Ritchie Gulliver lhe vem à mente. Essa pessoa, no mínimo, poderia dar alguma luz. Trocando o suéter azul de gola redonda por outro vinho que ele deixa na casa de Trudi, além de meias e cueca novas, Lennox mantém o Harrington, a calça jeans e os sapatos. Depois de dar um beijo de leve no rosto de sua amada adormecida, ele sai para a fria manhã de Edimburgo.

Quando o táxi chega à casa dele, em vez de subir para seu apartamento, Lennox vai até o Alfa Romeo que estacionou na rua. Quando dá a partida e começa a dirigir, o ar-condicionado do carro aumenta satisfatoriamente a temperatura interna. Uma única parada no posto de gasolina para encher o tanque e tomar um café preto.

Stirling é um campus universitário construído na década de 1960, perto da Bridge of Allan. Lembra a antiga alma mater de Lennox, Heriot-Watt, onde ele foi um dos primeiros alunos de graduação de Ciência da Computação a receber uma bolsa da polícia de Edimburgo. É um lugar sem alma, de design utilitário barato, criado para oferecer educação superior para as classes trabalhadora e média baixa, que estavam em franca expansão na época. Mesmo assim, a universidade fica num ambiente bonito. Construído no terreno do Castelo

Airthrey, o campus fica ao pé das colinas Ochils, perto de um lago e com vista para o Monumento Wallace. Nos anos 1970 e 1980, ganhou a reputação de ser o campus mais radical da Escócia. Quando Lennox chega, o sol está nascendo e, aos olhos dele, o local parece uma área verde genérica com toda a atmosfera de um condomínio empresarial. Estudantes se arrastam cansados para as aulas feito trabalhadores de fábricas chegando para o turno da manhã, e ele não detecta grande fervor revolucionário no ar.

Lauren Fairchild, professora de Estudos de Gênero, cumprimenta Lennox em um agradável gabinete cheio de plantas e com grandes janelas que dão vista para o campus e para o bosque que fica ao lado. Sua natureza ampla, ondulosa e verdejante faz com que a universidade perca aos olhos dele o ar de um paciente de icterícia; no fim das contas, talvez seja um lugar decente para estudar e trabalhar. A sala é repleta de livros em estantes, e três pôsteres do Festival de Cinema de Cannes de muito bom gosto enfeitam as paredes. Lennox conhece Lauren, uma mulher transgênero operada, de muitos anos vividos, a maior parte deles em sua vida anterior, como sargento Jim McVittie. Aliviado, ele observa os cartazes, que reúnem algumas conexões com o passado: assim como Jim, Lauren é uma cinéfila. Fora isso, há poucas semelhanças entre os dois. Se o objetivo era uma mudança física completa para virar outra pessoa, exceto pelos pôsteres, a transição de Lauren é um absoluto sucesso. Por fora, ela parece uma mulher serena na mesma medida em que McVittie era um homem turbulento. Isso leva Lennox a pensar em Fraser. A pensar se essa é a jornada de que eles estão fazendo parte.

Aparentemente ele é o único colega com que Lauren, hoje uma expert em "criminologia de gênero", manteve contato ao longo de sua transição. E agora, ela explica, o passo final na redesignação foi dado.

— Fui até o final, Ray. — Ela sorri. — Quer ver minha buceta?

Apesar da voz mais suave, o jeito brincalhão evoca McVittie.

— Quero — Lennox responde. Instantaneamente, ele pensa: *você ainda quer provar algo para você mesmo, depois de se borrar naquele túnel.*

Lauren levanta e se afasta da janela. — Enquanto ela ergue o vestido, que não tem nada por baixo, Lennox é subitamente tomado por uma imagem do que restou do pênis ensanguentado de Gulliver, com os tendões pendurados, mas a única coisa que está diante de seus olhos é uma vagina perfeita e bem depilada.

— É bem apertadinha — ela se gaba.

— Quanto a isso vou ter que confiar na sua palavra — Lennox declara sem mudar de expressão, enquanto Lauren dá uma risadinha.

— Algum arrependimento?

— Só me arrependo de não ter feito isso antes. — Ela ajeita o vestido e vai em direção a uma pia para encher uma cafeteira. Eles conversam sobre os velhos tempos, e ele fica sabendo um pouco sobre a vida nova dela. Lauren fala sobre sua luta contra o álcool. — Tenho que ficar vigilante com essa parte da herança do Jim. Não, não tem como fazer transição dos seus genes.

Por algum motivo, a conversa com Stuart vem à mente, e Lennox pergunta a Lauren se ela se lembra de Norrie Erskine.

— Não era o cara da comédia? — ela arrisca hesitante. — Parceiro do Gillman?

— Ah, era, esse mesmo. — Lennox franze o rosto ao sentir o gosto ruim do café. Outra mania de McVittie que Lauren manteve é o amor por café forte. O efeito nele é o mesmo de uma carreira de cocaína.

Ela olha para Lennox com a sobrancelha arqueada e pergunta:

— Então, Ray, já que você não me quer, o que você quer de mim?

Lennox ri, ao mesmo tempo desconcertado e aliviado. McVittie era um mestre do duplo sentido; Lauren talvez esteja um pouco enferrujada. Ele pergunta sobre Ritchie Gulliver.

— Mas que surpresa. — Lauren se recosta na cadeira. Ergue a caneca de café e toma um gole. — O Gulliver é um merda. Transfóbico, do tipo que fica provocando. Ele fez parecer que o extremista maluco é a norma e causou danos incalculáveis para o nosso movimento com aquela encenação imbecil. — E agora ela está absolutamente séria. — Sim, existem narcisistas delirantes e misóginos que passaram a se dedicar à nossa causa. Esses homens tóxicos são nossos inimigos, assim como são inimigos das outras mulheres. Tipos como eles e o Gulliver alimentam uns aos outros. Ele é responsável por muito sofrimento com aquele discurso de ódio. Tem três mortes que eu atribuo diretamente aos sermões que ele fez incitando a turba.

— Alguém fez nele uma cirurgia de mudança de sexo muito menos bem feita do que a sua.

Lauren parece perplexa, a testa franzida apesar de Lennox imaginar que há muito Botox ali.

— Aquele corpo em Leith... era ele?

— Isso. Nu, amarrado, castrado e deixado para morrer sangrando.

— Uau... — Lauren perde o fôlego, depois se recompõe. — Não vou mentir, Ray, tem uma parte de mim que acha que você colhe o que planta, mas não é bom para nosso movimento ter uma possível associação com esse tipo de violência...

Enquanto Lauren fala, Lennox se vê confrontado com os limites de sua própria ignorância. Expressões como "TERF" e "cis" não têm sentido para ele, e não despertam grande interesse. Ele não tem nenhum conceito real sobre a diferença entre sexo e gênero. Uma instrução rápida feita via telefone por Drummond, que está antenada com o assunto, fez a coisa toda soar mais simples do que provavelmente é. Sexo é biológico, mas gênero é uma construção cultural que se relaciona com nossos sentimentos e com nossas crenças sobre o sexo. Mas essas coisas estão em fluxo constante. O mundo está ficando cada vez mais complexo. Ele quer aprender mais.

*Pelo menos no caso de um pedófilo pervertido atacando crianças, você sabe de qual lado está: do lado do bem contra o mal.*

— Você teve algum contato pessoal com o Gulliver?

— Ele marcou uma palestra no campus, duas semanas atrás. Era um daqueles eventos desonestos sobre "liberdade de expressão", onde os insultos são disfarçados como direito de ofender, para causar uma reação. Eu me envolvi, não queria cancelar o sujeito. Então nós debatemos, se é que dá pra chamar assim. Não acabou bem. As facções, como eles dizem, entraram em conflito. Chamaram nossos coleguinhas da corporação. — Os olhos de Lauren parecem focar mais. — Mas você sabe disso, Ray. E nós dois sabemos que alguém que denunciou Gulliver publicamente tem, no mínimo, certo interesse para a sua investigação.

Lennox sabia e está prestes a se desculpar por não ter sido sincero, quase a ponto de demonstrar respeito a Lauren, contando a ela que tem dificuldades para ligá-la a Jim McVittie, quando alguém bate com força à porta.

Alguém que parece ser um jovem musculoso de mais ou menos um metro e noventa de altura num vestido azul entra, ou melhor, invade o gabinete como que num ataque de fúria. Ele tem o nariz grande e anguloso, e longos cabelos castanhos soltos, que parecem ter sido alvo daquelas pranchas de ondular cabelos que eram moda nos anos 1980. No rosto, uma longa cicatriz borbulha intensa debaixo de uma camada de base. O pescoço é grosso e está coberto por uma echarpe de chiffon, e os pulsos largos estão adornados com coloridos braceletes. Ele olha para Lennox, seus olhos cerrados numa demonstração agressiva de desconfiança.

— Ah, oi, Gayle — Lauren diz. — Ray, essa é a Gay, que, além de estudante, é uma pessoa fundamental no nosso grupo Sem Plataforma.

Gayle mantém o olhar hostil. Para que a transição dele seja considerada um sucesso, Lennox acha que seria necessário um enorme ajuste naquilo que a sociedade acredita ser a feminilidade. Enquanto ele olha de Lennox para Lauren, Lauren parece ficar levemente intimidada. Isso o preocupa: Jim McVittie nunca foi de se assustar com facilidade.

— A gente precisa conversar — Gayle exige, mãos na cintura, com o eterno olhar cortante no rosto.

Lauren mantém a pose. Olha para o relógio.

— Me dê meia hora, por favor.

Gayle faz um aceno curto com a cabeça e dá meia-volta, saindo da sala em silêncio.

— Os alunos podem ser meio insolentes hoje em dia — Lauren comenta. — Eu tenho a tendência de ceder, porque a maioria deles não tem muito o que esperar do futuro, a não ser dívidas e problemas mentais. Estou orientando a dissertação dela sobre autodeterminação trans e justiça social. É um trabalho desafiador.

— Imagino — Lennox diz, se levantando e agradecendo pelo tempo de Lauren. — Me mande aquele negócio de sempre sobre álibi por e-mail — ele diz, antes de se lembrar que ele mesmo trouxe à tona o relacionamento secreto de Gulliver com Graham Cornell, na época suspeito do assassinato de Britney Hamil, cometido pelo Confeiteiro —, e eu vou trabalhar no meu também. Tendo em vista meu histórico com o falecido, é mais provável que eu esteja mais sob suspeita do que você. — Lennox sorri, se despedindo do velho amigo e da amiga nova para voltar a Edimburgo.

6

Se tem uma coisa em que nós dois somos bons é em coletar informações. Essa tem sido uma constante ao longo de nossas respectivas carreiras. Gastamos muito tempo e esforços para planejar aquele primeiro caso. Eu estava no armário estilo closet do banheiro do hotel, onde os hóspedes deixavam a roupa suja. Ela tinha escolhido o lugar por causa desse cômodo, mas também por causa da reforma que estava acontecendo no corredor do lado de fora. Com minha falta de jeito de sempre, coloquei meu celular para gravar. Ela é boa demais. A máscara veneziana — ideia dela — foi um toque de mestre. Confesso que achei teatral demais, depois fiquei preocupado que ela não fosse ter colhões (com o perdão do trocadilho), mas ela estava absolutamente calma. Será que ele a teria reconhecido sem a máscara? Impossível saber. Mas ela fez bem em não correr riscos.

E ela tinha razão quando disse que era possível remover com facilidade os genitais de um homem em condições de calor extremo.

Quer dizer, quase. Ele escapou. O Sr. Olhos Azuis escapou. Mas não exatamente intacto.

Fiquei assistindo ele entrar na banheira de espuma com ela; os óculos dele, ainda no rosto, embaçaram, escondendo de mim aqueles olhos. Ele reclamou, se encolhendo todo enquanto ela puxava o corpo rechonchudo dele para a água. Que contraste com a pele lustrosa dela, igual à de uma foca, quando ela mergulhou, as bolhas cobrindo os mamilos dos seios perfeitos como numa cena de um pornô soft. Se não houvesse tanta coisa em jogo, e se eu não tivesse a dificuldade de estar filmando (tudo precisa ser arquivado), juro que teria batido uma punheta ali. Imagino que ela também estivesse superexcitada com o que nós estávamos fazendo, mas talvez eu esteja só projetando.

— Eu gosto de tudo quente — ela disse para ele, o tendão e os músculos se estendendo desde a clavícula no momento em que colocou a mão no pau dele —, não tenho tempo para coisas frias.

Ele arfou um pouco, limpando com as costas das mãos as lentes embaçadas, e, mesmo do outro lado das tábuas da porta, eu pude ver seus olhos azuis se revirando, as sobrancelhas arqueando por cima da armação dos óculos.

A outra mão dela estava na afiada faca de vinte centímetros que ela tinha ocultado debaixo da grossa camada de espuma. O olhar no rosto dele... como se a surpresa e a curiosidade se transformassem em incredulidade, depois em terror, à medida que a água ficava vermelha... Sério, foi uma absoluta alegria ver aquilo.

Ela tinha conseguido! Ou pelo menos foi o que eu imaginei.

Nessa hora ele deu um salto, curvado e gritando, segurando o pau e os testículos com força contra o corpo enquanto o sangue escorria na banheira. Vi que ela não tinha conseguido arrancar o pênis totalmente, e ele pulou para fora da banheira, ainda segurando os genitais, correndo para fora do quarto!

A gente não estava preparado para isso!

Ela foi forçada a se levantar e a envolver o corpo numa toalha, indo às pressas para o quarto se vestir; colocou um vestido curto coberto por um longo casaco preto. Ela voltou rápido, tendo jogado os sapatos de salto alto na bolsa, trocado por escarpins, enquanto eu saía do quartinho.

— Me dê um minuto — ela disse, ainda com a máscara.

Eu estava congelado: dividido entre vingança, ir atrás dele e terminar o serviço, e o medo de que fôssemos pegos. Dei a ela menos de trinta segundos antes de entrar em pânico e sair atrás dela pelo corredor, afastando a divisória de plástico que o pessoal da reforma tinha pendurado no caminho. Quando saí da escada de emergência e entrei no saguão, o lugar estava um pandemônio e não havia sinal dela. Um rastro de sangue levava do elevador até a recepção, onde ele tinha caído no chão de lajotas. Hóspedes e funcionários apavorados corriam de um lado para outro, alguns se aglomerando em torno dele.

Chamaram uma ambulância, mas, como tínhamos previsto, ele hesitou em envolver a polícia. Os funcionários dele chegaram rápido. Eram profissionais; o pânico deles só ficou evidente nos olhos quando eles o removeram para uma maca, enquanto um homem que eu presumi ser um médico o enrolava lá embaixo para impedir que o sangramento continuasse. Claro que a polícia veio, mas àquela altura, assim como ela, eu tinha ido embora.

Independentemente do que vier a acontecer conosco, nunca vou esquecer nossa primeira vez. Pena que não conseguimos a peça dele.

Sim, Ritchie Gulliver talvez tenha sido o capítulo um, mas Christopher Piggot-Wilkins foi um prólogo e tanto. E um prólogo que eu já vinha esperando.

7

Com a estrada vazia do início da manhã, Lennox tinha chegado sem demora a Stirling. Voltar na hora do tráfego pesado, pilhado pelo café da Lauren, foi bem diferente, especialmente com a voz estridente de Perry "Marreco" Mortimer no viva-voz ressoando pelo carro.

O ataque ao quase-castrado "executivo" de Londres pela prostituta com a máscara veneziana era de grande interesse para Lennox. Praticamente tudo o que ele sabe é que aconteceu no Hotel Savoy. A história sobre um sujeito anônimo correndo pelado pelo saguão e gritando, cobrindo os genitais, sangue jorrando por entre os dedos, foi assunto de tabloides empolgados, mas tudo desapareceu no dia seguinte sem que ninguém desse continuidade à história. Só alguém com muito poder e dinheiro poderia comprar esse tipo de desinteresse súbito. A Grã-Bretanha tem um sistema de justiça com duas classes diferentes. Dinheiro e contatos servem para manter a polícia longe de você. Como policial, Lennox sabe que sempre precisa deixar pegadas mais sutis neste mundo.

Criminosos sexuais da elite sempre interessaram a Lennox. A Grã-Bretanha é essencialmente um país pedófilo; corpos jovens são vistos como recompensa para pervertidos ricos, que precisam ser protegidos a todo custo. À caça de informações, Lennox ligou para Mortimer, um contato na Polícia Metropolitana.

— Quem era a vítima, esse suposto executivo?

— A gente está proibido de dar essa informação, Ray — Mortimer diz de maneira previsível.

Um sujeito alegre com quem Lennox encontrou em vários cursos, ele imagina que o apelido nada lisonjeiro de "Marreco" não deve ser bem-vindo. Por isso, ele sempre faz questão de usar o nome Perry. Tem dado certo quando ele precisa de colaboração.

— Qual é, Perry, me ajuda nessa, camarada!

O alto-falante minúsculo fica em silêncio por alguns segundos antes da voz aguda de Mortimer dizer:

— Você sabe que é um peixe grande, Ray, isso é evidente. Não venha tentar me fazer falar nomes de políticos, empresários, gente da realeza ou artistas famosos. É hora do bom e velho cerco de proteção.

— Quem está cuidando da investigação?

— Escolheram um cara chamado Phil Barnard, mas ele está de licença médica e não puseram ninguém no lugar dele. Estão demorando de propósito para colocar outra pessoa no caso, mas dizem que agora vai acontecer; obviamente o seu caso fez reacender o interesse...

— Você só pode estar brincando. Ferraram com tudo e deixaram o rastro esfriar por duas semanas? Isso não faz o menor sentido!

O silêncio de Mortimer é altamente eloquente.

— Certo... — Lennox percebe que está pisando fundo no acelerador. — Alguma pista de quem vão escolher para o caso?

— Não sei ainda — o Marreco grasna —, mas assim que souber, eu te conto.

— Algo mais?

— Não tem muita coisa, meu caro. — A voz aguda ressoa nos tímpanos de Lennox. — Exceto pelo fato de que era uma mulher, mas ele não viu o rosto porque ela estava usando uma máscara. Isso foi a única coisa que a vítima disse. O circuito interno de câmeras de segurança estava desligado no térreo para um conserto. No quarto andar, onde aconteceu o incidente, estavam fazendo reformas, e a imagem da criminosa fica embaçada por causa da cortina de plástico que os pedreiros tinham colocado.

— Então ela deve ter tido informação de alguém de dentro. Posso dar uma olhada nas imagens?

— Ah, vai, Ray. Eu nem tenho acesso a isso, imagina se vou poder vazar. Você vai ter que falar com a pessoa que ficar encarregada da investigação. Como eu te disse, conto quem é assim que eu souber. Eu já estou arriscando minha aposentadoria aqui pelo que te disse, então, pelo amor de Deus, pare antes que eu seja demitido!

Lennox sorri para o retrovisor.

— Entendido, amigo. De onde veio a prostituta?

— Era aniversário do bacana, e ele achou que um amigo tinha contratado a garota numa agência especializada em atendimentos teatrais. Chama Colleagues, fica em King's Cross. Mas eles disseram que não sabiam de nada.

Lennox sabe alguma coisa sobre a agência por causa de alguns trabalhos feitos em parceria com a Delegacia de Narcóticos. Fica numa ruazinha que escapou à gentrificação do Eurostar. Ele agradece a Mortimer, enquanto dá uma olhada nas datas de aniversários de gente importante mais ou menos perto do dia do crime, antes de ligar para um contato na imprensa.

Sebastian Taylor hoje é conhecido como um repórter de segundo time do *Standard*. Mas nos anos 1990 ele era uma espécie de herói para Lennox, por ter escrito reportagens investigativas sobre pedófilos ricos para o *Guardian* e o *Sunday Times*.

Taylor atende, mas a voz dele e o que diz parecem desconexos, sem sentido. A única coisa que ele consegue entender é:

— E-mail... — E Lennox dá seu endereço eletrônico.

Para: RLannox@policescot.co.uk
De: staylor125@gmail.com
Assunto: Desculpas

Caro Ray,

Muito feliz de saber de você. Por favor, desculpe meu jeito de falar ao telefone. Posso te garantir que hoje em dia não tomo nada mais forte do que água com gás e limão — infelizmente.

Infelizmente a culpa é do Parkinson, que eu tenho há anos, e que afetou minha fala. Este é de longe o melhor meio para se comunicar comigo hoje.
Como posso te ajudar?
Saudações,
Sebastian.

Lennox, se sentindo culpado, escreve sem esperar muito, só para manter a esperança. Talvez Taylor esteja há algum tempo sem saber das investigações. Assim que ele manda o e-mail, uma mensagem de Toal aparece no seu celular.

> Venha me ver quando tiver um minuto.

É uma mensagem estranhamente plácida de seu chefe, especialmente durante uma investigação tão grande. Cadê o imperativo "agora"? Ray Lennox está desconcertado mais uma vez, quando estaciona no quartel-general da Polícia, satisfeito por notar que ainda não são 10h.

Quando ele chega ao escritório e liga o computador, Drummond entra, vai direto até ele, puxando uma cadeira. Ela olha em volta e fala baixo:

— Ray...
— O que você conseguiu?
— Andei falando com gente que trabalhou com Gulliver na política...
— Jesus, não consigo pensar em nada pior... E em que pé está?
— Políticos conservadores: saem pela tangente ou mentem descaradamente. Mas as conexões corporativas são mais interessantes. Particularmente a Samuels, uma empresa farmacêutica que está ten-

tando fechar um contrato grande para vender um sedativo para o sistema de saúde.

Lennox ergue a sobrancelha para incitar a colega a ir em frente.

Os olhos de Drummond percorrem o escritório de novo. Então, ela sussurra:

— Ele era supercorrupto, estava abrindo caminho para que eles vendessem para o sistema de saúde. Se tivesse fechado o acordo, ele ia ganhar uma bela de uma recompensa e ia ser promovido a um cargo no Ministério da Saúde. Antes de se eleger, ele fazia consultoria paga para a Samuels. Ele enfrentava a oposição de outro sujeito importante do Partido Conservador, Mark Douglas, que defendia uma droga concorrente patenteada por uma empresa chamada ATF Farmacêutica, a quem ele é ligado.

Castração parece um excesso, até para rivalidades corporativas. Mas quem se importaria a essa altura? Os eleitores britânicos parecem alegremente despreocupados com o fato de que os Conservadores, sem o menor pudor, estejam se locupletando com o dinheiro de seus impostos. Na verdade, Rupert Murdoch e a BBC fizeram um trabalho tão abrangente ao longo dos anos que isso é aceito com resignação.

— Então o lado do Douglas pode ter matado Gulliver para ficar com o dinheiro?

— Seria um motivo, mas é uma investigação difícil.

— Isso vai exigir um tato com esses ricos esnobes que eu não tenho — Lennox confessa. Seu instinto está dizendo que há dinheiro suficiente no erário para que tanto Douglas quanto Gulliver continuem com seu saque, e por isso algo ligado a vício seria uma causa mais plausível do que dinheiro para o assassinato de Gulliver, ainda que as duas coisas se confundam no caso dele.

— Bem, se você continuar nessa linha de investigação sobre o dinheiro e eu continuar investigando os atos imorais dele, a gente vai acabar descobrindo alguma coisa.

Ele conta o que descobriu, e, desejando sorte a ela, fica feliz de deixar que ela cuide do campo minado que são o mundo empresarial e a política. A experiência mostrou a ele que esse pessoal não demora para se unir.

*Se tiver sorte, você vai se livrar daquela promoção... ou talvez acabe sendo promovido de vez.*

8

Ao entrar no escritório de Bob Toal, Lennox percebe uma falta de agitação pouco característica de seu chefe. Ele presumia que a tensão de Toal seria ampliada por sua aposentadoria iminente, uma vez que policiais gostam de sair no auge. No entanto, a mesa do chefe está decorada com folhetos antigos de lugares exóticos.

— Então a imprensa não começou ainda — Lennox comenta. Normalmente essa parece ser a principal preocupação de Toal. Ele sempre fala com *Record*, *News*, *Sun*, *Express*, Radio Forth, a BBC Escócia, STV, implorando que eles tenham juízo e se contenham na cobertura dos casos que chamam mais a atenção do público. Mas o chefe de Crimes Graves só dá ligeiramente de ombros.

— Eles vão fazer o que fazem sempre. O que eu preciso que você faça agora — e a voz de Toal subitamente se inflama devido à urgência que ele quer transmitir — é ir para Londres por uns dias para descobrir tudo que for possível sobre esse ataque no Savoy. Descubra pelo menos se foi uma tentativa de castração. Se for, estamos com algo importante. A Polícia de Londres não quer divulgar nada, mas eles querem que a gente entregue todos os nossos arquivos. — Ele agita no ar uma pasta de papel pardo. — Arrogantes do cacete. Ingleses cretinos! Eu não sou a favor da independência, Ray, mas é esse tipo de atitude que faz com que as pessoas se irritem. Não é de se estranhar que esses idiotas do SNP estejam rindo à toa com filhos da puta iguais a esse ajudando no projeto deles de acabar com a Grã-Bretanha!

Outra surpresa. Toal quase nunca, se é que já falou, falava de política. Além disso, não há nenhuma novidade nem nada particularmente inconveniente na atitude da polícia londrina. Rivalidade entre polícias é algo tão velho quanto as montanhas. O assassinato de Gulliver está gerando manchetes, e por isso as duas forças querem a glória.

— Então eu vou lá, vejo quais informações posso trocar, quais as possíveis conexões entre os dois casos?

— Sim. Exatamente isso.

— Quem é o cara que está cuidando disso em Londres?

Bem quando ele pergunta, uma mensagem do "Marreco" Mortimer surge no seu celular.

> Quem está com a investigação é o Mark Hollis. Boa sorte!

— Mark Hollis — Toal confirma, olhando para o seu Ipad. — Um tipinho bem curioso, segundo a lenda.

Lennox assente com a cabeça, deixando o escritório do chefe para ir ao Financeiro, no andar de baixo. Ele pede para reservarem um lugar no ônibus do aeroporto London City, sabendo que, se ele pagasse e pedisse reembolso, ia levar meses para receber o dinheiro. Enquanto espera pela passagem, Lennox liga para o Marreco.

— O que a gente sabe sobre esse Mark Hollis, Perry?

— Típica velha guarda. Mais ou menos como Marmite na torrada: certamente não é para o gosto de todo mundo — Mortimer guincha afobado. — Faz anos que tentam se livrar do cara ou dar uma promoção para ele. Não conseguem nem uma coisa nem outra. O boato é que tem algumas pessoas de quem ele realmente gosta. Vai saber, talvez ele vire seu amigo! Ele não vai ficar feliz por estar metido nisso, vai achar que estão armando para ele fracassar ou, no mínimo, para dar aparência de seriedade a uma farsa.

— Certo... — Lennox diz. — Obrigado, Perry. Pode me passar o telefone dele?

— Já te mando. Seja simpático — o Marreco diz, desligando. Quase instantaneamente o contato de Hollis surge na tela.

Quando Lennox liga, quem atende é uma voz grave.

— Essa é a mensagem automática de Mark Hollis. Eu não gosto de mensagens de voz, portanto, não vou responder a nada que você deixe aqui. Me mande uma mensagem de texto e eu respondo. Fora isso, nos vemos.

*Era o que me faltava. Uma versão londrina do Gillman que provavelmente vai ficar ressentido pra cacete por eu estar no território dele.*

Lennox manda uma mensagem para Hollis e recebe uma resposta lacônica, oferecendo um encontro no começo da noite num pub do Soho que ele conhece. Depois ele liga para um velho amigo, George Madsen, que sugere enfaticamente um chá da tarde. Quando volta para o escritório, Lennox faz buscas em seu computador atrás de imagens de câmeras de segurança da região de Leith no momento do assassinato. A maior parte das placas de carros parece legítima.

Ele percebe que tem alguém olhando por cima de seu ombro. É Toal. Isso é incomum. Se o chefe dele quer falar, ele chama.

— Marcou a passagem para Londres?

— Sim, acabei de descer no Financeiro. Vou pegar o voo das 13h...

— Saia daqui agora — Toal manda, chegando tão perto de Lennox que o perfume Blue Stratos do chefe entra em suas narinas. — Ouvi dizer que você vai receber uma visita da Corregedoria. Não é nenhuma reclamação, são só policiais mandados por outro departamento. Saia do caminho deles. Mas se eles conseguirem falar com você, por favor, colabore.

A expressão de Lennox fala por si.

— Superbizarro — Toal arrisca baixinho —, mas eles precisam eliminar você da lista de suspeitos. Você tinha uma história com Gulliver.

— Puta que pariu.

— É só protocolo, Ray. — Toal olha em volta, reduz sua voz a um sussurro. — Portanto, seja superdiplomático se eles encontrarem você. Mas como eu disse, vai. Já. Londres. Lembre que a entrevista para a promoção é na segunda. A gente não quer nenhuma mancha na sua ficha antes disso. — Ele dá um tapinha no ombro de Lennox e sai.

Não demora muito.

Quando o chefe vai embora, Lennox vai ao banheiro urinar. Ao voltar à sua mesa para pegar suas coisas, ele encontra dois homens à sua espera. O que está na frente, um sujeito atarracado e que parece um touro, mais ou menos quarenta anos, pergunta:

— Pode nos acompanhar?

Várias pessoas no departamento olham ao redor. Ironicamente, a solidariedade vem de Dougie Gillman, que vai até ele. Ele odeia o pessoal da Corregedoria e consegue farejá-los a quilômetros de distância.

— Que merda está acontecendo aqui? Quer que eu chame o Inglis para ser teu advogado, Lenny?

Lennox olha para os dois.

— Espero que não seja o caso. Senhores?

— Não, é só rotina — o mais magro e nervoso dos dois diz num lapso, e recebe um olhar de censura do parceiro.

— Qualquer coisa, estou com o número dele na discagem rápida. — Lennox mostra o celular para Gillman, que assente com a cabeça e sai. Ele olha para os investigadores. — Por favor, senhores.

Ele segue os dois até uma das salas de interrogatório. Nenhuma fita é colocada no gravador. Quando oferecem uma cadeira, Lennox recusa, ficando de pé encostado na parede. Ele olha para os dois homens.

— Então eu sou suspeito da morte do parlamentar Ritchie Gulliver.

— Por que você não se senta, detetive Lennox?

— Porque eu prefiro ficar em pé.

Deixando escapar um suspiro sibilante, o sujeito atarracado lentamente fica em pé.

— Muito bem. O seu pai era diretor do sindicato dos ferroviários — ele diz. — Além disso, era filiado ao Partido Comunista.

Lennox, dando um tapa na coxa, gargalha alto.

— O meu pai? Puta que pariu!

— Qual é a graça?

— Vocês estão brincando de ser agentes do FBI na década de 1950!

— Não estamos brincando — o Atarracado declara, enquanto o Magrelo visivelmente murcha. — Existem registros da filiação dele.

— Se esse é o caso — Lennox, ainda se divertindo muito, sacode a cabeça —, e eu realmente não acredito, eu não sabia disso. Sempre achei que ele fosse de direita. Mas dá pra entender, durante a maior parte da vida ele sofreu de impotência sexual, era amargurado, velho e cansado. — E ele olha direto para Atarracado. — Uma confusão compreensível.

O policial robusto olha firme para ele.

— Ritchie Gulliver. Você realmente está tentando descobrir o assassino?

— Estou me empenhando bem mais do que vocês, brincando de bonequinhos macarthistas. Sinceramente, é assim que vocês gastam o tempo de vocês? — Ele põe a mão na maçaneta. — Então, falando nisso, na verdadeira investigação criminal, se vocês me permitem...

O Atarracado está irritadíssimo.

— É do seu interesse cooperar conosco!

— Vão à merda — Lennox desdenha. — Eu preciso pegar um avião *agora mesmo* e tenho um monte de preparativos para fazer no caminho. Então me prendam e obstruam a merda de minha investigação sobre o assassinato de um ex-membro do Comitê de Polícia. Isso vai ficar superbem na ficha de vocês. — E ele estende os braços. Os dois investigadores se olham. — Se vocês tiverem um mandado, eu não vou resistir — ele diz sacudindo os pulsos —, mas se vocês não têm, eu vou considerar isso uma agressão e talvez vocês percam uns dentes.

Ele se vira e sai da sala, deixando o Magrelo confuso e o Atarracado ofendido em sua apoplexia silenciosa.

*Belo jeito de perder uma promoção... Seja diplomático o caralho...*

Deixando o Alfa Romeo no estacionamento do quartel-general da polícia, Lennox pega um táxi. Sem tempo para trocar de roupa, ele vai direto para o aeroporto. Lá ele pega os produtos de higiene que precisar. Lennox confere o celular e fica sabendo pelo e-mail de Gordon Burt que o laudo da toxicologia mostrou que o sangue de Gulliver continha álcool e drogas. O ferimento na parte frontal da cabeça foi feito com um porrete, depois de ele ter sido drogado.

*Por que eles queriam que a gente pensasse em Rab Dudgeon, o Carpinteiro da Insânia... Será que era para mostrar que eles conhecem o modus operandi dos nossos criminosos mais notórios...?*

Depois de checar o e-mail, ele se ocupa, como costuma fazer, olhando os nomes e fotos do "Registro das Bestas", o Arquivo de Criminosos Sexuais. Ao desembarcar no seu aeroporto predileto de Londres, Lennox cruza a cidade até o Hotel Dorchester na Park Lane para encontrar seu velho amigo George Madsen.

Sentindo que não está nem de longe vestido para a ocasião, com seu Harrington e a calça jeans, ele praticamente patina pelo piso de lajotas com seu mocassim até o imponente balcão de mogno da recepção e pergunta onde o chá da tarde está sendo servido. Um porteiro o encaminha para o espaçoso restaurante onde, em uma mesa de canto, ele imediatamente vê George, com sua postura ereta de sempre e seus vastos cabelos grisalhos. O chá da tarde é composto de sanduíches bem-cortados, bolos, scones, geleia e queijo cremoso que ficam em uma baixela de prata decorada de vários andares. Seu amigo está olhando exausto ao seu redor no restaurante chique, como se aquele fosse seu ambiente desde sempre. Ao ver Lennox se aproximando, o rosto dele se ilumina. Embora já não seja mais policial, George se empenhou bastante no caso do Sr. Confeiteiro. Lennox, ao colocar na cadeia o horrendo assassino de crianças, também estava retrospectivamente vingando seu amigo. George se aposentou da polícia de Hertfordshire acreditando que eles tinham prendido a pessoa errada pelo assassinato de Nula Andrews e da menina de Manchester, Stacey Earnshaw. Foi Lennox quem, ao encontrar o assassino de Britney Hamil, comprovou a hipótese de George Madsen: o Confeiteiro tinha matado todas elas.

— Olha ele aí — George fala alto enquanto Lennox avança. — Meu tira preferido!

— Que bom te ver — Lennox diz, e é verdade. Ele sempre gosta de conversar com George. Apesar de um vir de um conjunto habitacional escocês e de o outro ter estudado numa escola pública na Inglaterra, os dois estranhamente são farinha do mesmo saco. Gente que luta por justiça, colocados equivocadamente no papel de policiais.

— Que chique — Lennox diz, sentando-se na cadeira ao lado de George.

— Adoro esse lugar — George comenta, bebericando seu chá.

— Era um dos antros favoritos da Thatcher, até tudo dar errado e ela começar a comer papel de parede e mijar no chão, sendo explorada pelos cuidadores mal pagos que ela tinha levado à miséria. — George dá um sorriso satisfeito, batendo no grande bule de chá com sua colherinha. — Então... quem é o cara de Londres cuidando do caso?

— Um sujeito chamado Mark Hollis.

George cospe o chá. Olha em volta, agitado, torcendo para que nenhum dos ocupados garçons tenha visto aquilo, enquanto ele tenta limpar a bagunça.

— Desculpe, Ray... mas isso é engraçado. — Os olhos dele cintilam de maldade. — Imagino que você ainda não conheça o Hollis?

— Não. Como ele é?

George olha pensativo para seu amigo escocês.

— Ele parece um pouco com você. Do tipo "custe o que custar". As regras são só um inconveniente. — Ele dá um sorriso largo. — Desconfio que ele tenha um gosto estranho pelo trabalho, e provavelmente odeia o restante de sua vida.

— Obrigado.

— De nada. — George fixa o olhar em Lennox. — Já disse isso antes e vou dizer de novo: deixa essa bobajada para lá e venha para Eastbourne ser meu sócio na área de segurança. Tenho um monte de trabalho, e ter uma mão seria útil.

— Você realmente acha que esse tipo de trabalho é para mim?

— Bom, eu sei que essa história de Crimes Graves não é mais para você, Raymond.

Lennox acha uma foto de Trudi no celular. Passa o telefone para George. É uma das prediletas dele, com os cabelos louros macios balançando ao vento, um sorriso lindo. Tirada em Dunbar.

— Mas ela é para mim, e a carreira dela está indo bem.

George ergue a sobrancelha mostrando que entende.

— Você sabe que existe gasolina aqui na Inglaterra, certo, Ray? Deixa eu te servir... — Ele põe um pouco de água de um bule de prata menor no bule maior, mexendo com a colher enquanto entrega o celular para Lennox, que estende a mão para pegar. Quase que inexplicavelmente, o telefone escorrega entre as mãos dos dois e cai no bule maior.

— Puta que pariu — Lennox grita, fazendo cabeças se virarem.

Um garçom que estava por perto, confiável e sem se deixar perturbar, pega o bule de prata e corre para a cozinha. Ray Lennox segue atrás dele. O garçom derrama o conteúdo do bule em uma pia, e o celular cai. O garçom pega o aparelho, os dedos em espasmos por causa do calor enquanto leva o celular até o balcão e o envolve em um pedaço de papel-toalha. A superfície do aparelho está seca, mas o telefone já era.

Perplexo, Lennox leva o celular de novo para a mesa. Ele o coloca sobre um aquecedor que fica ao lado da mesa.

George tem a aparência de um homem alegre que está se esforçando para parecer triste com o que aconteceu.

— Provavelmente vai voltar a funcionar quando secar. Se não, você vai ter que ir na Apple Store ou numa dessas lojinhas de consertos na Tottenham Court Road, talvez eles consigam fazer alguma coisa.

Lennox faz um gesto como quem não se importa quando o garçom volta com mais um bule de chá.

Apenas ligeiramente distraídos pelos olhares intermitentes de Lennox para seu celular no aquecedor em busca de sinais de vida, eles atacam a gigante e caríssima baixela de prata. Lennox está aliviado por George insistir em pagar a conta, embora parte dele fosse gostar de ver a reação de Toal em assinar um formulário de reembolso contendo um chá da tarde no Dorchester. Eles se divertem, e ele mal percebe a mulher elegante se aproximar até ela já estar ao lado deles. Ela veste um casaco azul de caxemira que parece caro, que ela tira e está prestes a colocar no espaldar da cadeira quando um garçom chega às pressas para ajudá-la. Quando ela agradece e se senta, Lennox admira seu corpo elegante, vestido com uma longa saia justa bege e uma blusa canelada fulva de gola polo.

— Ah, Monica, esse é o Ray.

— Olá, Monica — Lennox diz, já com a sensação de estar sobrando. É evidente que George já teve um encontro aqui com essa mulher, e ele imagina que os dois reservaram um quarto para passar a noite.

— Olá, Ray — ela diz num ronronado baixo e gutural, enquanto Lennox vê que ela está apertando a coxa de George.

— Quer um scone? — Lennox convida.

Ela olha com um interesse divertido para os pratos dos dois e para a baixela de prata com seus enfeites.

— Ah, não, vou esperar para comer no jantar — ela informa —, mas vou fazer companhia para vocês. Vou tomar uma xícara de café.

George aponta para um grande bule de prata, ao lado do outro mais robusto de onde ele serviu o chá.

— Já pedi para você, querida — ele diz, seus olhos brilhando.

— Ele não é ótimo, Ray?

— Já ouvi isso muitas vezes, embora normalmente da boca do próprio George. Mas sim, ele não é nada mau — Lennox admite.

— Se viesse de outra pessoa, seria um elogio falso. Mas vindo de um escocês, é como uma cascata de anjos cantando uma serenata para mim na entrada dos portões do paraíso. — George beija os próprios dedos e faz com que eles explodam numa estrela.

A comida é ótima e a companhia também. Seguindo os passos de Monica, Lennox passou para o café, o que alivia o cansaço da viagem. Ele precisa ir embora e cuidar dos seus assuntos. Pegando o telefone ainda hibernante, ele se vira para George e Monica.

— As pessoas dizem "minha vida está neste celular", e é bem verdade.

George olha entristecido para ele.

— Vai funcionar.

Lennox ergue as sobrancelhas, descrente, se despede e sai, pegando um táxi para o Soho, ali perto. Embora admire o gosto do amigo pelas coisas boas da vida, Lennox prefere a atmosfera dos velhos pubs do Soho que ainda continuam lá; o French House, o Blue Posts, o Nellie Dean, o Ship, o Coach and Horses, o Dog and Duck. Foi no Dog and Duck que Mark Hollis marcou com ele, depois daquelas brevíssimas mensagens de texto. Sem celular, ele reza para Hollis não ter mudado de planos.

9

Um turista, subindo os degraus do famoso Monumento a Scott, em Edimburgo, teve uma surpresa desagradável ao escalar a velha coluna. Tom Quincey, 62, de Delaware, nos Estados Unidos, sentiu algo bater no seu rosto ao fazer uma curva numa passagem estreita dentro da célebre estrutura gótica da capital. Para seu horror, ao olhar para cima, ele viu que o que tinha batido nele eram os genitais de um homem, pendurados bem diante de seus olhos. "Fiquei alguns segundos ali em choque. Eu não conseguia acreditar no que estava vendo."
Especula-se que este horror possa estar ligado ao corpo mutilado encontrado recentemente em um depósito abandonado de Leith. A Polícia de Edimburgo se recusou a confirmar isso. O Superintendente Robert Toal, da Divisão de Crimes Graves, afirmou: "Como nossas investigações relacionadas a este caso estão em curso, seria inapropriado comentar algo além disso neste momento."

Nós podíamos ter pregado os genitais de Gulliver na Câmara dos Comuns, mas aí ninguém ia ouvir falar disso. É assim que aqueles e os babacas bilionários e omissos que são donos dos meios de comunicação agem em conluio. Mas acho que não nos saímos mal em chamar a atenção!
 Fico feliz por termos escolhido Edimburgo, apesar da relutância inicial dele em vir para cá. Claro, eu sabia que a cidade traz lembranças ruins para ele. As minhas também não são boas, na verdade, mas a gente faz o que for preciso. Mas, bom, ele realmente devia ter confiado na própria intuição.

O menino dos olhos azuis, o Piggot-Wilkins, era quem eu realmente queria. Mas o Ritchie Gulliver é ainda mais empolgante, por ser nosso primeiro sucesso irrestrito. Embora o crédito por ter atraído o sujeito para Edimburgo seja meu, e ainda direto para o covil dela. A suprema ironia é que inicialmente foi o idiota que me procurou. Eu tinha ouvido falar por conhecidos que ele queria contratar não um biógrafo, mas um *ghostwriter*. Não fosse ele quem era, eu teria ficado superofendido. Do jeito como as coisas foram, fiquei imensamente feliz em entrar em contato através de um intermediário. Nossa primeira conversa por telefone só confirmou a reputação dele como alguém altamente suscetível à lisonja. Foi fácil fazer com que acreditasse nas bobagens que eu disse sobre a carreira interessante dele, e sobre a importância de contar a história *real* de alguém tão firme e direto. No entanto, assim como no caso do Piggot-Wilkins, ele insistiu que nossas conversas por telefone ficassem em sigilo.

Eu disse que respeitava a privacidade dele, mas lembrei que nos círculos políticos e jornalísticos de Londres as paredes têm ouvidos. Nós sabíamos que ele tinha um pé atrás com Edimburgo, sabíamos sobre o escândalo do romance que acabou com a carreira dele na cidade. Assim como no caso de Christopher Piggot-Wilkins, ela sabia absolutamente tudo sobre Ritchie Gulliver. Mas sim, eu o convenci por telefone de que Edimburgo era o lugar certo para nós.

Vim no mesmo trem noturno que Gulliver, cheguei a vê-lo no vagão-restaurante sem que ele soubesse que eu estava ali. Tentei ligá-lo ao depravado esquiador dos Alpes de que ela tinha me falado. Assim como fiz quando tentei associar Piggot-Wilkins ao jovem que conheci em Teerã, cujo pai era um funcionário de alto escalão na Embaixada Britânica. No caso de Gulliver, fiz isso por meio do olhar dele: o modo arrogante e condescendente com que ele olhava para o funcionário que serviu o uísque que ele pediu.

Nós nos encontramos frente a frente pela primeira vez no quarto de hotel dele, tomando café da manhã. Ovos cozidos para ele e salmão defumado para mim. Eu sabia que ele só tomava uísque Macallan, e dei a ele a garrafa que nós tínhamos adulterado. Fiquei incomodado por um momento com um sorriso espectral que tomou seus lábios pálidos e os olhos astutos. Será que ele tinha me descoberto, talvez por ter ouvido falar do caso Piggot-Wilkins? Será que o menino dos olhos azuis tinha entrado em contato com Gulliver, dizendo que era melhor ficar atento? Será que eles continuavam sendo próximos? Mas apesar do sarcasmo perene, o parlamentar manteve sua conduta casual. Enquanto conversávamos, vi que ele olhava fixamente para as minhas mãos; homens como ele investigam aquilo que imaginam ser o ponto fraco dos outros. Pensei que logo ele ia descobrir como estava errado em pensar assim.

Enquanto eu ligava o gravador, mal acreditei na minha sorte ao ver que ele imediatamente abriu o Macallan. Achei que eu ia ter que falar por uma hora antes de sugerir que tomássemos alguma coisa. Disse para ele que era cedo demais para mim, mas que ele fosse em frente caso isso o deixasse mais solto.

Sem dúvida ele ficou mais solto. Bem na hora em que ele estava lentamente apagando, perguntei se esquiava. Acho que ele nem chegou a ouvir isso enquanto se recostava na chaise longue da suíte. Ela tinha colocado o carrinho de roupa suja do lado de fora do quarto. Empurrei o carrinho para dentro do quarto, e o coloquei ali. Ele estava fora de forma, mas ainda era um homem leve para alguém do meu tamanho e com a minha força. Levei o carrinho para baixo pelo elevador de serviço e o empurrei até a parte detrás da van. Ainda era cedo e não vi absolutamente ninguém, só ouvi alguns funcionários na cozinha preparando o café da manhã. Depois levei o parlamentar Ritchie Gulliver para o galpão.

O lugar que ela arranjou era perfeito. Um outro cliente dela era gerente da Autoridade Portuária de Forth e tinha falado sobre os vários galpões vazios no cais de Leith. As pessoas contam tudo pra ela, assim como contam pra mim. É por isso que somos tão bons juntos. É por isso que escrevemos essa história juntos.

Claro, estou mais do que apaixonado por ela. E como poderia não estar?

10

Trudi Lowe acaba de chegar de uma reunião sobre a promoção de um recém-criado plano de pagamento de combustível para aposentados. Enquanto ela conversa com o mais novo membro da equipe de gestão, Dean Slattery, o celular dela toca. A respiração difícil e ofegante da mãe imediatamente diz a Trudi que tem algo errado.
— É o seu pai... Ele desmaiou... Levaram pro Royal... Acho que é o coração...
— Estou indo... — E ela desliga e olha ansiosa para Dean. — É o meu pai...
Dean é um sujeito bonito e tranquilo, que sempre tem uma piada na ponta da língua. Mas ao ver que ela está aflita, mostra outro lado seu.
— Vem, deixa que eu dirijo.
No carro, com o estômago embrulhado, ela tenta ligar para Lennox. Cai direto na caixa postal. Ela manda uma mensagem, depois liga para Jackie.
— Não, não sei onde ele está, ele nunca me liga — a irmã do noivo dela explica. — Mas você sabe como o Ray é com o trabalho... Trudi, tem alguma coisa errada?
Trudi, com a respiração pesada, conta. Jackie, demonstrando empatia, diz que vai continuar tentando achar o irmão.
Dean dirige em velocidade pelas ruas, enquanto a RadioForth anuncia nos alto-falantes do carro:
*"A investigação policial sobre o corpo encontrado ontem num galpão no cais de Leith está em andamento. Até agora não foram revelados detalhes sobre a vítima."*
Mal ouvindo a notícia, Trudi não conecta isso a Ray Lennox. Ela só consegue pensar no pai, e em como a mãe deve estar perturbada.

Quando chega à enfermaria, Trudi tem a impressão de que o pai está muito mal. Múltiplos tubos saem dele, entrando em máquinas e bolsas. Um espasmo, uma pequena perda de sangue, e ele imediatamente parece mais fraco, mais frágil e mais velho. A mãe, sentada ao lado dele, chorando, levanta e agarra a filha.

— Nossa menininha — ela repete enquanto passa a mão pelo cabelo da filha.

Dean, nervoso na porta da enfermaria para duas pessoas, rapidamente recebe um pedido de café e vai na direção da lanchonete.

Trudi abraça a mãe, que também parece fragilizada pelo trauma, enquanto as duas observam a figura grisalha quase sem forma na cama. Ela olha para o anel cintilante no dedo.

*Onde será que o Ray está?*
*Esse anel dourado na minha mão: o que isso significa?*
*Onde ele está?*

11

Andando pelas ruas estreitas do Soho, bem perto dos prédios para evitar uma chuva que começou de repente, Lennox, sem um celular funcional, reza novamente para que Mark Hollis não tenha mudado nem o horário, nem o lugar do encontro. E também para que o policial londrino não esteja diferente da foto que ele viu na internet a ponto de ficar irreconhecível. Ao entrar no Dog and Duck, ele vai até o bar. Depois olha em volta. Imediatamente reconhece Hollis.

Ele é o cara sentado numa poltrona de couro debaixo de um espelho grande, vestindo um moletom do Green Bay Packers por baixo de uma jaqueta preta Puffa. Está tomando uma caneca de Stella igualzinha àquela que o garçom empurra, cheia de espuma, na direção da mão de Lennox, e que ele nem se lembra de ter pedido. Enquanto Lennox põe a caneca na mesa, os dois, quase numa coreografia, acenam com a cabeça um para o outro e se estudam.

Não é como se olhar no espelho. Embora os dois tenham um pouco mais de um metro e oitenta, o robusto Mark Hollis tem uns bons quinze quilos a mais do que Ray Lennox, grande parte na vistosa barriga. Sobrancelhas vastas e não aparadas acentuam as entradas no couro cabeludo. O rosto, mais longo, é ornamentado por um nariz quebrado vezes demais e tem marcas de acne. Com o casaco puído, manchas nas calças e nos sapatos gastos, o cheiro de loção pós-barba barata misturado com bebida velha e cigarro, Hollis parece um refugiado de um seriado policial londrino dos anos 1980.

Um observador atento, porém, talvez notasse certa semelhança no olhar dos dois: inquietos e perscrutadores, quem sabe ligeiramente assombrados.

Lennox prefere não mencionar o acidente com seu celular. Entende que Hollis, que de início parece um sujeito difícil, embora vá relaxando com a conversa fiada que se segue, talvez veja isso como sinal de incompetência e fraqueza. A decisão acaba se mostrando acertada, já que não demora para que o policial de Londres demonstre sentir que eles são suficientemente parecidos a ponto de relaxar a tensão nos ombros largos.

— Então um velhote andou perdendo o pinto por aí?

Lennox conclui que, enquanto seus colegas se dirigiam aos chefes usando termos servis e embevecidos como "senhor" e "senhora", Hollis usava um linguajar cínico e irreverente que dificilmente aumentaria as chances de promoção de alguém em uma instituição fechada da Inglaterra.

— Bom, ele não foi tão negligente assim. A não ser que a gente esteja falando das pessoas com quem ele andava. Alguém removeu os genitais por ele.

— Sua turma não revelou muitos detalhes. Quem era o cara, afinal?

É um teste. Lennox arrisca.

— Era um parlamentar, e ex-MSP.

Hollis parece perplexo.

— É tipo um parlamentar, mas no nosso Parlamento de mentirinha, que funciona sob as graças de nossos mestres do sul. — Lennox sorri. Hollis não responde, então ele continua: — Casa de cartão-postal, bem-sucedido, esposa chique e filhos, aí foi procurar encrenca, pulando a cerca com outro homem. A mulher não ficou feliz — ele explica, pulando a parte da história em que ele se envolvia. — Os conservadores locais também não. Aí ele veio para cá e ressuscitou em Oxfordshire. Mas manteve o apelo populista; migrantes muçulmanos, refugiados, feministas, pessoas trans, você conhece a lista.

— É aquele filho da puta arrogante... como é o nome dele?

— Gulliver — Lennox colabora. — Há grandes chances de o nome dele estar em todos os jornais amanhã. Ou não. Só o que se divulgou até agora é que ele foi encontrado ontem, às 10h, num galpão em Leith. Mas ele estava nu, amarrado e castrado, os genitais removidos, provavelmente foram usadas duas facas, uma delas com serra. O pênis foi retirado do corpo e colocado no Monumento a Scott, onde algum turista encontrou na hora do almoço. Estamos conferindo todos os dados habituais.

Hollis acena com a cabeça, assimilando em silêncio as informações transmitidas pelo escocês.

— Curiosamente, além de indícios de álcool e talvez de drogas no organismo dele, embora isso ainda precise ser confirmado pelo laudo toxicológico, ele levou uma pancada na cabeça, provavelmente com um porrete, antes da remoção dos genitais. Não tem muitas provas forenses até o momento, fora um fio vermelho e um desenho feito com caneta marcadora na placa do banheiro. — Lennox olha em volta, empurra sua cadeira para mais perto da mesa. O pub está cheio de gente conversando, se divertindo depois de se verem livres do trabalho. Ele se inclina. — A não ser que o criminoso conheça as vítimas e tenha usado algum subterfúgio para dominá-las, como batizar a bebida da pessoa com drogas, tudo indica que não foi uma pessoa só.

Hollis absorve essa informação, sobrancelha franzida e semblante fechado em lenta deliberação. Depois de ficar convencido de que parece uma explicação decente o bastante, ele limpa a garganta com uma tosse áspera e irregular.

— Então eles atraíram o sujeito no trem, deixaram o cara bêbado, depois o drogaram, mas o sedativo não foi forte o suficiente, aí deram uma pancada com um porrete?

— Não, foi tudo muito preciso e não há sinais de luta.

— Drogaram o babaca e daí deram a porrada? Não faz muito sentido.

— Parece mais que os criminosos queriam deixar uma marca.

— Lennox toma um longo gole de Stella. — Tem um marceneiro em Edimburgo, Rab Dudgeon, vulgo Carpinteiro da Insânia, que machucava garotos assim, uma espécie de assinatura. Ele está preso faz tempo, então não pode ser ele. É como se por algum motivo estivessem copiando o modus operandi dele. — Lennox muda de lugar para evitar a luz do sol nos olhos. — Todos os funcionários do trem dizem que Gulliver era um passageiro frequente. Ele bebia bastante e várias vezes parecia bêbado, mas não parecia muito torto quando subiu em Euston, nem quando desceu em Waverley.

— Então ele ficou bêbado ontem cedo? Depois do trem chegar e antes do corpo ser descoberto às 10h?

— Parece que sim. E provavelmente no hotel em que ele se hospedou, o Albany, um lugar onde os funcionários não perguntam nada, e deve ter sido no quarto dele, apesar de não ter nada faltando no frigobar. Checamos alguns dos lugares que servem bebida cedo e hotéis, onde ele podia ter tomado um trago, mas nada, nem nos lugares que vendem álcool sem licença. Pediram dois cafés da manhã no quarto.

— Então alguém se encontrou com ele no quarto e ofereceu a bebida, provavelmente batizada — Hollis especula, tomando um gole do seu próprio veneno.

— O diário não tinha nada sobre vida pessoal, só negócios e compromissos de político. Umas poucas referências oblíquas a um certo "V", que não conseguimos identificar como parente, amigo, nem como algum contato da política ou dos negócios.

— Namorado ou michê?

— Não sabemos ainda, mas encaixa no perfil — Lennox diz, tomando um gole de sua cerveja.

— Oficialmente estão mantendo segredo sobre o sujeito que quase perdeu o pinto no Savoy — Hollis retribui, cauteloso —, mas não é um executivo.

Não é uma surpresa. Lennox acena lentamente com a cabeça, incitando o outro a continuar.

Hollis hesita por um segundo e depois dá um sorriso maldoso.

— Certo, Ray, não tem nada errado em uma troca justa de informações. Não é segredo que estou sendo feito de bobo nessa história. Não tenho certeza se querem que eu ignore o caso, ou se querem que eu me sacrifique descobrindo tudo. — Ele dá de ombros. — Mas nenhuma dessas coisas me incentiva a ficar de boca fechada. Eu não sou muito do tipo que gosta de ser usado pela própria corporação, sabe?

Lennox assente lentamente mostrando empatia.

— Então... — Hollis dá aquele sorriso implacável outra vez. — O cara é um funcionário de alto escalão do Ministério da Justiça chamado Christopher Piggot-Wilkins. Quase Sir Christopher Piggot--Wilkins. Quase Dama Christopher Piggot-Wilkins. — Hollis evidentemente se diverte com a ideia. — Parece um trabalho puramente de sedução. Uma mulher bonita liga para ele, diz que é de uma agência que ele usa, é aniversário dele, e fala que um amigo comprou um presente pra ele. — Hollis arregala os olhos. — Só que nessa agência ninguém nunca ouviu falar dela. Seja como for, ela consegue levar o cara para o quarto do hotel, depois para a banheira, e aí corta. — Ele faz um gesto de tesoura com os dedos. — O equipamento matrimonial do sujeito está pendurado por um fio. Uns palhaços da Operações Especiais chegaram logo em seguida; levaram o cara para uma casa em Harley Street, costuraram. Falei com um contato numa clínica ali perto. Ele pode voltar a ter até cinquenta por cento da função erétil, mas vai levar um tempo.

— Meio ingênuo da parte dele, não? Confiou demais. Ele não sentiu que era uma armação?

— Não, porque a mulher conhecia o modus operandi do sujeito. Liga para uma prostituta de luxo e reserva um quarto em um lugar bacana, tipo o Ritz ou o Savoy; nesse caso foi o Savoy. O sujeito não teve motivos para duvidar que tivesse algo estranho.

— Então ele já tinha feito isso antes? O que ele disse?

O semblante de Hollis se fecha, furioso.

— Não tenho a menor ideia — ele rosna. — Blindaram o cara, Ray. Cheguei lá em meia hora, mas logo meu chefe estava lá, o resmungão do Stan George, e esse é o tipo do sujeito que fica com sangramento do nariz se resolve se levantar da mesa... E quem me aparece lá cinco minutos depois se não a porra do chefe de polícia Sir Babaca Bola Murcha em pessoa, e seguindo ordens de uns depravados de alto escalão lá em Whitehall. Não deixaram nem a gente chegar perto do Piggot-Wilkins. Ficaram lá dando carteirada e tocando tudo no estilo "gestão cogumelo": só fornecendo merda e mantendo todo mundo no escuro.

Hollis faz uma pausa para respirar.

— Nada de provas físicas ou câmeras de segurança? — Lennox pergunta, tendo sido informado pelo Marreco Mortimer que havia sim.

— Eles estavam lá para se livrar das provas, Ray — a testa de Hollis franze —, e não para descobrir nada.

— Então te deixaram de fora, abafaram tudo, e só correram desesperados para retomar a história depois do caso do Gulliver. — Lennox volta a pensar naqueles fios de espaguete pendentes. — Seja lá quem tenha feito isso, deixou os caras assustados. Eles conseguiram ligar o seu caso ao meu.

— Exatamente, Raymond. Aqueles playboyzinhos do Partido Conservador? Burros pra cacete, esses merdas.

— Não é fã deles, então?

Hollis termina sua caneca com um longo gole.

— Não sou nem um vermelhinho comuna, nem um liberalzinho afetado, meu caro, é tudo uma farsa montada pelos caras que mandam. Mas são esses safados que levam a melhor. Uma raça mutante endogâmica que engana a gente há gerações, e ainda tem um monte de lambe-botas que ficam gratos por isso.

— Concordo. Pra mim, parece uma puta de uma sacanagem, meu caro.

— A maior e mais completa sacanagem — Hollis faz sua voz troar, e um casal vira as cabeças para olhar por um instante. — Bom, não sou eu que vou ficar quietinho e servir de soldado pra dar cobertura pra esses pervertidos!

Lennox está começando a gostar de Mark Hollis.

— Lá em Edimburgo, minha equipe está trabalhando direto nisso. Tudo que eles conseguirem eu te passo. — E ele aponta para o copo do policial londrino. — Mais um?

— O universo gosta de mim. — Mark Hollis abre um sorriso que revela uma década de más escolhas como consumidor. — Me mandou um escocês. — Conheci alguns ao longo dos anos. Teve uns caras ótimos; outros nem tanto. Mas uma coisa que todos eles tinham em comum era gostar de uma cerva. — Ele agita a caneca na mão. — Stella.

Depois da quarta caneca, Hollis some no banheiro e volta iluminado. Desaba, com determinação, em sua poltrona.

— Deixei uma coisinha pra te animar na caixa de descarga do vaso. Veja lá se você quer.

É mais um teste, e Lennox levanta imediatamente. No banheiro, ele levanta um papel e descobre uma grande carreira de cocaína.

*É importante criar vínculo com o Hollis.*

*Mas a Trudi.*

*O Narcóticos Anônimos. Keith Goodwin. Meu padrinho...*

Ele esfrega um pouco de pó na borda da narina e joga o resto, que estava em seu ninho de porcelana, no chão. Lennox é tomado por culpa e uma sensação de perda, burrice e puro desperdício num baque incapacitante. Quando volta, ele se sente um trouxa autoiludido.

Hollis logo volta a falar sem parar.

— A porra da polícia de Londres, Ray, nem preciso te dizer que é uma zona. Ou quem sabe eu precise. Não sei como são as coisas na Escócia, mas deve ser melhor do que aqui, tendo que lidar com esses idiotas inúteis...

Enquanto Hollis fala mal dos chefes, Lennox deixa que ele faça uma pausa para respirar antes de passar para a pergunta padrão que ele faz para todo mundo que trabalha com Crimes Graves. Por mais que a pergunta pareça óbvia, a resposta sempre dá uma ideia de com quem ele está lidando.

— Então, por que você escolheu esse trabalho?

Hollis para por um segundo. Os olhos acesos pela cocaína se focam em Lennox.

— Eu quero prender os caras podres, meu amigo, tipo gente que faz coisas horríveis com crianças. Esses assassinos filhos da puta que tiram alguém da família, ou esses estupradores que acabam com a vida de uma mulher. Eles não têm direito de fazer essas merdas, e eu vou pra cima deles. Não estou nem aí pros caras brigando no jogo de futebol — ele sacode sua cabeça grande — ou pra molecada roubando no mercado, um pobre coitado que adultera o leitor da companhia de energia elétrica, um cara que faz gato da TV a cabo pra ver o jogo ou um estressadinho em fila dupla.

Lennox concorda com a cabeça.

— Você quer colocar os caras realmente malvados na cadeia. Não os caras fracos, vulneráveis, expostos a tudo, ou os caras que só estão tentando sobreviver. Eu também.

Hollis ergue uma das duas novas canecas de Stella que surgiram durante a ausência de Lennox, incitando o outro a fazer o mesmo.

— Essa é por foder com os filhos da puta!

— Saúde!

Enquanto Lennox brinda, Hollis baixa abruptamente sua caneca, como se agora estivesse tomando consciência do entorno, parecendo perceber que está mais comprometido pela cocaína do que Lennox.

*Ele desconfia que eu não cheirei a carreira. Pior: acha que eu sou um informante da Corregedoria.*

Lennox já cheirou cocaína vezes suficientes para saber fingir. Ele começa falar sem parar.

— O Gulliver devia estar em Oxfordshire, por onde foi eleito. Não tem registros do filho da mãe voltando para a Escócia. Ele não falou nada para a mulher, que estava separada dele, nem para os filhos, nem para a irmã, aquele palito com peitos, lábios e bunda, com quem ele normalmente fica quando vem ver os filhos. Aí ele foi parar naquele galpão em Leith… o cais de Edimburgo. Encontrado peladão, amarrado e no lugar da ferramenta arrancada só tinham ficado uns fiozinhos de espaguete pendurados, depois que a faca com serra fez o trabalho. — E Lennox pega o celular, só percebendo quando solta o aparelho na mesa que ele continua sem funcionar. — Derrubei essa porra e agora não funciona mais. Bom, aí a gente recebeu uma ligação com uma dessas vozes robóticas, dizendo algo tipo: "O Gulliver escória num galpão no cais de Leith. Por favor, tirar de lá antes que os ratos comam um deles."

Hollis parece aliviado, dá mais uma risadinha rouca.

— O que já sabem sobre a fita?

— Os técnicos continuam trabalhando nisso. Mandaram às 9h47. Encontraram o galpão onde estava o corpo às 10h05. Gulliver saiu do trem às 7h. As bolas do cara foram achadas no Monumento a Scott às 12h52.

— Provavelmente quem fez isso foi um homem vítima de abuso sexual na infância — Hollis diz. — Agora ele é mais forte.

Lennox pensa nisso, ficando em silêncio.

*Aquele túnel. Minha obsessão com aquilo que nunca passou; como se ficar ali fosse trazer aqueles caras de volta, aqueles três, que hoje viraram sombras na minha consciência. Eu me vejo lá, punhos cerrados, gritando como um maníaco:*

*VENHAM, SEUS FILHOS DA PUTA.*

A voz de Hollis arranca Lennox de seus pensamentos. Ainda é uma voz austera, mas agora tem uma certa melodia nela.

— A dança está boa, amigo?

— O quê? Desculpa... — Lennox está assustado. — Como assim?

— Com os seus demônios. Todo mundo tem os seus. — Hollis dá de ombros com um sorriso macabro. — É por isso que a gente está aqui, lidando com isso.

Lennox dá um sorriso discreto. Não faz sentido discutir. Ele se pergunta quais serão os espíritos malignos com que Hollis precisa lutar. Ele já sabe que deve ser gente realmente má.

— Mas não se preocupe. Não vou te contar sobre os meus demônios nem quero saber dos seus. — O riso de Hollis se transforma numa seriedade sinistra. — A gente tem que agradecer a esses caras, Ray. Eles são o nosso motor. Foi isso que salvou a gente.

Lennox sente sua sobrancelha erguer.

— Salvaram a gente? Sério? — Ele não consegue evitar o tom de incredulidade na voz. — Do quê?

Hollis olha ao redor no bar lotado, com um certo desdém pelas pessoas tagarelando.

— Salvaram a gente do tédio, meu caro. Salvaram a gente de ser vegetais assalariados com uniformes.

— É um jeito de ver as coisas.

— Nós somos condenados, Ray, gente como você e eu — Hollis continua, parecendo animado com a ideia. — O que a gente precisa fazer é tirar de circulação o máximo de sacanas que a gente conseguir.

— E ele agita no ar a caneca vazia. — Agora é sua vez ir de pegar, seu escocês mão de vaca!

— Suas palavras são uma verdadeira inspiração, Hollis. — Lennox levanta e pisca. — Veja como eu chego rapidinho naquele balcão.

Quando chega ao balcão, Lennox sente como se tivesse absorvido a cocaína por osmose. Estar com Hollis é como ser usuário passivo de drogas. Ele olha para o sujeito forte, que agora ri sozinho em suaves convulsões causadas por seus próprios pensamentos. Esse cara tira do álcool e da cocaína a energia de que precisa para enfrentar o mundo. Um universo cheio de Hollis estaria fadado ao caos. Um universo sem nenhum Hollis estaria morto. Voltando com as bebidas, Lennox pergunta onde Piggot-Wilkins está.

— Provavelmente entocado na mansão em Surrey. Não posso nem chegar perto do babaca. Não diz nada oficialmente. Parece que não quer ficar conhecido como o sujeito que perdeu metade do pau. Então, quer dar uma olhada na cena do crime? Obviamente, já foi desmontada faz tempo. Nunca vi os putos desmontarem tudo tão rápido.

Enquanto eles tomam suas cervejas, a iluminação do bar diminui. Esse ajuste feito pelo barman imita a escuridão pungente do outono londrino. O peso da Stella no estômago e a confusão mental causada pela cerveja fazem Lennox, que sente o peso de suas pernas, se arrepender ainda mais de não ter cheirado a carreira. Que puta desperdício. Eles saem do pub e entram em um táxi preto, Lennox pensando que Hollis é tão tipicamente velha guarda que nem seria possível imaginar seu novo colega se deslocando de outra maneira.

Eles desembarcam na Strand, na entrada ornamentada do luxuoso edifício com o soldado de bronze acima do icônico letreiro verde de neon anunciando o Savoy. Hollis explica que os dois vão encontrar Colin Neville, um dos porteiros.

— Um bom peso médio em outros tempos. Tinha a melhor e a pior virtude de um boxeador: sabia aguentar um soco. Pode não ser lá muito habilidoso com a boca, mas os ouvidos e os olhos funcionam e nada escapa de Nev. Vou dar ingressos para vocês dois para a luta no York Hall, em Bethnal Green. Você gosta de boxe? — ele pergunta. — Claro que gosta — Hollis decide, sem esperar a resposta.

Um porteiro corpulento, com cabelos brancos aparecendo por baixo da cartola, cumprimenta os dois.

— Tom — Hollis diz, e os dois trocam cortesias. Depois, ele pergunta: — O Nev está aí dentro? — A resposta do porteiro é afirmativa e, enquanto eles passam pela recepção, Hollis pergunta a Lennox: — Olha só, o que você acha do velho Marreco?

— Não o conheço tão bem. — Lennox entra no saguão com piso de granito xadrez preto e branco, belos tetos e beirais, e paredes com painéis de madeira decorados com arte clássica. — Fizemos uns cursos de tecnologia e de técnica forense juntos. Em geral, tem sido um bom contato.

— Fique de olho nele. — Hollis tapa o nariz. — Deviam chamar o sujeito de Marreco Cagueta, se é que você me entende.

Lennox assente com a cabeça no mesmo momento em que um sujeito de olhar vago sentado numa grande poltrona se levanta para cumprimentar os dois.

— Olá, Marky!

— Nev… Este é o Ray. Vamos daqui a pouco para o York Hall, amigo. Deu certo.

— Boa.

— Pode mostrar o lugar pra gente?

— Venham comigo.

Lennox percebe que esse sujeito amistoso está desnorteado, de tanto levar socos de candidatos a uma vaga no topo do ranking. Boxeadores frequentemente precisam ser protegidos de si mesmos: é evidente que ninguém fez isso por Colin Neville.

— Carreira mal gerida — Hollis confirma num sussurro enquanto Nev pega um molho de chaves e entrega para ele. Ele espera enquanto Lennox e Hollis sobem até o quarto pelo elevador. — Piggot-Wilkins desceu por esse elevador, nu, segurando os próprios genitais contra o corpo, sangue por toda parte. Claro, nem uma imagem sequer daqui — ele aponta para uma câmera —, nem do saguão. Nenhum registro de que isso aconteceu exceto pelas testemunhas oculares que foram forçadas por uns cretinos da unidade especial a abrir seus celulares e a apagar as imagens.

— Cacete, começaram rapidinho a abafar.

— Todo mundo sabe que eles têm uma unidade de contingência para proteger os bacanas — Hollis diz. — Nunca tinha visto esses caras em ação antes. Mas empurraram a gente para o canto e fizeram a gente se sentir parte da equipe de faxina. — Hollis cerra os dentes quando o elevador para e as portas se abrem. — Achei que os babacas iam pedir para gente pegar um esfregão e começar a limpar a porra do sangue espalhado pelo piso de mármore.

Eles saem para o corredor, onde Hollis aponta para outra câmera de segurança, agitando seu celular.

— Mas a gente conseguiu alguma coisa daqui. Liguei para uns caras da nossa equipe de investigações. Eles estão a caminho.

No corredor, eles veem a cortina de plástico estendida pelos pintores, ainda lá, mas agora não mais no quarto 461. Quando eles entram, os pés afundando no carpete felpudo, Lennox olha para a cama com dosséis, enquanto caminha pelo grande banheiro com mais piso de mármore xadrez preto e branco.

Hollis continua com seu comentário movido a cocaína.

— Eu acho que a sua teoria está certa, Ray: dois caras. Piggot--Wilkins sobe para o quarto, uma ereção que dá pra ver do espaço. Ela está com uma máscara, tipo aquelas venezianas, aquela merda meio *De olhos bem fechados*. O puto provavelmente está prontinho pra gozar quando entra. A mulher provavelmente não diz quem foi que contratou os serviços dela.

O gostosão nem liga; ele acha que vai descobrir rapidinho, não tem nada de incomum um bacana fazer um favorzinho para outro.

— Então quem fez isso conhecia o modus operandi dele e a pessoa que marcava os encontros, e armou isso.

Hollis assente com a cabeça.

— A mulher continua com a máscara, vem com aquela história de "vamos tomar um banho", sabendo que um mauricinho obcecado com germes ia adorar a ideia. As torneiras já estão ligadas, e a banheira está cheia de espuminha borbulhando. A água está quente e as facas já estão ali, escondidas pela espuma. Aí ele entra e relaxa e bingo...

— Quase uma mudança de sexo.

— O negócio é que, depois que ele escapa, segurando o pinto, dando um chilique na recepção, gritando pra algum motorista levar ele para a Harley Street, não uma ambulância ou o serviço de emergência, ela não está muito atrás dele. — Hollis está muito animado, respirando com dificuldade. — Mas, olha só isso, se eles eram dois — Hollis aponta para uma porta composta por ripas de madeira, abre e revela um closet com roupões pendurados em cabides e prateleiras cheias de toalhas —, o outro estava escondido aqui, imagino, observando a ação. Claro que não deixaram a gente examinar. A pequena guarda pessoal deles, paga pelo contribuinte, cuidou de tudo.

— O que você imagina que o cara estava fazendo aqui dentro — Lennox mexe na porta —, estava só de voyeur, ou estava aqui pra ajudar se alguma coisa saísse errado...?

— Pois é... mas eles não foram os únicos a ter ajuda. Como eu te disse, nossos chefões limparam a cena do crime, e o otário designado retroativamente para investigar — Hollis aponta para si mesmo — não consegue nem dar uma olhadela decente. Você já teve a sensação de que estão armando para você não descobrir algo?

Lennox faz que sim com a cabeça, com um olhar sério.

Hollis olha para a porta da suíte, que está abrindo.

— Ah... olha aí os meus meninos... — Lennox ergue o olhar e vê dois homens parados na porta. O que está batucando no batente da porta é um sujeito negro e alto com a cabeça raspada, bem-vestido e com uns trinta e poucos anos. O outro é branco, com uma cabeleira cor de areia, e está na casa dos vinte anos, vestindo um casaco que não é bem do tamanho dele. — David, Bola Murcha. — Hollis faz sinal para que os dois entrem. — Obrigado por virem. O Ray aqui veio da Escócia para civilizar todos nós, certo, Ray?

— É traballho demais para uma pessoa só. Vou continuar pegando os casos sexuais, se não for problema pra vocês.

Bola Murcha dá uma risadinha de leve, mas David continua impassível enquanto tira um iPad de uma capa de couro e liga.

— Ia justamente perguntar sobre o circuito interno de câmeras — Lennox diz.

— Este andar foi reformado — David responde com um sotaque de Oxbridge que faz o semblante de Hollis se crispar. — Obviamente eles sabiam quando reservaram o quarto. — E ele aponta para a tela. — As cortinas escondem a pessoa que sai do quarto para a escada dos fundos. Isso aconteceu às 12h45. Não temos imagens do saguão. Estavam desligadas para manutenção.

— Uma tempestade perfeita de manutenção no saguão e reforma aqui em cima — Lennox diz. — Coincidência demais.

— Checamos tudo com a empresa de manutenção e com o pessoal da pintura. Tudo legítimo. Investigamos o pessoal da gerência aqui — Hollis explica. — Nada até agora. Esse crime foi planejado por um bom tempo.

— Alguém conhecia a história, mas qualquer um com acesso ao computador podia conseguir a escala de plantão sem chamar muita atenção. — David entrega para Lennox uma lista impressa de mais ou menos duzentos nomes. — E um hacker meia-boca podia conseguir isso fácil — ele diz com tristeza.

— Aperta o play — Lennox pede.

— Isso é mesmo...? — David pergunta, olhando de Lennox para Hollis.

— Sim. Vai nessa, filho — Hollis manda.

Piggot-Wilkins nu, olhos vidrados atrás dos óculos de armação dourada, joga a cortina de plástico para o lado, espirrando sangue nela dramaticamente enquanto corre pelo corredor. Quando a cortina improvisada volta para o lugar, uma figura surge atrás dele. Mas em vez de seguir Piggot-Wilkins e passar pela cortina, a pessoa vai na direção da porta de incêndio. É uma imagem breve, como a de alguém no banho, mas Lennox consegue ver um casacão preto, cabelos louros e uma máscara veneziana escura. Cerca de trinta segundos depois, uma segunda silhueta borrada iluminada por trás aparece, indo na direção da mesma saída de incêndio. Praticamente só uma forma é discernível, mas Lennox pode ver que o possível voyeur de Hollis no armário é maior e mais volumoso do que a mulher mascarada.

David congela a ação e aponta para uma parte da tela.

— Como você vê, a cortina de plástico estava presa deste lado do corredor... — Eles saem do quarto a pedido dele. —... A cortina atrapalha a visão das duas figuras que deixam a cena pela escada. — Ele aponta para os degraus da saída de incêndio. —... Depois que Piggot-Wilkins sai correndo.

Lennox pensa nas duas figuras.

— Será que são duas mulheres? A segunda figura é maior, mas está usando uma roupa que ondula, um vestido talvez?

— Pode ser — David diz.

Hollis acena com a cabeça para Lennox, e o leva para um canto.

— Eu também pensei nisso. Mas hoje em dia com esse negócio de ação afirmativa e essas besteiradas todas, o pessoal não está exatamente louco para mostrar que as mulheres são tão doidas quanto a gente. Alguém poderia achar que todo mundo seria a favor de igualdade. — Ele gargalha.

Bola Murcha ri, Lennox e David ficam neutros.

— Não tem como saber — Lennox diz —, os tempos estão mudando.

David e Bola Murcha olham inexpressivos para ele.

— Certo, vamos conversar com o Nev num ambiente mais informal — Hollis diz, deixando escapar um suspiro, depois acenando com a cabeça para os dois homens. — Obrigado, meninos — ele diz enquanto Lennox e ele seguem na direção do elevador.

— O que tá pegando ali? — Lennox pergunta.

— Um sujeito que se deu bem e seu assistente; idiotas corporativos, Ray. Eles não gostaram que eu contei tudo isso pra você. Não ia ficar surpreso se os dois me caguetassem. — Ele exibe os dentes. — Esse é o tipo de fedelho que vai substituir a gente. E eles vão ter uma taxa de resolução de crimes melhor que a nossa. Claro que a essa altura — um sinal sonoro do elevador enquanto as portas abrem e eles entram — todo mundo que foi vítima de pedofilia na infância vai estar microchipado e vão só esperar a pessoa cometer um crime. Vai ser como pescar num barril.

Enquanto o elevador desce, Lennox pergunta:

— Você acha que todo mundo que foi vítima de pedofilia vai acabar sendo um pedófilo?

— A gente sabe que a maioria acaba nesse caminho. É assim que o vírus se transmite, Ray. Bota um chip em todo mundo e, se a pessoa não fizer coisa errada, tudo bem. Eu sei, é uma punição dupla para uma criança que foi abusada e que vai ser estigmatizada ao ser colocada numa lista de possíveis pedófilos, mas no futuro esse negócio de liberdades civis não vai ser muito importante.

Nev foi para o York Hall, e eles saem para encontrar um táxi para Bethnal Green. Depois Hollis, numa inspiração súbita, diz:

— Vamos fazer um desvio primeiro, passando por King's Cross. Vamos dar uma conferida nessa agência; ver se eles podem verificar o comportamento de Piggot-Wilkins como cliente. O camarada que é dono do lugar é bem conhecido da Delegacia de Crimes contra a Ordem. Um dos seus, um "scotch" — ele explica antes de gritar para o motorista: — King's Cross!

Lennox pensa em explicar que "scotch" é uísque, mas, quando o policial londrino diz aquilo, parece estranhamente reconfortante, como um gole auditivo num malte envelhecido vinte anos.

— Certo...
Nesse momento, o ruído súbito de um motor furioso rosna para eles. Os dois olham e veem uma van indo na direção deles.

— PUTA QUE PARIU — Hollis grita, empurrando os dois para dentro do táxi, fazendo com que Lennox se estabaque no chão do carro. Ele bate a porta depois que os dois estão lá dentro, mas a van esbarra na porta.

— FILHO DA PUTA! — o taxista grita. — Viu isso?

— SIGA ESSE FILHO DA PUTA! — Hollis grita, mostrando seu distintivo.

O taxista não precisa ser convidado duas vezes, e acelera atrás da van. Mas ela faz uma curva e sai do campo de visão antes mesmo que eles consigam anotar a placa.

— Alguma câmera deve ter filmado isso — Hollis diz, agitado pela cocaína, pela adrenalina e pelo nervosismo. — Vou fazer uma ligação — ele diz, pegando o celular aos gritos. — Imbecis — ele diz, desligando. — Só sabem reclamar do que não podem fazer...

Ele se inclina para a frente no banco, dizendo qual é sua intuição.

— Piggot-Wilkins não iria fazer negócios pessoalmente em King's Cross. Imagino que o intermediário que fazia os contatos com as prostitutas para ele seja um sujeito chamado Toby Wallingham. É um playboyzinho que não deu certo na vida, o típico comerciante de mercadorias avariadas. Bem conhecido nos círculos policiais.

— Então você acha que foi ele que agendou a prostituta mascarada para Piggot-Wilkins?

— Não sei, é por isso que eu queria falar com o cara. Mas se foi, provavelmente estava sendo usado pelos criminosos; ninguém quer ver um cliente regular perder o instrumento. É ruim para os negócios. Mas a gente tem que ir com calma. — Hollis ergue as sobrancelhas hirsutas. — O cretino é igual a todos eles, apelando o tempo todo para advogados.

— Gente graúda de Londres. Parece que você precisa marcar hora para investigar os caras.

— Não gosto disso, Ray, nem um pouco, mas vamos primeiro ver os peixes pequenos — Hollis diz. Quando os dois vão saindo do táxi numa rua suja que escapou à gentrificação da área, trêmulo, ele enfia algumas notas na mão do motorista.

Lennox olha ao redor e acha que isso se parece mais com o King's Cross de sua juventude, antes de receber a atenção do Eurostar, cheio de uma ameaça imoral e reprimida. Hollis, com os olhos em chamas, em contraste com o tom frio e intimidador de sua voz, diz para ele:

— Como sempre acontece nesses casos, eu me pego querendo descontar em alguém.

Lennox olha fixamente para Hollis. Foi por pouco, e alguém quer pegar os dois.

— Conheço a sensação — ele concorda, sentindo a umidade do celular que continua liberando chá em seu bolso.

12

É possível que ainda tenha alguém na agência Colleagues. E, de fato, assim que o táxi vai parando, uma mulher de tailleur está saindo do edifício vitoriano malcuidado.

— NÃO FECHE ESSA PORTA — Hollis ruge enquanto corre na direção dela, esfregando o distintivo de policial no rosto da mulher. — Qual é o seu nome?

— Greta... — ela diz, com sotaque da Europa Oriental. — Mas eu não fiz nada de errado!

— Não, não fez — Hollis diz, colocando o pé na porta para impedir que ela feche. Lennox acha que ele está irritado, não só por causa da cocaína, mas também por causa do motorista que tentou atacar os dois. — E você não vai querer começar agora, então, diz quem está lá em cima, no escritório dessa Colleagues.

— Só o chefe. O nome dele é Simon.

— Certo, agora vaza.

Hollis cospe uma gosma que cai no frio degrau de concreto.

Greta sai, passando por Lennox sem fazer contato visual. Eles olham a mulher se afastar, numa velocidade espantosa para quem está de salto alto. Depois eles entram, subindo as escadas estreitas até o último andar, os dois antecipando a surpresa que estão prestes a causar em Simon, o chefe.

Simon David Williamson está encerrando o expediente no escritório desmazelado da Colleagues Consultoria Profissional e Serviços de Apoio Administrativo, e está desligando seu MacBook. Ele fica tenso quando os dois homens entram no local. No início, ele não percebe que são policiais: a chance de serem bandidos é a mesma. Como conta com uma certa proteção por associação, ele meio que reza para serem bandidos. Ele vai ao encontro aos dois com olhos arregalados.

— Eu já estou fechando e só marco reuniões on-line.
Lennox reconhece não o homem, mas o sotaque.
— Qual é seu nome? — ele pergunta, exibindo o distintivo.
Williamson aperta os olhos para ler, depois olha para Lennox.
— Polícia de Edimburgo... que porra é essa?
Hollis faz o mesmo, com seu distintivo londrino.
— Todos nós estamos atrás de você, meu caro. Que maravilha ser tão popular!
— Não sei o que vocês estão procurando, mas vieram ao lugar errado — Williamson declara, dando início a algo que os dois policiais reconhecem como um discurso batido. — Nós oferecemos um serviço que promove parcerias entre respeitáveis executivos e pessoas que atuam como assistentes administrativas durante reuniões e jantares. Tem a ver com espetáculo e poder. Não toleramos contatos sexuais e, se eu fico sabendo de algo do gênero, a parte responsável é eliminada de nossos registros e rep...
— Para com essa bobajada — Hollis diz. — Nós não damos a mínima pras suas putas e pros clientes. Qual seu nome?
— Simon David Williamson.
— Você conhece Christopher Piggot-Wilkins?
Williamson continua com cara de quem está jogando pôquer.
— A lista de meus clientes é confidencial. Alguns oficiais da polícia vieram aqui há algumas semanas e eu forneci os nomes para eles. Se quiserem outra cópia, tragam um mandado judicial. Ou talvez vocês possam perguntar para seus chefes se podem dar uma olhada na lista que está com eles.
Lennox acha que o comentário machuca Hollis em especial, pela verdade contida nele: ele está sendo usado pelos chefes para dar um verniz de legitimidade a uma investigação que eles deram por encerrada por motivos próprios.
— Alguém usou o nome da sua agência para marcar um encontro entre Piggot-Wilkins e uma prostituta. Ele sofreu um ataque violento — Hollis fala grosso. — Você pode passar um bom tempo na cadeia.

— Entendo. — Williamson dobra a aposta em sua pompa lacônica, batendo na própria testa com a palma da mão. — Vocês vêm ao meu local de trabalho e me ameaçam. É isso que a polícia faz? Isso é garantir o cumprimento das leis? — E por um instante ele está falando com um júri invisível, não só com os dois policiais. — Eu já falei *longamente* com a polícia. Eu já disse. Até. Ficar. Sem. Voz: esse homem pode ter usado o nome da Colleagues, mas a mulher que agrediu Piggot-Wilkins não está nos nossos registros. Eu repeti isso várias vezes. Para. Os. Colegas. De. Vocês. — Williamson repete o tapa na própria testa. — O que mais eu posso fazer?

Lennox finalmente encontra o nome e o rosto dele em sua lista mental de vilões.

— Você tem uma ligação com Frank Begbie.

Williamson olha para ele, literalmente piscando de incredulidade enquanto suspira longamente.

— Só porque eu tive a infelicidade de crescer com um psicopata, que eu não vejo há anos, agora eu tenho uma ligação com ele? — Williamson sacode a cabeça. — Eles mandam um piadista torcedor do Hearts vir lá dos confins do Oeste de Edimburgo à custa do contribuinte para fazer essa grande revelação para a polícia de Londres?

Ele se volta ultrajado para Hollis.

Mas o policial de Londres está fazendo associações parecidas.

— O Grego Andreas... Lawrence Croft — ele diz. — Talvez essas sejam ligações mais recentes.

Williamson suspira ruidosamente de novo, mas dessa vez mais devagar. A derrota é visível em seus traços.

— Eu já disse, Piggot-Williams não usa nossos serviços.

— Não — Hollis disse. — Mas imagino que você saiba quem liga regularmente no nome dele. Um certo Toby Wallingham por acaso?

— O pessoal de vocês viu meus arquivos. Vocês sabem que Wallingham já usou nossos serviços.

Lennox olha para Hollis e sabe, apesar de sua palidez, que essa é a primeira vez que ele ouve alguém confirmar isso.

Hollis olha para Williamson.

— Ele já contratou algum serviço para Piggot-Wilkins?

Williamson dá de ombros.

— Wallingham é conhecido por ter gostos... mais masculinos. É claro que, quando contrata mulheres, faz isso em nome de outra pessoa. Mas eu certamente nunca mandei ninguém para o Savoy. Eu lembraria — e ele aponta para o computador.

— Bom garoto. — Hollis sorri. — Um pouco de cooperação é sempre bem-vinda.

— Eu não sou dedo-duro — Williamson declara, seu olhar subitamente brilhando —, mas esses sacanas privilegiados não são amigos meus. Eles desrespeitaram esta organização no passado. — E ele gira a cabeça olhando para o escritório caindo aos pedaços com sua miscelânea de mobílias dos anos 1980, inspecionando tudo, como se fosse um palácio egípcio. — Gente arrogante assim deve sempre esperar que alguém dê o troco.

— Algum deles foi violento com as meninas? Um dos clientes do Wallingham? — Hollis pergunta, enquanto Lennox olha com desgosto para um calendário do Hibernian FC na parede.

— Fale com Ursula Lettinger. — Williamson entrega um cartão para ele. — Nesse negócio você se acostuma a não acreditar nas mulheres. Mas eu reconheço alguém que está apavorada. Algo mais? — Ele olha para a porta.

Lennox olha para Hollis. Depois faz um aceno com a cabeça para Williamson.

— Bom ver um conterrâneo se dando bem na cidade grande.

Ele olha para o escritório descuidado enquanto os dois saem.

— Belos sapatos — Williamson comenta, olhando para os mocassins nos pés do detetive de Edimburgo enquanto ele vai embora.

— Não são a última moda, mas pelo menos são *adequados*.

# 13

Hollis bate furiosamente na tela do celular, amaldiçoando em voz alta a inépcia de seus dedos gordos e curtos. A persistência dele resulta num fruto que Lennox considerava improvável.

— Certo — diz ele. — Achei o Wallingham num desses clubes de pervertidos que ele frequenta na zona oeste.

Lennox está empolgado, embora ligeiramente decepcionado. Ele tinha gostado da ideia de ir ver a luta.

Hollis lê os pensamentos dele.

— A gente acha esse preguiçoso filho de uma puta e faz umas perguntas, e ainda dá tempo de ir ver as lutas no York Hall... Aquele vagabundo na van que tentou pegar a gente, eu não vi nada, Ray. Você viu alguma coisa?

— Ele arrancou rápido. Parecia um cara grande, óculos escuros, boné. Podia ter pegado a gente ou passado ainda mais perto. Pode ser que só estivesse querendo dar um susto.

— Pensei a mesma coisa. — Hollis faz uma careta. — Tem chance até de ser alguém do nosso lado, mas não vale a pena ficar pensando nisso. Eu vivo dizendo para mim mesmo que é melhor não ser paranoico...

— Mas você não quer escutar esse conselho, camarada.

— Verdade — Hollis admite, penitente.

O Clube de Artes em que eles entram jamais teve uma marca internacional como a Soho House, nem mesmo chegou a ser uma instituição local admirada, como o Groucho. Mas em sua grandeza de outrora, ele mantém um ar de exclusividade que permite atrair uma certa clientela. São pessoas que em geral gostam de ser vistas, mas que optam por vir aqui nas raras ocasiões em que essa não é uma opção viável. Se você fosse uma celebridade que caiu em desgraça, mas que simplesmente não tolera ficar em casa, provavelmente escolheria esse lugar como refúgio. Sendo assim, há sempre um aroma de escândalo permeando suas paredes.

Na recepção, Lennox percebe que não vai ser fácil entrar. A recepcionista é jovem e bonita, e lança olhares impiedosos e nada impressionados para ele e Hollis. O colega dele abre um sorriso largo.

— Tudo certo, meu bem?

O semblante dela mostra uma desaprovação altiva, mas bem nesse momento um sujeito com ar perplexo e cabelos entre o grisalho e o negro penteados para trás os vê. Lennox imagina que seja o gerente. Destinando um olhar acusador para a jovem penitente, ele acena para que os detetives entrem. De imediato ele diz para Hollis num sussurro escandalizado com sotaque francês:

— Mark... ele está no terceiro andar... Mas, por favor, não me vá fazer uma cena aqui!

— Ei! Eu sou um sujeito discreto, Hervé.

Ele dá um tapinha nas costas do sujeito e sobe as escadas, fazendo sinal para que Lennox o acompanhe. Quando eles se separam, Hollis dá meia-volta, anunciando para o francês com uma piscada generosa:

— Estamos quites agora, irmão.

A escada é íngreme, e Hollis explica ofegante para Lennox:

— O paspalho foi pego com a boca na botija com duas prostitutas que tentaram extorquir ele. Não gostam desse tipo de coisa por aqui. Essas coisas são para os clientes, não para os funcionários. Abafei o caso — Holly arfa, o rosto vermelho pelo esforço da subida. — Quando você está lidando com pervertidos ricos, precisa de toda a ajuda possível. A classe trabalhadora geralmente expele seus próprios podres... — Hollis para numa curva da escada para tomar fôlego. — Já a rede dos bacanas protege os seus pervertidos a todo custo, normalmente porque eles sabem demais sobre os outros ricaços.

Enquanto os dois tomam assento no bar do terceiro andar iluminado por luz fria, Hollis olha para o outro lado, onde três homens estão sentados juntos a uma mesa baixa.

— Lá está ele — Hollis acena com a cabeça —, o gigolô de colete.

Toby Wallingham está de fato com um colete de cetim ocre. Cabelos cacheados negros com faixas grisalhas que caem sobre os ombros e até as costas.

Eles observam o playboy londrino tomando uma lager de uma microcervejaria de que nenhum dos dois jamais ouviu falar. Não tem Stella.

— Cerveja de pedófilo — Lennox diz, e Hollis acena primeiro concordando, depois na direção de Wallingham, que se levanta, pedindo licença para os outros homens na mesa.

— Lá vamos nós.

Hollis se levanta, Lennox vai atrás dele.

Eles seguem sua presa até o banheiro masculino, entrando bem no momento em que Wallingham está terminando o que foi fazer no mictório.

— Tobes! Que surpresa! Preparando uma carreira, meu filho?

Wallingham olha para Hollis com desdém, depois para Lennox com leve curiosidade.

— Detetive Hollis. — Wallingham dá de ombros, vencido pelo cansaço. — Tudo pela nossa gloriosa polícia.

Os três entram num cubículo apertado. É tão desconfortável que Lennox percebe que eles estão literalmente dando uma prensa em Wallington. A risada de Hollis parece o ruído de um motor de popa de uma lancha.

— Vai batendo isso aí, meu filho.

— Está meio lotado aqui... Talvez se o seu amigo...

— Sou o Raymond. — Lennox sorri. Ele já está pensando no dano que as mãos pesadas de Hollis podem causar nos belos traços de Wallingham.

— Bom, Raymond, se você...

— MENOS CONVERSA E MAIS TRABALHO! — Hollis ruge no rosto dele.

— Está bem, está bem... — Wallingham, alarmado, se vira para a caixa acoplada do vaso e prepara as carreiras. Depois ele se afasta para permitir que Hollis vá primeiro.

— Piggot-Wilkins disse que foi você quem agendou a prostituta para ele, aquela que tentou arrancar o amiguinho dele — Hollis diz, cheirando uma carreira.

— Mentira — Wallingham diz com um sorriso irônico. — O que é isso?

Lennox olha para a carreira e para o olhar de Hollis, que é mais do que um convite, uma incitação. Dessa vez não tem onde se esconder.

— Você conhece Ritchie Gulliver? — ele pergunta enquanto cheira.

*Aquela antiga sensação, muito boa. Essa mercadoria é mais do que decente.*

— Não. — Wallingham fala de um jeito petulante, desconfortável, empurrado pela barriga saliente de Hollis. — Agora eu gostaria de sair deste cubículo. Vocês abusaram da minha hospitalidade e eu vou ligar para o meu advogado. — E ele enfia a mão no bolso apertado do casaco para pegar o celular.

— E a sua carreira? — Hollis pergunta, com a cabeça virando na direção da caixa acoplada.

— Pode ficar — Wallingham diz.

Hollis arranca o celular da mão dele.

— Vai chamar o advogado, é?

— Você não pode...

Hollis derruba o celular no vaso.

— Como eu sou desastrado!

Lennox, que sente a necessidade de tocar no seu próprio celular úmido e ainda sem funcionar dentro do bolso, observa com tristeza:

— Acidentes acontecem... A gente apertado aqui, primeira classe...

— Seu bosta... — Enquanto Wallingham se agacha para cuidadosamente tentar recuperar sua vida digital, Hollis agarra os cachos vibrantes dele...

— AGHH... ME SOLTA!

... E enfia a cabeça dele na água.

— CARALHO...

Isso só força Hollis a silenciar Wallingham segurando o rosto dele com mais força dentro do vaso. Lennox vê bolhinhas surgirem na superfície.

— Tem uma merda enorme entupindo a privada, Ray. Pode dar a descarga para ver se vai embora, por favor?

— Claro.

Lennox puxa a cordinha. A água cai em cascatas, reduzindo os cachos de Wallingham a fios que parecem rabos de rato. Hollis ergue a cabeça de Wallingham.

— NÃO... VOCÊ... AGHH... — Wallingham grita.

Hollis segura o cabelo dele firme.

— Quieto. — A voz dele se torna um sussurro sinistro. — Não tenta me fazer de palhaço, seu playboyzinho de merda, ou eu arranco todos os dentes da sua boca. A gente quer duas coisas de você! Eu quero saber sobre o Piggot-Wilkins, e o meu amigo aqui quer saber sobre aquele arrogante do Ritchie Gulliver. Então, pode começar a falar.

— Eu... eu não conheço nenhum... Ritchie Gulliver... — ele diz ofegante.

— Piggot-Wilkins então! Me conta desse safado. — E Hollis empurra a cabeça do sujeito de novo.

Wallingham ergue as mãos, e Hollis diminui a pressão, embora mantenha os cabelos presos com firmeza em seu punho.

— Eu não recebi... nenhuma ligação.... para mandar puta nenhuma.... para o Piggot-Wilkins... Eu fiquei meio chateado porque normalmente sou eu que faço isso pra ele... Já fiz arranjos pra ele e pra alguns amigos deles em vários hotéis, mas dessa vez não mandei ninguém... Quem disse que fui eu? Foi o merda do Williamson da Colleagues?

— Então você não mandou a puta?

— Não! Eu juro! Eu fiquei sabendo da agressão no Savoy... que alguma equipe duvidosa de segurança assumiu a investigação...

— Você falou com o Piggot-Wilkins depois do ataque?
— Não!
— Quem você acha que fez a ligação?
— Eu já disse que não sei, porra!
— Ah, mas você sabe sim. Mesmo que você não tenha falado com ninguém, você conhece o modus operandi. Quem mais o pessoal do Piggot-Wilkins usa?
— Eu não sei! Eu não sou secretá...
— QUEM MAIS ELE USA? — Hollis dá um puxão no cabelo de Wallingham, depois acena para Lennox, que puxa a descarga de novo.
— LAKE! — Wallingham grita, fazendo bolhas. — Billy Lake... Os dedos de Hollis soltam a juba.
— Que merda... — ele diz, e logo depois ouve-se uma batida na porta, seguida de uma voz ressonante.
— Quem está aí? Tem mais de uma pessoa aí dentro!
Hollis abre a porta.
— É o detetive Hollis da Polícia Metropolitana. Pergunta pro seu chefe enquanto ainda dá tempo, antes que eu saia daqui e arranque os seus pulmões. Capisce?
O funcionário faz um breve aceno com a cabeça e sai. Mesmo assim, Hollis olha para Lennox e os dois decidem bater em retirada.
— Isso ainda não acabou — o infeliz Wallingham, todo ensopado, grita.
Quando eles chegam à escada, Lennox pergunta:
— Ele vai ligar pro advogado?
— Nada... ele estava no banheiro com mais dois caras. Não fica muito bem, certo? — Hollis pensa. — Mas estou mais preocupado com o nome que ele deu.
— Billy Lake? Não sei quem é.
— É comum hoje em dia que os bandidos mais bem-sucedidos sejam aqueles de quem a gente nunca ouviu falar. Isso me preocupa muito, Ray.

— E agora? — Lennox pergunta enquanto eles caminham na direção da iluminação fraca do Soho.

— Vamos ver as lutas no York Hall e tomar mais uma bebida flamejante. É daí que vem a inspiração.

Eles entram em outro táxi, na direção do East End.

14

No York Hall, Hollis e Lennox se espremem passando por uma multidão densa e bem-humorada. Os dois ficam felizes por conseguir uma Stella, e Lennox olha para os rostos genéricos dos fãs de lutas; os boxeadores amadores e os funcionários das academias, os fãs do esporte, os donos de pequenas empresas que patrocinam a luta, os gângsteres e os grupos de jovens arruaceiros que torcem para que a pancadaria transborde para fora do ringue, talvez com uma turba que tenha se associado a outro lutador. E depois há aqueles que nunca conseguem se decidir quanto à qual categoria pertencem.

Hollis apresenta seus irmãos, Danny e Steve, que estão com Nev. Eles parecem versões mais jovens e menores do irmão. Lennox imediatamente pensa nos cossacos russos sorridentes em cima da lareira de sua irmã. Eles informam que os recém-chegados perderam uma primeira luta ótima. Mas em vez de se interessar pelo que está acontecendo no ringue, os pescoços dos irmãos pareciam esticados para ver a plateia.

— Fãs do Bushwackers da velha guarda — Hollis confirma, dando uma risadinha. — Nunca ficam à vontade em território do West Ham.

Lennox percebe que Hollis estava mais sereno ali do que seria normal para um tira. O nariz esmagado dele é marca de um ex-boxeador. Isso se confirma quando ele olha para Lennox, analisando-o.

— Você parece estar em boa forma. Já esteve entre as cordas?

— Luto um pouco de kickboxing. Na maior parte do tempo, treino com sacos, almofadas, sparring, mas já participei uma ou outra vez do campeonato das forças de segurança e fiz umas lutas beneficentes com os Bombeiros.

— Isso é coisa de mulherzinha — Hollis fala distraído, depois continua: — Sem ofensa, Ray, um belo passatempo pra gente chique. Te mantém mais em forma do que a cerveja — ele diz agarrando a própria barriga.

— Você lutava boxe?

— Sim, até que tive um histórico decente para um amador. — Hollis olha para os lutadores que entram no ringue. — Meu erro foi virar profissional: outro jogo, completamente diferente. Você realmente tem que querer a coisa. — E ele olha com certa inveja para o boxeador com shorts azuis. — Esse camarada parece promissor, pode ir longe. Mas talvez não — ele diz, repentinamente animado —, nunca dá para saber. Isso aqui — ele agita no ar o copo de Stella —, isso não é bom. Goró, rabo de saia, isso não te faz ficar em forma nem focado, meu irmão. Ele bate de novo na barriga. — Nunca fui bom em manter o peso.

A segunda luta termina em menos de um minuto. Uma direita avassaladora do lutador ranqueado com shorts azuis pega desprevenido o oponente, que parecia um cervo paralisado diante dos faróis de um carro. O terceiro combate é entre dois meio-médios bem dispostos, mas tecnicamente limitados. O resultado é uma luta eletrizante, que empolga muito mais os espectadores durões que querem ver sangue do que os conhecedores da nobre arte. Se até ali Hollis parece tão desconfortável quanto Lennox, é a luta seguinte que se torna uma visão realmente dolorosa. Nenhum dos dois consegue evitar olhar para Nev enquanto testemunham um profissional mais velho sendo lentamente desmontado por um novato talentoso para quem ele talvez fosse páreo uma década atrás.

— Não é bonito de ver — diz Hollis —, mas deixa o novato ter o seu lugar ao sol. É mais provável que ele tenha o mesmo destino do outro, em vez de acabar como o herói com o cinturão.

Mas Colin Neville parece fisicamente mal vendo o lutador mais velho levar uma combinação de ganchos, diretos e cruzados que atingem sua cabeça e seu corpo, afundando até o convés.

— O pobre coitado parece tão perdido quanto o Wallingham com a cabeça no vaso.

Lennox torce para que o veterano não dure até o gongo. E ele realmente cai. Lennox sente seu pulso acelerar e a boca ficar seca. Hollis sente na pele a *folie à deux* de adrenalina e vingança que antigos parceiros como Bruce Robertson e Ginger Rogers despertaram nele. Não foi bom para a vida pessoal dele, mas, em sua opinião, é disso que se trata ser policial.

Hollis está digitando furiosamente no celular enquanto alguém oferece sais para o veterano cheirar no seu canto do ringue. Colin Neville parece ter visto o suficiente e vai embora, sacudindo a cabeça e murmurando a caminho da saída.

— Talvez ver o cara sendo surrado tenha sido um gatilho pra ele — Lennox arrisca.

— Pode ser, ele sempre foi meio sensível para isso. — Hollis volta para o celular.

Lennox vê o veterano receber ajuda para parar de pé, confuso demais para se dar conta totalmente do jovem que dança e se exibe e que dá um abraço superficial nele. Ele sente seu próprio celular morto no bolso e consegue imaginar as ligações e mensagens se acumulando. Está pensando em Trudi e nos avanços no caso quando um ruído toma conta do ginásio, anunciando que um dos lutadores favoritos da cidade está prestes a subir no ringue.

Ele observa o perfil de Hollis, que está tenso e fazendo caretas. Bastam alguns segundos para que Lennox perceba que seu novo amigo está com algum tipo de problema. A cor sumiu de seu rosto já muito branco, e ele olha furtivamente para seus dois irmãos. Os dois estão focados na luta. Lennox pergunta a Hollis sobre os lutadores, mas os dentes do policial londrino estão cerrados quando ele cruza os braços com força na altura do peito.

— Preciso ir — Hollis diz, e, quando levanta, a parte detrás da calça jeans está encharcada de sangue.

Lennox está chocado, olhando para os irmãos de Hollis, que não percebem nada, concentrados no ringue. O primeiro pensamento bizarro dele: *alguém esfaqueou o cara?*

— Puta que pariu, Mark, vou chamar uma ambulância...

— Deixa, Ray.

Hollis amarra a jaqueta na cintura, cobrindo a bunda. Depois ele vai tropeçando, e derruba algumas cadeiras vazias, os olhos se revirando. As pessoas em volta levantam, Lennox antes dos outros. Hollis está deitado numa poça de sangue, entalado entre duas fileiras de assentos. Seu irmão Steve assobia para chamar os paramédicos, que logo chegam. Hollis delira e não para de falar enquanto é içado para uma maca e levado. Manchas vermelhas de sangue marcam os assentos e o piso de madeira. Não parece bom. Lennox e os irmãos Hollis seguem os paramédicos que tiram Mark já inconsciente do ginásio. Nos fundos do estacionamento, eles ajudam a colocar o policial na ambulância, depois os irmãos rapidamente deixam o veículo, para que Lennox acompanhe Hollis até o hospital.

— Você não se importa, certo? Essa luta pode ser boa. — E eles fecham a porta com Lennox e seu irmão semiconsciente na ambulância.

Enquanto Hollis geme, a ambulância sai em disparada.

A ambulância, com a sirene soando, segue rumo ao Royal London Hospital, que, por sorte, fica perto, e os veículos abrem caminho para sua passagem. Olhando pela janela detrás, Lennox está pensando *isso é muito sério*, quando Hollis, abatido, parece se concentrar por um instante nele.

— Desculpa, Ray — ele geme —, nunca ficou tão ruim assim.

— O que é isso? O que está acontecendo, Mark?

Hollis desvia o olhar de Lennox, olhando para o teto do veículo. Suor pinga do rosto dele.

— Hemorroidas, cara. Eu estava com cirurgia marcada para a semana que vem, com anestesia geral. Eu estava morrendo de medo... se der sorte, agora eles adiantam a operação... fazem tudo de uma vez...

Lennox mal acredita no que está ouvindo. Ele olha para a parte da frente da ambulância onde estão os paramédicos, um deles tenso ao volante, o outro imitando seu nervosismo.

— Nunca soube que hemorroida podia ser grave assim. Caralho, eu tenho isso também.

— Nada, rapaz... Essas aqui não são do tipo normal — Hollis diz ofegante, os olhos saltando enquanto ele vira a cabeça para Lennox —, essas podem até matar alguém. Você pode sangrar igual a um hemofílico por causa disso. O médico avisou que isso podia acontecer a qualquer momento... devia ter resolvido isso anos atrás...

Eles chegam ao hospital e Lennox fica sentado ao lado de Hollis por um momento antes de administrarem sedativos e estancarem o sangramento. O especialista confirma que Hollis sofre de hemorroidas com ruptura crônica. Longe de ser algo trivial, este é o pior caso que os médicos já viram e ele precisa ser operado imediatamente.

Lennox tem que atravessar a fronteira para a Escócia, e pergunta se Hollis quer que ele ligue para alguém.

— Nada, você é um cara bacana, Ray. Só quero resolver isso e dar o fora, com a maior discrição possível. Se uns caras lá da polícia metropolitana veem isso... — Hollis sacode a cabeça, sem expressão no rosto. — Bom, você sabe como são essas coisas.

— Seu segredo está seguro comigo e, claro, com uns mil torcedores do Millwall. — Lennox sorri ao ver o rosto de Hollis se crispar numa careta de agradecimento. — Boa sorte, e vou ligar para saber de você quando chegar em casa.

— Valeu, Ray — Hollis diz. — Você é de ouro.

Lennox aperta os ombros largos do amigo e sai da enfermaria, pegando um táxi no estacionamento do hospital.

Ele vai para o Premier Inn, em Euston, entorpecido pelo álcool, pela cocaína e por uma desorientação enlouquecedora que o aflige enquanto ele tenta juntar as peças do quebra-cabeças, colocando o celular que ainda não voltou a funcionar em cima do aquecedor do quarto. Só então ele vê o bilhete na mesinha da cabeceira, ou melhor, uma série de bilhetes, avisando que Toal ligou e que é urgente.

Ele geme e respira fundo, se preparando, discando no telefone do hotel.

Toal estoura imediatamente:

— Onde foi que você se enfiou, cacete?!

— Meu celular pifou — Lennox diz, numa meia mentira. — A primeira vítima aqui é Christopher Piggot-Wilkins, um cara importante no Ministério da Justiça. Eles blindaram tudo, e obviamente o caso não está sendo investigado pelos canais normais. Ficamos de olho em umas pessoas que o Hollis acredita que podem ajudar a esclarecer as coisas.

Toal percebe imediatamente que Lennox está se fazendo de bobo, e o tom de sua reação diz ao detetive que seu chefe recebeu instruções do andar de cima. É evidente que o superintendente sabe tudo sobre Christopher Piggot-Wilkins.

— Deixa isso para lá. Não se envolva nas bobagens extracurriculares do Hollis, ele recebeu ordens para recuar nesse caso! Preciso de você de volta em Edimburgo o quanto antes.

— Mas, chefe... — Lennox fica surpreso de ouvir sua própria voz, que parece a de um adolescente petulante que ouve os pais dizerem que ele não pode ficar na rua depois das dez da noite. — Achei que valia ficar mais um dia. Teve uns desdobramentos aqui que...

— Volte imediatamente. No primeiro voo amanhã cedo.

— Ok — Lennox concorda. — O que aconteceu?

— O funeral do Gulliver é amanhã de tarde.

— Jesus, já?

— Pois é! Quero você aqui.

— Certo. — Lennox suspira, desliga, tira as roupas e se afunda no buraco negro oferecido pelo colchão Hypnos.

# DIA TRÊS
## Quinta-feira

15

A manhã vai chegando. O céu de ardósia de Londres está frio quando Ray Lennox acorda no Euston Premier Inn com a pior ressaca que teve em muito tempo. Só a contemplação de seu estômago instável e dos seios nasais irritados desvia brevemente a atenção de sua cabeça martelando. Com a mão trêmula, ele toma um pouco de água da garrafa do hotel. Ele evitou a enxurrada de cocaína, mas mesmo aquela única carreira no clube foi suficiente para destruir suas cavidades nasais e acrescentar uma hora ao consumo excessivo usual de álcool, antes que o incidente de Hollis pusesse fim a tudo. Sobre o aquecedor, uma luz pisca na escuridão: a esperança divina e o medo doentio lutam momentaneamente pelo controle dos sentidos. O celular voltou a funcionar e seu corpo desidratado salta da cama animado.

Além das mensagens de Toal, há várias de Trudi, Jackie, Drummond e alguns outros. Mas é a noiva que prende sua atenção. Depois de ler rapidamente as mensagens que mostram o roteiro de crescente desespero e resignação amortecida de Trudi, ele liga para ela, trêmulo. Cai direto na caixa postal. Ele escreve uma mensagem cheia de culpa:

> Amor, sinto muito por saber sobre seu pai.
> Meu telefone só voltou a funcionar agora.
> Tive um acidente bizarro com ele. Liga para
> mim. Te amo x

Entrando em um táxi com destino ao aeroporto London City, Lennox liga para Drummond, mais uma vez se sentindo forçado a explicar a situação de seu telefone. Depois ele pergunta:

— Então, qual a novidade?
— Nenhuma... — Drummond admite, cansada, e ele pensa se, dada a hora, ela ainda está na cama. — Bancos, telefones, contas, reservas... trabalhando com os dados de sempre, tentando montar o quebra-cabeças dos movimentos, conexões e rivalidades de Gulliver. Gente que não gosta dele é o que não falta, mas alguém que pensaria em matar o cara é mais difícil de descobrir... Como estão as coisas em Londres?

Lennox estremece, pensando na van que avançou contra ele e Hollis. Eles poderiam ter ficado gravemente feridos. *Tentativa de assassinato ou um maluco aleatório?* Será que tinha a ver com o caso Piggot-Wilkins ou era um inimigo de longa data de Hollis?

— O alto escalão está protegendo o cara que foi vítima do ataque... — Lennox não consegue dizer o nome. Ainda não. — Hollis, o detetive, está nisso; tem muitas ideias e estamos seguindo algumas pistas. Mas a gente precisa ter cuidado.

Drummond fica em silêncio por um tempo. Lennox acha que ela está tentando decidir se deve ou não perguntar a ele quem é a vítima do ataque em Londres. Ela opta por:

— Então os dois casos estão relacionados?

Lennox suspira com os lábios franzidos, parando quando percebe que isso vai soar como estática para Drummond.

— É óbvio, mas até que eles sejam claros sobre a identidade da vítima do Savoy, não podemos relacioná-lo ao Gulliver.

— Bom, a autópsia confirmou que Gulliver foi atingido na cabeça por um porrete. Encontraram microfibras de madeira na pele. É o modus operandi do Rab Dudgeon.

— Interessante — diz Lennox, querendo dizer "notícia antiga".
— Algo mais?
— A toxicologia deu positivo para álcool e Flunitrazepam.
— Então ele estava definitivamente inconsciente antes de levar essa pancada?
— Sim, embora a pancada tenha rachado o crânio, e descobriram que o fluido cerebral estava pressionando a membrana frontal.

— O que isso significa?

— Sem tratamento, provavelmente ele teria morrido em poucas horas.

— Difícil ver castração e hemorragia como um jeito misericordioso de acabar com a agonia de alguém.

— Não é como eu descreveria isso, Ray.

— Claro que não — Lennox murmura.

*Drummond mudou. Ela agora te vê como um rival na disputa pelo cargo de Toal. Nada mais, nada menos. Talvez você também tenha mudado. O companheirismo cheio de conchavos de antes acabou.*

— Estamos verificando os movimentos, associações da vítima de Londres e, claro, possíveis conexões com Gulliver — ela explica. — Até agora, nada óbvio que possa sugerir que eles se conhecessem.

— Nenhuma ligação mais antiga que dê pra ver?

— Ainda não. — Ele pensa em Hollis na cama do hospital. Será que David e Bola Murcha vão investigar algo enquanto ele estiver fora do jogo?

Uma amargura que ela raramente demonstra nas investigações tinge a voz de Drummond:

— Esse tipo de gente tem só um grau de separação entre um e outro.

Lennox decide tirar vantagem.

— Então, o que a tua intuição diz sobre isso?

— Gulliver era um merda, então uma ou mais pessoas que ele provavelmente prejudicou de maneira hedionda decidiram se vingar. Vendo alguns dos problemas que ele teve no passado... foram três supostas vítimas de estupro e agressão sexual. E você se lembra de Graham Cornell, do caso do Confeiteiro...

— Certo...

— Tudo resolvido fora do tribunal, uma tal Judy Barless, muitos anos atrás, e outras duas que a imprensa chamou de Sras. X. Falei com essa Barless, ela recebeu cinquenta mil para ficar quieta. Acredito cem por cento no relato dela sobre o estupro em um fim de semana de conferência do Partido Conservador.

— Então estamos tentando identificar as duas Senhoras X?
— Não demos sorte ainda. O que você acha de tudo isso?
— Não muito, fora o óbvio, que o Rab Dudgeon está preso. Graças aos tabloides, o mundo conhece o modus operandi dele, mas não sei por que alguém iria plagiar esse método para se vingar de Gulliver.
— Como um monte de coisa neste caso, faz muito pouco sentido — ela observa. Depois muda de assunto: — Você está bem?

Se fosse a Drummond de antigamente, Lennox teria entendido isso como uma preocupação genuína. Agora ele não tem tanta certeza.

— Acho que peguei um resfriado — ele diz —, mas nada incapacitante, até agora.

— Se cuida.

— Obrigado.

Ele desliga, um pouco confuso.

*Drummond está jogando verde? Procurando alguma fraqueza? Talvez o tipo de fraqueza que a cocaína trouxe para a festa? Ou você está só sendo paranoico? Paranoia de coca?*

Ele ri sozinho. Pensa nela tentando "dar uma de tira" ou "bancando o polícia", como seu antigo parceiro Bruce Robertson dizia. *Está todo mundo de folga, então nenhum policial vai pra rua.*

O check-in no City foi tranquilo. Lennox, com sua calça jeans, mocassins, cachecol e jaqueta Harrington, cercado por engravatados que lançam olhares de desaprovação para ele, fica aliviado por estar no ar e voltando para casa.

*Você está protegendo a riqueza e o poder de filhos da puta que acham que você é um mendigo.*

Chegando a Edimburgo, com a sensação de ter ficado fora por uma semana, e não só por uma noite, ele checa o celular: ainda nada de Trudi. Ele se odeia por não ter o número da mãe dela. Lennox manda outra mensagem para a noiva, entrando num táxi para a casa dela. No caminho, ele confere os e-mails: tem um interessante de Sebastian Taylor.

Para: RLennox@policescot.co.uk
De: staylor125@gmail.com
Assunto: Sra. X

Caro Ray,

Talvez você queira dar uma olhada neste caso de quinze anos atrás:

A Sra. X foi repetidamente estuprada por dois homens em um teleférico no resort exclusivo de Val d'Isère, nos Alpes franceses. Ela trabalhava como garçonete. Os homens foram descritos como de boas famílias e de bom caráter. O juiz Aubrey Humphries QC disse: "Parece ser um caso de jovens animados que tomaram muito álcool e se deixaram levar. Esta jovem foi esquiar com estes dois jovens. Suponho que deve ter sido uma experiência emocionante para ela."

Todo mundo em Whitehall sabe há anos que Chris Piggot-Wilkins é um dos dois homens. A família dele mexeu os pauzinhos para manter os nomes fora do jornal, para que isso não acabasse com a carreira dele no serviço público. A identidade da Sra. X também foi ocultada. Não tenho informações sobre quem poderia ser, infelizmente.

Pode me citar se quiser. Não tem muita coisa que possam fazer comigo agora!

Não tenho informações sobre o caso da segunda Sra. X, exceto que ocorreu em um hotel de Brighton, oito anos atrás.

Atenciosamente,
Sebastian

*Se esse porco do Piggot-Wilkins era um dos caras no teleférico da estação de esqui, a Sra. X pode ter motivação para fazer isso com ele. Quem seria o outro homem? Poderia ser o Gulliver?*

No espírito de cooperação, ele encaminha tudo para Mark Hollis.

Assim que chega a Marchmont, colocando o dinheiro na mão enluvada do taxista e saindo do carro, ele vê Trudi saindo pela porta da escada. Ela está com alguém; um cara de terno, da idade dela, por volta dos trinta anos, que oferece a ela o braço, levando-a até um BMW marrom. Em vez de ir falar com a noiva, o detetive que existe dentro dele faz Lennox recuar e se posicionar atrás do ponto de ônibus na rua principal. O BMW arranca junto com seu táxi, e Lennox fica plantado ali, pensando no que pode ter perdido.

*Puta merda...*
Um baque brutal de desespero o atinge. Toda a adrenalina deixa seu corpo. Ele se dá conta de que está sendo tomado por uma crise aguda de ressaca. Sua cabeça lateja, suor irrompe pelos poros.

*Era o teu telefone... Um acidente... Você quase foi assassinado por um cretino naquela van... e ela passeando por aí — e provavelmente trepando — com um filho da puta num BMW...*

Lennox não consegue pensar no que fazer. Ir para o hospital? Ele cai em transe, deixando que seu subconsciente tome a decisão, desanimado enquanto um táxi o leva até o Quartel General da Polícia em Fettes.

Ele vai até o escritório de Bob Toal, que está estranhamente desmazelado. Seu chefe está com as roupas amarrotadas, como se tivesse dormido com elas, e os cabelos grisalhos esparsos, normalmente bem cortados, agora estão espetados em tufos. O estado atípico sugere alguém que começou a beber compulsivamente. Com a barreira da grande mesa e um campo de força de colônia pós-barba entre eles, Lennox não consegue chegar perto o suficiente para detectar cheiro de álcool. Ele está prestes a perguntar como Toal vai, mas o chefe fala primeiro.

— Ainda bem que você está aqui, Ray, preciso que você passe instruções para a equipe... Alguma novidade? Esquece, vou ouvir tudo na reunião... Olha, eu não queria te contar isso pelo telefone — Toal hesita —, mas Jim McVittie... Lauren... bom, você sabe que ela se transformou... — Os lábios de Toal se franzem enquanto ele desliza um arquivo sobre a mesa. — É bem ruim, Ray.

Lennox lê a folha de cima sem acreditar:

A ativista trans Lauren Fairchild foi encontrada severamente espancada em uma rua de Glasgow. Depois de visitar vários bares com amigos, ela foi atacada no beco da estação Queen Street, quando se preparava para embarcar no último trem para Stirling.

Eventos aparentemente não relacionados se misturam; Lennox tenta formar uma trama que conecte a situação de Lauren, o assassinato de Gulliver, o ataque a Piggot-Wilkins, a van em alta velocidade no Savoy e a teia sombria de elegantes demônios sexuais em torno de Wallingham que Hollis está investigando. Em um certo sentido, é ridículo imaginar outra conspiração ou mais um culto, mas a noção de que existe uma rede protetora em operação está longe de ser fantasiosa. Toda criminalidade é, até certo ponto, social; uma teia de amigos e familiares cria as condições para a ação do demônio sexual que existe entre eles, e com frequência maior ainda nega em conjunto seus crimes. Uma rede de velhos camaradas é simplesmente uma extensão bem estabelecida disso.

— Jim... Lauren está em coma e dificilmente vai sobreviver — Toal diz.

*Gayle. Lauren estava cautelosa com aquele grandalhão. Aquilo não pareceu bom. Você precisa encontrar ele, ou ela. Certamente não era ele que estava dirigindo a van no Savoy...*

— Tenho que ir checar umas coisas.

— *Depois* do briefing — Toal insiste. — E, Ray, se atenha ao Gulliver; mantenha o caso de Londres e Hollis fora disso por enquanto.

O alto escalão definitivamente pegou o Toal.

— Será que isso é inteligente? As coisas estão obviamente relacionadas.

— Você *quer* ser promovido, Raymond?

— A gente devia contar para a equipe, chefe. Eles vão descobrir pela rádio corredor em breve, e, além de contraproducente, seria injusto deixar nosso pessoal vascular às cegas quando todo mundo na polícia de Londres sabe. A gente precisa ligar o Piggot-Wilkins ao Gulliver e ao criminoso... Eu recebi isso... — E ele mostra uma cópia do texto de Sebastian que imprimiu para o chefe.

Toal coloca os óculos e lê. Um som estranho, algo entre um murmúrio e um rosnado, escapa de seus lábios, depois ele fecha um olho, fixando seu olhar de ciclope em Lennox.

— Então esse repórter velho e perturbado, que provavelmente tem todo tipo de rancor contra Piggot-Wilkins, alega que ele foi um dos estupradores nesses casos. Claro, sem provas. E você está dizendo que o segundo estuprador no caso do teleférico é o Gulliver, e que a vítima, a Sra. X, é a assassina que você está procurando e a agressora do Piggot-Wilkins?

— Bom, eu *não estou dizendo que seja*, só acho que é uma linha de investigação que vale a pena seguir.

— Certo. — Toal solta um longo suspiro. Seu rosto se crispa de dor. — Vá atrás disso. Não. — Ele estala os dedos. — A Drummond e a Glover vão atrás disso. Elas vão ser discretas.

— Sim. — Lennox força um sorriso tenso. Ao olhar para o chefe, ele lembra a si mesmo que úlceras são causadas por uma certa infecção viral ou bacteriana no intestino e não têm nada a ver com estresse. No entanto, é difícil não imaginar que o estômago de Toal deve ser uma fábrica de produção de ácido, que vai corroer seu revestimento e aumentar a potência de qualquer lesão causada por infecção. Lennox pensa com certo humor e aflição numa disputa entre Toal e Hollis para ver quem sofre mais, úlceras versus hemorroidas.

Olhando para o relógio, Toal indica que está na hora. Lennox resolve que vai fazer o briefing rapidinho e depois vai ver Lauren. Ao chegarem à sala de reuniões, um lugar malcuidado com teto baixo e iluminação fluorescente, Toal sabiamente desvia do café de força industrial distribuído pela cantina, optando por um biscoito amanteigado. Lennox, sucumbindo, sabe que vai se arrepender.

Um sotaque alto e anasalado diz a eles que Norrie Erskine está falando.

— ... então o baixinho de Glasgow diz: "Sim, senhorita, mas o meu pai está na cadeia faz dez anos! Ha, ha, ha... Só rindo!"

Uma carranca característica indica que Dougie Gillman está ficando cansado de seu parceiro e do fluxo constante de piadas que mitificam sua cidade natal.

Erskine não percebe.

— Já te contei do garoto no bar? Não? Um rapaz entra num bar em Glasgow — ele diz, esperando que alguém ria.

Billy Connolly tem culpa nisso, pensa Lennox. Agora todo mundo em Glasgow acha que é um supercomediante. Para ser justo, muitos são.

Mas nem todo mundo.

Enquanto eles se preparam para começar, Gillman fala baixinho para Lennox.

— Vou socar essa assombração de Glasgow. Se eu for promovido, meu primeiro ato vai ser mandar esse cara cuidar do trânsito!

Bebendo o café, mais forte do que muita carreira de cocaína que Lennox já cheirou, ele prefere não dizer o que pensa.

— Certo — diz Toal, enquanto o grupo se reúne, Harkness e McCorkel sendo os últimos retardatários. — Ray...

Dando um passo à frente, Lennox opta por ser cauteloso.

— Obrigado, Bob. Certo. — Ele cumprimenta os policiais reunidos na mesa com um aceno de cabeça. — Eles escolheram Gulliver como alvo, planejaram isso meticulosamente. Ainda não sabemos por que ele estava aqui. Ninguém sabe, nem a irmã dele, Moira, nem a mulher, Samantha, nem os parceiros de negócios e da política que ele tinha aqui. Então, o que temos?

O primeiro a comentar é Gillman.

— Vingança. O cara obviamente se ferrou. Tem que descobrir todo mundo que o Gulliver fodeu, e provavelmente o assassino vai estar nessa lista. As duas Senhoras Xs, ou uma delas, ou o namorado de uma delas, têm que estar entre os principais suspeitos. E o Graham

Cornell, ele socou aquele cretino uma vez. — E ele olha para Lennox com satisfação, lembrando de um incidente da época em que Lennox revelou o relacionamento que Gulliver estava tendo com o funcionário público.

Drummond começa a falar, olha para Glover.

— Nós investigamos o Graham Cornell. Ele tem um álibi. Estava trabalhando em um abrigo ecológico de aves de rapina. Judy Barless também não poderia estar diretamente envolvida, ela estava em uma conferência na Bélgica, embora isso não signifique que eles não possam estar envolvidos com as pessoas que fizeram isso.

— Precisamos encontrar as Senhoras Xs — Gillman bufa, olhando para Drummond.

— Tem tudo para ser um ataque de vingança — concorda Lennox. — Um ataque muito cruel, mas é isso que me incomoda.

— Como assim, Ray? — Peter Inglis pergunta.

Lennox evita olhar para Toal. Decide soltar uma bomba.

— A brutalidade das agressões parece destoar da meticulosidade no planejamento das armadilhas. O primeiro caso sugere que eles sabiam lidar com planejamento frio, analítico, mas talvez não tivessem tanta experiência no mundo confuso da violência.

— Aprenderam com aquele garoto de Londres, depois não cometeram erros com o Gulliver — Gillman diz, parecendo satisfeito consigo mesmo.

— Você está usando o plural, Ray — Drummond diz entusiasmada, como se estivesse feliz por causar problemas para Lennox. — Mais alguma coisa de Londres para ligar Gulliver ao caso do Savoy?

O olhar rancoroso de Toal diz a Lennox que ele já falou demais sobre o ataque Savoy, e que isso não impressionou seu chefe.

— Ainda não sei dizer ao certo. Vamos manter o foco neste caso.

— O que você está dizendo, Ray? — Drummond insiste.

— Não dá para descartar a possibilidade de mais de um criminoso — afirma Lennox. — Talvez pelo menos duas pessoas, trabalhando em equipe.

Gillman olha com desdém para ele.

— Obviamente o caso de Londres confirma isso.

Lennox pensa nas duas imagens borradas no circuito de câmeras de segurança através daquelas folhas de plástico, a primeira mascarada, obviamente feminina, a outra uma massa indefinada.

— Eu não teria ido até lá se não houvesse alguma semelhança no modus operandi, mas não existe nenhuma prova cabal ligando as duas coisas até agora.

— Como eu disse, não devemos descartar nada — diz Drummond.

— Descartando a porra toda — Gillman diz, depois sorri. — Só especulando.

— Bom, Dougie — Drummond se anima —, como sempre, teu tom sugere o contrário!

Segue-se uma rodada de comentários amargos enquanto Lennox olha para Toal, que parece cansado. Os dois pensam a mesma coisa: *as entrevistas de segunda-feira para a vaga acabam de começar.*

— Certo. — Lennox levanta a voz, silenciando a sala. — Vocês sabem o que fazer. Continuem batendo de porta em porta e olhando as filmagens e os dados. Boa sorte!

Enquanto Lennox sai apressado, Gillman, deixando Erskine, vai atrás dele no corredor.

— Lenny! Espere um pouco!

Lennox para. Se vira.

— Bela combinação de cérebro e braço, esta — afirma Gillman.

— Você está no caminho certo — depois baixando a voz, ele rapidamente muda de assunto. — Cuidado com a Drummond. Sei que vocês dois têm um passado, mas ela não é sua amiga. Essa yin só pensa em subir: acabou de virar investigadora e agora quer furar a fila para chefe? Ela está pendurada no saco do Toal!

Lennox se diverte um pouco com a imagem de Drummond literalmente dependurada nas partes íntimas de Toal, antes de pensar em Hollis no hospital.

*Ainda tem a Lauren. Gayle... pode ser que Gayle estivesse em Londres, dirigindo a van contra Hollis e você... Não, comporte-se. Você é uma massa de preconceito contra pessoas trans como todo mundo...*

— O que foi? — Gillman está confuso com a postura de Lennox.

— Não tenho tempo pra pensar nisso agora.

— Meu conselho, Lenny — Gillman declara —, pense nisso. Ela vai ferrar você como você ferrou com o Robbo. E a gente sabe o que aconteceu com aquele infeliz. — Ele passa um dedo pela garganta. Depois parece reconsiderar. — Isso foi de mau gosto. — Ele inclina a cabeça para um lado, puxando-a para cima com a mão em um laço invisível enquanto sua língua se projeta para fora e os olhos esbugalham.

— Você, eu, Drummond — diz Lennox, mantendo uma fachada fria —, cada um contribui com alguma coisa diferente. Acho que eles vão contratar alguém de fora de qualquer maneira.

— Pode ser — Gillman diz.

Lennox dá de ombros e sai dirigindo para Glasgow, perturbado, para ver como está seu velho amigo. No caminho, opta por desviar pela base de Lauren em Stirling, passando pela ponte Kincardine, feliz por ter evitado boa parte do tráfego infernal.

O professor Rex Pearlman, coordenador do corpo docente da universidade de Lauren, hesita em cooperar. Lennox rapidamente descobre que a prioridade dele é evitar escândalos envolvendo seu departamento. Um homem magro e atlético com uma mecha de cabelo grisalho, Pearlman fala com um sotaque que Lennox acredita ser canadense, e não americano. Os objetos ligados a hóquei no gelo e enfeites com folhas de bordo confirmam isso. Lennox pede uma lista dos alunos das disciplinas de Lauren.

— No que ela estava trabalhando?

— Ela estava preocupada que o movimento de pessoas trans genuínas estivesse sendo sequestrado por uma coalizão de homens tóxicos, mentalmente instáveis, carentes e altamente sexistas — Pearlman discursa, seu tom relaxando, com uma nítida admiração pelo trabalho de Lauren —, jovens narcisistas em busca de atenção e, pior ainda, assediadores em série e criminosos sexuais. Ela estava preparando um documento para ser entregue em apoio aos movimentos genuínos de transgêneros e mulheres contra esses intrusos nocivos. — E ele olha para Lennox como se esperasse uma reação.

*Você não sabe e na verdade nem se importa.*

— Isso é fascinante. Tudo um pouco misterioso para mim, confesso.

— As coisas estão mudando muito rápido — confirma Pearlman. — Eu até me preocupo que essas minhas coisas de hóquei no gelo enviem algum tipo de mensagem de exclusão trans.

*Pelo amor de Deus...*

Lennox sai agradecido da sala do coordenador. Dirige-se ao café do campus para ligar rapidamente seu laptop, dando uma olhada nas redes sociais. A grandalhona chamada Gayle parece ativa no Facebook e no Twitter. Ele começa a olhar os perfis de Trudi.

*Nada de novo. O Facebook ainda diz que ela está em um relacionamento. Mas com quem?*

Então ele vê uma foto do sujeito novo todo sorridente. Rastreando através dos amigos dela, ele chega ao perfil de: Dean Slattery, Dunedin Power. "Você pode me encontrar em todos os lugares, exceto entre 15h e 17h de sábado, quando vou estar na Easter Road, torcendo pelos poderosos Hibees!"

*Além de tudo torce pro Hibs... puta merda... que sem graça: ele parece um babaca entediante.*

Ele abre o perfil no LinkedIn. Slattery, após ser contratado pela Shell, ingressou recentemente na Dunedin Power como Executivo de Contas Sênior.

*Jovem, bonito, ambicioso, estável; o que ela vê nele?* Lennox, chateado, se pega dando um sorriso nervoso e agitado, entrando de volta no Alfa Romeo para seguir rumo oeste até Glasgow.

*Talvez seja algo totalmente inocente. O pai dela pode estar gravemente doente. Evite o tom de desespero.*

Ele digita:

> Querida, você tem que me dizer como você está e como está seu pai. Por favor, me ligue. Beijo.

O hospital fica numa área da cidade que ele não conhece bem, no alto de uma colina íngreme, perto da Strathclyde University e da Merchant City, mas também na fronteira com o East End, uma região mais pobre.

Uma calmaria misteriosa toma conta do lugar enquanto Lennox atravessa o estacionamento, chegando a uma porta corta-fogo mantida aberta por algo que ele imagina serem pesos de ginástica. Ele entra, seguindo cartazes escritos à mão até chegar à enfermaria. A parte interna do prédio também tem esse clima assustador de *Mary Celeste*. Em algum momento, ele pensa ter ouvido passos atrás dele. Para. Olha para trás. Parece ser sua imaginação.

Lennox entra na enfermaria. As portas estão fechadas. Ele aperta um botão e uma voz no interfone pede que ele se identifique. Depois de dar seu nome, ele é instruído a apertar um botão verde. Ele obedece e as portas abrem. Lennox pensa no Confeiteiro e em como hospitais e prisões parecem ficar cada vez mais parecidos. Uma enfermeira com obesidade mórbida está sentada a uma mesa, a papada iluminada por um abajur. Ela parece não vê-lo.

— Estou procurando Lauren Fairchild — ele diz.

— Quarto B10 — ela responde, apontando um lápis para a esquerda dele.

Lennox caminha pelo corredor vazio, olhando pelas janelas para os quartos de pessoas doentes, enrugadas e maltratadas. Vê um papel colado no B10:

LAUREN FAIRCHILD

Ele abre a porta.

# 16

Ray Lennox já viu muitas vítimas de agressão. Humanos tornados menos humanos pela força brutal de homens violentos e que não tinham nada de especial. Depois de um tempo, a vítima se tornava algo simplesmente repulsivo, desagradável de olhar, mais ou menos como um cinzeiro cheio para um não fumante. Mas algo no estado de Lauren causa um terror profundo em Lennox. Cheia de hematomas, ela parece ter voltado a uma versão descomposta de Jim McVittie. E isso porque, no estado em que ela se encontra, o gênero na verdade se torna irrelevante.

Todo aquele *trabalho* foi perdido.

Jim... Lauren... Ela só queria ir em frente...

Um aperto na bexiga força Lennox a ir ao banheiro. Apesar do jato de urina batendo na água, ele ouve vagamente uma enfermeira cuidando de sua amiga. Ray lava e seca as mãos. Abre a porta e vê a cortina fechada em torno da cama. Algo o leva a dar uma olhada lá dentro; e o que ele vê é uma enfermeira corpulenta com antebraços poderosos, braceletes coloridos nos pulsos, segurando um travesseiro contra o rosto de sua amiga ferida.

Pressionando o travesseiro sobre o rosto deformado de Lauren.

Durante um momento os dois ficam congelados olhando um para o outro. Mechas longas de cabelo escapam da máscara cirúrgica e da touca da pessoa que invadiu a enfermaria. Dois olhos em chamas encaram Lennox, que sai de sua inércia e avança rápido. A falsa enfermeira agarra um suporte de metal e atira na direção dele. A bolsa que estava pendurada rasga e Lennox sente um líquido morno cobrir seu ombro e um dos lados do rosto: o cheiro imediatamente diz que aquilo é urina...

Aproveitando a confusão dele, a pessoa que tentava matar Lauren dá um gancho de direita no queixo de Lennox, que chega a tremer. A força e o peso do golpe sugerem que a pessoa está usando um soco inglês. Lennox consegue ficar em pé agarrando as cortinas, que saem do trilho. Ele estende a perna, pegando na perna da falsa enfermeira, que tenta sair. Mas, apesar do desequilíbrio momentâneo, com uma agilidade impressionante para alguém daquele tamanho, a pessoa consegue retomar o equilíbrio e passar com o corpo inclinado pela porta. Lennox só consegue ver um corpo musculoso, com panturrilhas fortes, num traje de enfermeira.

*Gayle...*

Tentando ir atrás, ele escorrega na urina e cai de bunda no chão, a cortina desabando em volta dele, enquanto o cóccix faz um contato com o chão de lajotas de um modo incapacitante. Forçando-se a ficar de pé, ele segue cambaleando até a porta e grita, frustrado e humilhado, para que a equipe vá socorrer Lauren. A perseguição lenta e feita aos tropeços é inútil; quando Lennox chega à saída de incêndio que a pessoa deixou entreaberta, só o que ele consegue ouvir é o som de pés batendo nos degraus. Depois disso, ele escuta um ruído mais distante de portas sendo abertas à força.

Ele tenta usar o telefone: sem sinal. Desce as escadas e sai pela porta de incêndio, com o cóccix ainda latejando. Um casal de jovens está no chão; o rapaz levanta as calças freneticamente, a garota ajeita a saia.

— A gente só estava... — ela diz ofegante, apontando para a rua. — A pessoa chutou a porta com tudo e foi naquela direção!

— Um despirocado, aliás — o garoto comenta.

Quando Lennox faz a curva, ouve o ruído de um motor de carro, e um Toyota parte na direção dele. Em cima da máscara, um par de olhos enlouquecidos. Ele se atira para o lado enquanto o carro passa esbarrando nele.

*De novo! Mas que merda!*

Lennox pega o celular, tentando fazer uma foto da placa, mas o carro já foi. Lembrando-se imediatamente do incidente no Savoy, ele procura câmeras de segurança ao redor. Não vê nenhuma. *Tem que ter uma.* As únicas coisas que ele percebe, no silêncio do frio estacionamento, são a pulsação acelerada em seu peito, o cheiro de mijo nas narinas e o latejar de sua mandíbula quase fraturada. O local está deserto a não ser pelo casal de jovens, que está indo embora, e ele ouve a menina comentar:

— Aquele cara era nojento.

Ele liga para Chic Gallagher na Divisão de Crimes Graves de Glasgow. Faz o caminho de volta para a enfermaria, se limpando como pode, e vê que Lauren voltou a ficar estável. Felizmente, parece não ter havido nenhuma piora em seu quadro, que, segundo o médico, continua sendo delicado. Gallagher chega rápido.

— Vou pedir para colocarem um trouxa uniformizado aqui para ficar de olho.

Quase chocado demais para se dar conta de que a divisão de Crimes Graves de Glasgow se apropriou da expressão usada pelos colegas de Edimburgo para policiais fardados, Lennox agradece a Gallagher e aos funcionários e depois vai embora.

*Aqueles braceletes... tem que ser a Gayle; o corpo forte e masculino com os acessórios de mulher. Pode adotar o pronome que você preferir, o antagonismo de Gayle com Lauren é visível. Mas por que você? Será que Gayle acha que você está mais perto de descobrir algo do que você realmente está?*

*Ela deve ter tirado uma nota baixa na dissertação.*

Ao longo da rodovia M8, a tensão faz o estômago dele se revirar. Imagens ficam se revezando em sua cabeça; a mais persistente é a de Trudi, e ele dispara uma mensagem para ela:

Me liga por favor! Onde você está?

Depois ele abre sua lista de contatos. No "G", está Keith Goodwin, o alegre e religioso bombeiro que continua sendo, pelo menos nominalmente, seu padrinho. Ele hesita por um momento para medir a profundidade de sua irritação e segue agradecido para o "H", onde encontra sua psicoterapeuta, Sally Hart.

A voz de Sally é tranquilizadora: neutra, relaxante, o tom de voz dos burgueses de Edimburgo moldado pelo distanciamento do profissionalismo.

— Ray... da última vez que nos vimos você tinha acabado de voltar de Miami.

— Eu realmente preciso falar com alguém.

— Claro, mas isso não é uma solução rápida, nem algo do tipo gerenciamento de crise. — A voz de Sally assume um tom impositivo. — Para eu poder te ajudar, você tem de se comprometer de novo com a terapia. Você acha que consegue?

— Sim — Lennox diz, vendo diante de si um trecho livre de estrada e optando por trocar de pista. Ele é cortado por uma BMW.

*Babaca filho de uma puta.*

Por um momento ele pensa a sério em colocar a sirene no teto e fazer o motorista da BMW encostar o carro. Em vez disso, ele expira longamente.

— Nesse caso, eu consigo um encaixe pra você amanhã — ele ouve Sally dizer.

Depois ele checa no celular as imagens das câmeras de segurança enviadas por Chic Gallagher: as costas de um homem forte que está fugindo, os braceletes evidentes no pulso. Tem de ser Gayle. Não deve ser muito difícil de descobrir. Ele liga para Scott McCorkel, o menino ruivo que é o geniozinho da informática da divisão de Crimes Graves.

— Preciso que você descubra tudo que puder sobre uma pessoa que frequenta o curso de Estudos de Gênero de Stirling, o nome é Gayle. Todo mundo lá conhece: mais de um metro e oitenta, músculos definidos, usa vestido e sapatos de salto alto feitos sob medida bem chamativos, braceletes, pulseiras, cintos e bolsa.

— Certo... É homem ou mulher? — McCorkel pergunta cauteloso.

— Se você conseguir uma resposta satisfatória para isso, Scott, você devia estar presidindo um país, em vez de estar na polícia.

Ao voltar para Edimburgo, Lennox vai para seu apartamento e toma um banho. Até o bar local de um sujeito temperamental como Jake Spiers se torna uma tentação para ele. Lennox luta contra a abstinência de álcool. Trudi continua sem responder as mensagens dele. Ray volta à casa dela: ainda vazia, e decide ir à casa da mãe dela. Também ninguém. Ele olha na caixa de correio. Uma sensação terrível de desespero abjeto toma conta de Lennox quando ele volta para casa.

*Ela foi morar com o Sr. BMW... A velha deve estar no quarto de hóspedes... Merda. Puta que pariu...*

> Por favor! Me liga! Não sei mais o que fazer aqui!

Parece patético, mas ele aperta enviar. Em casa, ele vê que horas são. Tira a roupa, coloca uma camisa branca, gravata preta e blazer azul-marinho. Ele precisa ir a um lugar. Volta para o carro e dirige para o norte, rumo a Perthshire.

O enterro acontece em um pequeno cemitério dentro da propriedade da família. As pessoas se protegem de uma ventania ficando perto dos muros de pedra e de um conjunto de abetos, pinheiros e bétulas prateadas, parecendo gigantes com pernas finas enfiadas até a metade no terreno macio. O funeral, realizado às pressas, parece planejado para pegar a imprensa no contrapé. Alguém obviamente mexeu uns pauzinhos para que a necropsia fosse rápida e o atestado de óbito fosse emitido no dia seguinte. O pastor com cara de bobo e óculos à la John Lennon nitidamente é amigo da família. Mesmo assim, tudo está longe de ser como no Warringston Crematorium, a riqueza do evento ilustrada pela formalidade dos enlutados, alinhados com seus ternos escuros caros e gravatas, vestidos e chapéus pretos. Ainda que o instinto de Lennox de se vestir mais formal estivesse certo, ele não precisa se esforçar para ser um pária. Olhares de pura descrença e hostilidade mal disfarçada são dirigidos a ele.

*Góticos despóticos...*

Lennox vê vários políticos, um apresentador de TV e um sujeito que a imprensa costuma descrever como comediante, mas que jamais conseguiu tirar um único sorriso dele. E, no entanto, é importante estar ali. Estatisticamente existe uma boa chance de que o assassino participe do funeral. É comum que o criminoso tenha dificuldade em se manter distante da vítima, ainda que ela já esteja morta.

Lennox pensa neste homem, que trabalhou sem parar para se transformar num merda absolutamente abjeto. Vendo os convidados em volta do caixão, enquanto John Lennon segue recitando textos religiosos, ele se pergunta se Gulliver perversamente iria achar sua morte adequada.

Uma mensagem de Gillman chega bem a tempo.

> Pergunte se a funerária colocou uma prótese e testículos falsos no cara.

Assim que o enterro se encerra, os convidados começam a se dirigir para a mansão imponente. Lennox analisa cada um, mas seus olhos invariavelmente se voltam para Moira Gulliver, que parece se demorar no local. Ela está falando com um homem que ele reconhece como James Thorpe, um empresário do ramo imobiliário que caiu em desgraça, e que acaba de ser libertado de um confortável regime semiaberto depois de ter sido pego num grande esquema de fraude em hipotecas.

Lennox tenta imaginar como uma advogada criminal pode ser amiga íntima de um criminoso recém-libertado. Mas ele conhece os ricos bem o suficiente para saber que eles quase nunca ou nunca veem seu próprio comportamento como efetiva ou mesmo potencialmente criminoso. Eles foram colocados numa bolha a vida toda: internatos e universidade, casa, viagens nos feriados. Estão condicionados a pensar em si mesmos como pessoas que habitam e operam em instituições fechadas, secretas, onde tudo aquilo que eles fazem é privado e não diz respeito à sociedade como um todo.

De repente, sua irmã, Jackie, está indo na direção dele. Ela fala com sua voz intimidadora e cheia de energia, que ele se lembra da adolescência.

— Você tem muita cara de pau de aparecer aqui. — E ela olha para Moira como quem pede desculpas. — E por que você não atende o celular? A Trudi está arrasada, ela...

— Estou sabendo do pai dela.

— Você falou com ela?

— Estou tentando. — Lennox mostra o celular. — Ela não atende. Tive um acidente com o celular e ele parou de funcionar. Acho que ela imagina que eu estava aprontando alguma coisa ou que não me importei com o pai dela. Seja como for, é um mal-entendido. Agora voltou a funcionar.

Quando ele fala isso, o aparelho dispara, anunciando Hollis. A impressão dele é que o celular vibra com uma urgência maior depois que o nome dele apareceu na tela. Lennox acena para Jackie com a cabeça, indo na direção de um grande carvalho perto do muro de pedra no perímetro do terreno do cemitério. Ele vê a irmã seguir Moira e alguns outros convidados subindo uma ladeira de gramado até uma estufa de vidro, que fica em frente à edificação de pedras cinzentas, com suas torres e pináculos.

Antes que ele possa mencionar que está no funeral de Gulliver, Hollis começa a falar com uma voz esganiçada, no modo pânico:

— Estão atrás de mim, Ray. Eles têm capangas, esses filhos da puta grã-finos, gente que eles contratam e que topa matar qualquer um por dinheiro. Acho que foram eles que tentaram pegar a gente na Strand. Estão aqui no hospital. Esses peixes são grandes demais pra gente, meu filho. A gente não está acabando com eles!

Lennox imediatamente desconfia que pode ser psicose causada pela cocaína e pergunta a Hollis o que está acontecendo.

Num longo discurso feito aos tropeços, Lennox fica sabendo que Hollis acredita estar sendo vigiado na enfermaria. Ele pensa no ataque a Lauren. Tira isso da cabeça.

Quando os convidados vão embora, ele vê Moira, literalmente um par de olhos, encarando à distância antes de subir os degraus que dividem a ladeira em duas partes. Ele se vira, na direção do muro do cemitério.

— Mark, me escuta.

— Você não está entendendo, Ray, esses caras...

— Fica quieto por um segundo — Lennox fala sério, fazendo um casal que passa por ali, admirando as plantas, virar a cabeça. Ele sorri como quem pede desculpas, mostrando o celular.

— Tá bom! Tá bom! Estou ouvindo!

— Agora começa a prestar atenção na sua respiração — Lennox manda, se afastando do túmulo, os pés afundando na turfa à medida que ele vai dos túmulos da família para a estufa —, inspira pelo nariz e solta pela boca.

— Certo...

Um longo silêncio do outro lado da linha, exceto por sons que parecem de trânsito, carros passando intermitentemente. Ele percebe as narinas de Hollis, com a mucosa comprometida por causa da cocaína, fazendo ruído a cada respiração.

— Agora, escuta...

— Estou escutando... — Hollis diz, ainda soando mal-humorado, mas agora mais calmo.

— Eu já disse isso para mim mesmo um milhão de vezes, então não estou dando uma de moralista aqui. É só que às vezes a gente precisa ouvir isso: você precisa parar com o pó por um tempo. Pelo menos enquanto está numa cama de hospital, pelo amor de Deus.

— Tem razão — Hollis admite. — Esse troço faz meu cu doer pra cacete. A hemorroida lateja pra caralho quando eu cheiro.

Hollis está absolutamente sério, mas Lennox precisa se esforçar para não rir. Outra vez, porém, o olhar cintilante de Moira Gulliver o atinge; ela está à toa no pátio em frente à estufa com Jackie e outra mulher, e ele volta à sua conduta solene.

— Estão te dando alguma coisa para ajudar a dormir?

— Sim, estou tomando comprimidos. Mas fico com medo de alguém entrar aqui enquanto estou apagado.

Acontece...

— Mark, ninguém seria louco de tentar isso. Só tenta se acalmar — Lennox pede, olhando na direção de Moira Gulliver, que está entrando em casa.

— É, eu sei. Um leve ataque de pânico — Hollis admite, mais calmo. — Mas escuta, eu pedi pro Bola Murcha checar aquela Ursula Lettinger que o seu amigo escocês Williamson mencionou. Ele achou que ela não estava falando a verdade. Aí ele levou uma bronca, porque o governador disse que ele estava proibido de falar com ela. Aquele David não ia nem me dizer. Como é que você investiga um caso de agressão e outro de assassinato se está proibido de falar com as pessoas que têm a ver com o inquérito?

— Não é fácil. Mas coca e goró não vão ajudar a gente.

— Verdade, entendido, desculpa aí, dei uma surtada aqui.

— Tranquilo, cara; só pega leve. E se cuida. Não é porque a gente é paranoico etc... Te ligo depois.

Com os próprios nervos tensos, ele liga de novo para Trudi. Mais uma vez: caixa postal. Ele olha para a imensa estufa, as mesas cobertas de comida e bebida. O desânimo atinge Lennox como se fosse um trem. Poucas vezes ele se sentiu tão excluído. Ele decide não entrar. Dificilmente será bem-vindo, nem mesmo pela Jackie, e talvez especialmente por ela.

Em vez disso, ele contorna a casa até a entrada dos carros, onde seu Alfa Romeo é de longe o veículo mais vagabundo. Segue direto para Edimburgo. Depois de estacionar o carro, ele se vê andando pelas ruas, tentando montar o quebra-cabeças do que está acontecendo com o caso. Mas aí Trudi surge em sua mente.

*Certo, o pai dela está doente, mas você quase foi atropelado duas vezes. Cadê ela? Está com o cretino da BMW...*

Está escurecendo e esfriando, e seus pés traiçoeiros o levaram para bem perto do bar conhecido como Oficina Mecânica. Ele entra, ansiando pelo calor envenenado que encontrará ali. Alguns rostos continuam presentes. Os empedernidos policiais da Divisão de Crimes Graves parecem mais um grupo de autoajuda para gente ferrada e inútil do que tiras. Gillman observa enquanto Erskine conversa com Ally Notman, Brian Harkness e policiais mais novos como Scott "PC" McCorkel. Ele não gosta de ver esse rapaz decente, e, na verdade, não gosta de ver a si mesmo, nessa companhia. E, no entanto, ali estão eles.

— Claro — Erskine ruge —, eu subo no palco e a plateia já começa a rir. Eu não percebi que o Rikki Fulton estava atrás de mim, fazendo caretas.

Gillman se vira para Harkness e diz de uma distância que Lennox pode ouvir:

— Será que esse filhote de rato um dia vai fechar essa matraca?

O celular de Lennox recebe uma chamada, mas não é Trudi, é Amanda Drummond.

— Como foi o funeral?

— Horrível. Eu não devia ter ido. Estou na merda do Oficina Mecânica agora. — E ele vê Erskine, que nem percebe a carranca assassina de Gillman para ele. — Eu realmente queria estar em outro lugar.

— Se o Marcello's se encaixa na sua definição de "outro lugar", sinta-se à vontade para se juntar a mim aqui.

— Você está com alguém?

— Não. Minha amiga cancelou porque tinha um encontro. Eu não estava com vontade de ficar em casa.

— Então você acaba de me resgatar da mesma porcaria que ouço todo dia desde que entrei para a polícia. Saindo daqui agora.

E ele vai ao banheiro antes de sair discretamente pela porta lateral.

O Marcello's Wine Bar, que fica a uma caminhada de quinze minutos de distância do Oficina Mecânica, atravessando um labirinto de ruas residenciais do Southside, pouco depois do National Museum, é anos-luz mais avançado culturalmente. As poltronas estofadas e o aspecto agradável, iluminado, com obras de arte nas paredes, torna o ambiente mais palaciano para aqueles que vêm de certo nicho social, mas o bar também contém um elemento de desespero que fica óbvio para Lennox assim que ele entra e olha à sua volta. O lugar parece cheio de casais desamparados evitando as pessoas com quem são casados. Drummond está numa mesa de canto, em parte obscurecida por um vaso de yucca que fica sobre um suporte. Sempre de tocaia, Lennox pensa. Ele pede uma garrafa de Malbec no bar, com duas taças, e também um espresso duplo.

*Foda-se o Keith Goodwin. E foda-se a Trudi Lowe.*

Lennox senta e se serve de vinho.

— O que você está tomando? — ele pergunta, olhando para a taça quase vazia dela.

— Rioja — ela diz, terminando o último gole.

— Malbec serve para você?

— Acho ótimo. Então, como estava o Oficina Mecânica?

— Vou mudar o nome do lugar para Rotina Mecânica — ele diz, e então, percebendo que ela parece mais relaxada do que nos últimos tempos, ele implora: — Eu preciso ser reeducado, Amanda.

— Todos nós precisamos, Ray. — Ela sorri.

— Ainda estou tentando aprender o máximo que posso sobre esse negócio de trans.

— Quanto tempo você tem?

— O tempo que você puder ficar.

O garçom chega com o espresso duplo dele. Drummond vê aquilo, depois pergunta:

— Você percebeu alguma coisa estranha no Bob ultimamente?

Lennox percebeu, mas se finge de bobo para ouvir a opinião dela.

— Tipo o quê? Não me diga que ele está fazendo transição… para virar policial.

Drummond não entra no clima de piada.

— Bom, para começo de conversa, ele nunca está por perto.

— Acho que ele entrou no modo aposentadoria.

— Isso é tão pouco profissional — ela diz, soando genuinamente irritada. — Jamais pensei isso dele.

Ele quer voltar a conversa para a questão trans, mas Drummond o faz lembrar que as entrevistas para Chefe Superintendente acontecem na segunda-feira, e ela está obviamente interessada em falar disso. Lennox aceita com relutância. Eles concordam que, independentemente de quem fique com a promoção, isso não vai afetar o respeito que eles sentem um pelo outro.

— Aprendi tanta coisa com você, Ray.

— É uma via de mão dupla, Amanda. Aprendi um monte de coisas com você.

Drummond olha para Lennox tentando avaliar se ele está ou não tirando sarro dela. Aparentemente sem conseguir decidir, ela continua.

— Não estou ansiosa para a entrevista.

— Não vou levar muito a sério. — Lennox se espreguiça e boceja. — Eles vão escolher quem eles quiserem. Não sei se eu me vejo nessa função — Lennox diz. Ele olha para o café.

Drummond arregala os olhos.

— Mas é um cargo importante! Você poderia fazer tanta coisa! A gente precisa de mais recursos para enfrentar os crimes graves! Nossa taxa de resolução precisa aumentar!

— Concordo. — Lennox olha para as pinturas. Parecem ser só artistas locais em exposição, nenhum deles muito bom. — Mas tenho dúvidas se lutar por essas coisas está entre meus pontos fortes — ele responde para ela. — Pode ser que o Bob tenha começado como um idealista e acabou destruído pelo sistema: toda essa histeria criada pelos tabloides, os políticos oportunistas, os carreiristas colocando a culpa uns nos outros.

Um silêncio paira no ar, enquanto Drummond parece pensar a fundo nisso.

— Tenho que te agradecer por me apresentar a Sally. — Lennox muda de tema. É hora daquele espresso duplo bombardear seu esôfago. Ele precisa de uma injeção de ânimo, e que de preferência não venha da cocaína, embora ele vá pagar o preço disso com uma noite de azia. — Ela virou uma espécie de boia salva-vidas quando as coisas ficam... agitadas.

Ele leva a mão ao nariz, um reflexo que vem em momentos de nervosismo.

*Por que você está expondo suas vulnerabilidades para a Drummond? Ela é sua rival, mas rival para um cargo que você quer de verdade? Será que ela então não está mais para uma salvadora em potencial?*

Se Drummond ficar com a vaga, vai haver muitos egos destruídos e, embora o dele também possa ficar levemente danificado, pode ser que esse dano colateral valha a pena para ver a cara de Dougie Gillman todo dia quando ele for para o trabalho.

— A Sally é ótima — Drummond confirma. — Excelente no que ela faz.

— Vocês se conhecem bem?

— Menos do que você imagina.

Lennox sorri e ergue as mãos num gesto de rendição, mas as palavras dele têm um tom crítico.

— Ah, vai, Amanda; um pouco de informação seria bem-vinda, minha cara. Afinal eu sou cliente dela por recomendação sua.

— O importante é a confidencialidade.

Ele fica em silêncio, dá de ombros e toma mais um pouco do café. Embora esteja frio, ainda dá uma pontada na língua dele.

Drummond olha para ele como se estivesse cogitando uma fala evasiva, antes de subitamente se decidir pela franqueza.

— Eu também fui cliente dela — Amanda confessa —, mas você sabia disso.

— Bom, você me falou da coisa da obsessão pelo seu ex, mas isso é assunto seu, e não quero me meter...

— Claro que quer, Ray. — Ela ri alto. Isso quebra o gelo entre eles. — É isso que nós somos e é isso que a gente faz!

— É só que...

— O quê?

— É difícil imaginar você nesse tipo de cenário. Você parece estar sempre tão... no controle de tudo.

Ela não se permite nem mesmo um sorriso irônico. Lennox suspeita que, desde a última promoção, Amanda tenha passado por uma mudança em algo fundamental. Talvez ela tenha crescido. Talvez tenha ficado mais dura.

— Fiz só meia dúzia de sessões. Foi suficiente — ela diz, tranquilizadoramente esquiva outra vez, ao dizer: — Você sabe que eu fiquei meio obcecada com o Carl, meu ex. A Sally foi incrível.

— Esse era o cara de Dundee?

— Isso... Eu falei pra todo mundo que ele não lidou bem com a separação, o que foi verdade... — Ela olha para ele.

Lennox espera.

— ... Mas a verdade é que eu lidei pior ainda. Na realidade, a gente se separou em Dundee, antes de eu me mudar para cá. Ele não queria me ver. Para me esquecer dele, eu pedi transferência para cá. Mas eu não conseguia esquecer. Como eu disse, meu comportamento foi *inapropriado*.

No léxico de Drummond, essa foi a expressão mais autocrítica de todos os tempos. Talvez, ele pensa, à exceção de *pouco profissional*. Sob as luzes que vêm de trás deles, Lennox mede o peso que isso tem para ela.

— A experiência com a Sally foi útil e esclarecedora — ela afirma. — Permitiu que eu colocasse esse relacionamento no seu devido lugar.

— E que lugar é esse?

— O passado.

Lennox imediatamente pensa em Trudi, e em como os dois parecem estar colocando um ao outro exatamente nesse mesmo lugar. Ele vê Drummond sentada com as costas retas na cadeira, ficando ainda mais na defensiva. Ela mira seu olhar avaliador nele. O silêncio entre os dois fica carregado.

— No que você está pensando? — ela pergunta.

— Estou pensando que ultimamente você me pergunta o tempo todo no que eu estou pensando.

Isso leva Lennox a pensar outra vez em Trudi e, na verdade, em todas as mulheres com quem ele já saiu.

— Ah, vai, Ray. — Drummond dá uma risadinha.

— Sinceramente?

— Claro.

O olhar dela tem uma luminosidade feroz.

Diante da provável infidelidade de Trudi, Lennox não vê motivos para não mencionar a indefinida química que já existiu entre os dois. Mais ainda, desde a última promoção dela: agora eles já não estão mais em níveis diferentes da carreira, são pares.

— Estou pensando que eu devia ter beijado você direito aquela vez na festa da Ginger, quando tive a chance — ele diz, se lembrando daquela noite. Eles acabaram saindo do bar mais ou menos na mesma hora. Mas os dois não dormiram juntos, embora muita gente no trabalho tenha achado que isso aconteceu, como é típico.

— Essa opção — Drummond olha em volta — ainda está na mesa.

Quando Lennox vai falar, é silenciado por Drummond, que cola seus lábios nos dele. Ele sente a língua dela em sua cabeça, e os dois estão dançando juntos nas cavernas e fendas da boca um do outro, um ato desvairado, alucinógeno, em parte físico, mas basicamente mental. Ele sente seu pênis inchar e, ao pensar na vagina dela, imagina que ela está ficando úmida, em consonância.

Quando o beijo acaba, a mão dela se levanta para tocar no rosto dele. Ela olha profundamente nos olhos dele.

— Você parece tão forte e tão frágil ao mesmo tempo.

Essa é outra coisa que Lennox ouviu de praticamente toda mulher ao longo de sua vida adulta. De um modo que poucos homens conseguem fazer, todas elas são capazes de farejar aquele menininho assustado no túnel, embora ele esteja mostrando a elas seu lado de policial durão e estoico. Ele tem uma frase pronta para se defender em ocasiões como essa.

— Você acaba de descrever todos os seres humanos do mundo. Ela parece não ter ouvido o que ele disse. Amanda olha direto para os olhos dele com uma força e uma intimidade que os leva a ficar úmidos.

— Vamos para a sua casa ou para a minha?

Uma breve imagem do apartamento desarrumado passa pela cabeça de Lennox; a pia cheia de louça suja, superfícies cobertas por embalagens de comida pedida em casa e, acima de tudo, uma cama que, embora para ele pareça normal, para um estranho daria a impressão de algo suado, de um pântano mofado. Por isso eles vão para o apartamento dela, antes de Lennox se dar conta de que, na verdade, a casa dele está arrumada, preparada para a volta de Trudi, e que sua preocupação não tinha sentido.

Lennox fica surpreso ao ver como o apartamento de Drummond é funcional; nada de quadros, plantas, tapetes e da mobília macia que as mulheres em particular sabem usar com tanto gosto e habilidade para transformar uma casa em um lar. Essa é uma versão imaculada do apartamento dele: sem qualquer estilo ou senso de estética. Ela vê a reação dele.

— Não fiz nada com o apartamento. É alugado, e meus planos eram de já ter me mudado a essa altura, mas nenhum dos dois lugares que eu queria deu certo.

— Certo.

— Agora a gente vai pra cama — ela diz.

Lennox só consegue mexer levemente a cabeça, num aceno. Ele sabe que Drummond está no controle. Talvez sempre seja assim quando se trata das relações dele com mulheres. Elas parecem gostar dele, mas ele parece mais disposto a ir atrás de criminosos sexuais do que de parceiras sexuais. É um pensamento terrível e que se sobrepõe a qualquer consideração sobre Trudi, que já parece uma figura de um passado distante.

Num contraste gritante com o utilitarismo básico do restante do apartamento, a cama de Drummond é uma king size luxuosa com um colchão maravilhoso e firme. Enquanto tira a roupa e deita,

Lennox fica chocado com o conforto sublime. É como um colchão de um hotel de luxo.

— Que cama incrível.

— Nunca economizo nisso — ela diz enquanto deita ao lado dele. Ela é magérrima, com seios pequenos que na verdade parecem pouco mais que mamilos. A confiança fluida dos movimentos dela excitam Lennox, em contraste com a falta de jeito que ela muitas vezes exibe quando vestida.

— Você passa cerca de um terço da vida aqui. Imagina só, resolver trinta e três por cento da sua vida gastando mil e poucas libras? Uma pechincha! Se os outros sessenta e sete por cento fossem fáceis assim!

— Nunca pensei nisso desse jeito — ele diz.

Drummond se aproxima dele debaixo do edredom, e eles se beijam de novo, antes de se unirem num abraço que parece motivado tanto pelo frio quanto por qualquer carga emocional. À medida que os dois se aquecem, Lennox se concentra em beijá-la intensamente. Drummond corresponde, talvez também consciente de que essa é a chave para tornar a primeira vez algo que não seja meramente perfunctório. Ele começa a tocar de leve nela, deixando que o corpo dela faça o trabalho. A intensidade cresce aos poucos, mas inexoravelmente. No começo, ele acha que isso pode servir para os dois, mas de repente aquilo parece íntimo demais para Drummond e ela exige:

— Me come.

Ele entra nela, vendo o rosto dela rapidamente ficar vermelho à medida que ele se move. Ela não faz ruídos, mas parece estar gozando quando a respiração muda e os olhos ficam úmidos. E então a tensão transborda dele quando ele chega ao orgasmo, com uma raiva insana percorrendo seu corpo, algo que ele jamais sentiu com Trudi nem com nenhuma outra mulher.

Com os dois deitados um nos braços do outro, ele sente o desconforto crescendo em seu corpo. A sensação chega ao auge quando ela se move e se afasta. Ele espera que ela tenha entendido aquela raiva bizarra somente como ardor. A escuridão da noite domina, e ele sente que ela caiu no sono. Lennox fica acordado, sem saber se fica ou vai embora. Ele vê a figura magra dela como se estivesse a quilômetros de distância na cama king size. Seu peso mal muda a forma do colchão. Ela parece já estar dormindo e, embora ela tenha se virado para o outro lado, ele sente a beligerância em sua expressão. Cedendo ao cansaço, ele se permite dormir um pouco.

*O relevo na cama ao seu lado... quem é... isso importa? Você se amarra a uma pessoa, a uma cidade, como se fossem o cais de um porto. Mas poderia ser qualquer cais, qualquer porto. E você vê tudo isso ficar para trás, os rostos das mulheres com quem você fez amor e dos homens que você colocou atrás das grades para sempre... E você percebe que isso tudo não tem nada a ver com eles, tem a ver só com você...*

*... A luz é fraca... dá para ver o rosto dela... é grande, forte, masculino, sem barbear... Ela se vira para você com uma doçura brutal e diz com seu sotaque das West Midlands: bela bike!*

Pânico: o coração batendo acelerado no peito quando ele acorda piscando furiosamente em um quarto e uma cama desconhecidos. Uma vida difusa volta à sua mente vinda do mundo inteiro, se remontando em seu cérebro em dois segundos. Drummond. Deitada ao lado dele. Virada para o outro lado. O medo se espalhando por suas veias. Ela está dormindo na mesmíssima posição, como se não tivesse se mexido.

Lennox registra um som agudo intermitente: seu celular no chão. Lutando com a tênue luz filtrada pelas cortinas, ele consegue colocar as pernas para fora da cama. A palavra "Trudi" na tela agora parece macabramente irreal, como se fosse uma mensagem vinda do além-túmulo. Um pensamento vão: talvez o celular dela também não estivesse funcionando...

Ele se levanta e anda pelo quarto escuro na direção da porta.

— Trudi... — ele fala baixo, olhando para a figura magra na cama, uma discreta ondulação debaixo do edredom agora transformada numa força sísmica.

— Estou vindo agora do Royal Infirmary — ela diz sem rodeios.

— Meu pai. Ele morreu.

Onde essa loucura começou? Para ela, nos Alpes Franceses. Para mim, antes ainda. A última lembrança feliz de minha cidade natal, Teerã, aconteceu durante o Muharram, a celebração do Imã Hussain, neto do Profeta. Ele foi morto por Yazid, o governante islâmico da época. O Muharram, que acontece no primeiro mês do calendário lunar islâmico, é uma celebração serena. Sendo xiitas, nós, iranianos, tendemos a desfrutar desse festival de maneira mais contemplativa do que a maioria do mundo muçulmano árabe. A multidão enlutada vestida de preto caminha, muitas vezes por quilômetros, até as mesquitas mais próximas. Eles rezam, acendendo velas em memória de Hussain, pedindo que Deus atenda seus desejos.

Hoje em dia Teerã muitas vezes está envolta em névoa. O perigo da poluição permeia diversos distritos da cidade, com o mau cheiro dos produtos químicos e de coisas em processo de apodrecimento destruindo os odores do açafrão, da sálvia e das árvores em flor. Todo ano quando o ar se resfria, nesses dias sem vento, os gases lançados por carros e fábricas ficam presos entre os picos das esplendorosas montanhas da cordilheira de Alborz, que contorna a cidade como uma lua crescente. Essa cobertura densa de fumaça e névoa reduz o pôr do sol a uma moeda amarelada. Agora, em certos dias, estando nas cinzas do lugar onde ficava nossa casa, você não vê nada além dos contornos borrados dos prédios altos e da Torre Milad ao longe.

Não era assim quando eu tinha onze anos. Quando menino, eu sempre adorei o Muharram, devido ao senso de união; os ricos e os pobres, os velhos e os jovens. Famílias que tinham os recursos necessários, como a nossa, cozinhavam panelas grandes de comida, oferecendo para os pobres da vizinhança. Minha irmã, Roya, de catorze anos, e eu fazíamos parte de um grupo de jovens da nossa rua que mantinha um hábito nessa época do ano, oferecendo nosso sholeh zard, um pudim de arroz-doce com açafrão, uma sobremesa persa tradicional em que os nomes de nosso Profeta e de nossos líderes são escritos com canela, para os integrantes da procissão e para senhoras idosas. Nossa casa não era exatamente a maior, mas com certeza era uma das mais belas do nosso distrito, que nessa época do ano ficava cheio de vendedores de rua. Na frente de nossa casa, havia uma imensa árvore de pau-ferro com a copa densa, que parecia dançar sensualmente impelida pela brisa suave. Uma atmosfera mágica e espiritual permeava o ar. Nós nos distanciamos do fedor da morte que sufocava muitas ruas ao redor: uma bolha de felicidade naquilo que muitas vezes parecia ser um mar de angústias. Sempre fui grande para minha idade, e aos doze eu já tinha um pouco de barba no queixo. Embora a guerra tivesse acabado, e eu não pudesse ser colocado num ônibus e levado para um campo de batalha como sacrifício humano, meu tamanho perturbava minha mãe, Fariba, que lecionava inglês na faculdade, e meu pai, Mazdak, um jornalista que trabalhava para uma agência de notícias árabe. Eles ainda temiam que eu fosse convocado para integrar a guarda, e insistiam que eu sempre levasse comigo uma cópia da certidão de nascimento.

    Meus pais eram intelectuais liberais, e as reportagens de meu Pai eram críticas em relação ao regime fundamentalista liderado pelo clero. Em uma ocasião, a polícia e Guardas Revolucionários com bonés verdes foram à nossa casa e levaram vários livros e fitas de vídeo com filmes, tanto iranianos quanto ocidentais. Eles olharam para o bar cor de vinho do meu Pai, mas ao abri-lo não encontraram o uísque e o gim que ele trazia ilicitamente de suas viagens. As garrafas estavam guardadas em segredo debaixo das tábuas do piso. Aparentemente ele tinha sido avisado de que estava na lista de pessoas que poderiam ser visitadas. No bar, só havia a coleção de cinco facas árabes com cabos de osso, em seu estojo, compradas num bazar em Cartum. Elas tinham o visual distintivo, clássico das cimitarras do Oriente Médio, adagas de lâminas curvadas que se alargavam mais perto da ponta, variando em tamanho de dez a vinte e cinco centímetros.

Eu me lembro de pessoas falando alto, e de minha mãe levando Roya e eu para o jardim dos fundos a pedido de meu Pai. Nós estávamos com medo, mas os guardas e a polícia foram embora pouco depois, e meu Pai, com o rosto tenso, mas sorridente, nos levou para dentro da casa de novo.

Felizmente esse tipo de incidente era raro. Minha mãe mantinha a casa bonita e cheirosa, patrulhando o tempo todo o hall de entrada e a sala de estar, polindo a linda marchetaria de madeira e, é claro, o orgulho de meu Pai, seu bar. Mas o objeto mais comum de seus esforços de polimento e encerramento eram a grande mesa de mogno onde nos sentávamos para comer, uma feliz família de quatro pessoas, e as prateleiras da sala de estar, onde ficavam os reais tesouros da casa. Aqueles portais para outros mundos a que prosaicamente nos referimos como livros. Eu lia prodigiosamente desde muito pequeno, assim como Roya. Minha irmã e eu sempre fomos incentivados a discutir assuntos que eu percebia estarem longe dos parâmetros normais para nossa idade. Não havia nada que eu amasse mais do que ficar sentado naquela sala gloriosa e ler. Na época, eu tinha recém começado a ler *A prima Bete*, de Balzac, tendo sido incentivado pelos meus pais a aprender inglês. Meu Pai preferia os livros escritos nesse idioma.

— Aqueles palhaços — ele dizia, apontando para fora, obviamente se referindo aos Guardas Revolucionários de camisa verde — mal entendem farsi, imagine inglês.

Quando o sol começou a se pôr naquele Muharram, nós pegamos nossas cadeiras, em preparação para seguir os enlutados até as mesquitas, onde ouviríamos a noha, as citações de luto, e comeríamos pratos Nazri. Era a parte do dia de que eu mais gostava. Não há nada mais genuinamente divino do que o momento em que as luzes da mesquita são apagadas e as pessoas começam a rezar e a recitar a dua. Fiz o que eu vinha fazendo nos últimos anos e fiquei sentado ali, feliz, pensando na minha vida e no que eu seria capaz de realizar. Talvez escrever grandes obras de literatura, como aquelas da biblioteca do Pai. Eu estava perplexo na época com a Prima Bete, a solteirona vingativa que destrói tudo à sua volta, e com a desonesta Valerie. Naquele dia, sentado na mesquita com minha irmã, pensei que eu só conheceria a paz.

Claro, eu estava errado.

No caminho para casa, ouvimos o ruído distante, porém sinistro, de uma turba. Olhamos e vimos fumaça subindo no ar. Parecia ao mesmo tempo inevitável e inconcebível que pudéssemos ser afetados. Mas era verdade. Abrimos caminho em meio à multidão com medo crescente e vimos que nossa casa tinha sido queimada e nossos pais, assassinados. Eu me senti fisicamente mal, como se eu pudesse murchar em meio ao caos dos vizinhos dançando horrorizados na rua à nossa volta, ouvindo gritos irônicos dos guardas. Isso num lugar que horas antes estava repleto de alegria. Olhei para o céu cheio de estrelas. Em outros momentos, ele havia me colocado em êxtase. Agora, em seu brilho, eu via apenas traição. Minha irmã agarrou minha mão com força e gritou:

— NÃO! NÃO PODE SER...

O grito dela foi tão alto e ressonante que todos na vizinhança ficaram um instante em silêncio. Depois, o aperto dela na minha mão ficou mais leve e ela tombou na rua de asfalto.

# DIA QUATRO
## Sexta-feira

18

Ele não consegue andar de mãos dadas com ela. É a trilha. É estreita e obriga os dois a andar em fila indiana.
*Será que ela me abandonaria?*
O clima muda rápido enquanto eles cruzam a trilha longa e curva, subindo uma ribanceira íngreme. O caminho tem elevações e declives abruptos, e só é possível ver alguma coisa dando de cara com ela. Talvez isso cegue Ray Lennox e Trudi Lowe para os perigos que vêm do alto. Nuvens assustadoras e escuras mergulham, bloqueando a luz, e agora descarregam suas vísceras sobre os dois. Nenhum dos dois tinha previsto isso: pegos sem roupas impermeáveis, os dois estão encharcados quando chegam à vila. Trudi parece não se importar, quase em estado catatônico enquanto marcha pesadamente pelo caminho enlameado, a chuva emplastrando seu cabelo até o couro cabeludo.

O clima durante a caminhada foi tão carregado que o rompante dos elementos parece inevitável para Lennox. As palavras "Dean" e "Amanda" vêm queimando em seus lábios por horas. A necessidade de saber sobre um é cancelada pelo imperativo de ocultar o outro.

*Drum — Amanda... mas que porra...*

Lennox tenta se convencer de que sua contenção se dá, pelo menos em parte, pela necessidade de ajudar Trudi em sua aflição avassaladora. Quando ela fala, são só palavras confusas e incoerentes sobre o pai, seguidas por lágrimas de um intenso sofrimento.

À frente: o chalé de Jackie e Angus, comprido e branco, com seu telhado de ardósia reformado. Eles imediatamente decidiram se refugiar ali, num excêntrico impulso de duas pessoas confusas e magoadas. A sugestão desesperada dele era que os dois fossem para algum lugar onde pudessem falar sobre a morte do pai dela, talvez colocar o relacionamento de volta nos trilhos. Falar daqueles imensos silêncios. Aqueles silêncios que eram como as nuvens sombrias no céu, que preenchem o vazio quando o amor está indo embora. No entanto, a coisa tomou outro rumo; durante essa caminhada errante, Lennox de repente percebeu que os dois estavam passando pela mansão da família de Ritchie Gulliver, e mencionou isso com entusiasmo. Por insistência dele, os dois pararam e se aproximaram para olhar ao redor, até que ouviram cachorros latindo, obrigando os dois a bater em retirada. Trudi nem pareceu se consternar, e ele entendeu a resignação dela como aquiescência.

Ela tinha falado pouco desde então, e a consciência incômoda de que ele havia deixado a desejar num grau impressionante se pôs entre os dois e foi ficando densa como um gel.

*Ela precisa de você e você está sendo uma decepção.*
*É impossível consertar isso.*
*É impossível consertar você.*

Eles voltam à casa atingida pela garoa com a intenção de se secar e se aquecer no fogo. Mas quando Lennox sai para um quintal decorado principalmente por um grande canil de madeira com a palavra CONDOR pintada acima da entrada, a madeira que ele encontra, armazenada num recipiente plástico com a tampa aberta estourada, está encharcada. Como era de esperar, o fogo não pega. A exasperação finalmente se faz sentir por baixo da depressão taciturna de Trudi. Abraçando o próprio corpo, nariz escorrendo, ela olha a cabana fria.

— Vamos voltar, Ray. Isso não está dando certo.

Lennox não sabe se ela está falando do tempo na casa ou do relacionamento. Ele não consegue se forçar a fazer a pergunta. Uma espécie de idiotia estupefata, taciturna, beligerante, toma conta.

— Mas a gente estava... Há, tem certeza?

— Tenho — ela fala com frieza brutal. Seus olhos são fendas. De repente, seu dedo martela o próprio esterno. — Eu quero ir. Agora.

— Tá bom, vamos voltar pra cidade e almoçar — concorda Lennox, observando que ela já começou a recolher suas coisas, jogando os pertences numa sacola.

O pai dela, Donald Lowe, sempre foi um homem forte e em boa forma. Ele adorava sua única filha. Trudi, imagina Lennox, deve estar pensando que o pai nunca vai ver a filha se casar. Nunca saberá de qualquer filho que ela venha a ter. Não é de admirar que ela esteja de coração despedaçado.

*E você... você enrolou demais. Sempre tinha alguma coisa. Agora é tarde demais.*

Lennox vê Trudi meter na bolsa roupas que ela tinha dobrado com cuidado. Ele já sentiu o amor dela por ele. Ela chamava Ray de seu *raio de sol*. Embora ele fosse um homem terno e afetuoso quando não estava preso pelos grilhões imperativos de suas investigações, ela hoje já aprendera que essas pausas eram passageiras. Forçando o zíper para fechar a bolsa, Trudi vai até a área da cozinha. Seus olhos se voltam para Lennox, agora sentado em uma cadeira olhando pela janela. Ela pega uma tangerina de uma sacola de mercado que os dois tinham trazido da loja do vilarejo antes. A tangerina está azeda, ela franze a testa e a cospe fora no balde de lixo forrado com um saco. Os pares de olhos se cruzam por um átimo, depois se afastam rápido.

Quando o amor mingua, é substituído por um senso de dever e por uma irritação perturbadora. Nos últimos tempos, a emoção mais abundante nela era algo semelhante a uma compaixão açucarada, que para ele tem sabor amargo. Mas agora uma nova emoção surgiu: o desprezo. Com Lennox se expondo continuamente como uma pessoa limitada emocionalmente, que desperdiça o tempo alheio, alguém que nunca vai superar seus demônios, Trudi percebeu que está perdendo sua vida esperando que ele se recomponha.

A viagem até Edimburgo é feita em completo silêncio. Trudi, com o cabelo secando armado, olha pela janela na maior parte do trajeto. Eles seguem rumo ao sul, o sol de meio-dia morno. Os campos estão nus e escuros em ambos os lados da estrada. A geada ainda cobre as cristas aradas. Nuvens desoladas e sujas riscam o horizonte. Ao redor deles, o cinza vai se infiltrando. Eles conseguem ver as luzes enfraquecidas da cidade ainda bastante longe, roçando o céu baixo. Os dois querendo estar lá. Querendo não estar no carro. Ciente da-

quela confusão, Lennox sabe que ela também tem plena noção do que está acontecendo.
*Parece que ela está trepando com outro cara? Como é que eu vou saber, com ela desolada assim? Claro que não. Por que você... Quem é esse merda consolando ela quando você é quem deveria estar fazendo isso?*

*Um vagabundo mexendo com fornecimento de gás enquanto você está sendo perseguido por um maníaco, tentando descobrir quem castrou aquele bosta daquele racista...*

*Dean Slattery, um católico cretino que saiu de um pântano qualquer em Connemara, lá onde essas caipiras só engravidam dos primos, andando por aí num terno Armani Exchange que pegou direto da arara de uma loja de departamentos, senta a bunda no banco do motorista de uma BMW, trabalhando pra porra da companhia de gás e se achando o fodão...*

*Nah... deixa disso... deixa desse papinho de homem das cavernas, você é maior que isso. Deixa o racismo e as piadas para os fracassados como o Gillman, esse gênero em extinção, que acha que a gente está rindo com eles, mas na verdade a gente está rindo deles. Sentado com um sorrisinho de esguelha, o tempo todo pensando: na verdade, você é sujeito triste, não é não?*

*Eu aqui pensando em como solucionar um assassinato e um merdinha papista vem dar em cima da minha mulher... Cortar a porra do pinto nojento desse barranqueador disfarçado de vendedor de gás... Ha, ha, ha... Que louco isso... Estou ficando doido... AH, PRECISO DE UMA CARREIRA BEM GROSSA.*

Quando a cidade se manifesta na forma de um daqueles tediosos centros comerciais satélites em sua periferia, ele pergunta:

— Aonde você quer ir?

Trudi apenas consegue dar de ombros em resposta.

*Ela está deprimida. Ela era próxima do pai. O papista da BMW se aproveitou. Ela vai ver isso quando a poeira baixar. Aí você vai fazer uma visitinha para aquele feniano safado. Aquele vagabundo de nariz empinado torcedor do Hibs... Metem um viciado desses num terninho e chamam de diretor-executivo... diretor-executivo de pico na veia.*

Abrindo um aplicativo no celular, ele escolhe um restaurante na Victoria Street de que ambos gostam e reserva uma mesa. Quando chegam ao estabelecimento, de dois andares, um garçom bajulador acompanha o casal até uma mesa perto da janela no térreo. O sorriso do rapaz é literalmente sugado de seu rosto pelos modos bruscos e rígidos, e também pela linguagem corporal de ambos.

A comida chega. É boa, mas eles comem sem conexão ou interesse. Ambos querem ir embora o mais rápido possível, e é evidente que o garçom lamenta ter deixado os dois num lugar onde ficam expostos, anunciando a atmosfera do estabelecimento. O silêncio entre eles é denso como um buraco negro no espaço. Lennox pergunta sobre o pai dela.

*É importante deixar que ela fale dele.*

— Meu coração está partido, Ray — diz ela, falando com ele pela primeira vez. — Ele era o homem mais gentil que já conheci e deu muito amor pra minha mãe e pra mim. Dói muito. Não vai passar nunca, não tem conserto.

Isso faz Lennox pensar no Oficina Mecânica. Ele deseja estar lá agora. Ray pensa na relação problemática com sua mãe. Como tudo desmoronou completamente depois da morte do pai e do caso dela com seu melhor amigo, Jock Allardyce.

*Família é uma merda. Os bons morrem cedo. Os filhos da puta vivem pra sempre.*

*Trudi. Ela está transando com outro. E está transando com esse sujeito porque você nunca está presente.*

A única coisa que Lennox consegue fazer é apertar a mão dela. Mas olhar para ela e pensar que ela está com o Dean da BMW é insuportável. Então, ele espia pela janela, vendo as lajes molhadas do lado de fora. Nesse momento, porém, no limite do seu campo de visão: uma figura familiar num ambiente incomum. Esticando o pescoço para olhar com atenção, ele vê Dougie Gillman do outro lado da rua, indo para o carro.

*Esse filho da puta está no modo tocaia!*

— ... Meu pai amava a minha mãe com todo o coração. Ele me disse uma vez: quando vi sua mãe pela primeira vez naquele salão com as amigas, eu nunca tinha visto uma coisa tão linda na vida... Os dois se dedicavam um ao outro... Fico preocupada com a minha mãe, graças a Deus ela está na casa da tia Cathie... Eu devia dar uma passada lá nos próximos dias...

*Mas quem ele está vigiando?*

Nesse momento, Amanda Drummond sai do bar em frente, vestindo um casaco comprido e um gorro de lã. Ela atravessa a rua com uma mulher atarracada e de cabelos escuros, que Lennox a princípio pensa ser Gill Glover, mas talvez não seja. Gillman espera as duas passarem e depois vai atrás delas. Lennox não pode acreditar no que está vendo: *Puta que pariu, o Gillman está vigiando a Drummond? Não! Quem é a outra mulher?*

— ... Mas por que é que estou te contando isso? É óbvio que você não está nem aí.

Ele tem a vaga sensação de que Trudi ainda está falando.

— O que é que...

— Você nem está me ouvindo, não é? — E ela afasta sua mão da mão dele.

— Desculpa... Acabei de ver uma coisa.

— O que, Ray? O que foi? Seja o que for, certamente não era *eu*.

— É que... — Ele olha para ela. — Nada.

— A gente devia ir embora — ela diz, acenando para o garçom com sobriedade, pedindo a conta. Na verdade, ela tira o anel de noivado e coloca sobre a mesa:

— Vou embora. Vou deixar você pagar. Tchau, Ray. — E ela se levanta, saindo.

— E o que *você* viu? Por acaso veio numa BMW?!

Trudi hesita por uma fração de segundo, mas se recupera, seguindo em frente. Não olha para trás e sai pela porta.

Os outros clientes, na maioria funcionários de escritório, e os empregados do restaurante agora olham fixamente para Lennox, convencidos de que ele é encrenca.

— Trudi... — Lennox levanta rápido, sinalizando para o garçom, que não precisa de incentivo para se apressar com a conta. Depois ele olha para fora de novo. Gillman e Drummond se foram.

— Merda...

Ele se vira para ir atrás de Trudi, mas o zumbido de seu telefone indica que ele o deixou em cima da mesa.

MERDA...

Ele volta e pega o aparelho, com o anel de noivado, enquanto o identificador de chamadas determina: HOLLIS.

Alguma coisa leva Ray Lennox a atender. Talvez tenha a ver com o fato de o garçom se atrapalhar para imprimir a conta e colocá-la numa bandeja de prata com a maquininha de pagamento por cartão, ou talvez seja mais uma questão da estupidez que faz parte da programação masculina, aquela crença extremamente narcisista de que, como deuses, eles são capazes de resolver tudo, que têm capacidade infinita para reparar uma situação que parece danificada além de toda a esperança razoável.

— Mark... — Lennox suspira sem força enquanto vê Trudi passar às pressas do lado de fora.

Mas ele não pode se mover.

A voz rouca de Hollis troveja ao telefone.

— Dei alta para mim mesmo, mas nunca senti uma dor dessas, Ray. Meu rabo está mais fodido do que quando eu tinha as hemorroidas. Eles me disseram o que tiveram de fazer: tirar aquelas porras de veias varicosas e enxertar a pele da minha coxa direto no meu fiofó...

— Puta merda...

O garçom se aproxima dele.

— Estou com uns analgésicos. É uma agonia do caralho, e eu só queria que isso parasse!

— Tem alguém cuidando de você? — Lennox pergunta, enquanto o garçom avança e oferece a conta com a maquininha do cartão.

— Eu me viro sozinho, cara — diz Hollis. — Tenho uma irmã que adora se meter, mas não vou deixar que chegue perto de mim, porque ela é uma chata do cacete. A ex... bom, melhor deixar quieto. E meus parceiros de trabalho, bem, você viu eles. Um pessoal ótimo para ter do seu lado se você der de cara com uns malucos do West Ham no Túnel Rotherhithe, incríveis se você quiser ouvir piadas infinitas sobre a minha condição, mas não são tão bons com o bom e velho apoio emocional ou prático.

— E os colegas do departamento? — Lennox pergunta enquanto enfia o cartão na máquina, tentando estabilizá-la para digitar a senha, e encaixa o telefone entre o pescoço e o ombro.

— Nem vou entrar nisso, irmão. — A voz de Hollis soa abafada.

— Quanto tempo você vai ficar em casa? — Ele digita o primeiro número: 1... enquanto sente os olhos dos outros clientes nele, desejando que vá embora. Ele dá um sorriso sem graça para o garçom, que agora tem um rosto impassível.

— Acham que mais umas duas semanas de molho até eu me sentir um pouco melhor.

— Certo, cara. — O telefone parece prestes a escorregar enquanto ele pressiona o número 8... — Vou atrás do rastro do palerma sem pinto e vou te avisando o que encontrar... — Ele digita o 7... — Por enquanto, não sei de mais nada. — E ele digita o 4.

Enquanto Lennox leva o telefone de volta à orelha, e a máquina do cartão anuncia CONECTANDO AO SERVIDOR, ele ouve Hollis dizer:

— Andei fazendo umas ligações, mas obviamente, andei meio ocupado. E, Ray?

— Fala — Lennox diz, quase surpreso ao ver APROVADO surgir no visor do aparelho.

A voz de Hollis é um rosnado baixo de animal ferido.

— Fica de olho nesses filhos da puta da Corregedoria. Esses cuzões andam farejando por aqui. Esses merdas são pagos pelo ricaço. Não tenho nem dúvida.

— Pode deixar... Até mais, Mark. — Ray Lennox pega seu cartão da máquina e desliga, saindo do restaurante em disparada. O garçom e os outros clientes observam, aliviados, o sujeito que estava perturbando a atmosfera desaparecer pelas portas de vidro.

# 19

Indo atrás de Trudi, Lennox sai em direção à luz débil da tarde. A quietude predominante da rua é quebrada apenas por um casal de braços dados. Depois, é interrompida espetacularmente por um grupo barulhento e fanfarrão de rapazes aglomerados, fazendo esforço para que o mundo saiba que a calçada é deles. Eles encaram Lennox com desconfiança ao passar, incertos quanto a seu potencial status de vítima ou predador. Esticando o pescoço um lado para outro da rua, Lennox tem outro alvo e está alheio a eles. Nem sinal de Trudi. Ele liga para ela. Cai direto na caixa postal de voz.

Subir a George IV Bridge ou descer até o Grassmarket? Grassmarket.

Ele desce a ladeira correndo, virando na antiga rua de paralelepípedos. Estudantes e turistas se agrupam esperançosos do lado de fora de pubs, fumando, bebendo e conversando, desejando que o sol apareça.

Mas nada da Trudi.

Esticando a mão para conseguir um táxi, ele vai em direção ao apartamento dela em Marchmont. A estupidez dele começa a ficar aparente: é óbvio que ela teria ido pela George IV Bridge e depois pelo Meadows. Mas seu instinto estava certo; quando ele chega na casa de Trudi, não há nem sinal dela. Ele liga de novo: ainda nada.

*Dean da BMW... Não... A mãe dela...*

Mas ela falou que a mãe estava na casa da tia. Onde será que a tia dela mora?

Ele manda uma mensagem:

> Amor, mil desculpas. Esse caso virou um negócio imenso.

Para sua surpresa, uma mensagem chega quase de imediato:

> Vá se foder. Você só sabe ficar olhando o vazio e ligar para aquela mulher em Londres.

Estranhamente essa resposta serve como incentivo para ele. Pelo menos ela está falando com ele. *Talvez a gente possa resolver as coisas.*

> Não é uma mulher, é o Mark Hollis.
> É um colega na Polícia Metropolitana.
> Onde você está?

> Foda-se, tanto faz. Não me liga. Nunca mais. Não tenho mais saco pras suas merdas. Não quero casar com você. Não quero ver você. Não é da sua conta onde eu estou. Vá se foder.

*Mas que merda...*
A raiva o estrangula.
*Foi ela quem começou com isso!*
Os dedos dele martelam as letras:

> ENTÃO CASA COM TEU
> CUZÃO DA BMW

Ele volta para seu apartamento, o corpo rígido como uma tábua de passar, ainda que possuído por uma ressonante vibração quase espectral. Num armário da cozinha, os dedos trêmulos acham uma garrafa de vodca, em seguida ele liga para um número que já deletou muitas vezes. Embora seja fácil de remover o número da lista de contatos, ele inevitavelmente acaba fixado na sua mente.

O fornecedor de cocaína, Alex, chega cerca de vinte minutos depois. Dando uma olhada na atividade dos vizinhos nas escadas, Ray Lennox autoriza a entrada. Fica claro no mesmo instante que Alex subiu na vida. Com o branco dos olhos imaculados, é evidente que Alex não está mais usando a própria droga. O moletom encardido tradicional foi trocado por um elegante terno xadrez de três peças com uma camisa social. Os cabelos, cortados mais curtos e penteados para trás, acompanham uma barba aparada rente no queixo. Mas Lennox dá pouca atenção a esse significativo reposicionamento de marca. O que realmente importa são os cinco gramas de cocaína em posse de Alex.

— Tudo certo? — Alex pergunta, observando-o com cautela.

— Tudo.

— Você está parecendo meio nervoso... Tem certeza?

— Eu tenho uma terapeuta — Lennox diz, lembrando da sessão com Sally que ele cancelou mentalmente por causa da viagem com Trudi. — Engraçado, mas ela nunca tenta me vender pó.

Alex saca cinco sacolinhas plásticas e coloca na mesa de centro.

— Entendi o recado, Ray, mas se precisar conversar, você sabe onde me achar.

— Puta merda, você está tentando perder o cliente? Você está aqui para atender a pessoa que está se sentindo infeliz e confusa, não para tentar consertar!

— Eu só estou fazendo isso pra algumas pessoas agora, ou seja, aquelas que sabem ser discretas. — Alex acena com a cabeça de forma sombria, depois acrescenta com esperança: — Isso inclui você. Fiz um curso preparatório para entrar na universidade ano passado. Agora estou na Universidade de Edimburgo estudando História Medieval.

— Fico feliz por você — Lennox diz —, de verdade... Mas se me dá licença...

— Eu meio que sinto muito por isso. — E Alex olha as sacolas na mesa. — Falo sério, cara, a gente tem que poder contar um com o outro. Mas a mensalidade é cara, e se você não comprar a mercadoria comigo, e aliás esse material é de primeira linha, você vai comprar de outra pessoa...

— Já deu — Lennox rosna, enquanto Alex levanta as mãos em rendição, escapando pela porta e deixando o anfitrião a sós para contemplar suas compras sobre a mesinha de vidro.

Ele prepara uma carreira. A consulta com Sally Hart é daqui a pouco, *mas só uma...* Ele anseia pela euforia, precisa da ilusão de poder que vai ocorrer dentro dele. Ray enrola uma nota de vinte novinha. Depois baixa a nota. Ele percebe que teria perdido a consulta com Sally se não fosse pela deserção de Trudi.

*Trudi... Mas que cacete...*

Saltando para dentro da mente de Lennox: o rosto de seu padrinho bombeiro no NA, Keith Goodwin. Keith era meio inútil na verdade. Aquela cara grande e redonda sorridente, metralhando platitudes como "Vá com o programa, siga os passos..." Ainda falta mais de uma hora até sua consulta no fim da tarde. Ele liga para Drummond. Mas ela não atende. Ele pensa em Gillman: *por que ele está vigiando a Amanda? O que está acontecendo com esse mundo maldito?*

Ele liga para Glover, sob o pretexto de pedir um detalhe do caso, mas na verdade é para ver se ela está com Drummond.

— Gill, você está no escritório?

— Ray... Achei que você tinha tirado o dia de folga. Estou aqui, ainda trabalhando na conexão com Gulliver e esses contratos do Sistema de Saúde. Ele é muito mais cuidadoso do que a maioria para esconder os rastros.

— Ótimo, me avisa se surgir algo.

— Com certeza. Como está a bela Perthshire?

— Chovendo — ele diz, desligando e tomando um pouco de vodca com gelo.

*Não era ela... mas não quer dizer que Gillman não estivesse vigiando Drummond... Amanda... Que merda...*

*Trudi...*

Lágrimas vindo. Ele sente a umidade se liberar sob suas pálpebras em chamas.

*Você me deixou, porra... a gente podia ter resolvido... O seu pai... A Amanda... Puta merda...*

Ele olha para a nota, empurrando-a narina adentro e cheirando a carreira. Os dutos de seus olhos parecem sugar as lágrimas de volta. Ele abre o Registro de Criminosos Sexuais em seu laptop, olhando as fotos daqueles animais, na esperança de que um dos três agressores do túnel, de tantos anos atrás, salte do nada do catálogo sombrio de rostos que passam por seu cérebro superaquecido. Uma exasperação sufocante se acumula dentro dele. Ele clica em algum pornô, rolando a página atrás de alguém que lembre Drummond e depois Moira Gulliver, ambas tão magras; ele queria ver como Moira, ainda mais magra que Drummond, exceto pelos seios, ficaria nua... mas ele se distrai ao ver uma garota que lembra alguém que ele não consegue identificar. Ele está no meio do ato quando para horrorizado, percebendo que esse alguém é seu sobrinho, Fraser.

*Meu Jesus...*

Ele vai para um site pornô transgênero... Um dos atores lembra a Trudi... depois a Drummond... Alguém enfia um vibrador descomunal na bunda de um menino-garota de rosto desagradável... e a pessoa que manipula o acessório é uma mulher parecida com Sally Hart, a terapeuta... Só quando um orgasmo estrondoso explode dentro dele, seguido por um jorro de esperma, seu cérebro consciente admite que ele estava se masturbando, enquanto um pau dormente desmorona em sua mão.

Ele procura o número de Sally em seu celular. Estuda a foto acima do número. Um sorriso tenso e minimalista, mas ainda assim radiante. Ele tem que sair agora. Mas para por um instante para ampliar a imagem.

*As mulheres preenchem sua vida com beleza, de um jeito tão casual. Eu me pergunto se elas sabem que fazem isso.*
*Elas sabem tanta coisa.*

# 20

Tentei brigar para entrar no prédio em chamas e salvar mamãe e papai, mas fui impedido pela família Sartur da rua do lado. Eles me levaram com Roya para a casa da Tia Liana. Ela tinha chegado na cena com um rosto quase menos expressivo do que o dos guardas. Duas mulheres da família Sartur, amigas da minha mãe, ajudaram Roya a se levantar. Ela ainda estava chorando, mas em voz mais baixa, assaltada por soluços entrecortados e sufocados. Minha tia, com os olhos fechados, murmurava orações.

Muitos vizinhos estavam em grupos, alguns deles em lágrimas. Um grupo de Guardas Revolucionários observava impassível. Nenhum deles tentou ajudar, e os serviços emergenciais de bombeiros só chegaram quando as chamas vorazes ameaçaram se espalhar para as casas próximas. Depois, o vento mudou de direção e a multidão se dispersou, fugindo da fumaça ácida que queimava olhos e pulmões. Não me movi, considerando esse desconforto uma penitência que me era devida.

Pensei nos meus pais amados e contemplei todos aqueles lindos livros. A fumaça que queimava os olhos saía com as lágrimas. Outra rajada de vento e Roya voltou para pegar minha mão. Embora eu tivesse quase treze anos e já fosse muito mais alto do que ela, não pude resistir às lágrimas e soluços que escapavam de mim. Voltamos para a casa de minha tia, um apartamento pequeno num conjunto habitacional sem graça no Distrito 11.

A especulação sobre quem incendiou nossa casa e assassinou nossos pais dominava nossas conversas e as dos vizinhos que nos visitavam no Distrito 11. A maioria dos dedos apontava para uma facção fanática renegada dentro da Guarda Revolucionária. Meu pai havia se tornado mais audacioso em seus escritos para jornais estrangeiros, incentivado pela eleição do presidente Khatami, que estava determinado a estabelecer uma sociedade civil baseada no Estado de Direito.

Tia Liana, dezoito meses mais velha que minha mãe, era uma versão menos afortunada dela. Magra como uma das cimitarras de meu pai, em vez de abençoada com as curvas abundantes da irmã, ela perdeu seu amor na guerra e nunca casou. Em vez disso, dedicou a vida ao emprego como intérprete na Embaixada Britânica. Assim como minha mãe, ela era formada em Língua Inglesa.

Depois do "incidente terrível", como ela dizia, tia Liana não nos deixava sair de seu campo de visão. Ela temia que as pessoas que destruíram nossa casa e mataram nossos pais viessem atrás de nós. Embora isso fosse improvável, o medo raramente é racional e serve como um mecanismo de controle eficaz. Tiranos ao longo das eras, e os lacaios que fazem suas vontades, entendem isso muito bem.

Primeiro, os guardas fizeram uma visita rápida para minha tia, perguntando apenas detalhes superficiais. Depois, um policial ligou. No início, questionou minha tia e depois falou brevemente comigo e com minha irmã, perguntando se sabíamos de alguma pessoa estranha visitando a casa. Eu não sabia de nada, nem Roya. Então ele perguntou se nossos pais tinham a tendência de sair de casa em horas impróprias.

Vi minha tia arregalar os olhos ansiosos quando Roya disse para o policial em tom de desafio:

— Meu pai era jornalista, ele voava para lugares no mundo todo.

— E você sabe por quê? — perguntou o policial.

— Para trabalhar, é claro! — respondeu Roya.

O policial olhou para ela, e depois para mim, como se fôssemos sujos. Mesmo naquela época, eu sabia que o objetivo das investigações não era encontrar os assassinos dos meus pais, mas sim, de alguma forma perversa, justificar o ato horrendo, covarde e desumano. Eu odiava todos eles e jurei que ia me vingar. Pensei em como um dia causaria àqueles canalhas a mesma dor que estávamos sentindo. Nós destruiríamos todos eles, Roya e eu.

O policial foi embora. Nunca mais o vimos.

Sepultamos meus pais no cemitério local. Um dos preceitos da fé islâmica é que o sepultamento ocorra o mais breve possível depois da morte. No entanto, os corpos dos nossos pais estavam tão queimados que foram necessários vários dias para desenterrá-los dos escombros. Eles estavam no porão quando a casa desabou ao redor deles. Por quê? Era óbvio, eles estavam trancados lá dentro, ou foram mortos primeiro, antes que jogassem algum produto inflamável para deixar o fogo o mais prolífico possível. Não nos foi permitido lavar os corpos e cobri-los com lençóis para transportá-los para a mesquita.

Eu me senti entorpecido durante o funeral e me lembro pouco da experiência. Os corpos foram virados para Meca, e o imã conduziu as orações fúnebres. Eu estava na primeira fila com os outros homens, vizinhos e colegas de trabalho de meu pai, enquanto Roya, usando um véu que não escondia seus olhos vermelhos cor de sangue, estava atrás de mim, na fila de mulheres. Tia Liana a consolava. Em minha estupefação, eu nutria uma ira ardente. As palavras do Corão, antes tão inspiradoras para mim, agora pareciam frívolas e banais.

Voltamos para o pequeno apartamento da Tia Liana e ficamos lá dia após dia, jogando intermináveis partidas de cartas. Titia cozinhava, mas não era tão habilidosa como minha mãe. O espaço recebia pouca luz, por causa das janelas pequenas, e por ficar ao lado de um prédio mais alto, que bloqueava a luz solar. E o pior de tudo, não havia livros ali. Sem escapatória. Nem mesmo um Corão ou livros de idiomas. Minha tia explicou que mantinha todos no escritório. No tédio sufocante, Roya e eu ficávamos cada vez mais ansiosos.

Eu me sentia enlouquecer naquele confinamento. Um dia, quando Tia Liana saiu para fazer alguma coisa, Roya e eu saímos do prédio com nossas mochilas e caminhamos quilômetros até nossa antiga casa. Mesmo depois de enterrar os corpos carbonizados, eu fantasiava que minha mãe e meu pai estariam lá esperando por nós, ilesos. Eu me perguntava se algum livro teria escapado da devastação do incêndio, talvez *A prima Bete*, de Balzac, que, pelas tristes circunstâncias, não pude terminar.

Quando chegamos lá, eu me abati. Sorri debilmente para Roya e senti sua consternação. O terreno onde nossa casa ficava agora não passava de escombros queimados. Até a bela árvore de pau-ferro se reduzira a mimetizar um mendigo esquelético e maltrapilho. Parecia que nada havia restado enquanto eu vasculhava em desespero como uma pessoa faminta em busca de migalhas. Então vi um pedaço de madeira queimada com a superfície laminada marrom-avermelhada ainda visível. Os restos do bar de meu pai. Aquele símbolo de decadência ocidental teria sido tão odiado pelo regime quanto todos os livros e filmes que ele havia colecionado. Quando o puxei para o lado, a luz do sol lá no alto refletiu seu brilho nas superfícies manchadas. Era o conjunto de facas árabes do meu pai. O estojo estava queimado, mas as lâminas e cabos de osso, embora descoloridos, seguiam intactos e poderiam ser limpos. Com cuidado, guardei aquilo na minha mochila. Mesmo naquela época, eu sabia que as lâminas serviriam como instrumentos de retaliação.

Uns dias depois, Tia Liana explicou que precisava retomar suas atividades e nos levou ao seu local de trabalho na Embaixada Britânica, na rua Bobby Sands. A rua, antes chamada Winston Churchill, teve o nome trocado pelo governo iraniano em 1981, em homenagem ao irlandês que, com sua greve de fome, virou mártir contra o Estado britânico. Essas excentricidades indicavam a antipatia entre os dois países, e a embaixada ficava fechada na maior parte do tempo. À época, minha tia fazia parte de uma equipe esquelética que às vezes tinha que se aventurar no meio de multidões de manifestantes furiosos para entrar no local de trabalho.

Poucos edifícios são mais bonitos e tranquilos do que a embaixada britânica em Teerã. Uma estrutura em forma de templo com uma cúpula, agulha e arcos, que ostenta suntuosos jardins planejados, compostos de árvores maduras, cercas e gramados aparados com um enorme lago ornamental na frente. Mas da rua, além dos leões e unicórnios montados, a construção se parece com um sombrio galpão militarizado. Os portões de metal azul, inseridos em paredes de tijolos com um topo de espinhos e rolos de arame farpado, oferecem pouco alívio aos transeuntes. Isso é reforçado pela presença de homens uniformizados armados em ambos os lados. Dentro dos portões, a polícia da embaixada; do lado de fora, a Guarda Revolucionária.

Eu odiava todas as manhãs em que atravessávamos aqueles portões passando pelos sentinelas carrancudos. Minha tia nos instruiu que, em circunstância alguma, deveríamos fazer contato visual com eles, a menos que fôssemos diretamente abordados, caso em que ela seria a responsável por falar. Essa experiência estressante piorava ainda mais à noite, quando deixávamos a embaixada para voltar ao apartamento, que eu nunca consegui ver como lar. Na maioria das vezes, meu olhar estava fixado no chão, mas às vezes a curiosidade dominava meus sentidos e eu dava olhadelas para cima, que eram recebidas por olhos hostis.

Um guarda em particular tinha o olhar frio, mas ardente, típico dos fanáticos. Ele me encarava diretamente; uma alma sombria e turva, programada para odiar. Eu veria esse olhar de novo, em viagens subsequentes como jornalista. Era o olhar dos tiranos de todo o mundo. Eu o chamava de Prima Bete, em referência à personagem manipuladora do romance de Balzac, e me referia ao seu parceiro como Valerie.

Na casa da minha tia, eu limpava e polia as facas do meu pai cuidadosamente, mergulhando-as em vinagre para remover as manchas do incêndio. Era tudo que havia sobrevivido dos meus pais. Com frequência, eu me pergunto o que teria acontecido se eu pudesse ter levado comigo meus livros amados em vez das facas do meu pai para o Distrito 11. Poli as facas até que elas brilhassem, afiava as lâminas compulsivamente, orgulhoso do meu trabalho de restauração.

As facas me deram confiança. Logo comecei a carregar a menor delas na minha jornada diária para a embaixada, escondida no bolso interno do casaco. Aquilo me dava um jeito arrogante de andar que oferecia uma espécie de escudo psíquico contra o olhar odioso de Prima Bete.

Se entrar e sair da embaixada era um desafio repetido duas vezes ao dia, era um desafio que, surpreendentemente, valia a pena. Eu adorava estar naquele lugar. Além dos jardins e áreas estonteantes, sempre bem-cuidados, mesmo quando a embaixada estava fechada por operações diplomáticas, havia a biblioteca. Aquilo me lembrava da casa e do que eu havia perdido. Mas não havia uma edição de *A prima Bete*, apenas o guarda a quem eu dera essa designação.

A eleição de Khatami precipitou a restauração das relações diplomáticas, depois dos assassinatos no restaurante Mykonos, em Berlim. Em resposta a uma decisão da corte alemã, segundo a qual nossos serviços de inteligência eram responsáveis pelo assassinato de quatro curdos iranianos, o Reino Unido e os outros países da União Europeia retiraram seus chefes de missão. Embora o status completo de embaixada não tenha sido restabelecido, alguns funcionários retornaram. Isso incluía Tia Liana, sentada em seu escritório trabalhando em documentos pela primeira vez em quatro anos.

Para Roya e eu, ter livre acesso ao grande edifício era uma experiência extraordinária. Eu estava prestes a completar treze anos e passava os dias numa mansão colonial. Às vezes eu quase conseguia esquecer o que acontecera, mas aí o terror e o cheiro acre de algo queimando se prendiam na minha garganta e eu sufocava de tristeza. Eu tentava esconder minha dor de Roya e ser forte para ela, já que sentia que ela fazia o mesmo por mim.

O membro-chave da equipe era Abdul Samat, um homem alto e ossudo com um permanente aspecto de assombro. Minha tia o descrevia como o assistente do embaixador. Abdul nunca falava conosco de forma direta, e era raro que nos olhasse nos olhos. Mas nós o víamos sussurrar uma instrução para Tia Liana, que então se aproximava de Roya e de mim com sua ordem.

Um dia, o Embaixador, um homem de postura ereta com cabelos negros desgrenhados, assumiu a residência. Sua esposa loira e esguia e o filho o acompanharam. O menino parecia não ser muito mais velho que eu e tinha o mesmo cabelo da mãe. Eles pareciam exóticos, como deuses com cabelos de magnésio em chamas. Essa família tinha pouco a ver conosco de início, nem mesmo o menino, com seus penetrantes olhos azuis como safiras e o mesmo ar imperioso do pai. Abdul nos advertiu, por intermédio da minha tia, para ficarmos longe de suas acomodações. Não era difícil, já que havia muito espaço e, quando eu não estava caminhando no jardim, ficava lendo na biblioteca. Os livros eram limitados, com as prateleiras em boa parte vazias. Mas havia um exemplar das *Obras completas de Shakespeare*, de que eu gostava.

Uma vez, quando estávamos indo para lá, descendo pelo corredor, o menino de repente se apresentou a nós, apertando minha mão.

— Olá, eu sou o Christopher — ele anunciou.

Com dezesseis anos, ele era mais velho do que eu tinha pensado. Era amigável conosco, oferecendo barras de chocolate britânicas deliciosas e nos convidando para caminhar pelo jardim. Quando estávamos saindo, notei que seus olhos sempre se voltavam para Roya, observando-a de cima a baixo, enquanto conversava conosco em inglês e farsi. Ela não parecia notar. Christopher contava piadas e inventava histórias sobre os funcionários, em especial sobre Abdul, o que me fazia rir, mas só arrancava sorrisos educados dela, o que eu sentia que o irritava. Ao contrário de mim, que era movido por fantasias obsessivas de vingança, Roya fora tomada por uma tristeza paralisante, e ela voltava sua raiva contra si mesma.

Como minha tia começava cedo no trabalho, muitas vezes tomávamos café da manhã na embaixada, na grande sala de jantar com painéis de carvalho. Eu ansiava por isso, ainda mais agora que o cozinheiro oficial tinha voltado, junto com mais funcionários, enquanto a embaixada se preparava para a restauração total das relações diplomáticas. Eu amava os pratos britânicos. Embora fôssemos proibidos de comer o bacon com seu aroma maravilhoso, as omeletes eram incríveis e o mingau de aveia era grosso e cremoso, tão diferente da gororoba a que eu havia me acostumado com tristeza na casa da Tia Liana.

Numa manhã, Roya não apareceu para o café da manhã. Isso não era incomum; com frequência, ela não tinha apetite e fazia uma caminhada matinal pelos jardins. Depois de comer ovos fritos e pão torrado, saí em busca dela. Andando pelo perímetro dos jardins, de súbito ouvi gritos abafados vindo de trás de umas moitas de rododendros.

Eu o vi, o filho do embaixador; ele estava deitado em cima de Roya, a mão sobre sua boca e sua blusa rasgada, expondo cruelmente seus pequenos seios. Eu não tinha experiência alguma com sexo, nem com esse tipo de violência, mas soube com precisão o que ele estava fazendo. Corri até os dois e o arranquei de cima dela. Seu zíper estava aberto e o pau exposto. Ele me olhou com uma estranha violação e guardou o pênis. Então ele me deu um soco. Eu reagi e brigamos. Ele era mais velho, mas eu era um garoto bizarramente grande e forte para a minha idade e, movido por uma raiva honrada, levei a melhor. Cheio de raiva, esmurrei sua cara, chutando e gritando as mais loucas profanidades, e logo ele estava encolhido. Roya, gritando entre as lágrimas, se levantou e arranhou o rosto dele com as unhas.

Enfurecido, ele a socou no rosto e ela caiu na terra, enquanto ele vinha em minha direção. Puxei a reluzente faca de dez centímetros e rasguei o ar na frente dele, para dissuadir seu avanço. Isso não teve efeitos significativos, e eu o atingi duas vezes na barriga. A segunda vez o fez parar no ato; olhei o sangue escorrer por entre seus dedos. Ele me olhou fazendo uma cara de mau perdedor, como se eu tivesse trapaceado em algum tipo de jogo.

— Você não tem ideia da encrenca em que se meteu, seu mouro idiota — ele gritou, e, dando as costas, foi cambaleando em direção aos prédios da embaixada. Só ouvimos sua gritaria teatral quando ele já estava a uma distância considerável de nós. Continuei dizendo para Roya, que não parava de chorar, que não tínhamos feito nada de errado. Mas não conseguíamos sair dali; não conseguíamos voltar para a embaixada, podíamos fazer muito pouco além de esperar nos grandes salgueiros até que nos encontrassem.

— Ele tentou me beijar — Roya disse, a boca trêmula e tensa. — Eu falei que não gostava e ele agarrou meu cabelo, me jogou no chão e começou a arrancar minhas roupas. Ele estava forçando a *coisa* dele em mim...

A voz dela era metálica e distante; diferente de qualquer coisa que eu já tinha escutado.

Vieram atrás de nós logo em seguida. Os dois seguranças empregados pela embaixada me mandaram entregar a faca, e obedeci, e então eles nos agarraram de forma grosseira pelo cabelo. Essa violência, em especial contra minha irmã quase catatônica, foi chocante para mim. Tentei explicar em desespero o que tinha acontecido, mas tive dificuldade em achar palavras. Eles continuaram em silêncio enquanto nos levavam para o salão nobre com uma determinação vil.

O Embaixador nos esperava com Tia Liana, que lhe implorava misericórdia. Eu podia ver seu filho sentado num canto, a cara vermelha de tanto chorar de raiva, enquanto um médico cuidava dos ferimentos. Havia apenas dois cortes, e apenas um profundo o suficiente para tirar sangue. Pensei nos gritos de Roya e senti rancor de minha própria covardia: eu deveria ter esfaqueado com força para ferir, em vez de cortar o ar para desencorajar seu ataque. No entanto, vi a humilhação estampada em seu rosto. Afinal, ele tinha dezesseis anos e fora derrotado por um nativo de treze.

Minha tia insistia com o embaixador e o assistente, Abdul, que já havíamos sofrido uma grande tragédia por termos ficado órfãos num incêndio.

O Embaixador ergueu a curta cimitarra árabe. Ela tremia incontrolavelmente em sua mão enquanto o homem franzia a testa, a ponto de eu pensar que ele usaria a arma contra mim.

— Então este é o maldito instrumento! Foi com isso que você esfaqueou meu filho! Você poderia ter tirado a vida dele com esse ignóbil ato de covardia!

Tentei dizer a eles que estava salvando minha irmã, e a expressão de Roya, os hematomas em seu rosto e braços e suas roupas rasgadas deviam falar por si, enquanto ele lançava um olhar curto e rancoroso para o filho. Então ele disse, virando-se para Abdul:

— Tire os dois daqui! Deixe que eles sejam julgados pela laia deles!

Minha tia caiu de joelhos na frente do Embaixador, pegou sua mão e a puxou para o peito. Ele se soltou dela e deu um passo para trás, seu rosto horrorizado. Apesar dos protestos dela, os seguranças nos levaram pelo corredor, as botas batendo no chão de madeira com violência, ao mesmo tempo em que tia Liana soluçava e, era evidente, agora se voltava para Deus, e não para o Embaixador, em seus apelos queixosos.

Deixamos o edifício e fomos conduzidos à força em direção aos portões, onde uma multidão se reunia sempre. Era comum que as pessoas, muitas vezes lideradas pela Guarda Revolucionária, em especial pelo Prima Bete, protestassem dessa forma. Eles estavam visivelmente animados com a óbvia comoção vinda do nosso lado dos portões, e os berros começaram.

Abdul avançou na direção dos portões, megafone numa mão e um Rolex de ouro na outra. Apontou para mim, dirigindo-se à multidão em farsi.

— Este relógio pertence ao Embaixador. Foi roubado por esse... garoto... este ladrãozinho de rua, a quem ajudávamos por pena! Vocês devem decidir sua punição, sob suas leis!

Em fúria, os fanáticos na multidão rugiram, como se estivessem prestes a invadir a embaixada. Depois de algum cântico estranho que não consegui decifrar, veio de novo o "Deus é grande" de sempre. Então um pequeno portão foi aberto e a equipe de segurança me empurrou com Roya para fora. Quando olhei para trás, eu vi o filho do embaixador sorrindo com maldade para mim através daqueles lábios apertados e dos olhos azuis glaciais. A Guarda Revolucionária me agarrou de imediato, felizmente ignorando Roya, que conseguiu escapar.

Olhei para cima e me deparei com um olhar cheio de ódio, tão sombrio e sem alma quanto o de qualquer Shaitan incrédulo. Senti meu corpo murchar sob o hálito rançoso do miserável. Tão repulsivo era esse monstro vil, existindo na fronteira entre a luz e a escuridão, que mirei para suas patas para ver se eram bipartidas, como no folclore.

Eu estava nas mãos do Prima Bete.

21

O apartamento do porão na Albany Street, em New Town, tem um pátio enfeitado com os vasos de plantas obrigatórios, que conferem muito charme a esta área de Edimburgo. Lennox toca a campainha, e uma mulher com cabelos loiros na altura dos ombros, que veste uma camisa vermelha e uma saia xadrez preta e branca, deixa que ele entre.

Quando ele a visitou pela primeira vez, por recomendação de Drummond, depois de ser destruído pelo caso do Sr. Confeiteiro, a impressão que Lennox teve a respeito de Sally Hart foi de que ela era incrivelmente bonita. Dona de maçãs do rosto altas e olhos azuis expressivos, cabelos tingidos em várias camadas de loiro, ela se vestia bem, sem realçar nem tentar esconder suas curvas evidentes. A maioria das pessoas se abriria caso uma mulher dessas mostrasse interesse nelas, mesmo que profissional. Era um desejo inconsciente de agradar. No entanto, sempre que se sentam frente a frente em duas poltronas, Lennox invariavelmente termina por considerar tais dinâmicas antecipadas irrelevantes; Sally é simplesmente muito boa em seu trabalho. Perguntas diretas, seguidas por outras mais investigativas e uma sensação intuitiva do que está acontecendo com ele fazem Lennox se sentir à vontade, mas também como se estivesse sendo conduzido para algum lugar em uma dança estranha.

Em geral, a sala o relaxa, com suas grandes janelas do chão ao teto que dão para um jardim no pátio do porão, as duas cadeiras macias e a espreguiçadeira que é o que ele imagina ser um sofá tradicional de psiquiatra. Há um banheiro e um espaço equipado com cozinha fora da área de estar. Está repleto de móveis macios e estampas elegantes.

Mas o que ele quer é mais cocaína. O embrulho no bolso. Ele sente o envelope dançar.

*Uma carreira já é demais.*

*Hollis.*

Esses policiais veteranos e seus modos jurássicos. A empolgação incomum que vem de trabalhar com eles. Com que facilidade eles te levam para a escuridão.

*Será que eles sabem que fazem isso?*

A "mercadoria de primeira" de Alex é nada mais que cocaína de Edimburgo, batizada com detergente, pó de tijolo e talco, agora socados nos seus seios nasais. Lennox deve tentar esconder isso de Sally.

— Tempinho feio — ele diz, sentando numa das cadeiras. — Eu me encharquei até os ossos várias vezes esta semana. Uma gripe pavorosa, então nem chegue muito perto!

Sally faz ruídos vagamente afirmativos, servindo dois copos de água de uma garrafa tirada de uma pequena geladeira, colocando um dos copos na frente dele, levando o outro para a cadeira em frente e se acomodando.

— Como anda o trabalho?

— Tudo certo...

— Mais algum caso perturbador?

— Todos são perturbadores.

— Espero que não tanto quanto aquele do Confeiteiro. Aquele afetou você para valer.

Ele pensa nas imagens de Gulliver. A ferida vermelha intensa. Mas ele não quer falar disso. E ele ainda não pode falar de Trudi.

*Do que você quer falar?*

Lennox costuma ser sincero com Sally Hart de uma forma que nunca foi com terapeutas anteriores. Mas não, ele simplesmente não pode falar sobre a confusão com Trudi, ainda não. Em vez disso, ele começa a revelar mais sobre aquele velho túnel ferroviário abandonado que o define.

— Estou pensando menos nisso, com certeza — diz ele, se perguntando, se é esse o caso, por que está tão emocionado de mencionar isso agora.

*Trudi. Para evitar falar dela. Para esconder que ela foi embora de verdade.*

*Não, ela vai voltar. Ela só está magoada por causa do pai. Ficou atraída pelo cuzão torcedor do Hibs e sua BMW... Não... Para com essa merda...*

Enquanto ele franze a testa suada, Sally permanece em silêncio. Lennox continua.

— Não tem me incomodado tanto. O que é bom. Só não sei o motivo.

— Você ainda se lembra dos detalhes da agressão? Digo, você achava muito difícil falar sobre isso, o que é compreensível.

Lennox sente algo surgir dentro si. Sempre queima, mas ao longo dos anos ele adquiriu algum controle. Será que esse controle aumentaria caso ele conseguisse falar sobre isso com todos os detalhes excruciantes? Reduzir aquilo a mais uma história mundana?

Sally parece ler seu fluxo de ideias.

— Será que este é o momento em que você consegue falar sobre o que eles de fato fizeram com você naquele túnel?

— É óbvio que eu acho isso difícil. — E ele ouve sua própria voz se transformar num sussurro.

Sally acena devagar com a cabeça.

— É uma reação natural de transtorno do estresse pós-traumático. É físico.

— Não quero mais isso por perto.

Então Lennox nota que ela está ajeitando as mãos, juntando-as no colo. São mãos grandes para uma mulher do tamanho dela.

— E se eu induzisse uma hipnose leve? Isso relaxaria você, talvez facilitasse a fala?

— Ahn... em que implica isso?

— Bem, eu tenho qualificação como hipnoterapeuta. Seria apenas um estado muito leve de relaxamento.

— Certo. Eu topo.

Sally pede que ele observe o pêndulo de um dispositivo que ela coloca num suporte diante dos olhos dele.

— Um...

Lennox sente seus membros, que formigam e tremem, ficando mais pesados. As pálpebras começam a acumular peso, depois ele as deixa cair. Fora isso, seu rosto não muda.

— ... Dois...

A respiração ofegante estabiliza. Mais nenhum suor escapa dos ductos. Nenhum nó familiar na boca do estômago. Apenas uma sensação tranquila e abstrata, quase como se ele tivesse sido drogado.

— ... Três...

*A borda irregular do vidro, pressionada contra seu rosto. Ele brincando com a decisão de aplicar a força e fazer ou não o movimento que romperia a pele. As braguilhas deles abrindo, o cheiro fraco de suor e urina velha... Andaram bebendo.*

Lennox se ouve dizer:

— Ele me forçou a fazer sexo oral nele, segurando uma garrafa de vidro quebrada contra meu rosto.

*... Aquele pau rançoso saltando pra fora como um brinquedo que pula de uma caixa-surpresa, uma enguia escorregadia acostumada a se alimentar chafurdando na lama em águas emporcalhadas de esgoto... endurecendo...*

Ele nota que Sally Hart permanece imóvel e em silêncio. Ela parece puxar o ar com força. De súbito, Lennox sente uma luta acontecer dentro dele. Não que ele não possa continuar; uma parte dele quer de verdade, ele só não consegue parar.

Ele abre um pouco os olhos e vê os de Sally se arregalando, encorajando-o. Ray deixa que os olhos se fechem mais uma vez. Há um êxtase nessa rendição contraintuitiva. O fardo físico caindo de seus ombros cansados.

— O cara que me agrediu, o mais velho, me deixou com o mais novo, e foi ajudar o amigo.

*Pedófilo número três...*

— E este seria o terceiro homem no túnel? — A voz de Sally parece não vir mais dela, mas de uma parte inespecífica da sala. Talvez até de dentro da própria cabeça dele.

— Isso — Lennox confirma, sentindo sua fala lenta e abafada —, ele derrubou meu amigo Les no chão. Mas o Les ficava brigando, lutando contra... A voz de Sally agora parece de fato interna para ele. Vinda de dentro.

— O mais novo segurou você enquanto os outros dois violentavam seu amigo?

— Isso... Eu nem conseguia olhar — Lennox relata numa lembrança lenta. — Eu só ouvi os gritos enquanto virava para o outro lado...

Sally parece se aproximar um pouco mais na cadeira, como se quisesse ouvir melhor. Os olhos seguem fechados, mas ele sente isso. A perturbação do ar. O cheiro característico do perfume dela.

*Ele estava assustado pra caralho... Quando você está sendo segurado por um cara que também está apavorado, é a pior coisa do mundo... porque eles sabem o que vai acontecer com você... Você era só um menino... Tua mãe, teu pai, em casa, tipo, pouco mais de um quilômetro de distância, ele talvez lavando o carro, ela fazendo o almoço... Como foi que você chegou aqui? Como é que isso tá acontecendo com o Les, que oscila entre o enfrentamento feroz e a súplica por misericórdia? Eles estão por cima dele como hienas... A bicicleta, a bicicleta nova... caída de lado...*

— ... Dava para sentir o cheiro do cara me segurando, aquele cheiro de medo que nem uma lata queimando. Ele era só um garoto novo, talvez pouco mais que um menino. Hoje eu percebo isso.

Ele sente Sally segurar o silêncio como a capa de um toureiro diante de um touro.

— Implorei para ele me deixar ir embora... — Lennox começa, depois hesita por um átimo, mordendo suavemente o lábio inferior — ... e não me lembro se ele deixou... ou se eu só me desvencilhei dele... mas corri para minha bicicleta, saltei nela e pedalei... as panturrilhas rasgavam porque eu acelerava o máximo que conseguia...

o terror me conduzindo... esperando a mão em meu ombro me arrancar da bicicleta e eu cair no chão duro...
E Ray Lennox sente um peso no peito. Sente sua voz ficando fraca e aguda, talvez infantil, ao mesmo tempo em que mantém plena consciência de que ela também sentirá isso. Mas ele avançou para um domínio que está além da vergonha social, e ele continua:
— Deixei o pobre do Les... sendo abusado pelos três. Quando consegui ajuda, ele já estava saindo do túnel e eles tinham sumido. *Pedalar... para longe de todos eles... para longe do Les... os gritos abafados no túnel, cada vez mais distantes porque era provável que tivessem amordaçado Les com alguma coisa...*
— Todos eles o estupraram?
Lennox sente os dentes cerrarem enquanto se transporta em choque da trilha à beira do rio perto do túnel até a sala. Ele se sente sair do feitiço. Aquilo serviu apenas para colocá-lo na cena. Agora tudo ficou para trás, e a adrenalina começa a fluir pelo corpo. Os músculos da panturrilha formigam pela memória, enquanto os olhos se abrem por completo. Sua voz está mais áspera, mais adulta. Mais policial.
— Ele nunca confirmou os detalhes, mas, pela reação, eu entendi que foi o mais horrível possível — diz ele, sentindo o gelo nas veias. — Ele saiu um pouco dos trilhos depois dessa.
Sally está imóvel e fria como a mais escura das noites de outono.
— O que você fez?
— Virei um caçador desse tipo de gente.
— Interessante.
— Por quê?
— Porque você não se descreve como policial.
Lennox pensa em Hollis, depois lança sua mente para climas mais quentes. Foi depois do caso do Confeiteiro. Quando ele e Trudi foram para a Flórida, supostamente para relaxar e planejar o casamento.
— Isso me ocorreu quando passei férias em Miami.
Sally arqueia as costas de leve, talvez alguns centímetros mais à frente na cadeira. Está interessada nisso. Ele nunca falou muito sobre

isso. Ele se pergunta o que *chegou* a discutir com ela. Talvez todos aqueles casos velhos que bagunçaram sua mente? Será que bagunçaram? Todos eles eram só sintomas, não a raiz, embora obviamente reabrissem cicatrizes psíquicas.

— Me envolvi com uma garota vítima de uma rede de pedofilia. Não tinha nada a ver comigo — ele olha para ela —, mas eu tinha que ajudar ela. Foi aí que me dei conta de que eu não era policial, nunca tinha sido... Tem esse sujeito em Londres, trabalhando num caso atual comigo; somos farinha do mesmo saco. Fico atraído por ele, pela energia dele. A maioria de nós, na divisão de Crimes Graves, de um jeito ou de outro, tem algum problema. Eu sou simplesmente levado a caçar essa gente. Esses criminosos sexuais.

Sally Hart respira fundo.

— E a motivação para a caçada é que você quer algum tipo de vingança?

— Quero — confirma a voz esganiçada de Lennox. — Justiça pelo sistema não é suficiente. Sei que eles são umas ervas daninhas, você corta e voltam outros mais. Mas alguém precisa aparar. — E ele olha para Sally com frieza. — Esse trabalho é satisfatório pra mim.

Sally Hart sustenta com estabilidade o contato visual. Lennox pensa detectar um leve rubor em seu rosto.

— Você prendeu muitos criminosos sexuais.

— Prendi, mas não é o suficiente, nem de perto.

— Como você se sente em relação a isso? Quer dizer, apreender esses homens?

— É sempre bom prender essa gente, mas também tem um anticlímax inerente.

— Como?

— Tenho vontade de machucar todos.

Sally Hart segue focada nele. Nenhum ruído na sala além do tique-taque do relógio.

— Vou te perguntar uma coisa. Por favor, não se ofenda. E enfatizo que estou falando apenas de sentimentos aqui, não de ações. Só pergunto porque é importante.

Lennox sente seu pescoço se mover num leve aceno de consentimento.

— Você já teve vontade de machucar crianças?

Ray Lennox inspira pelas narinas, lutando contra uma raiva que cresce dentro de si. Ele olha para a expressão aberta dela, de repente sente a raiva ir escorregando.

*Ela só está fazendo o trabalho dela. Ela tem que perguntar.*

— Não. Nunca. — Ele balança a cabeça com uma determinação sombria. — Tenho vontade de machucar adultos. São eles que sujam e estragam nossa humanidade.

Isso não parece dar conforto algum a Sally Hart. Nenhum músculo em seu rosto se move. Para Lennox, da forma como a luz a atinge, ela parece uma deusa de porcelana.

## 22

O Prima Bete rugiu, um ruído tão profundamente gutural que de seu rosto só vi uma caverna escura sob o visor do quepe verde. Depois ele me agarrou, torcendo meu braço nas costas, agarrando o cabelo com a outra mão.

— Agora vamos mostrar a este ladrão a justiça de Alá! Depois do fervor revolucionário, uma prática bárbara se reafirmou, mas apenas em eventos isolados, e raramente aqui em Teerã. Como uma reação contra o movimento rumo a uma maior liberalização, parecia que os tiranos queriam ter sua vez de falar. Os guardas estavam embriagados por sua própria raiva e loucura. Ainda assim, eu não conseguia acreditar no que estava acontecendo, mesmo quando eles foram buscar um pedaço de corda e uma faca.

— Nossas leis nos permitem tomar a mão que rouba — Prima Bete gritou, sendo aplaudido, enquanto torcia meu braço com tanta força que pensei que desmaiaria de dor.

Meu antebraço direito foi preso em um torniquete ligado a um bloco de madeira pesado enquanto eu ouvia alguém dizer algo sobre julgamentos. Gritaram de volta até que ele se calou. Cheguei a rir durante esse processo aterrorizante; a gargalhada sombria e conivente do palhaço da turma que sabe que é o fantoche, mas ganha um status aberrante por fazer parte da brincadeira.

Só podia ser uma piada!

Olhei de volta para os portões da embaixada, mas por causa da multidão de corpos ao redor, não conseguia mais ver o filho do embaixador. A visão em minha mente, no entanto, não podia esquecer que ele assistia: desejando que eles fizessem o que parecia inconcebível.

Não era uma piada.

Prima Bete, em seu uniforme verde, manteve o domínio violento sobre mim. Chutei, provocando um palavrão, desejando ter minha faca, que agora, é claro, estava de posse da embaixada. Apelei para o parceiro, Valerie, que não me olhou. Meus gritos e súplicas não podiam invocar sua piedade ou provocar sua consciência. Uma parte de mim pensava que nunca fariam isso, não com um menininho, nunca tão publicamente. Eles só queriam me assustar, com certeza. Varri com meu olhar a multidão; transfixados, desejando, *precisando* testemunhar o espetáculo.

Tudo aconteceu num instante. Eu tinha lido sobre ser algo que requeria duas machadadas. Só vi o brilho antes de desviar o olhar; era uma cimitarra árabe, longa. Não me lembro da dor que sofri ou de quanto gritei. Preso a um estado de descrença, em que tudo congelava, vi meu braço se afastar da minha mão, após apenas um golpe na junta, e vi o sangue esguichar de mim sob o impacto da lâmina. No meu terror total e no enjoo crescente que tomava conta de todo meu corpo, tudo o que registrei foram aqueles olhos. Era insólito porque, embora eu saiba que são os olhos de Prima Bete, na recordação distorcida da memória, eles sempre se manifestam como um par de olhos diferente, com a inteligência maligna do olhar azul glacial do filho do embaixador, Christopher Piggot-Wilkins. Não sei quem foi que executou fisicamente a mutilação engendrada por Prima Bete, mas tive a sensação de que não foi ele. E então vieram as vozes, abafadas de início, quando senti alguém me enrolar num cobertor. Eu tremia num surto de trepidação, deixando meu corpo, vendo as pessoas me erguerem antes de me levarem às pressas para um carro. Mais uma vez ouvi o clamor:

— Deus é grande. — Desta vez dito em desafio terrível.

*Prima Bete.*

Primeiro, senti a multidão como um maremoto, me engolfando, depois a senti diminuindo à medida que a extensão do dano perpetuado por ela se tornava clara. Tão ansiosos para participar de uma atrocidade que, depois de serem encarados por ela, voltaram a ser indivíduos assustados, apavorados por terem conseguido o que queriam.

Fui levado para o Hospital de Torfeh, um estabelecimento público grande e novo, e operado de imediato sob anestesia geral. Eu me recuperava na enfermaria quando Roya veio visitar. Ela tinha ares silenciosos e graves, olhando com medo para o meu coto enfaixado enquanto eu falava, me queixava na verdade, parando quando minha tia apareceu atrás de seu ombro. Ela quase tinha um sorriso no rosto e disse com serenidade:

— Fizeram uma grande maldade com você, mas os responsáveis foram presos e punidos.

Mirei meu toco enfaixado. Eu não podia acreditar que minha mão sumira, apesar da evidência de meus olhos. Agora não havia dor, só uma coceira estranha.

— Quem? — perguntei com urgência. — Quem foi punido?

Não era Christopher Piggot-Wilkins. Devem ter sido Prima Bete e os que estavam com ele. Nunca recebi uma resposta.

Fiquei internado por dois dias. Quando tive alta, minha tia falou para Roya e para mim que nunca mais voltaríamos à embaixada. Isso nos agradava e muito. Aquele lugar de beleza se tornara uma casa de terror aos meus olhos. Quando voltei ao Distrito 11, olhei para meu apêndice sem mãos, em total abatimento. Chorei de dor apenas uma vez, mas muitas vezes de frustração ao lutar para abrir portas, escovar os dentes, limpar a bunda, me vestir e amarrar os cadarços, uma série de humilhações diárias.

Depois, poucos dias após a alta, mudaram de ideia. Fomos informados de que o embaixador desejava nos receber para um chá. Eu estava apavorado em voltar para a embaixada, e Roya mais ainda, mas Tia Liana insistiu. Ela enfatizou que seria para o nosso bem.

Atravessar aqueles portões outra vez me induzia a um medo imenso. Mas agora as coisas estavam diferentes; desta vez não havia multidões cantando, apenas grupos dispersos de curiosos. Mesmo os Guardas Revolucionários, Prima Bete notável por sua ausência, tinham expressões neutras estudadas, quase benignas, em seus rostos. As funções completas da embaixada tinham sido restauradas, à espera da próxima queda.

Fomos levados para a biblioteca, e nos serviram chá e scones. Abdul, o assistente, não conseguia olhar para mim e Roya. A trapaça com o Rolex: ele foi punido por isso? Até onde o embaixador sabia da encenação ou do estupro cometido por seu filho contra minha irmã? Exceto por Abdul e pelo próprio embaixador, a equipe parecia nova. Em contraste com nosso último encontro, ele foi educado. Perguntou sobre minha mão, o hospital, e declarou que eu era um rapaz corajoso.

— Você tem uma deficiência terrível, mas será bem compensado.

Mesmo com treze anos de idade, senti que aquela oferta desajeitada era uma farsa.

Um pagamento foi feito à minha família, a ser gerenciado por Tia Liana. A quantia nunca foi divulgada; pelo menos, não para Roya e para mim. O dinheiro foi descrito, mesmo naquela reunião, como "uma provisão para que os dois estudem na Inglaterra". Minha tia assentiu, com uma expressão presunçosa e satisfeita. Era óbvio que foi a irmã de nossa mãe quem negociou esse pacote. Mais tarde, ela foi promovida a chefe de serviços de intérprete.

— Essa situação é altamente lamentável... Deixem que eu sirva...

— O próprio embaixador se incumbiu de servir o chá, apresentado em xícaras de porcelana de ossos. Ele bebericou o seu chá, o mindinho literalmente no ar. — É claro, o incidente não ocorreu na propriedade da embaixada, nem sob nossa jurisdição, e seu sobrinho não está a serviço do governo de Sua Majestade — ele se dirigiu a minha tia.

— Ainda assim, vemos com muito maus olhos essa... bem... *atrocidade*, e tomaremos providências para o menino... e sua irmã. Vocês entendem de fato que isso tudo é extraoficial, e que sua discrição é *fortemente* aconselhada.

Tia Liana, de olhos arregalados, elogiou o Embaixador como um homem bom e virtuoso. Não vi nem seu Rolex, nem seu filho. Quando olhei ao redor da sala à procura daqueles olhos de safira, notei que a biblioteca havia sido reabastecida; as prateleiras vazias tinham sido preenchidas. Meu coração disparou quando a lombada de um livro de bolso, *A prima Bete*, de Balzac, saltou diante de mim. Então escutei a voz do Embaixador.

— Você tem alguma coisa a dizer, meu jovem?
— Tenho um pedido.
Ele ergueu as sobrancelhas com cautela. Contrastando muito com seu cabelo que lembrava uma escova de banheiro, as sobrancelhas eram finas tiras femininas. Então ele concordou devagar com a cabeça. Levantei e peguei o livro da estante.
— Eu poderia levar este livro?
— Mas é claro! — ele cantarolou com animação, obviamente aliviado com a natureza modesta de meu pedido. — Ouvi falar que você era leitor. Amo o bom e velho Balzac. Muito bem!
Eles me mandaram morar com meu tio e frequentar a escola pública na Inglaterra. Assim, recebi uma educação típica da classe dominante do país que havia causado minha carnificina.

Tio Jahangir era um cientista que fugiu do Irã depois da revolução. Adquiriu feias cicatrizes profundas no rosto, depois de ser atacado e mutilado quando menino por um Dogue alemão raivoso. Desde então, ele dedicou a vida à indústria cosmética e, especificamente, a testes de produtos em animais. Ele odiava sobretudo cães e gatos e fixava um olhar predatório quando o spaniel do vizinho latia, ou quando o elegante gato preto deles subia no muro do jardim em Islington. Jahangir era um intelectual, com muitos amigos burgueses ocidentais que ansiavam para mostrar como eram cosmopolitas ao aceitar um homem de pele escura em seu meio, mesmo que fizessem seus próprios filhos pegar ônibus por longas distâncias para evitar que fossem educados ao lado de negros vindos de conjuntos habitacionais do interior de Londres.

Eu era um "mouro maneta", como descreveu um inspetor risonho em meu primeiríssimo dia de aula. Mas maneta ou não, eu era grande e bravo, e tinha força no soco de minha mão restante. Eu era louco por esportes. Minha deficiência significava que eu não podia jogar rúgbi nem remar, mas eu passava o máximo de tempo possível na academia. Isso não quer dizer que a deficiência ainda não tivesse, em certas ocasiões, me desconcertado e frustrado. Usei uma série de próteses de mão com variados graus de insatisfação.

Meu treinamento físico intenso tinha como única meta a preparação de minha vingança. Eu era disciplinado, enquanto Roya também parecia prosperar. Nossa vida em Islington era confortável. Jahangir era uma companhia jovial, e ele era exatamente o que se esperaria de um irmão de meu pai, com pouco interesse em exercer qualquer tipo de controle parental. Ele nos tratava como adultos, permitindo que Roya e eu fôssemos e voltássemos quando quiséssemos. As liberdades da vida ocidental eram muito atraentes. Logo descobri o álcool e as garotas, mas nunca deixei que a embriaguez ou o romance obscurecessem o foco de minha missão. Cursando a universidade em Cambridge, Roya se especializou em virologia e doenças infecciosas. Ela progrediu, tornando-se uma especialista no campo, lecionando e pesquisando na Universidade de Edimburgo. Mas tudo isso era a superfície. Roya lutava contra a depressão e a ansiedade. Certa vez, recebi um telefonema de uma colega sua de quarto me dizendo que ela havia tomado uma overdose de pílulas para dormir. Imediatamente, fui para o norte, para a Escócia. Falei que ela não podia fazer aquilo consigo mesma, e que pensasse em sua carreira brilhante como virologista.

— Os abusadores de crianças são os verdadeiros transmissores de vírus — ela me disse da cama, com debilidade.

Ela sobreviveu ao incidente e pareceu seguir em frente com sua vida.

Também fui para a universidade, em Oxford, depois comecei a trabalhar como jornalista. Mudei meu nome de Arash Lankarani para Vikram Rawat. O Irã e o Ocidente continuavam brigando; era mais elegante ser indiano. Eu fingi vir da Índia. Trabalhei em vários jornais. Escrevi meu livro *Um mouro privilegiado: minha vida no sistema público de ensino na Inglaterra*. Mudei para Paris, voltei a Londres. Escrevi a continuação: *Um mouro simbólico: minha vida nos últimos dias da Fleet Street*.

Eu planejava usar minha especialização para que minha carreira seguisse os passos de meu pai. Eu investigaria atrocidades em regimes corruptos e, assim, responsabilizaria as elites opressoras que exerciam o poder. Então me dei conta de duas coisas. Primeiro, as massas estavam derrotadas, estupefatas e assustadas com o ritmo da mudança. Assim, levados a babar servilmente diante da cultura de poder e status dos reality shows disseminada pelos tabloides, eles toleravam, adoravam mesmo, os abusos das elites. Eles tinham a raiva das vítimas, mas se voltavam uns contra os outros, ou contra qualquer outro grupo que considerassem mais bem tratado do que eles. E essa percepção foi quase totalmente controlada pelo establishment por meio de sua mídia. A segunda coisa é que, de qualquer forma, eu não sentia nenhuma satisfação direta com essa tentativa de expor os abusos do poder. Eu queria fazer as pessoas se contorcerem. Sentir o medo e o desamparo que eles deliberadamente causavam nos outros. Decidi que faria amizade com esses homens poderosos que se sentiam no direito divino de destruir vidas por mero capricho. E então eu traria terror a eles.

Desenvolvendo minhas habilidades como escritor de memórias, comecei a me interessar a escrever sobre vidas alheias. Eu me tornei *O biógrafo*.

Todo o meu treinamento emocional e físico se destinava a ganhar a confiança de tais homens fúteis. Quando a hora chegasse, eu arrancaria aquelas almas adoecidas de suas carnes fracas.

Tive várias mãos protéticas ao longo dos anos, antes de, enfim, encontrar uma que combinasse comigo de verdade. Ela foi forjada a partir de uma liga de bronze, um instrumento certamente pesado e, portanto, digno do poder que meus bíceps, ombros, abdômen e pernas poderiam gerar.

Então fui chamado de volta a Edimburgo para uma missão de partir o coração. Roya tinha morrido: dessa vez, a overdose tivera êxito. Fiquei arrasado, mas nem de longe me surpreendi. No funeral, fiz um elogio fúnebre e pedi a todos que rezassem para que ela encontrasse na morte a paz que as feras lhe haviam tirado em vida. A vingança queimava mais forte do que nunca dentro de mim. Eu tinha dossiês de todos os alvos que pretendia atingir. Sim, era um prato que se comia frio, mas eu o havia guardado por tempo demais. Agora eu estava em chamas. Mas como eu poderia começar?

Foi quando o destino bateu à porta.

Mais tarde, na silenciosa cerimônia em homenagem a minha irmã, uma linda mulher loira se aproximou de mim, olhando nos meus olhos.

— Trabalhei com a Roya — ela disse, estendendo a mão esquerda para a minha, solitária. Em geral, as pessoas tentavam pegar minha mão direita, e ficavam envergonhadas enquanto eu a afastava, compelido a explicar minha deficiência.

Eu disse algo com o vago sentido de que não a conhecia nem a reconhecia do círculo de amigos de Roya. Com certeza, eu me lembraria de uma pessoa tão extraordinariamente atraente.

— Mas eu sei tudo sobre você — ela sussurrou com uma confidência calma e urgente. — Especificamente, sobre seu interesse em vingança.

23

Um vento frio do leste havia se imposto novamente, com o sol recuado atrás das nuvens. No caminho de volta para o carro, Lennox liga o celular e verifica uma série de chamadas perdidas, sendo três ligações de seu contato de trabalho social na prisão, Jayne Melville, as mais desconcertantes. Nenhuma mensagem deixada. Ele retorna a ligação, ouvindo palavras que o enchem de um pavor repulsivo:
— Gareth Horsburgh quer falar com você.

Mais joguinhos de gato e rato. Certo. Enquanto houver crianças e jovens mulheres desaparecidas, e pais confinados ao inferno vivo de não saber o que lhes aconteceu, Lennox permanece estoicamente à disposição dos caprichos do notório assassino em série. Enquanto houver outras páginas amarelas, aqueles cadernos ocultos onde, em escrita cursiva e minuciosa, Horsburgh registrou o planejamento meticuloso e os detalhes de seus crimes, Ray Lennox, a única parte do aparato estatal que o assassino de crianças aceita ver sem a presença de seu advogado, continuará a participar.

Dirigindo por Sighthill, ele vê Moobo, um rapaz obeso de cabelo encaracolado. Um dos parceiros de Alex, ele batizava ainda mais as drogas entregues pelo fornecedor de Lennox, distribuindo cocaína ruim e comprimidos inúteis. Lennox, sentindo uma súbita inspiração, para ao lado do jovem furtivo. Seria bom ter algo para negociar com o Confeiteiro.

— Entra no carro — ele manda.

Moobo olha ao redor e obedece:

— Vamos sair daqui agora, não posso ser visto com polícia!

Lennox acelera e dirige até a zona industrial, estacionando num espaço vazio atrás de uma gráfica. Moobo revira os bolsos do avesso, mostrando vários pacotes de cocaína.

— É pra uso pessoal, saca.

— Não quero sua coca de merda — Lennox diz. Muda de ideia rápido. — Foda-se, me dá um pouco.

Moobo, a boca escancarada debaixo de um olhar entretido, consente.

Trinta minutos depois, chegando à Prisão de Saughton, Lennox encontra Horsburgh atirado na cama de sua pequena cela na unidade de agressores sexuais. Sim, ele definitivamente está maior, aquela camiseta vinho esticando na barriga. E o Sr. Confeiteiro parece distraído. Em geral, ele conversa com voracidade quando Lennox aparece, mas desta vez mal percebe a presença do detetive. Ele só consegue sentar na cama.

— Gareth.

Os olhos do Confeiteiro têm olheiras e seus ombros estão caídos.

Lennox saca o velho telefone Nokia de Moobo, com uma conta sigilosa. Ele já informou a Moobo que ele irá preso se parar de fazer os pagamentos antes de Lennox solucionar esse caso. Ele sente prazer pensando no traficante pagando pelas ligações do Confeiteiro.

Ao ver o aparelho, o Confeiteiro se anima. Ele estende a mão. Lennox afasta o telefone.

— Tem que merecer.

O Confeiteiro lambe os beiços, mirando o telefone como um gato olha para um pássaro ferido.

— Tem um poço em Perthshire, perto de Killiecrankie, próximo ao Rio Garry. — E suas próprias palavras parecem energizá-lo. Ele encontra os olhos de Lennox com seu olhar característico. — As pessoas achavam que as águas lá tinham propriedades curativas e, em tempos pré-Reforma, levavam crianças doentes para lá... — O sorriso do Confeiteiro apertando os lábios faz o estômago de Lennox revirar.

*Não reaja...*

— Você sabe o que vai encontrar lá. E talvez mate dois coelhos com uma cajadada só, como diz a expressão.

Lennox olha para dentro dos olhos estranhos: um deles é de um porco astuto, o outro de uma cabra demente. A alma para a qual eles serviam de espelho morta há muito tempo.

— Parece inapropriado dizer, mas obrigado.

O abismo o encara de volta.

— Eu nunca quis gratidão, Lennox. Só quero o telefone.

Lennox sente a ansiedade subjacente do Confeiteiro. A cela passa por revistas rotineiras; ambos sabem que os guardas vão encontrar rapidamente um telefone escondido. Mas ele precisa entrar em contato com alguém com urgência.

Lennox sabe que isso está errado em todos os níveis, mas está longe de se importar.

— Ótimo. — Ele joga o Nokia no colo dele e sai.

O Confeiteiro sorri:

— Norrie Erskine. Esse sim é um policial que sabe fazer uma comédia pastelão.

— O quê? — Lennox está perplexo. — O que você sabe sobre Erskine... você está falando que ele se envolveu nesses casos? Como é possível?

— Estou sugerindo que você verifique esse poço.

Lennox olha para o Confeiteiro de um modo ameaçador, vai dizer algo, mas se segura.

— Até mais — diz ele, saindo e agradecendo a Neil Murray, o carcereiro, e Jayne Melville. Ele sabe que a colaboração deles na quebra de procedimentos coloca ambos em risco.

Enquanto segue às pressas pelo estacionamento, ele liga para Mitch Casey, um policial veterano de Perthshire, e combina de se encontrar com ele no poço. Ele parte em seguida e, ao chegar aos arredores da cidade, ativa o viva-voz e liga para seu irmão.

Stuart atende na hora.

— El Mondo! Como vai?

— Bem — Lennox mente — Escuta... — ele baixa a voz — ... lembra quando você falou que o Norrie Erskine estava envolvido com algum caso sexual? O que você quis dizer?

— Ah, ele é conhecido por isso — Stuart ecoa. — Mas quem não é no meio artístico! O nosso vício é transar, em vez do vício que vocês bastardos de azul se permitem, a saber, o fascismo.

— Certo. — Lennox sente um cansaço familiar se espalhar pelos ossos. *Deixa de bobagem, seu merda...* — Nada específico?

— Ah, tenho certeza... deixa eu pensar um pouco, fazer umas ligações...

Lennox sabe que Stuart vai esquecer de fazer isso.

— Ótimo, obrigado — ele diz, forçando educação na voz. — Fora isso, como estão as coisas?

— Excelente! Estão dizendo que a minha comédia, *Typical Glasgow*, com ponto de exclamação, a da BBC Escócia, vai ser indicada para um BAFTA escocês! Acham que somos nós ou a temporada 84 de *Still Game*. Vai ao ar na sexta.

— Que bom — corta Lennox.

— E sem nada; sem pó, bebida, nada...

— Sexo? — ele pergunta, lembrando-se da sexualidade elástica e metamórfica de Stuart. — O que é que anda na moda agora, homens ou mulheres?

— Nem pensar. Fiquei com uma mulher esssspetacular; elegante, supersexy e disposta pra caralho. Mas o relacionamento é *a princípio* algo espiritual; muita meditação, yoga e essas coisas.

— Notícias fabulosas, Stu, falamos depois. — Ele desliga.

Ray encontra Mitch Casey no poço de Killiecrankie. O policial experiente ostenta um penteado antigo, estilo Bobby Charlton ou Arthur Scargill, e não usa chapéu, e, sendo assim, o vento forte significa que ele luta constantemente para manter as mechas selvagens de cabelo sob controle, pressionando-as de volta contra o couro cabeludo. Enquanto caminham por uma vegetação exuberante em direção ao poço, ele explica a Lennox que o esvaziaram e secaram décadas antes, quando o rio foi desviado, provavelmente devido a alguma atividade agrícola. A equipe de recuperação está presente, montando o equipamento. Um homem alto, que se parece mais com um líder escoteiro, com longos cabelos e barba ruivos, se aproxima e se identifica.

— Sandy Gilbert, Gerente de Recuperação de Evidências de Cena.

Enquanto Gilbert entra nos assuntos técnicos, Lennox lhe diz com urgência:
— E o meu equipamento ficou onde?
— Esta é uma atividade para peritos.
— Eu sou o oficial superior neste caso. Estou nele tem quinze anos. — E os olhos de Lennox brilham. — Vou descer.
— Eu não posso aconselhar isso...
— Fiz todo o treinamento de rapel com equipes de resgate no Outward Bound.
— Do ponto de vista de saúde e segurança, eu insistiria que você repensasse. Você não está em Benmore com instrutores, descendo uma parede lisa à luz do dia. Você está entrando em um buraco estreito em escuridão total. Não sabemos a integridade das laterais do poço. É possível que estejam comprometidas e possam ceder a qualquer momento.
Isso aterroriza o coração de Lennox, e ele recua, mas não da maneira que Gilbert interpreta. *As páginas amarelas poderiam estar enterradas. Eu poderia perder tudo...*
— Eu tenho motivos para acreditar que, além de pelo menos dois corpos, haja evidências cruciais pertinentes a casos em andamento no fundo deste poço. Eu vou descer, fim de conversa. Mas agradeço seu conselho de segurança e saúde.
Gilbert suspira longamente e acena para membros da equipe. Eles preparam Lennox com seu arnês, conectando o colete a um dispositivo de polia elétrica. Sandy Gilbert coloca um microfone de cabeça nele, enfiando um pequeno transmissor preto num bolso de sua roupa, enquanto Lennox saltita na ponta dos pés.
— É provável que esse sinal de rádio seja cortado quando você passar de dez metros, e a profundidade é de uns quinze até o fundo — Gilbert explica, prendendo uma lanterna no equipamento.
Lennox passa a perna por cima do círculo de pedra.
*Olhe para cima, não para baixo...*
Ele começa a descer. A escuridão se fecha ao redor dele quase de imediato. Ele sente o pulso acelerar. Olha para o alto, para os rostos

acima, recuando num círculo apertado. A corda está tão tensa que ele pode ouvir o leve ranger da polia, enquanto o ronronar do motor desaparece. É úmido e claustrofóbico. O arreio não é confortável; ele sente a pressão na virilha e nas axilas. O suor escorre dele; ele o sente na gola e nas costas. A mandíbula começa a tremer; ele está literalmente descendo um abismo completamente escuro, seus tênis Adidas batendo nas paredes laterais do poço, enquanto ele puxa devagar sua corda. Gilbert está certo, a experiência toda é diferente de tudo que ele tinha feito antes.

*O túnel...*

*... Eles seguraram o Les no chão; os gritos terríveis do amigo enquanto era penetrado, o cara grande olhando pra você enquanto metia no Les, dizendo que você era o próximo... Você olhando apavorado para a cara do mais novo, diminuindo a pressão nele? Ou sendo liberado? Vai saber... Mas correndo até a bicicleta...*

Acima dele, a luz vai desaparecendo num disco azul, e Lennox sente a cabeça girar. O sangue pulsa nas têmporas. Ele luta para respirar; o ar parece tão fino, mas engrossa como xarope em seus pulmões. Ele se arrepende de cada carreira que cheirou, enquanto seus seios nasais se fecham, obrigando-o a inspirar o ar úmido pela boca.

*Eles deixavam crianças doentes aqui durante a noite, acreditando que as águas do poço tinham propriedades curativas contra doenças dos olhos, das juntas e tosses fulminantes...*

De súbito, ao pousar o pé na parede de pedra, uma seção desmorona, como a ação de uma língua num dente frouxo. Lennox se afasta dos detritos que caem, batendo a cabeça no outro lado e sentindo a parede atrás dela desmoronar sob o impacto, enquanto vê estrelas; é quase como se elas estivessem vindo da abertura acima dele. Outra cascata de detritos cai no buraco. Lutando para permanecer focado, ele puxa o ar fino e empoeirado, enquanto escuta as pedras atingirem o fundo do poço. Ele está prestes a sinalizar para sair, quando o tremor se acalma. No entanto, ele opera o walkie-talkie. O sinal já está fraco.

— Não mandem ninguém mais pra baixo: as paredes estão desmoronando — ele rosna.

— Porra, vou tirar você daí, Lennox; vamos puxar.
— NÃO! — Lennox ruge. — É uma ordem! Se começar a me puxar pra cima, vou arrancar essas porras de prendedores e me jogar!
— Você está por tua conta e risco, Lennox, seu imbecil do caralho — Gilbert diz irritado. — Esses merdas metidos a caubóis do Crimes Graves vão me custar o...
À medida que ele desce mais, o sinal é interrompido, encerrando o discurso de Gilbert. Lennox joga a luz de sua lanterna sobre as paredes danificadas. O poço não tem muito mais tempo de vida. Lennox espera que ele tenha.
*Por que cargas d'água o Confeiteiro mencionou o nome do Norrie Erskine? Duas opções. Uma: ele sempre soube que tinha algo de esquisito com o Erskine. Mas Norrie ou estava trabalhando em teatro ou em Glasgow na época em que o Confeiteiro estava em sua temporada de mortes. Erskine nunca investigou o Confeiteiro. A não ser que... Opção dois: alguém está dando informações sobre Norrie Erskine para o Confeiteiro... O telefone... Erskine saberia o modus operandi do Rab Dudgeon...*
Nesse ponto há um som de algo amassando quando as solas de seus pés tocam uma massa sólida. Ele joga um pé para frente num passo hesitante. Chão firme. Dá outro passo. Ele se atrapalha até encontrar a lanterna. A luz corta a escuridão absoluta. O feixe confirma que ele está no fundo do poço. O chão é surpreendentemente suave sob seus tênis, exceto por alguns destroços que ele deslocou. Ele lança luz para cima, não consegue ver nada além da escuridão, talvez um leve tom azulado no topo, embora possa ser apenas um resíduo de luz gravado em seus olhos. Ele olha em volta em meio à escuridão. Desencaixa o arreio. Sente o punho do medo fechar em seu peito quando a corda balança diante de seu rosto.
*Será que você poderia encontrar aqueles caras aqui, aqueles do túnel? Não. Fique calmo. Eles são monstros humanos, não os fantasmas que você está imaginando. Eles não têm nada a ver com um poço inutilizado.*
*Está tudo bem — não, não está... as garotas desaparecidas...*
*... Francesca Allen, catorze anos, de Selly Oak, Birmingham —18 meses atrás...*

... *Madeline Parish, 17, Pontefract, West Yorkshire* — 3 anos atrás...
... *Alison Sturbridge, 15, Preston* — 4 anos atrás...
... *Juliet Roe, 12, Luton* — 6 anos atrás...
... *Fiona Martin, 14, Sheffield* — 7 anos atrás...
... *Angela Harrison, 15, Wolverhampton* — 7 anos atrás...
... *Hazel Lloyd, 14, Portobello, Edimburgo* — 8 anos atrás...
... *Valentina Rossi, 14, Dunfermline* — 11 anos atrás...
... *Caroline Holmes, 16, Finchley, norte de Londres* — 14 anos atrás...
... *Não está tudo bem...*
— CACETE...
Na escuridão total, Lennox tropeça em algo. Estende a mão e sente-a afundar numa estrutura delicada. Um segundo congelado, em que ele se pergunta o que tocou, um instante em que um terror primitivo percorre seu corpo, dizendo a ele o que aquilo tem que ser. Então, Ray Lennox levanta e sente o resíduo áspero na mão. Quase deixa cair a lanterna. Ele pressiona mais forte, mas é como se sua mão ainda estivesse dormente e inútil no dispositivo. Como se segurasse uma lâmina aberta e, quanto mais ele aperta, mais lacera seus dedos.

*Elas são...*

Dois corpos, revelados à sua luz; um deles era um crânio pequeno, ainda com alguns cabelos de palha desgrenhados, os globos oculares verdadeiras cavernas de escuridão. Mas o crânio está parcialmente desfeito; sua mão o atravessou.

— Ah, puta merda... não...

Aquele vestido de algodão azul que ele já viu mil vezes em fotos: é horrível demais, uma criança reduzida àquilo que está aos pés dele.

*Hazel.*

Um dia, aquele corpo foi Hazel Lloyd. Seus olhos enevoados se erguem, buscando a fonte de luz, a rota de escape para aquela garota que teve o pior dos destinos...

NÃO... NÃO... *Eu sinto muito... Eu sinto muito...*

O segundo corpo jaz um pouco distante dos restos destroçados de Hazel. Como ela, está terrivelmente decomposto. Esmagado, os ossos quebrados, neste caso, um braço se desprendeu quando a carne e o tecido conjuntivo se dissolveram ou foram comidos. Foram jogadas aqui. O Confeiteiro teria matado as duas primeiro? A pergunta que deveria ser acadêmica o devora de forma invasiva. Lennox agora se sente cúmplice do Confeiteiro ao profaná-las. Lennox dá um soco na própria cabeça, dobra os joelhos e respira.

Uma corrente de ouro brilha sob sua lanterna. Ele a levanta através do montinho restante do que antes era o pescoço de Hazel. Olha para o outro corpo, não consegue identificá-la pelas roupas.

*Quem? Qual delas é essa?*

Ele percorre pela lista das pessoas desaparecidas em seu cérebro; suspeita que seja Alison McIntyre...

*Como me esqueci dela nessa lista...?*

Lennox sabe o que confirmará a informação, antes mesmo do pessoal da perícia científica fazer suas amostras de DNA. Ele lança a luz da lanterna ao redor, o facho roçando as grandes paredes de pedra. Vê quase de imediato o brilho do esgarçado caderno amarelo, espremido entre duas pedras pontiagudas. Isso confirmará quem é a segunda garota. O livro contém a história do destino terrível daquelas duas: e talvez um pouco mais.

Ele enfia o caderno no bolso, olha para cima até ver a corda salva-vidas balançando e a prende ao arnês. Lennox puxa e sente seu corpo ser lentamente içado, enquanto começa a subir pesado como chumbo. Será um longo caminho de volta, para fora deste poço e de sua escuridão sufocante. Mas ele tem sorte, pensa, enquanto olha para os ossos, que desaparecem rápido na escuridão. Ele vai conseguir sair.

24

Cada pessoa tem seu talento. Todo mundo precisa se esforçar para fazer o melhor com a mão que recebeu — o que no meu caso é bastante literal. Não são muitos homens, por exemplo, que conseguem perfurar uma placa de gesso com um soco. Para mim, isso quase não exige esforço.

Ela tem mais aptidões que a maioria. Seja como cúmplice ou como indivíduo, ela é de longe a pessoa mais formidável com quem já trabalhei. Uma mulher de talento verdadeiro é uma imensa lufada de ar fresco. Esses assassinos em série vaidosos e gângsteres na minha lista — todos motivados pelo mesmo ego narcisista, repletos daquela sensação de que têm direito a tudo, um estilo de vida que até os espécimes mais limitados se veem livres para adotar hoje em dia. Uma gente infinitamente tediosa, vomitando a mesma bobajada autocongratulatória e insípida disponível para o consumo dos irremediavelmente perdidos e dos pateticamente impressionáveis. Aquela terrível doença da nossa era: humanos remodelados como encarnações grosseiras e redutoras da estupidez neoliberal e tecnológica. Depois, há aqueles que nasceram cercados de privilégio, mas que adotam uma postura ridícula de quem "veio de baixo" para se legitimarem. Os pobres estúpidos e os estupidamente ricos: jogando seu jogo bizarro e patético de falsa igualdade, mas sempre para o benefício extremo dos estupidamente ricos. Só nunca misture contas bancárias e ativos.

Minhas próprias contas estão bem. Tamanha degradação paga as contas. Ele me ligou, aquele assassino em massa e estuprador de garotas. Vou ganhar uma quantia absurda contando a história desse monstro oco e depravado. O dinheiro será reinvestido na destruição de outras bestas. Que apropriado.

No caso dela, também não se trata de simples vingança. É por isso que ela é minha parceira perfeita. Está motivada a entender tudo. Quer olhar para fora e para dentro. Quero ajudá-la. E me ajudar. Tudo o que preciso fazer é colocá-la na cadeira, servir um copo de água, ativar a função de gravação no aparelho e deixá-la falar. E é exatamente o que eu faço... apesar dos gritos abafados do homem amarrado e assustado no chão entre nós. Eu gostaria que ele parasse de lutar e ouvisse. Afinal, aquilo está sendo dito também para ele.

— O cabelo loiro é o farol que atrai os homens — diz ela, fazendo um movimento ilustrativo com as costas da mão. — E isso está apoiado por pesquisas empíricas: loiras cegam homens. Eu consigo sair ilesa de muitas situações profissionais, eles ficam distraídos enquanto babam, revelando seus segredos para mim, coisas que nunca poderiam contar para suas amantes. — E ela olha para o homem no chão, seu rosto vermelho e inchado. — Ele foi fácil. — Ela tira os sapatos, olhando para ele para ver se há alguma reação, enquanto os olhos dele vão dela para mim.

Um estranho gemido vem debaixo da máscara dele. Não deveria vir de um homem assim: isso me deixa um pouco irritado.

Depois, ela arranca a grande peruca de cabelo volumoso que usa para aumentar as mechas e permitir o disfarce.

— Pus um sutiã que aperta meus peitos pra cima. O vestido curto e justo mostra as pernas. Para oitenta por cento dos homens, *isso* é o Flunitrazepam. Você tem, em essência, esses homens sob seu poder...

Eu me sinto tentado a me gabar de novo. Talvez perguntar se ele gosta deste quarto, nesta casa alugada. Querendo saber se ele consegue discernir que é uma moradia isolada, em um subúrbio bastante procurado. Foi ela quem achou. Após o incidente do banho quase desastroso no Savoy, decidimos que nada em nossos empreendimentos futuros seria deixado ao acaso.

Foi assim com o Gulliver. Vai ser assim com este também.

— O ego do homem sempre me fascina, o poder delirante nele — ela afirma, olhando para ele com tristeza. — Ele está fora de forma, acima do peso, malvestido, cabelo ralo, mas ele acredita de verdade que tirou a sorte grande. É como ele trabalha, e ele nem desconfiou. Ele ainda choraminga pela mordaça.

— Quando aqueles olhinhos encantados enfim se deram conta de que alguma coisa não estava certa, ele até tentou lutar contra a sonolência crescente.

— Tentou mesmo — eu concordo, pensando em Gulliver sucumbindo da mesma forma naquele quarto de hotel.

— Aí a cabeça dele caiu no encosto do sofá. — E ela apontou, sinalizando para ligar a câmera, posicionada num tripé, inclinada para baixo, para ele. Já que ele está na posição perfeita, eu concordo, depois pego o martelo de madeira de cabo longo na minha bolsa.

Pego o martelo com minha mão boa, depois o posiciono na mão ruim, como um taco de croqué, e dou na testa dele com toda a força que tenho. Juro que desta vez ouvi um osso quebrar.

Agora seus olhos grandes e escandalosos estão totalmente fechados.

O assassino chamado pela polícia de o Carpinteiro da Insânia drogava rapazes solitários com quem fazia amizade, depois batia neles assim, antes de cometer estupro anal. Só duas de suas sete vítimas morreram. Os outros ficaram com vergonha demais para vir a público, até que um tomou coragem e denunciou. É provável que existam muitos mais. A apropriação desse modus operandi não significa nada para nós. É só um modo de lançar uma pista falsa.

Observo nosso homem. É óbvio que o machuquei muito. Embora eu tenha chegado à conclusão da inevitabilidade da violência, isso não me dá muito prazer. Vestimos nossas capas plásticas e o cobrimos, removendo-o pela garagem anexa e arrastando-o para o porta-malas do carro. O trajeto de carro não é longo até chegarmos ao nosso refúgio, onde trabalharemos nele, antes de levá-lo para o local da desova do corpo. Sinto a faca de vinte centímetros no bolso interno do casaco. Essa parte eu acho bem mais difícil do que parece ser para ela.

Apesar de brilhante, ela não é infalível. Claro que ela nunca admitiria isso, mas ela tem a tendência de escolher causas perdidas. Foi erro dela envolver aquele grande idiota, primeiro como motorista, depois como um par extra de mãos. Ele era obcecado por ela, mas essas paixões podem mudar facilmente. Um fio desencapado, sem disciplina, que podia estragar tudo. Então decidi tirá-lo da operação. Tínhamos descoberto que Ritchie Gulliver, apesar de tirar sarro de pessoas trans, gostava muito de transar com elas. Mas ela deu essa informação ao idiota do Gayle, que planejava seduzir Gulliver e sentar o cacete nele antes de sua visita a Stirling. Então Lauren Fairchild, uma professora trans na universidade, tutora e confidente de nosso tolo, soube disso e foi denunciar. Imediatamente eu pensei: *se essa professora trans sofre um acidente, um certo idiota chave de cadeia vai estar na mira da polícia.*

Eu tinha mais ou menos a mesma altura e corpo que Gayle. Raciocinei que, se pudesse suportar a ignomínia de me disfarçar com aquelas pulseiras estúpidas e cintos pendurados, o público veria apenas outra aberração ridícula se colocando numa posição nada edificante. Então Gayle, é claro, seria identificado como o assassino de Lauren Fairchild.

Dois coelhos falsos com uma cajadada só.

Não consegui cumprir com essa missão por causa da intervenção de um homem que eu sabia ser o detetive Ray Lennox. Quase não me safei. Ele é um espécime razoavelmente robusto, embora isso não seja um problema físico para alguém com minha força. No entanto, fiquei ciente da obstinação com que ele desejava descobrir nosso empreendimento. Testemunhei isso de perto enquanto me preparava para terminar o trabalho e extinguir a vida daquele outro infeliz espécime. Graças aos céus, Lennox se encontra, *até agora*, alegremente ignorante do fato de que ele próprio é parte integrante de tudo isso. Agora só preciso convencê-la de que ele é um problema.

Como os outros.

Não vale a pena só castrá-los. Eles precisam ser responsabilizados por seus crimes e informados sobre a máquina repressiva da qual fazem parte. O arrependimento, embora bem-vindo, não é realmente o que buscamos, pois não os ajuda em nada. Só queremos que entendam por que estamos fazendo isso. Não estamos negociando nem nada do gênero.

Nós não negociamos.

# 25

A casa é arrumadinha e aconchegante. Seu retrato, em uma moldura preta simples, ainda fica sobre a lareira, numa espécie de santuário. Ela está sorrindo. Aquele vestido xadrez azul, degradado e transformado nos trapos que envolvem a pilha de ossos no fundo daquele desolado poço escuro, deixada lá para que a equipe de resgate traga à tona. Os longos cabelos loiros, reduzidos a palha de espantalho, emoldurando olhos outrora belos, que hoje não passam de um orifício cadavérico. A caveira...

*Ah, meu Deus, Hazel, eu sinto muito...*

Confirmou-se rápido que a outra garota era Alison McIntyre, que desaparecera no caminho para casa depois de uma noite no Calton Studios dez anos antes. Ela estava embriagada e discutiu com o namorado. Foi pegar um táxi e desde então estava na lista de pessoas desaparecidas. Houve falsos "avistamentos" em Londres e Leeds.

*Hazel... Alison... Ele tem que pagar... o cretino tem que pagar e você está fazendo as vontades do cara em vez de fazer com que ele pague...*

Esses pensamentos intrusivos martelam Ray como pregos num caixão, e ele quase desaba no sofá. Então, subitamente ciente de onde está, ele tenta não demonstrar o quanto está sofrendo. Ray olha de novo para a imagem encantadora...

*... Ele tem que pagar mais do que já pagou...*

— Sente, meu filho — diz o homem. Alan Lloyd é provavelmente alguns anos mais velho do que ele, mas sua aparência e sua conduta dão a impressão de que tem pelo menos duas décadas mais. Os ombros de Lloyd se curvam e caem, os olhos parecem ter sido removidos da cabeça e colocados em conserva num pote de gelatina, antes de serem retirados e enfiados de volta.

*Ah, Céus, Hazel... não... não... não...*
*O Confeiteiro fez isso. Ele fez isso com todas elas.*
Lennox sente um formigamento na ponta dos dedos. Imagina fragmentos do crânio frágil e esfarelado sob suas unhas. Quando o puxaram para a superfície daquele poço, ele lavou as mãos até ficarem em carne viva. Não ajudou.

A mãe de Hazel, Joyce Lloyd, senta numa cadeira do outro lado do recinto, inchada e esgotada pelo luto, que destruiu os dois de modo regular e implacável. Ainda assim, mesmo depois de todos esses anos, a tensão e a tristeza estão estampadas em seu rosto carnudo. A família McIntyre ele não conhece. O desaparecimento de Alison ocorreu quando ele estava em uma mudança temporária da divisão de Crimes Graves para a Narcóticos. Quem restou para lamentar por ela? Qual foi o inferno que aquelas garotas passaram, aqui na Terra?

*Quem tem o direito de fazer isso com outro ser humano? Eles têm que ser caçados. Eles têm que ser desmantelados.*

— Encontramos o corpo no poço perto de Killiecrankie, sinto muito — Lennox diz em tom monótono, ciente de uma força crescente que o queima por dentro. — O assassino foi Gareth Horsburgh, conhecido como Sr. Confeiteiro.

— Quero ver minha filha — declara Alan Lloyd.

*Você despedaçou o crânio dela como se fosse um pacote de salgadinho.*

— Essa não seria minha recomendação, sr. Lloyd. — A voz profissional se esforça para assumir a situação. Mas tudo o que Lennox quer fazer é abraçar este homem e sua esposa. Engolindo em seco, ele sente que o movimento de seu pomo de Adão seria visível do espaço.

— O corpo já se decompôs... — E Ray Lennox está lutando agora. Ele quer bebida, drogas, qualquer trampolim para o esquecimento.

— Tudo, tudo o que fazia Hazel ser Hazel... agora se foi. Exceto por uma coisa. — Ele puxa o medalhão e o entrega a Joyce Lloyd. Dentro, a foto dos pais como eram na época.

O casal olha, depois se abraça em dor, os braços magros de Alan ao redor do corpo roliço da esposa, e os dois irrompem em soluços hesitantes e sincronizados. Com que frequência eles já viveram essa cena, à medida que seus corpos iam mudando sob uma dor que os envelhecia precocemente? *Será que os dois sofreram alterações causadas pelo tempo, pela genética ou escolhas de estilo de vida? Não. O Confeiteiro arruinou os dois.* Joyce encontrou conforto num pacote de biscoitos. *Alan simplesmente foi definhando enquanto suas belas memórias lutavam contra seus terríveis pensamentos.*

— Ela está em paz agora, Joyce... Mas nós... Ela precisa que a gente fique em paz também — Alan murmura esperançoso. Ele olha para Lennox. — Esse homem se importa, Joyce, ele queria muito encontrar a Alison. Ele pegou aquele animal, o Horsburgh...

— Sinto muito por não ter não conseguido achá-la com vida.

— Lennox sente a voz infantil chorosa escapulir subversivamente dele, com suas próprias lágrimas tentando acompanhar. Ele fecha os olhos com força. Todos aqueles anos tentando ser um policial profissional, tudo se foi, escorrendo, como os córregos que se comprimem por baixo de suas pálpebras, forçando-o a levar as costas da mão ao rosto. — Eu tentei tanto. Eu tentei de verdade.

A voz de Alan Lloyd, destilada a ponto de parecer um coaxar esganiçado, ainda tem um estranho poder e convicção.

— A gente sabe, filho. Desde o início você era diferente do restante deles. A gente sabia que você se importava.

Lennox luta contra um soluço convulsivo, se levanta e assente com a cabeça.

— Eu me importo — ele diz de repente com a voz dolorida de um garoto terrivelmente injustiçado. — Odeio essa gente! Odeio todos. — E Lennox está tremendo de medo e raiva, e então ele é abraçado pelos Lloyd. Os dois, a mãe e o pai, apertando-o com força.

*É isso que você queria de sua mãe e de seu pai quando deixou aquele túnel...*

Ele absorve o cheiro dos Lloyd; a tênue loção pós-barba de Alan, a fragrância de Joyce, que lembra talco. Isso tudo é tão *inapropriado*, como diria Drummond.

— Claro, meu filho, mas agora a gente pode se despedir de Hazel, graças a você. Você nos deu paz — Alan murmura baixinho. — Agora você precisa encontrar um pouco para si mesmo.

— Paz — diz Lennox, afastando-se deles. Um pensamento o domina, enquanto ele olha para a foto. Ele a vê como Trudi, uma versão jovem dela na lareira da mãe. Os Lowe, sua filha única, filha de Joanne e Donald, que agora também se foi.

— Hazel era filha única?

Alan confirma com a cabeça sem expressão.

Ray Lennox se despede dos Lloyd. É uma longa série de passos até a porta da frente da casa. E a cada passo que dá, ele pensa no Confeiteiro.

*Você odeia aquele filho da puta. Você quer rasgar esse merda com as próprias mãos. Seria bom causar essa dor nele: dar uma lição sobre dor e medo para aquele lixo. Desmontá-lo. Mudá-lo.*

Dando as costas para a família Lloyd, Lennox desce a rua fria, em meio à noite lúgubre. Ele se arrasta ao longo de um trecho subterrâneo da antiga ferrovia suburbana de Edimburgo, aquelas artérias sob a pele da cidade. A opção que faz é não retornar ao QG da polícia em Fettes, mas ainda deseja a companhia dos policiais mais avariados.

Por aquelas rotas subterrâneas que poucos turistas e visitantes conhecem, ele serpenteia até a cidade, com destino ao Oficina. Entra no bar como um espectro sombrio, perturbando aquilo que se passa por paz. Mas o homem com quem ele quer falar é o único que não está presente.

Nem sinal de Norrie Erskine.

O viciado em trabalho Scott McCorkel, empoleirado num banco em frente ao balcão do bar, ergue os olhos do computador. Inglis espia do alvo de dardos, onde acabou de fazer uns bons cento e quarenta pontos. Só Gillman, jantando um peixe trazido do restaurante do outro lado da rua, parece alheio à sua entrada.

Ao lado dele está Harkness, nervoso, se entupindo de Guinness.

— Então o bando está todo aqui — Lennox diz com leveza.

— E aí, Ray... Menos o Erskine — Harkness diz, mordendo a isca. É instrutivo para Lennox confirmar que as outras duas policiais da divisão de Crimes Graves ausentes, Drummond e Glover, estão dispensadas do "bando" por serem mulheres.

Gillman levanta a cabeça do prato.

— Pois é, nem sinal daquele cuzão de Glasgow. Tava enchendo a cara ontem de noite, indo pro Triângulo Púbico. Então deve ter ido pra sauna esvaziar depois! Aquele merda deve estar com uma ressaca desgraçada, então vai ver ele encerrou por hoje e resolveu ficar vendo pornografia até ficar cego.

*O que está acontecendo com o Erskine, e você está perseguindo a Drummond?*

Sem entender o que ouviu e resistindo ao impulso de intervir — Gillman farejaria o modo policial —, Lennox pede uma Stella e ouve McCorkel comentar:

— Já provaram que a pornografia tira a sensibilidade dos homens, fica mais difícil conseguir e manter ereções.

Gillman olha sem acreditar.

— Então, o grande especialista em pau duro — ele aponta para McCorkel — é o único puto presente que nunca comeu ninguém? O rei dos virgens? Vai tomar no cu, PC. — Ele ri.

O rosto de McCorkel fica da cor de seu cabelo, enquanto Lennox senta ao lado dele.

— Olha isso aqui. — Doug Arnott, que Lennox imagina como o típico policial veterano de Crimes Graves, por ser divorciado, alcoólatra e alimentar uma ira inespecífica contra o mundo, mostra a foto de uma jovem nua no seu protetor de tela.

— Velho demais pra buceta sem depilar — Gillman ruge, virando o copo de uma vez só. Lennox evita contato visual, a palavra "Tailândia" pairando entre eles. — A patroa chegou com tudo raspado uma semana dessas. Eu só disse: ah, para com isso, puta que pariu.

A essa altura, dois hipsters entram no bar, exibindo barbas emotivas.

*Gillman e Erskine...*

— Tem bucetas que deviam ficar sem pelo — Gillman diz. — Devia ser compulsório.

*Os mocinhos...*

De repente, quase em um gesto impulsivo, Lennox engole sua cerveja e pede outra.

— A gente está ganhando — ele declara com animação, olhando para os colegas em frenesi. — Estamos ganhando a guerra.

Diante daquela energia enlouquecida e demente, eles trocam olhares nervosos. Até Gillman parece reticente. McCorkel, o rosto marcado por uma preocupação tímida, pergunta:

— Que guerra a gente está ganhando, Ray?

— A guerra contra a vida — Lennox sorri e brinda a eles. Seus olhos se fixaram na placa do banheiro masculino, enquanto ele sente o indicador e o polegar suados no saquinho plástico de cocaína no bolso de sua calça.

# DIA 5
Sábado

# 26

A luz destruidora da manhã entra de fininho, inundando Ray Lennox com um alívio preliminar. Ele acordou na própria cama. Essa é a única notícia boa concedida por seus sentidos; ele também está agitado, desorientado e com pernas e braços pesados como chumbo. Bebeu demais ontem à noite. Talvez um copo seja mesmo demais pra ele. Consegue imaginar a cara presunçosa de Keith Goodwin. Escuta aquelas platitudes melosas sobre "viciados em recuperação". Mas seu nariz, simultaneamente entupido e escorrendo como uma cachoeira, informa que quem causa estrago mesmo é a cocaína: ela faz você ficar acordado até depois da hora em que deveria dormir. Às vezes vários dias depois da sua hora de dormir.

Ele pega o celular e vê uma mensagem de Trudi:

> Porra, Ray, onde você tá? É contra todos meus instintos, mas a gente precisa conversar, e não deixar as coisas como estão.

A raiva jorra dele como um gêiser. Ele digita:

> Fala com a porra daquele pedófilo da BMW, sua vagabunda. Vou continuar tentando não ser assassinado.

Mas ele não manda a mensagem. Em vez isso, olha para a tela. Ri alto, a pele arrepiada tremendo enquanto veste o roupão. Deleta a mensagem do celular.

*Que bom que digitei, mas que ótimo que não mandei.*

Logo que ele se dirige ao banheiro, chega uma mensagem no celular que o deixa desnorteado. Não é de Trudi, mas de Moira Gulliver. Ele tem que ler três vezes para acreditar no que está escrito:

> Lennox: você é sexy pra caralho. Hora da confissão: só consigo pensar em estar com você. Passei a noite toda me masturbando pensando em você. Te quero muito. Dá pra gente ir logo pra um motel e trepar até nossos problemas sumirem?

Lennox pisca em um rápido espasmo enquanto sente o coração pular no peito.

*Estou dentro! Então sua intuição estava certa. Apesar do luto, ela está a fim! Talvez até excitada com a ideia de transar com o nêmesis do irmão falecido. Essas patricinhas são assim! Bem, se ela quer, vai ter...*

*Vai se foder, Trudi, você e esse punheteiro da BMW torcedor do Hibernian.*

*E você, Drummond, sua puta reprimida de Jutland... E aquele stalker esquisito do Gillman...*

E aí:

> Me desculpa, Ray. Mandei a última mensagem pra você por engano. Que vergonha. Me desculpa mesmo.

*Mas que merda...*

Com o tesão de ressaca latejando no cérebro, Lennox imediatamente pega o celular.

— Moira... aquelas mensagens... a gente não precisa ficar de joguinhos e vergonha. Somos ambos adultos. Eu também sinto alguma coisa, então, por favor, não pensa que...
— Como eu disse, me desculpa — ela interrompe abruptamente. — Deve ter sido estranho, mas a mensagem realmente não era para você.
— "Lennox, te quero muito"? Parece bem explícito! Não precisa ser desonesta...
— Não estou sendo. Meu Deus... Escuta, Ray, me desculpa mesmo pelo constrangimento, mas a mensagem realmente não era pra você. Nós somos, como você disse, adultos, então, por favor, aceite meu erro e minhas desculpas. Tchau.

E ela desliga.

*Que merda foi essa... "Lennox, te quero muito"... Se essa porra não é pra mim, pra quem é então?*

O coração dele para de bater por um instante e ele sente um aperto no peito.

*Stuart! Aquele filho da puta está comendo ela! Essa é a patricinha dele!*

Ele manda mensagem para Moira de novo:

> Bom, seja feliz com meu irmãozinho.

Ele espera uma resposta, mas não tem nada vindo. Ele manda uma mensagem para Stuart:

> Se deu bem com a Moira, seu filhinho da puta empata-foda. Típico de um cuzão de Glasgow! Coisa TÍPICA de um lixo dessa merda de cidade, na real.

Lennox toma banho e se veste. Decidindo ir a pé para limpar a mente, ele emerge numa manhã imunda. Gaivotas urram no céu.

Um carro passa correndo, quase subindo na calçada, e ele se prepara para o impacto, aterrorizado. Mas, apesar de parecer que seus ocupantes estão embriagados da noite passada, o carro não está perto o suficiente para que isso tenha a ver com ele. Jake Spiers está parado no fim da rua, supervisionando um caminhão de entrega de cerveja. Ao passar por ele, os dois homens trocam olhares grosseiros. Lennox percorre Gilmore Place até Tollcross.

Quando ele dobra na Lothian Road, a ressaca ainda está pesada, mas suportável. De repente, ele vê o que parece ser, de costas, uma figura familiar, uma mulher esbelta de tailleur e salto alto atravessando a praça Festival, indo na direção do Sheraton. O coração dele dispara e ele vira de costas, constrangido como um adolescente. Um segundo olhar para a mulher, ao mesmo tempo dolorosamente magra e voluptuosamente provocadora, confirma que ela é Moira Gulliver, a improvável amante de Stuart. Quando ela desaparece dentro do hotel, Lennox se pergunta o que ela vai fazer ali.

*Provavelmente está indo para o spa ou para a academia, mas ela não está com uma mochila, ou talvez seja mais provável uma reunião de negócios com um cliente. Ou...*

*... Ela vai se encontrar com aquele filhinho da puta do Stuart...*

Lennox decide entrar no hotel para segui-la. Ao chegar à recepção, não há sinal de Stuart no saguão, e ele olha de relance e observa Moira entrando no elevador. O painel mostra que ela vai encontrar o irmão dele no terceiro andar.

*Filho da puta espertinho... Bom, mais uma possibilidade que não dá certo. Foda-se, não posso fazer nada mesmo.*

O hotel está ocupado com o café da manhã; obviamente há algum evento corporativo acontecendo. Cabisbaixo, Lennox decide ficar no bar que está aberto, mas que não tem licença para servir álcool para quem não é hóspede a essa hora da manhã. Ele troca a Stella que tanto queria por um café bem forte.

Então ele sente uma mão firme no ombro, se vira e vê Jackie.

— O que você está fazendo aqui?

— Eu, hm... — Lennox hesita, encostando no nariz, regredindo, na dinâmica entre irmãos consagrada pelo tempo, ao seu costumeiro papel de menino pré-adolescente confrontando uma jovem mandona. Ele presume que ela esteja ali por causa do evento corporativo. O rosto de Jackie se contrai numa avaliação amarga.

— Você está espionando, Ray? Você está espionando a Moira?

— Não, eu... — *Porra, o que isso tem a ver com a Moira?* — De repente ele percebe, como se um conjunto de címbalos tivesse caído na mente dele. — Você... você e a Moira Gulliver...

Jackie exala longamente e levanta as sobrancelhas para o céu.

— Sim. Nós somos amantes. E daí?

— Bem... hm... — Lennox diz sem convicção, e depois tenta injetar um pouco de leveza e dinamismo na voz. — Você sempre gostou de homens! Nunca imaginei, sabe? Só fiquei um pouco surpreso!

Jackie olha pra ele, incisiva. Depois, deixa a cabeça girar para ver se tem alguém escutando.

— E é isso mesmo — ela diz, virando pra ele. — Não sou lésbica, Ray. Quer dizer, talvez eu seja, porque a Moira me deixa muito excitada. — E ela fecha os olhos por um tempo e contrai os lábios para saborear o que evidentemente está por vir. — Mas é a primeira vez que tenho um caso... desse tipo.

Lennox se esforça para manter a compostura.

— Você já traiu o Angus?

— Só com outros homens — Jackie diz, contorcendo o rosto ao ver a expressão de choque dele. — Ah, pelo amor de Deus, não seja tão pudico, Ray. Você não tem vinte anos. O Angus também já teve vários casos.

— O Angus?! Puta que pariu... — *Será que eu sou o único fodido dessa cidade que não come ninguém?*

— A gente perdeu o interesse sexual um pelo outro há uma década. — Jackie vê um casal de terno passando brevemente pelo local e dá um sorriso luminoso. — Quer dizer, de resto a gente se dá super bem. Ele é meu melhor amigo e pai dos meus filhos, então é a combinação mais sensata — ela declara, e então diz: — Não me olha assim! Você parou de me ver como a Mãe e começou a me ver como o Stuart, né? Bem, talvez você tenha razão, já que a Moira quer que eu deixe o Angus e vá morar com ela.

Lennox continua chocado. Percebe que não sabe de nada. A irmã dele sempre pareceu uma força misteriosa. Mas ele achava que era por ela ser mulher, sempre certinha e um pouco mais velha. Agora, ao olhar para eles no espelho do bar, ela parece ser uma década mais jovem do que ele.

— Nunca pensei que eu fosse o mais convencional de nós três.

— *Isso* é convencional hoje em dia. Em que mundo você vive, com aqueles dinossauros do departamento de Crimes Graves?

O celular dele toca, a tela mostrando que é a Trudi. Ele deixa tocando no mudo.

*Foda-se. Agora você vai ver, porra!*

Jackie franze a testa ao olhar para o celular de Lennox. Ela está prestes a dizer algo, então ele se adianta.

— Como estão as coisas com a mãe, agora que ela terminou com o Jock Allardyce? O que aconteceu?

— A gente não conversa sobre isso. Você devia visitar ela.

— Nunca.

— Pelo amor de Deus, seja lá porque vocês brigaram, superem isso, porra. Você sabe como você foi com o pai. A vida é curta demais.

— Talvez. — Lennox mantém um tom conciliatório. Depois olha para ela com tristeza. — Lembra aquela vez que eu voltei de bicicleta e subi e encontrei você se arrumando no seu quarto? Eu estava tremendo... Você disse pra eu ir me foder?

Ela olha pra ele sem expressão. Então algo se acende.

— Ah... sim... Eu estava me arrumando pra sair com um cara, Roddy McLeod-Stuart... Eu gostava bastante dele e estava muito nervosa... Você queria falar sobre o quê?

— Um cara no antigo túnel da ferrovia fez eu chupar o pau dele enquanto outro estuprava o ânus do meu amigo.

Jackie olha em volta, agitada. Fica aliviada que ninguém por perto parece ter ouvido o irmão.

— Eu sei que você vê umas coisas perturbadoras e que isso é um mecanismo de defesa, mas esse humor à la Crimes Graves é muito inapropriado.

Então Hollis liga pra ele. Desta vez, ele atende. Lennox está esperando outro surto embalado pela cocaína, mas a voz de Hollis está mais calma do que ele jamais imaginou. Ele não parece mais estar assustado, e sim derrotado e resignado ao fazer uma leve súplica.

— Eu preciso de ajuda, Ray. Não posso falar com ninguém de lá. A merda bateu no ventilador com tudo.

Ray Lennox duvida que seja possível ficar mais ansioso; parece que suas entranhas estão liquefeitas e que seus órgãos vão vazar pela bunda enquanto ele se esvai.

— O que aconteceu, Mark?

— Não dá pra explicar, não posso sair de casa. Não posso ligar pra ninguém. Aconteceu um negócio importante ontem e, porra, eu preciso mesmo de ajuda.

Lennox consegue ver Jackie olhando pra ele com alguma ansiedade. Ele quase não hesita.

— Vou para o aeroporto pegar um voo para Londres agora mesmo. Aguenta firme.

— Certo. Obrigado, Ray.

É Lennox quem fica aliviado. Feliz por sair de perto de Trudi, de Drummond, do QG da polícia, de Stuart, Jackie, Moira Gulliver, de Edimburgo; de tudo e de todos, de uma vida que parece cada vez mais sufocante. *Hollis vai saber. Hollis vai entender.* E Londres oferece aquele serviço incrível que Edimburgo não apresenta a um homem que se afoga: ela nem finge se importar. A cidade armazena almas demais para fingir se importar com os problemas de uma só.

— Está tudo bem? — Jackie pergunta, preocupada.

— Não — Lennox responde, subitamente encorajado, pulando para a frente e abraçando a irmã —, mas espero que fique. — Ray se afasta e ela olha para ele, confusa. — Divirta-se!

Jackie o vê se virar para sair em retirada. Recupera equilíbrio o suficiente para dizer, com a boca contraída e os olhos quase fechados:

— Ah, eu vou mesmo.

## 27

No bar do aeroporto, Lennox, com o cérebro numa confusão infinita, toma duas Stellas medicinais. Quando ele chega ao aeroporto London City, entra em outro táxi, olhando as mensagens, agora querendo que uma fosse de Trudi, ou até de Drummond...

*Porra... Você transou com ela e ainda pensa nela como Drummond e não como Amanda. Não é à toa que ela está te evitando... Espero que esteja evitando o Gillman...*

*Você precisa ficar longe.*

*É isso que você faz, né? Você foge pra longe de todo mundo.*

*Les Brodie. Teu amigo. Você fugiu e deixou o pobre coitado sendo fodido por três monstros num túnel.*

*Você era um menino, o que mais podia fazer?*

Chega uma mensagem de Jackie.

É evidente que Moira contou pra ela da confusão:

> Moira e eu estamos rindo muito da sua cara, Ray! Meu Deus, o ego masculino! Mas o que está acontecendo com você e a Trudi? Se você está com problemas, pode falar comigo, né! Eu te amo, irmãozinho bobinho! Bjs.

*Simpático da parte delas parar um pouco a lambeção de buceta para rir da cara do idiota aqui...*

> Obrigado, Jackie. Desculpas pra M pelo engano. Eu também te amo. Vamos nos ver logo. Bjs.

Saindo do táxi em Elephant and Castle, ele anda pela Walworth Road. Vira numa ruazinha cinza e semidestruída. Culpa e humilhação parecem acompanhá-lo, sussurrando sarcasticamente músicas sobre sua inadequação no seu ouvido. O apartamento de Hollis fica em cima de uma empresa de aluguel de minivans com um letreiro âmbar piscante. Lennox acha o lugar parecido com uma garrafa de Irn-Bru de lado. É superclichê, mas é bem o tipo de lugar que ele imagina para um policial rebelde, divorciado e perturbado.

*Por que você está fazendo isso? Por que fugiu da Trudi? Você enlouqueceu quando o seu pai morreu! Você devia estar do lado dela! Por que está aqui? Você mal conhece o Hollis!*

*Na real, isso é pura mentira. Você conhece Mark Hollis melhor do que quase todo mundo que já conheceu. Hollis é tudo que você queria que Les Brodie fosse: um parceiro genuíno, que está do teu lado, combatendo os pedófilos! E eles estão tentando matar nós dois...*

*Não basta limpar a bagunça que eles fazem. A gente tem que erradicar esses caras. Hollis sabe disso. Hollis entende.*

Ele hesita antes de apertar o botão do apartamento do último andar. É a porta da escada; a fechadura Yale foi quebrada recentemente. Lascas de madeira são evidentes no tapete cheio de manchas. Ele entra. Sobe uma escada estreita. Ao pegar no corrimão, uma sensação de coisa grudenta o faz tirar a mão dali, por reflexo. Sangue. Tem sangue no corrimão.

Numa curva da escada, ele vê uma porta fechada com tábuas. O apartamento parece estar vazio há muito tempo. Lá de cima: um grunhido baixo e ressonante, que se transforma em ganido antes de virar silêncio.

Ele sente o próprio sangue gelar nas veias.

*Essa seria a hora certa de ligar para o Marreco Mortimer na polícia de Londres para pedir reforços. Mas o Hollis não ia ficar muito agradecido...*

Ele continua. Mais sangue no corrimão: que porra aconteceu aqui? Quando ele chega no último andar, o sangue é mais grosso e forma poças grudentas no carpete. Com algum receio, Lennox bate com força na porta do apartamento. Ela abre lentamente sob o impacto da pancada.

Ele entra numa escuridão total. Sente que está num corredor estreito. É levado de volta para o poço e para os míseros restos mortais daquelas meninas. Então, um som fraco de respiração, que parece vir de um animal ferido. Algo lhe diz para não gritar.

Um abajur acende ao seu lado. Lennox quase enfarta ao ver Hollis de pé próximo a ele, um soco-inglês na mão. Com olhos de fera, o policial londrino arfa profundamente, a camiseta azul-clara manchada de sangue. A mão desarmada segura um copo de uísque. Vapores de bebida, antiga e nova, se desprendem de Mark Hollis, que olha para Ray Lennox por dois segundos com uma hostilidade nua, forçando o visitante a confirmar:

— Mark, é o Ray.

Hollis cerra os olhos e se espanta quando o reconhece. Lennox já suspeitava que ele usava lentes de contato, o que obviamente não é o caso agora. Mas é visível que o álcool e a falta de sono arruinaram o cérebro dele. Hollis parece exausto. A pele que cai do rosto gigante é vermelha e flácida, os olhos estão tão escuros e fundos que parece que ele mergulhou num mar de rímel.

— Ray... Obrigado, obrigado, obrigado... — Mark Hollis entra no corredor, ainda andando desconfortavelmente, afetado como uma modelo na passarela.

Lennox o segue, entrando naquela bagunça de apartamento. As paredes têm listras vermelhas. Marcas de mão ensanguentadas indicam que alguém estava se agarrando no batente da porta sob pressão.

— Recebi visitas — Hollis confirma enquanto eles entram na sala-cozinha.

Algemado a um aquecedor, um homem treme como um cachorro cagando num parque. A cara inchada está coberta de sangue e ele segura uma almofada com força contra a barriga, de onde a maior parte do sangue parece vir, escorrendo pelo chão de madeira como melaço escuro.

— Porra, o que foi que aconteceu aqui?

— Dois deles me atacaram — Hollis conta rouco e sem fôlego.

— Dei uma surra em um, que fugiu, depois esfaqueei esse cuzão. — Ele aponta para o sujeito do aquecedor, lendo a expressão incrédula de Lennox. — Eu não posso ligar pra polícia, Ray. Não confio nos meus chefes. Não com o negócio da pedofilia e aqueles riquinhos envolvidos. Eles varrem essas coisas pra baixo do tapete toda vez. Jogaram um carro em cima da gente, Ray.

*Duas vezes.* Lennox pensa no hospital em Glasgow. Depois, seus pensamentos se dirigem para Miami. Ele lembra que o policial corrupto que encontrou lá acabou sendo o líder do sindicato dos pedófilos. Ele assente devagar para Hollis.

— Peguei esse playboy como prisioneiro — Hollis confirma, indicando com a cabeça o cativo todo arrebentado, enquanto arrasta Lennox até o corredor e começa a falar mais baixo. — Quero saber quem está pagando ele. Preciso que esse cuzão abra o bico.

Lennox joga a cabeça para trás para olhar o homem no aquecedor: corpulento, forma física de um quadrado, corte de cabelo militar, os olhos duros ardendo através de um véu de sangue. Mas, enquanto Lennox o examina, o olhar do alvo se desvia depressa.

Eles voltam para a sala, e Lennox observa o prisioneiro.

— Quem é ele?

— Sei lá, não achei nenhuma identidade. Obviamente não é a primeira vez dele, ele sabe levar uma boa surra e continuar caladinho, mas o amigo dele era um amador. Vindo aqui... — Hollis olha para o homem, a raiva o incendiando. — Um macaco desgraçado.

A cena confirma a observação mental anterior de Lennox: *não mexa com o Hollis*. O soco do lutador do boxe é a última coisa a sumir, e Hollis fica mais encorajado, explicando como provavelmente quebrou o maxilar do primeiro intruso. O segundo, o prisioneiro, veio para cima dele com uma faca e o cortou no tórax. Hollis levanta a camisa e mostra um arranhãozinho; muito pouco do sangue que há nele é dele próprio.

— Puxei a faca e enfiei nele. — Ele aponta para o homem tremendo e depois para a faca cheia de sangue no balcão da cozinha. — Ele tentou fugir, mas eu não deixei. Fui atrás dele, peguei ele na escada e arrastei de volta pra cá. Acho que nenhum corte foi muito feio, porque ele está sangrando bem devagar. — Ele chega perto do homem. — Estou esperando pra ouvir o que o engraçadinho aqui tem a dizer. — Hollis fecha o punho e acerta o homem com uma brutalidade tão casual que deixa Lennox ao mesmo tempo enojado e animado. Há um gosto metálico na boca dele quando ele pensa nos homens no túnel.

*Toma essa, pedófilo filho da puta.*

Respirando fundo para se recompor, Lennox afasta Hollis e se agacha ao lado do homem.

— É melhor você falar. Considerando o que a gente vai fazer com você, não estão te pagando bem o suficiente pra ficar quieto.

O homem olha para a frente, mas seus olhos começam a ficar opacos e Lennox percebe que ele está assustado. Olhando para o Hollis, seria difícil não ficar, nessas circunstâncias. Todos os aspectos desse renegado da polícia londrina, com sua camiseta cheia de sangue, remetem a um açougueiro rechonchudo e psicótico.

— Trouxe o meu amigo — diz Hollis, animado. — Olha só, cada um de nós sabe fazer umas coisas diferentes!

— É verdade — Lennox fala, enquanto Hollis põe a mão no bolso e tira o soco-inglês, colocando os dedos nos buracos.

— Calma aí! — O homem encontra sua voz. — Vocês são policiais! Não podem fazer isso!

— Cara, eu não dou a mínima pra lei. — Hollis fecha o punho e admira a mão contra a luz. — E a julgar pelo teu comportamento, acho que você também não é um especialista na área.

Lennox ri na cara do sujeito.

— Então você acha que eu sou policial. Essa é nova — ele diz com total convicção. Levantando-se, ele puxa um pano de prato de um suporte na cozinha. — Eu vou te sufocar com isso — ele diz, enrolando com força o pano. — O meu amigo aqui, bom, ele vai te dar socos no estômago. Abrindo essa ferida na sua barriga. — Lennox dá uma pancada na almofada, forte e resoluto. O homem grita e os olhos dele saltam. Depois, Lennox dá um gancho de esquerda na cara dele. O homem levanta a mão livre para tentar se proteger. — Cabeça, corpo, cabeça, corpo. Vai ser um inferno — ele explica. — Mas a gente não vai parar.

*Você é o Gillman? Já viu ele fazendo isso.*

O pano de prato, da mesma forma que Gillman usou com o Confeiteiro, é estalado na frente do rosto do sujeito antes de Lennox rapidamente colocá-lo em volta de seu pescoço. À medida que ele torce, o pano começa a fazer seu trabalho. Mark Hollis observa, absolutamente impressionado. Para não ficar de fora, ele dá dois socos cortantes, e depois um deplorável emaranhado de verdades começa a sair dos lábios do homem.

— Meu nome é Des... Eu sou de Dagenham... Deram esse trabalho para mim e o Tommy, a ideia era assustar vocês. Não sabia que você era bandido!

— QUEM MANDOU VOCÊ? — Hollis grita.

— Meu chefe tem uma empresa que faz esse tipo de trabalho... Esse cara é um cliente confiável... então ninguém fez nenhuma pergunta. Ele também não tinha como saber que você era bandido.

— Quem é seu chefe?

— Se eu falar, vocês estão fodidos...

Hollis arrebenta a cara dele com um punho fechado que parece um saco de pedras, enquanto Lennox aperta o pano. Os olhos de Des de Dagenham saltam para fora a ponto de parecer que vão sair das órbitas.

— É... — À medida que Lennox afrouxa a pressão do pano, Des tenta respirar, ofegante — Eu não sei... o nome do cara... Tinha uma voz de gente rica... Meu chefe já tinha trabalhado com ele, ele sempre foi kosher...

Lennox e Hollis se olham, os dois pensando: *Wallingham*.

Hollis segura de novo o soco-inglês contra a luz.

— É aqui que eu pergunto mais uma vez. Infelizmente, apesar de eu ter me divertido, é a última vez. Depois que a gente terminar, nem a coitada da sua mãe vai te reconhecer mais. Qualquer gata que você estiver comendo vai preferir lavar o cabelo do que sair com você. Porque eu vou descobrir, de um jeito ou de outro. — Hollis sorri, o tom razoável destoando da malevolência cômica de sua expressão.

— Pra quem você trabalha? — ele demanda.

Des de Dagenham treme antes de derreter num escárnio insolente:

— Billy Lake.

Lennox percebe que esse nome novamente suscita uma forte reação em Hollis, que balança a cabeça devagar e levanta. Ele faz um gesto para Lennox e os dois vão para o corredor.

— Como eu suspeitava, apesar de não querer ouvir. A gente tem uns pepinos pra resolver, Ray. — Ele pega o telefone. — Aposto que passaram alguma informação duvidosa pro Billy Lake.

— Esse seu vilão misterioso? Quem iria armar pra ele? — Lennox diz com ar de dúvida. — E se você estiver errado e ele foi pago pra tirar você do jogo caso você soubesse demais sobre ele e já não fosse mais útil?

— É uma possibilidade — Hollis admite, triste. — Acho que nem preciso dizer que tenho que entrar no covil do leão, ou pior ainda para quem mora nesse CEP, no covil do Hammer, e falar com ele. Se a gente não se encontrar de novo, meu palpite estava errado, e foi um prazer te conhecer.

— Eu só posso ser maluco — Lennox aponta para a protuberante camiseta cheia de sangue —, mas não vou deixar essa barriga enorme desprotegida. Eu vou com você.

Hollis olha para Lennox com uma gratidão de dar pena.

— Porra, você é maluco mesmo. Mas obrigado.

28

Um Des McCready todo machucado e com uma aparência lamentável, mãos algemadas nas costas, se senta desamparado em cima de sacos de lixo pretos no banco detrás do Ford Capri de Mark Hollis. Ao lado dele, o policial de Londres. Na frente, Ray Lennox dirige até Southend.

— Eu estou sangrando muito, vou morrer — o homem de Dagenham geme miseravelmente. — O Billy não vai deixar isso barato...

Hollis está com um casaco azul-marinho por cima da camiseta ensanguentada, e o resultado é um visual absolutamente decadente. Ele lança um olhar cruel e sarcástico para Des.

— Bom, esse é um jeito de encarar as coisas. — Ele sorri. — Outro jeito é lembrar que o Billy e eu, a gente já tem um passado. Se ele não sabe que o alvo daqueles playboys sou eu, acho que vai ficar meio puto com um idiota que não fez a porra do trabalho dele direito!

— Ah, sim, isso a gente vai ver, né? — Des afirma, mas a confiança dele está se esvaindo. — Se eu sobreviver até lá — ele diz de repente, olhando apavorado para o ferimento.

— Estou indo o mais rápido possível dentro da lei — Lennox observa com cara de paisagem, levemente animado depois de receber uma mensagem de Chic Gallagher dizendo que houve uma melhoria no estado de Lauren Fairchild. — Não quero ser parado por um trouxa fardado.

— Correto — Hollis diz, pensando com apreço nas gírias para policiais uniformizados dos detetives de Edimburgo. — Trouxa fardado. Gostei dessa — ele diz melancolicamente, antes de voltar para o presente e ajeitar um dos sacos de lixo no banco. — Cuidado com essa sujeirada, porra! Seu cuzão imprestável — ele diz, fechando a cara para Des.

— Foi você que me furou — Des protesta, com dor.

— Ah, é? A faca era sua e foi você que tentou enfiar ela em mim, porra! Tive que tirar da tua mão e mostrar como se faz, não foi?

Lennox sente o celular vibrar no bolso. É a Jackie. Ela quase nunca liga, mas as circunstâncias estão longe do normal.

*Esse constrangimento todo com a Moira... ou talvez a Trudi tenha falado com ela...*

Ele hesita; não dá para botar no viva-voz com Hollis e McCready ali atrás. Olha para a estrada na frente e atrás dele. Está tudo quieto. Ele entra na faixa lenta, tira um fone de ouvido do bolso e põe para ouvir a irmã.

— Jack... não é uma boa hora...

— É o Fraser — ela diz de repente, ofegante. — Ele sumiu, Ray! Ele não voltou pra casa...

*Ainda bem...*

— Talvez seja só coisa de adolescente, você já...

— ... ele não voltou pra casa ontem e nenhum amigo dele sabe onde ele está!

Merda...

Finalmente, virou pessoal. Nenhuma culpa acompanha o pico de adrenalina, pois Lennox está tomado por um desespero intuitivo e trêmulo que diz que o sobrinho dele está envolvido nessa bagunça de alguma maneira.

— Preciso de detalhes, Jack. Onde ele foi visto pela última vez? Por quem? Com quem ele anda? Com quem você não conseguiu falar? — Lennox diz, lutando para fazer a mente jurista qualificada de Jackie funcionar, apesar da preocupação maternal e da culpa. *Foda-se a maternidade*, ele pensa, sentindo que ser tio já é um fardo devastador o suficiente nessas circunstâncias.

Jackie despeja o máximo de informações que Lennox consegue absorver.

— Vou procurar por ele. Uma colega vai falar com você mais detalhadamente, para ver se você se lembra de mais alguma coisa.

— Sim! Eu me lembro! Tem uma namorada, ou uma ex-namorada. Leonora Slade — Jackie diz, sem fôlego. — Eu tenho o contato dela, recebi um pacote para o Fraser uma vez. Sei que é errado, mas tirei uma foto do endereço do remetente. Por que eu fiz isso? — A voz dela no celular de Lennox é um gemido de autorrecriminação.

— Eu tive uma briga horrorosa com o Angus, ele basicamente diz que é culpa minha que o Fraser fugiu de casa... Ele está procurando o Fraser agora... me disse pra esperar aqui caso ele volte... Então, o que você está fazendo, você disse que ia conversar com uma colega?

— Sim, vou ligar pra ela agora.

— Uma colega... É o *Fraser*, seu *sobrinho*... onde você está?

Ele sempre quis que a irmã, sempre calma e analítica ao recitar suas frias platitudes jurídicas, fosse mais humana. Agora, o desespero dela era grande demais.

— Acho que falei lá no Sheraton, eu estou em Londres, mas pode deixar comigo, Jack. Minha colega é especialista em desaparecimento de adolescentes — Lennox mente, pensando em Drummond.

— Alguém vai entrar em contato, eu ou ela.

— Por favor, Ray, encontra ele. Encontra o meu bebê. — Ela chora.

— Vou fazer de tudo, Jack — ele diz.

Enquanto os dois permanecem em silêncio no banco detrás, Lennox liga para Drummond. Desta vez, para seu imenso alívio e eterna gratidão, ela atende.

— Preciso de um favorzão... — A voz cheia de urgência implora.

Isso tem o impacto desejado: evitar qualquer declaração de arrependimento e aquele discurso sobre "a gente precisa ser mais profissional" que ele imagina que ela estivesse preparando.

— É claro. O que foi?

Ele conta os detalhes do desaparecimento de Fraser e passa o número de contato de Jackie.

— Certo — ela diz, com um nível morno de entusiasmo.

— Obrigado... e, Amanda...

O silêncio paira.

— Cuidado com o Gillman. Ele anda meio desequilibrado.
— Acho que ele anda assim desde a metade dos anos 1980.
— É sério. Ele anda muito estranho...
— Tenho que ir. — E ela desliga.
*Vai tomar no cu. Seja perseguida por um biruta então.*
O nome de Erskine e a conversa dele com o Confeiteiro vêm à cabeça dele.
*Por que o Confeiteiro mencionaria Erskine daquele jeito? Será que você se apressou vindo pra cá?*
Eles acabaram de passar da metade do caminho quando chega uma ligação de McCorkel, num tom cheio de preocupação.
— Ray, a Amanda me mandou procurar teu sobrinho...
*Ela delegou essa bem rápido...*
— Isso, Fraser Ross — Lennox diz, enfiando os fones nos ouvidos já que o bate-boca versão fantoches Punch e Judy com sotaque londrino começou de novo atrás dele. Lennox admite com certa tristeza que um homem sangrando por um furo na barriga e o agressor dele, inicialmente atacado pelo outro dentro da própria casa enquanto se recuperava de uma cirurgia para hemorroidas crônicas, não seriam os melhores companheiros de viagem.
— Tem algo pra mim?
— Estou seguindo os movimentos dele, Ray — Scott diz. — Foi visto na universidade às 15h20 ontem, parou para comer uma torta vegana no Eatz de South Bridge, depois desceu a North Bridge, foi visto por câmeras de segurança no St James Quarter às 17h07, depois na John Lewis às 17h38. Desceu e atravessou a rotatória no Picardy Place. Até agora nada indica que ele tenha entrado num veículo ali... Estou rastreando todo mundo que passou pela rotatória pelo Departamento de Trânsito de Swansea. Tinha obras na pista, então só tem uma faixa e está tudo bem lento. É mais provável que ele tenha ido a pé para um endereço por ali, algum lugar perto de East New Town ou Pilrig. A gente está comparando os endereços dos conhecidos dele com CEPs de EH1, EH3 e EH6. Logo a gente vai ter uma lista. Mando pra você assim que...

— Então... ele desaparece entre as obras e o trânsito?

— É... mas ele parou logo antes disso para falar com uma garota, tipo 1,60m, cabelo curto e escuro, magra... Ela desapareceu também...

*Leonora Slade?*

— Valeu, Scott, bom trabalho.

— Aliás, tem outra coisa que pode ser do seu interesse. Achei imagens de câmera de segurança da palestra do Gulliver na Universidade Stirling, logo onde tudo começou.

— Continue. — Lennox tenta colocar entusiasmo na voz.

— Bem, o Fraser é um dos manifestantes que mais se destacam.

— McCorkel pausa, e Lennox sente que está prestando mais atenção.

— E aposto que você consegue adivinhar quem é a outra pessoa, do lado do Fraser...

*Puta que me pariu...*

— Gayle...

— Sim. Anteriormente Gary Nicolson. No nome antigo, ele tem ficha na polícia como criminoso sexual. Foi preso por estupro três anos atrás.

*Você viu que tinha algo familiar naquele filho da puta: a foto do fichamento dele.* Caralho... Fraser... Gayle... Eles estão metidos nesse negócio do Gulliver? Lauren? Que merda...

— Ótimo trabalho, Scott, me manda as imagens assim que puder.

— Já mandei. A internet em Fettes está uma bosta de novo e o download está demorando anos.

Enquanto Lennox agradece McCorkel, o guincho de um freio e o cheiro de borracha queimada acompanham o longo rugido de uma buzina, e uma carreta entra no acostamento para evitar colidir com eles. Lennox se concentra, corrigindo o carro. Ele graceja para o banco detrás:

— Foi mal, amigos. — Mas seus passageiros estão distraídos pela crescente discussão entre eles, que fica cada vez mais agitada. Des McCready parece ter decidido que o ferimento não vai matá-lo e aparentemente superou seu enjoo crônico por vontade própria; no processo, recuperou um pouco de coragem.

— Você acha que o Billy Lake vai ficar do lado de um porco velho e fodido da polícia do sul de Londres e não do lado dos próprios parceiros...

Hollis cala a boca dele com um tabefe com as costas da mão.

— Engraçado que os cuzões que não sabem quando é hora de começar a falar são os mesmos que não sabem a hora de fechar a boca — diz alegremente o detetive londrino.

McCorkel percebeu a comoção.

— Tudo bem por aí, Ray?

— Tudo certo, Scott, obrigado de novo, e bom trabalho. — Lennox desliga, se concentrando na estrada enquanto eles seguem até Southend. Enquanto eles vão sendo guiados pelas placas para a marina, as picuinhas entre os indistinguíveis vilão e policial esmorecem, e os dois parecem imaginar como vão ser recebidos.

— Já mandei uma mensagem — Hollis diz, o rosto se contraindo. — Estão nos esperando.

A expressão duvidosa de Ray Lennox fala por ele. Se as coisas derem errado, eles já perderam o elemento surpresa.

Hollis percebe a preocupação dele.

— É tudo uma questão de boas maneiras — ele diz, olhando para o silencioso McCready, esperando que ele diga algo.

Ao estacionar, eles logo encontram o barco. Não é difícil; a embarcação de Billy Lake, o Boleyn, é uma das maiores na marina. Enquanto eles caminham pela passarela na direção daquela impressionante estrutura reluzente, Lennox sente seu nervosismo aumentar. Para ele, esses ambientes sempre têm um cheiro de alta pedofilia. Barcos e navios são os veículos preferidos por criminosos sexuais endinheirados.

Ele pensa no ex-político britânico de alto escalão que era um grande velejador e que, segundo boatos, mandava sumirem com os órfãos que ele recebia no seu iate assim que se cansava deles.

Eles ainda nem tinham começado a subir no barco quando dois grandalhões aparecem, correndo loucamente pela passarela para interceptá-los. Des protesta para os homens silenciosos:

— Esses filhos da puta, eles me torturaram, porra, estou sangrando até a morte aqui... — ele diz, enquanto os dois são brevemente revistados, o que revela o soco-inglês de Hollis. O artigo é confiscado.

Eles são empurrados pela passarela cambaleante, subindo nela com dificuldade, principalmente o ainda algemado Des McCready, enquanto Hollis conjura uma expressão pesada que Lennox registra, pela primeira vez, como medo.

Des grita:

— Esses bostas desses...

— CALA A BOCA! — Um rugido vem de cima, e Des fica em silêncio quando um sujeito enorme surge nos degraus da ponte. Ele desce para encontrá-los no convés, fervilhando com uma energia violenta.

Billy Lake, bem bronzeado, usando calças de flanela bege, uma camisa branca e uma corrente dourada, exceto por uma barriguinha levemente protuberante, tem músculos até na saliva. A maioria dos grandes vilões que Lennox encontrou ao longo dos anos era homens implacáveis com um conhecimento sombrio na arte de entrar na cabeça das pessoas. Mas muito raramente eram tão fisicamente imponentes quanto Lake. Em geral, eles se limitavam à sua especialidade — violência psicológica — e contratavam capangas, como os dois homens que os escoltavam. Então um quarto homem gigante, um sujeito de pele mais escura usando óculos de sol e um terno preto bem-cortado, as mãos cobertas por luvas de couro, aparece nos degraus. O cabelo dele está penteado para trás.

Lake se vira para ele, impaciente.

— Foi mal, Vic, tenho que resolver um assunto. Mas terminei quase tudo por hoje mesmo. Vamos combinar nesse mesmo horário na quarta-feira.

O homem sorri afirmativamente, dando um aceno de cabeça discreto na direção de Lennox e Hollis. Depois ele exibe um leve sorriso piedoso enquanto desembarca e pisa na passarela. Lennox acompanha sua partida.

*Tenho certeza de que conheço esse cara de algum lugar...*
Uma base de dados de criminosos sexuais roda na cabeça dele. Nada vem à mente.

Hollis levanta as mãos, como se um vilão fosse obedecer aos direitos de um policial.

— Como escrevi na mensagem, Bill, acabei com os teus meninos. Desculpa por isso, mas era eu ou eles.

Lake olha para ele, depois para Lennox, depois para o silencioso Des, antes de olhar novamente em Hollis.

— Você acabou com eles, foi?

— Eles invadiram minha casa, Bill. Queriam acabar comigo mesmo. Eu sei que você não mandaria eles fazerem isso. Se eu soubesse que eram seus caras, teria chegado num acordo com eles. Mas eu não sabia.

Lake olha para Des com desprezo, algemas nas costas.

— Cadê o outro inútil, aquele Tommy?

— Sei lá, ele fugiu quando a coisa ficou feia.

O brilho da raiva crua emanada por Lake faz Lennox sentir pena de Des. O chefão do crime se vira para um dos seus capangas.

— Encontra ele, Lonnie, depois que a gente lidar com esse filho da puta aqui. — Ele olha para um Des trêmulo, depois se vira para Hollis.

— Você tem a chave da algema?

— Tenho — Hollis diz, soltando Des.

— Tira esse arrombado da minha frente — ele diz para os capangas, fazendo um gesto para que levem Des embora. — Limpem esse cara e levem ele pro Pete Jackson dar um jeito nessa ferida aí.

— Foi mal, Bill — Des diz. — Eu peguei esse trabalho e...

— CALA A PORRA DA TUA BOCA! Pensa antes de sair batendo em qualquer um! Ninguém encosta no Hollis. Nunca. — Ele

olha para o detetive e acrescenta: — Não sem ordem direta minha.
— E volta a olhar para Des: — Entendeu?
— Sim, foi mal… Eu só…
— Diligência prévia, porra! Vai! — Lake bate na cabeça dele.
— Mas…
— SAI DA MINHA FRENTE, CARALHO!
Enquanto um Des destruído é levado por Lonnie, Lake se vira para Hollis.
— Não disseram que era você. Só me falaram que um filho da puta infeliz precisava desembuchar. Não falaram porra nenhuma de polícia, ou eu obviamente teria feito umas perguntas. Então você deu uma surra neles?
— Foi — Hollis diz. — Um deles fugiu depois de levar um puta gancho de direita. — Ele balança a cabeça. — Aquele cara não serve pra nada, Bill. Esse Des aí até deu um trabalho, mas tive que amarrar ele… — Ele vê as pupilas de Lake crescerem. — Foi mal, cara, e aí a gente deu um jeito nele pra descobrir pra quem ele estava trabalhando. Ele me disse que você era o chefe, mas não falou quem foi que te contratou.
— Bom, o filho da puta fez uma coisa certa. — Billy Lake olha para Lennox, depois para Hollis. — Quem é esse idiota aí?
— Ray Lennox…
— Não foi pra você que eu perguntei. — Lake aponta para Lennox sem tirar os olhos de Hollis.
— É policial, da Escócia, mas é dos nossos — Hollis diz, de um jeito que faz Lennox se perguntar para quem ele está trabalhando.
Billy Lake está longe de ficar tranquilo, olhando para Hollis numa fúria escaldante.
— Você fode com os meus meninos e agora traz um porco escocês pra cá? Pra porra do meu barco? Você está forçando muito a barra, Hollis!
— Não é isso, Bill. Nosso acordo, a gente traz um pro outro esses tipos indesejáveis pra dar um jeito neles, de um jeito ou de outro…
— Eu sei qual é o nosso acordo — Lake rebate.

— Enfim, a questão é que o Ray aqui, ele tem um troço parecido no lado dele da fronteira — Hollis diz, e Lennox fica intrigado sobre a natureza desse acordo, e deseja que seja verdade. Com os antigos parceiros dele, como Bruce Robertson e Ginger Rogers, era quase isso mesmo. — Então a gente precisa saber: quem contratou você?
— Não. Você não vai chegar aqui e dar ordens!
— É um pedido, Bill — Hollis recua —, só isso. Eles deixaram a coisa passar um pouco pro nível pessoal comigo, mas ok, é justo: sou eu quem deve uma explicação.

Enquanto Lake demonstra sua irritação numa pose teatral, Hollis começa a contar a história para o gangster. Ele informa a um Lake cada vez mais vulcânico que Piggot-Wilkins foi para um encontro romântico anônimo no Savoy, marcado por alguém que ele presumiu que fosse um amigo. Mas o encontro não foi armado pelo contato de sempre dele, Wallingham, nem por nenhuma das agências que ele usava. Ele conheceu a mulher lá.

Hollis fica quieto, e Lennox vê algo que pode ser hesitação nos olhos de Lake: a ideia — o medo — de que ele possa estar sendo usado.

— A gente queria descobrir quem fodeu com ele, mas os playboys blindaram tudo. Aí eu recebi uma visita dos seus amigos — Hollis explica. — Bem, com o nosso acordo, eu achei que você seria a última pessoa a querer me assustar por tentar botar esses pedófilos na cadeia.

Lake escuta com pouca paciência, dirigindo seu olhar fulminante para um policial e depois para o outro.

— Esses caras que usaram meus meninos, eu achei que eles eram uns cafetões ricos, não pedófilos. Adultos, com consentimento. Não tinha nenhum indício de pedofilia, e eu juro pela minha mãe que não sabia que era você que eles queriam assustar.

— Eu sei — Hollis diz com total convicção.

Billy Lake franze a testa e, apontando para a cabine do barco, chama os dois para entrar. Ele tira cervejas de um cooler enquanto os dois se sentam ao redor de uma mesa.

— Olha, se alguém arranca o pau de um corno desses, eu não dou a mínima, pessoalmente, mas isso aí é pesado e eu não gosto desse tipo de safadeza por aqui — ele declara. — Isso aí não é certo, não é coisa de homem, a gente não faz esse tipo de coisa.

— É, algum filho da puta com certeza está baixando o nível, Bill — Hollis concorda.

— Mas o que leva alguém a ter esse comportamento agressivo, essa merda de cartel mexicano? — Lake especula. — Ou eles foram abusados, ou um filho deles foi.

— É isso que meu instinto me diz, Bill — Hollis afirma. — O do Ray também. A gente está atrás dessa laia aí há muito tempo. Sim, o assassinato e o ataque foram uma sujeirada, mas, como você disse, tem cheiro de vingança.

Billy Lake concorda. Levanta a San Miguel dele. Toma um gole.

— Se esse Piggot-Wilkins molestou crianças, ele merece tudo que sofreu e muito mais. Isso me deixou curioso. Eu não trabalho com pedófilos. Eu me livro de pedófilos.

— Eu sei, Bill — Hollis repete. — É por isso que eu preciso de um nome.

Lake olha de um jeito sombrio para Hollis, que continua, Lennox pensa, surpreendentemente calmo.

— Acho que você sabe quem é — ele finalmente rosna.

— Wallingham — Hollis diz. — Ele não contratou a prostituta, mas ele te enganou pra você ferrar comigo. Eu precisava ter certeza, Bill. Eu não saio atrás de um filho da puta desses sem falar com você primeiro.

Bill assente, seco.

— Se é estupro ou coisa com criança, fica à vontade pra acabar com a raça desse veado. E deixa um pouco pra mim. — Ele olha para o mar. — Eu vou deixar um bom barril cheio de furos prontinho pra ele. Bem grande, pros peixes entrarem e comerem ele todo. Mas... — ele olha para os dois com olhar hipnotizado — ... antes tenha certeza de que eles não estão só mexendo com umas putas. Capiche?

— Se eu achasse que é só isso — Hollis diz — eu não viria aqui. E, se fosse, ele não ia mandar teus meninos me visitarem com más intenções.

Lennox se arrepia um pouco, achando que essa foi uma péssima jogada de Hollis, insinuando diretamente que Wallingham fez Billy de trouxa.

Lake encara os dois. Uma raiva mortal parece tomar conta dele como uma sombra, e depois passa.

— Só tenha certeza antes — ele diz, baixinho.

No carro, voltando pra Londres, Lennox diz:

— Essa foi por pouco.

— Tive que arriscar. Queria que o Lakey pensasse que o Wallingham fez ele de idiota. Ele não vai gostar disso.

— E se não for o caso?

— Nesse caso — Hollis revira os olhos —, não vale a pena pensar nisso. Mas é melhor a gente achar o Wallingham. Se ele tiver alguma noção, vai ter se escondido, porque o filho da puta que usou o nome dele pra contratar o Lake com certeza é o assassino.

Mas Ray Lennox só consegue pensar, enquanto mexe compulsivamente no celular, em voltar para Edimburgo e encontrar seu sobrinho.

# 29

Ele sabe que estão enfiando algo na sua boca. Pequeno e com gosto de cera, talvez tenha um gosto familiar... Ele abre os olhos e, por baixo de uma venda, sente que seus membros estão presos, mas provavelmente vê a segunda pílula azul em formato de diamante entre um dedo indicador e um polegar. A cápsula não combina com as longas unhas vermelhas e a pele rosada dela. Ele se arrepia, sentindo que esse pode ser o momento de empregar algum tipo de resistência, de morder aqueles dedos, mas meu segundo golpe de marreta esmaga a testa dele... Dá para sentir a força da pancada pela reação de seu rosto, embora eu saiba que ele está sentindo pouca dor depois do que demos para ele. Ela arregaça a boca e ilumina com a lanterna... Há pouca resistência no queixo aberto enquanto ele engole a segunda pílula...

— Engoliu tudinho... Bom garoto — ela diz.

A cabeça dele tomba para o lado, o sono tomando conta novamente, e essa é a parte menos satisfatória pra mim. O que, eu me pergunto e me esforço para descobrir, está se passando na cabeça dele? Ele está ciente de que seu corpo está numa situação desconfortável, tornada suportável apenas pelo anestésico. Os sonhos que se seguem, eu acho, devem ser, ao mesmo tempo, alegres e eróticos. Essa especulação tem um motivo: uma ereção aparece, na consciência dele... Ele ouve gemidos sexuais em sua mente... enquanto ele...

... Novamente acorda amarrado a uma cama, a cabeça erguida por almofadas firmes, não travesseiros, que eu comprei na John Lewis. Isso o compele a olhar para uma TV posicionada diante de seu rosto com o uso de um suporte telescópico. No sofá, um homem e duas mulheres desempenham uma série de atos sexuais um no outro. Mas...

... Logo abaixo disso, o pênis ereto dele, já marcado pelo agora meramente cerimonial traço de corte feito pela ponta da minha faca de dez centímetros, se projeta entre as lâminas de um alicate industrial.

Ou se projetava.

Ele olha para a cara borrada de batom dela, com a peruca loira meio torta. Os dedos dela, de unhas pintadas, seguram o cabo do dispositivo cortante. Minha mão boa balança ao ritmo da música, o Northern Soul inadequadamente animado "Skiing in the Snow", e nós vemos aquilo acontecer, aquela centelha de reconhecimento em meio à neblina. Agora ele tem certeza.

Então ela mostra os dentes e, unindo violentamente as mãos, o pau dele é guilhotinado perto da base.

Caindo da cama, o pau já foi reduzido à metade do tamanho no momento em que chega ao chão. Um buraco negro acima das bolas dele despeja um dilúvio de sangue vermelho.

Ainda não terminamos: um novo toque. Embora esteja confuso, ele deve sentir que estamos mexendo em seus olhos, fazendo algo com eles. Ele deve se perguntar: vão tirar minha visão também?

Não.

Não lhe tiramos o dom da visão. Pelo contrário.

O sangue escorre pelos globos oculares que ele não consegue fechar. Ele é forçado a testemunhar. É condenado a enxergar.

Ele está, ao mesmo tempo, presente e ausente: um observador distante da própria mutilação.

A música alta, que fala sobre *estar quentinho na cabana lá embaixo...* Ele escuta uma voz arrepiante, familiar.

— *We're the toughest skiers in town...*

Uma inteligência bruta aparece naqueles olhos grandes, bobos. É claro: é ela. Como ele não percebeu antes?

O policial encerra seu último caso. Ele observa o sangue escorrer do seu corpo eunuco, se espalhando entre as pernas, pela tela da TV e pelos lençóis... Ele sabe que a vida nunca acaba bem.

Ele só não achou que a dele iria acabar tão mal. Tão cedo.

Ele é o terceiro homem. O último que queríamos. Mas os assassinatos não vão parar por aqui. Há gente demais envolvida nesse jogo.

Eu me pergunto como será que vai acabar para Toby Wallingham.

E eu me pergunto como será que vai acabar para Ray Lennox.

30

Ray Lennox está sentado no bar do London City com Mark Hollis, esperando o último voo para Edimburgo. Eles estão agitados por causa dos acontecimentos do dia, e também por causa das carreiras cheiradas no banheiro. Na verdade, carreira no singular para o policial londrino, já que isso foi o suficiente para reativar a ferida pulsante da cirurgia de hemorroidas. Lennox, no entanto, se jogou de cabeça, num entusiasmo que gerou espanto e inveja no colega inglês. Hollis, chateado com a curta viagem de carro que terá de fazer na volta para casa, se distrai com o celular tentando encontrar Wallingham.

— Ou alguém avisou e ele desapareceu, ou ele pode estar dando uma de Jacques Cousteau no Mar do Norte, só que sem o tanque de oxigênio.

O voo é anunciado e, enquanto Lennox se despede de Mark Hollis e caminha do portão até o avião, a coisa pela qual ele esperava chega, cortesia de McCorkel: imagens borradas de Gulliver captadas pelas câmeras de segurança da Universidade Stirling.

Em evidência, e destacada pelo perito em TI, está uma jovem segurando um cartaz que declara: DIREITOS TRANS SÃO DIREITOS HUMANOS. Na verdade, é o sobrinho dele, Fraser. Igualmente relevante, a figura enorme de vestido parada ao lado dele, que posteriormente derruba um segurança com um único soco, só pode ser Gayle, com a franjinha que é sua marca registrada.

Ao lado deles, uma mulher baixinha que lembra Leonora Slade, pela foto que McCorkel enviara junto com o endereço dos amigos de Fraser que Jackie não tinha conseguido achar. As imagens brilhantes, pixels pouco elucidativos que não ficavam muito mais claros quando reunidos, fazem os olhos de Lennox arderem, mas ele consegue distinguir Lauren, gritando num megafone. Ela se dividia entre zombar de Gulliver e pedir calma para os manifestantes. Apesar do vídeo sem definição, Lennox nota os olhos revirados e o queixo protuberante, indicando que seu velho nêmesis exibicionista está se divertindo muito.

*Teria sido incrível trepar com a irmã desse cuzão.*

Apesar da absoluta exaustão, ele opta por deixar de lado sua casa e sua cama depois de estudar a lista de endereços de McCorkel:

Charlie Hamilton — Rua Montgomery

Anthony Walker — Rua Scotland

Linsey Cunningham — Rua Barony

Sua primeira parada: o endereço de Leonora Slade, na rua South Clerk.

Quando chega à casa da ex-namorada de Fraser, ele toca a campainha e solta um grunhido parecido com "entrega". Mesmo sendo quase uma da manhã, a porta abre. Lennox amaldiçoa uma dor cortante no tendão do tornozelo enquanto sobe as escadas.

*Merda... preciso voltar para a academia...*

Quantas dessas sombrias estruturas vitorianas ele subiu ao longo dos anos, a trabalho ou só voltando para casa? Pensando bem, parecem casas demais. Quando Ray Lennox era menino e morava num conjunto habitacional, esses prédios eram, na imaginação dele, cheios de histórias de todas as épocas. Ele teria adorado morar num deles. Agora, os problemas desses fantasmas ou dos atuais inquilinos não o estimulam, são meras distrações implorando por atenção dentro de sua mente lotada.

O punho dele bate na porta sólida de um apartamento do último andar.

Depois de uns trinta segundos, uma jovem baixinha, mas de olhos grandes, cheia de energia e tremendo de ansiedade, encara Ray detrás de óculos que a deixam com uma cara de coruja. Quando Lennox explica quem é, Leonora Slade fica surpresa:

— Meu Deus, a Fraser. — E ela convida Lennox para entrar.

Ao entrar, um gato branco caminha na direção dele. Ele se encosta no balcão de uma cozinha bem equipada, e o gato pula, roçando a cabeça nele. Leonora pega o animal e o larga no chão, enquanto Lennox esquadrinha os arredores. Ela está no segundo ano da faculdade e o seu apartamento é bem mais salubre que o dele. Obviamente comprado por pais ricos dos condados domésticos como investimento.

— Queria que você me ajudasse a encontrar o Fraser — ele diz, timidamente se curvando para fazer carinho no gato que miava. Ele é alérgico a alguns, mas não a todos os felinos.

— Não consigo pensar em nenhum lugar. Você já tentou a universidade?

— Estamos fazendo isso — ele diz, aliviado por McCorkel estar olhando as imagens das câmeras de segurança, e provavelmente Glover também, depois de falar com Jackie. Ambos são rigorosos ao extremo, o nerd virgem e a lésbica taciturna. Ele confia mais na capacidade dos funcionários jovens do departamento de resolverem as coisas do que nos colegas mais velhos e nos seus contemporâneos. A tecnologia digital mudou o mundo, e tanto o mundo do crime quanto a polícia são ótimos exemplos disso.

— Mas onde ela foi vista pela última vez? — pergunta Leonora, que agora está no comando da investigação.

— Ele saiu da universidade e foi visto caminhando pela rua Nicolson, na direção do East End. Depois passou pelo St James Quarter. Quando saiu da loja de departamentos John Lewis, ele desapareceu no Picardy Place depois de encontrar uma pessoa que, nas imagens, parece você. Então... preciso fazer umas perguntas.

— Claro! Sim! — Os olhos de Leonora estão cheios de entusiasmo. — Tomei café com ela no Human Beans no fim da Leith Walk. Ficamos lá por uma meia hora, conversando sobre a universidade, o trabalho, a vida.

— E protestos pelos direitos trans?

— Não. Somos ativistas, mas não falamos disso *o tempo todo*.

— Então aonde ele foi depois disso?

— Não sei, ela não me disse. Ela disse que era melhor... Foi aí que o clima mudou.

Lennox levanta as sobrancelhas.
— O quê?
— Ela disse que era melhor eu não saber para onde ela estava indo. Mas fiquei sabendo que estava na casa do Danny, e depois na da Linsey.
— Linsey é a Linsey Cunningham, certo? Rua Barony. Quem é Danny?
— Danny Hopkirk. Não sei onde ele mora, mas estuda com a gente. Foi colega da Fraser no colégio, estavam no clube de xadrez. Eles fazem várias trilhas juntos — Leonora explica. Enquanto isso, Lennox manda mensagens freneticamente para Scott McCorkel, para que ele siga essas pistas.
— Ele tem andado com alguém novo ultimamente...?
Leonora hesita. Seu olhar vai para baixo, mas depois pra ele, e ela arrisca:
— Gayle...
Cheio de energia de repente, mas lutando pra manter a compostura, Lennox diz:
— Me fala sobre Gayle.
— Todas nós estamos envolvidas numa organização, a No Platform.
— Leonora pega o computador, mostrando a Lennox o site e as redes sociais do grupo. Nas páginas do Twitter e do Facebook, ele percebe que alguns ativistas trans parecem admirar Gayle. Leonora aponta para um usuário chamado Five-One.
— É a Fraser — ela diz. — Ela normalmente posta o tempo todo, mas não postou nada nos últimos dias. Essa foi a última conversa. — Ela toca na tela.

@killergayle
A gente não deveria colocar ninguém num pedestal.

@five-one
Acho que não tem ninguém fazendo isso.

@killergayle
Nossa comunidade não pode ter nenhuma hierarquia. Todo mundo tem uma história para contar. Lauren não é mais nem menos importante do que qualquer outra pessoa.

@five-one
Você está discutindo consigo mesma, Gayle.

@killergayle
Não venha me dizer o que estou fazendo ou deixando de fazer, sua merdinha arrogante.

@five-one
Que legal.

@killergayle
Que legal mesmo. Vai ser legal quando continuarmos essa conversa ao vivo.

Olhando para Leonora, ele sente o cheiro do medo dela. E ele sabe quem provoca esse medo.
— Onde eu encontro Gayle?
— Não sei, mesmo. Queria saber — ela diz, triste.
Então um bocejo incapaz de ser contido ameaça arrancar o maxilar de Lennox da cara. Ele precisa de mais cocaína ou de sua cama. Decide que a segunda é a melhor opção. Leonora dá uma olhada para ele, reconhecendo que já é tarde. Essa figura esquálida já foi, supostamente, namorada do sobrinho dele.
— Você terminou com Fraser porque ele se assumiu trans?
— Não, claro que não, isso foi muito corajoso — Leonora declara. — De qualquer jeito, eu me identifico como pansexual.
Outro termo que ele não conhece.
— Quando vocês terminaram?
— Mês passado.

— Ficaram juntos quanto tempo?
— Dois meses.
Lennox tenta não demonstrar estranheza, lembrando da idade deles. Pensa nas ex-namoradas do rinque de patinação Murrayfield, da boate Clouds, da escola, da faculdade. Dois meses eram uma vida na época.

Exausto, ele a deixa às duas da manhã e vai para casa, esperando que a insônia de nerd de McCorkel mais uma vez renda frutos.

Quando ele entra no apartamento na Viewforth, percebe que há uma luz ligada no corredor. Imediatamente sente outra presença ali dentro. O punho se fecha e os batimentos cardíacos parecem murros no peito. O sangue pulsa nas têmporas.

Ele entra na sala. De novo, um abajur pequeno ligado. Olha para a mesa de centro, vê joias, pulseiras...

*Gayle... aqui... Gayle me achou...*

Ele pega o taco de beisebol do Miami Marlins que está no canto. Depois olha para a mesa de centro de novo. Um conjunto de joias. Colocado ali.

Então Trudi sai do quarto de hóspedes carregando numa bolsa coisas que havia deixado no apartamento, roupas, maquiagem e itens de higiene.

— Ah... Eu... eu não consegui dormir. Saí pra dar uma volta de carro e quando me dei conta estava aqui. Não tinha nenhuma luz ligada, então achei que você estivesse trabalhando. Subi pra pegar minhas coisas.

— Certo — Lennox diz, com uma energia quase sobrenatural passando pelo corpo.

— Já chega, Ray. Acabou — ela diz com calma, como se a raiva e a amargura tivessem sumido. Ela coloca as joias que estão na mesa dentro da bolsa. — Fiz tudo que pude, mas você só se interessa pelo seu trabalho. Você acha que ele pode te salvar, te deixar menos fodido da cabeça. Mas isso nunca vai acontecer. — Ela balança a cabeça, triste. — Seu trabalho só vai mostrar pro mundo o quanto você está perdido.

— Você tem razão — Lennox admite friamente. — Se quer saber, você tomou a decisão certa. Agora, do meu ponto de vista, preciso que me deixe em paz pra eu fazer o que preciso fazer.

Trudi olha para ele. Uma tristeza abrupta e devastadora paira entre os dois. É como se ele estivesse confessando estar condenado e que o amor dela não pode salvá-lo. E que ambos precisam reconhecer isso. Ela fala numa voz clara, mas trêmula:

— Fui trouxa a ponto de achar que você me amava.

— Eu te amo — Lennox diz, e depois acrescenta num surto de desprezo: — Mas o amor é meio parecido com o trabalho, Trudi: não salva ninguém.

— Salva, Ray — Trudi afirma. — Eu escapei por pouco do purgatório que é estar com uma pessoa que não acredita nisso. O amor vai me salvar de uma vida sem amor. Talvez você perceba isso um dia. Quando você for um homem crescido o suficiente para deixar o amor entrar, em vez desse menininho assustado escondido dentro de um túnel velho. — Ela recupera o lastro emocional. — Vê se cresce, Ray.

— Ela joga as chaves extras com força na mesa de centro.

Aquilo acaba com ele, principalmente por ser verdade.

— Tudo de bom pra você — ele consegue dizer, numa voz esganiçada. Depois, com uma convicção mais cruel: — Pra você e pro cara da BMW.

Trudi lança um sorriso amarelo para ele. Lennox consegue ver que ela não tem mais lágrimas, só uma aceitação rancorosa de que essa fase inútil de sua vida acabou, e que agora ela pode seguir em frente. Ela se vira e vai embora.

— Nada a dizer, então. — Ele ouve a mesquinhez na própria voz. É um som especial. Aquela voz de término, empregada com todas as ex-namoradas. *Emotivamente vingativo. Infinitamente patético.*

Trudi para, dá meia-volta. Olha para Lennox como se ele fosse um pedaço de bosta no sapato dela. Qualquer feitiço de amor que a ligasse a ele já está totalmente quebrado.

— Em Miami, quando você estava de gracinha com aquelas duas mulheres, eu transei com um corretor imobiliário.

— Bem, só pra você saber — Lennox retruca, o sangue gelado nas veias —, eu nunca transei com nenhuma delas.

— Espero mesmo que você não se arrependa disso agora — Trudi diz, partindo.

Lennox leu em algum lugar que as mulheres parecem mais bonitas quando dão as costas para você e vão embora, e que elas sempre parecem devastadoramente lindas quando dão as costas para nunca mais voltar. Realmente, o ar aparenta ficar mais espesso e ionizado ao seu redor, suas entranhas se encurvando e se distorcendo conforme o futuro dele vai embora desfilando de tênis Reebok.

O esplendor dela é mais do que etéreo. A perda o esmaga, vai lá no âmago. Ele percebe que nunca mais vai tocá-la, beijá-la, abraçá-la nem fazer amor com ela. Nunca mais vai ver a boca e os olhos dela se enrugando quando ela ri de algo que ele diz. O cheiro dela será expulso de sua imaginação. Toda a alegria e o entusiasmo que eles compartilharam, todas aquelas pequenas gentilezas sociais que são o cimento dos namorados: tudo acabou.

Mas essa perda também já está sendo confrontada com outra força emergente, que ele sente que sairá vencedora: uma explosão violenta de liberdade. *Agora eu posso fazer o que quiser...* Uma gama de oportunidades, apresentada principalmente na forma de mulheres e viagens, passa pela mente dele. Ele sabe que, não importa o quão miserável ele se sinta agora, essa é a coisa certa a se fazer. Eles não tinham mais jeito.

Isso deixa Ray Lennox preso a seu sombrio presente, em que ele está perseguindo um assassino de quem ele gosta. Ele abre a geladeira e coloca duas pedras de gelo num copo, joga vodca gelada em cima delas, apreciando os estalos deliciosos, e depois prepara uma carreira do tamanho da perna de um poodle.

O sono pode esperar mais um pouco.

# DIA 6
Domingo

## 31

Um sol exausto nasce, sem força suficiente para um veranico. O homem, Andy Moston, sente o frio dos ventos turbulentos castigando seu corpo enquanto ele corre sempre no mesmo ritmo pelo parque Gyle. Professor de inglês na escola Craigmount ali perto, ele mantém o hábito de acordar cedo para correr mesmo que seja domingo e que não precise se preparar para um longo dia diante do quadro de giz.

Mais à frente, ele vê algo que parece um amontoado de coisas azuis e cor-de-rosa jogado em um dos campos de futebol, bem no meio do enorme conglomerado de quadras esportivas. A cada passo que dá, chegando mais perto dessa massa fria e disforme, a cada respiração quente que ele expira, uma sensação sinistra cresce. Mesmo quando desacelera na frente do que julga ser o corpo nu de um homem de meia-idade, Andy sente o coração disparar. O homem não tem genitais. Na verdade, ele não tem pênis: parece que foi cortado acima dos testículos. Além disso, ele está sem as pálpebras.

Andy congela. Ele está em choque. As pernas vigorosas se transformaram em chumbo, e uma tristeza avassaladora toma conta dele. Há maldade no mundo, as notícias não o deixam esquecer isso. Agora ela está aqui, na vida e na cidade dele. Como pode? Ele só saiu para sua corrida matinal. Ele pensa nas crianças para quem dá aulas. Qual será o futuro delas?

Ele tira os olhos daquilo porque sabe que o estômago vai rejeitar o leve café da manhã se continuar olhando. Espera que aquela ferocidade vívida, com o tempo, se esvaia de sua memória. Tira o celular do bolso de moletom com a mão trêmula.

# 32

Um toque persistente se infiltra na consciência dele. No início, a fonte parece distante, como se viesse de outro mundo. Depois, quando ele se esforça para acordar, o volume e o perigo aumentam, transformando-se no terrível som de batidas na porta da frente. Ainda está escuro quando Ray Lennox se levanta, pegando o celular na mesinha de cabeceira, que diz que são só 6h12. Um dilúvio de mensagens. Ele não precisa ler nenhuma para saber que há algo muito errado.

*TrudiTrudiTrudi, ah ha, ah ha, ah...*

Mas nenhuma mensagem ou ligação perdida é de Trudi. A maioria é de Jackie, num estado de total agitação:

> Ele ainda está desaparecido! Por favor me liga, Ray! Estou no meu limite! Por favor me dá notícias!

*Fraser... Porra, o garotinho... garotinha, sei lá...*

Num gancho na parte detrás da porta, seu roupão está pendurado. Ele veste, ouvindo mais uma sequência de batidas esparsas. Lutando contra as rajadas debilitantes de pânico que o assediam, Lennox marcha pelo corredor da maneira contraintuitiva. Com raiva crescente por essa violação matinal, ainda sentindo o álcool e as drogas, ele escancara a porta com uma ferocidade indignada.

Amanda Drummond está diante dele, piscando. O breve choque que ela sente faz sumir sua expressão de desgosto, mas ela logo lembra por que está ali, e retoma a seriedade.

— Seja lá o que aconteceu, é grave.

Lennox corre a palma da mão pelo cabelo e percebe que está desgrenhado, depois coloca a mão no queixo e percebe que o rosto está áspero e que a barba está crescendo, tudo isso enquanto olha para Amanda com olhos turvos.

*Isso é mais do que arrependimento do consumidor.*

A voz de Drummond é fina e informal, do jeito que fica quando ela sabe qual efeito quer causar, mas também vem tingida por alguma mágoa que o preocupa.

— Encontraram um terceiro corpo, com a mesma mutilação, Ray. Menos de quarenta minutos atrás. — Ela olha para o relógio Fitbit no pulso. — Aqui em Edimburgo.

— Merda — Lennox diz, sem fôlego. *Fraser. Ela não estaria aqui se eu não conhecesse a pessoa... Não, pelo amor de Deus...*

— Quem?

— Parece que a vítima do homicídio é Norrie Erskine.

— Ah... — Lennox pensa, sabendo que deveria estar horrorizado por isso ter acontecido com alguém da equipe deles. Mas não é o sobrinho dele, então é inevitável sentir um alívio imenso nos sentidos que estavam em alerta. Ele se vira e anda pelo corredor até a sala.

Drummond o segue com cuidado, e Lennox de repente percebe que ela vai conseguir ver a parafernália e os vestígios de drogas na mesa de centro. Ele olha para trás e confirma suas suspeitas.

— Quer café?

— Não dá tempo, Ray — ela diz, sem paciência. — A gente tem que ir pro parque em South Gyle. — Ela engole seco. — Vou esperar no carro enquanto você se arruma.

O desconforto dela com o ambiente decadente e o ar abafado, em grande parte vindo dele próprio, é palpável.

Quando Drummond se vira para partir, Lennox intensifica a atmosfera soltando um arroto cheio de dióxido de carbono. Ele sente seu esfíncter lutando contra os nocivos gases de Stella e pó no seu intestino. Solta uma ofensiva química vaporosa — *melhor aqui do que no carro* — enquanto vai até o chuveiro, e, apesar de se ensaboar

inteiro, sente que o corpo continua rançoso. Ele coloca roupas limpas, pegando sua jaqueta preferida da Hugo Boss, de couro marrom.
*O Confeiteiro: o que ele sabe sobre Erskine?*

Saindo pela porta da escada e entrando no carro, ele tenta retomar certa autoridade sobre a situação dando ordens para Drummond, que está obviamente sem paciência:

— Vamos.

Ela liga o carro e acelera, uma leve arqueada nas sobrancelhas finas indica que ela não deu a menor importância para aquela tentativa patética de credibilidade. A conversa é só sobre trabalho. O acordo tácito é: o que quer que tenha acontecido entre eles, não se fala nisso. Os dois sabem que eles não têm como quebrar esse acordo agora, muito menos como lidar com isso. Ray Lennox nunca se arrependeu de transar com alguém. Desde as transas mais casuais até os compromissos mais sérios, ele sempre encarou qualquer encontro romântico como algo lindo e positivo; uma dádiva, ser capaz de desfrutar da maior intimidade possível com outro ser humano. Pela primeira vez na vida, enquanto olha de relance para o perfil de Drummond, ele pensa: *talvez não tenha sido uma boa ideia*. Então, uma rajada de ternura, conforme as palavras "Eu acho que Gillman está te vigiando" congelam na boca dele.

Lennox dá uma olhada no celular. Uma mensagem de McCorkel diz que Fraser não falou com Charlie nem com Anthony, mas dormiu uma noite na casa de Linsey antes de partir. Ela não sabe pra onde.

O parque Gyle é uma série de campos de futebol com vestiários ao norte, no fim da Glasgow Road, e um complexo de casas no lado oposto. No lado oeste, há um centro de lazer. Na frente disso, um playground, depois vários espaços comerciais e mais casas na divisa com o parque. Lennox se lembra dos seus dias na liga amadora de domingo, naquele grande espaço aberto onde os vendavais constantes tornavam impossível qualquer tentativa de jogar um futebol habilidoso. Naquela época, dizia-se que o parque estava na periferia da cidade, antes que a propagação implacável de Edimburgo a oeste, na direção de Glasgow, continuasse em ritmo acelerado.

Mas o parque continua enorme e açoitado pelos ventos de uma maneira quase reconfortante, repleto de gaivotas barulhentas que fizeram um ninho estranho em um dos campos. Mas é o campo ocupado por humanos que chama a atenção de Lennox e Drummond, conforme eles saem do estacionamento na Glasgow Road e andam pelo gramado alagado.

Policiais fardados fecharam o parque, lacrando as entradas. Um único veículo, uma van de trânsito policial quase no meio dessa coleção de campos, emite uma luz de alerta azul. Pessoas cercam a van, em uma outra zona fechada com mais fita amarela e preta. A sensação é de que há uma partida em andamento, com um pequeno grupo de espectadores e o veículo parado impedindo que Lennox e Drummond enxerguem o jogo. Norrie Erskine era um deles, e Ray Lennox nunca viu tantos policiais numa cena de crime, juntos a céu aberto, ao redor do corpo.

— Cadê a porra da tenda? — ele pergunta.

— Não conseguem encontrar — Drummond diz, numa mistura de vergonha e nojo.

— Você está de sacanagem — Lennox diz incrédulo, mas sabendo, pelo tom dela, que com certeza era verdade.

É um procedimento policial cercar qualquer corpo encontrado em um local público com uma tenda de lona imediatamente, para proteger a cena dos olhares dos cidadãos locais.

Enquanto ele e Drummond se movem em meio à multidão, Dougie Gillman vê os dois. Ele lança um olhar de reprovação tão violento que Lennox está prestes a confrontá-lo e perguntar qual é a dele, mas o policial do queixo quadrado desvia o olhar.

*Foi o parceiro dele que morreu. E algum filho da puta perdeu a tenda. Mantenha a calma.*

Chegando mais perto para ver o corpo, logo fica evidente para Lennox que esse terceiro homicídio tem todas as marcas dos dois primeiros, e outras mais. Não é a terrível mutilação genital que ele nota primeiro, mas os grotescos olhos saltados de Erskine.

— As pálpebras foram cortadas com tesoura cirúrgica — diz Ian Martin, registrando a reação dele, enquanto ele escuta Drummond conter um grito ao seu lado. Lennox se sente envergonhado, mas é impossível não pensar em Erskine como o Mestre da série cult americana *Kung Fu*.

— Talvez eles quisessem que a vítima visse o que estavam fazendo — Martin considera. — Provavelmente usaram alicates industriais, o pênis cortado de novo. Mas, desta vez, os testículos estão intactos.

— E ele para de olhar para aquelas bolas mortas e caídas e olha para Lennox e Drummond, com uma expressão de "pensem o que quiserem" meio desafiadora. — Interessante, tem uma incisão profunda bem em cima da lesão do corte, mais perto do corpo. Parece que tentaram usar a faca cerimonial de novo, mas desistiram. Pelo ângulo da lesão, o sujeito... — Ele olha culpado para os policiais em volta, principalmente para o nervoso Gillman. — Acho que o pênis dele estava ereto no momento da castração.

Dessa vez ninguém consegue evitar uma reação de mal-estar, algo que Bob Toal, saindo da solitária van policial, interpreta equivocadamente ao chegar mais perto de Lennox e Drummond. Visivelmente irritado com a aparência de Ray, ele balança a cabeça numa súplica sombria:

— Desta vez foi um dos nossos.

*Um dos nossos.*

Lennox já esperava que esse clichê fosse dito muitas vezes, a maior parte delas pelo agitado Toal. Ele soube pelo irmão que era comum diretores sugerirem a um ator que interpretasse uma cena como se estivesse se mijando. Toal é assim, constantemente passando o peso de uma perna para outra e esticando o pescoço. Ele quer fugir deste parque, deste emprego, assim que possível. Em outro momento, ele veria o destino de Erskine como uma inconveniência pessoal; agora que decidiu que vai embora, Toal não aguenta mais todo o horror e a sordidez. Por muito tempo, Lennox pensou que seu chefe passasse os dias escondido no escritório por ser preguiçoso. Agora ele vê que, na verdade, esse emprego enoja Toal profundamente. Ele cansou.

— Vocês dois precisam resolver isso — Toal diz. — Erskine estava bebendo no Triângulo Púbico antes de desaparecer. — E ele olha para Gillman, Harrower e Notman, todos silenciosamente amontoados. Eles estão observando não o corpo de Erskine, mas dois veículos, um deles uma ambulância, que vêm pelo campo de futebol na direção deles. — Sejam discretos, mas descubram com quem Erskine estava e o que eles aprontaram.

— O que aconteceu com a merda da tenda? — Lennox pergunta.

Lennox nunca viu o chefe tão irritado. Toal dispara nele um olhar de absoluto asco:

— Vai saber! Esses imbecis desses trouxas fardados só tinham uma tarefa...

Drummond fica vermelha com o uso atípico desse termo pelo chefe.

— Isso não deveria ser uma questão do departamento de Investigações Internas?

Toal olha para ela por um segundo, tentando decidir se Drummond está falando da tenda desaparecida ou das companhias recentes de Erskine. Decidindo que ela falou da morte de Erskine, ele não fica impressionado com a tentativa dela de seguir as regras.

— Quero aqueles cuzões longe disso! Deem um jeito — ele fala duro. — A não ser que vocês não queiram mais essa promoção. Se isso aqui der merda por causa de vocês — ele olha para Drummond e depois para Lennox —, eles com certeza vão trazer alguém de fora, escutem o que eu estou dizendo!

Os olhos de Toal ficam mais apertados.

— Eu sei que não é uma boa hora, mas vocês dois e o Dougie — ele olha para Gillman, que fuma um cigarro — precisam se sair bem amanhã de manhã nas entrevistas. Mostrar que não somos um bando de idiotas na Divisão de Crimes Graves de Edimburgo, pelo amor de Deus — ele implora. Toal pode estar de saco cheio dos casos, mas evidentemente decidiu que seu legado será ter um sucessor interno. Ele se vira para um policial fardado, e Lennox não consegue ouvir o que ele diz, mas não é necessário ser um especialista em leitura labial para perceber que "ache a porra da tenda" é um forte candidato. Marcas vermelhas riscam o rosto de Drummond como vergões deixados por um chicote. Lennox sente sua mão encostando no nariz. Ele treme. Edimburgo é muito mais fria do que Londres. Mas Drummond está tremendo também. Eles voltam para examinar o corpo outra vez. Agora ele está coberto por um lençol, mas parece algo improvisado, porque o tecido não cobre a cabeça de Erskine. O rosto de Erskine está azul e os lábios estão da mesma cor, só um pouco mais escuros. Os olhos selvagens, sem pálpebras, parecem apontar para direções diferentes, e o cabelo fino é soprado pelo vento. Lennox puxa o lençol para tapar o rosto dele, e isso deixa seus joelhos descobertos, mas pelo menos não expõe a lesão. Mas bem nessa hora o vento sopra, fazendo exatamente isso, antes que Lennox coloque o lençol de volta no lugar.

— Ai... cortaram o pau daquele cara fora!

Lennox se vira. Dois garotos de uns dez anos, de bicicleta, conseguiram entrar no parque, chegando bem perto deles sem serem notados.

Ele grita para um policial de rosto vermelho:

— Tira esses moleques daqui e isola esse lugar direito, porra!

*Típico desses trouxas de farda incompetentes! Esses pirralhos não precisam ver um negócio desses... A porra da tenda... Puta que pariu...*

Enquanto as crianças são tiradas dali, os pensamentos de Lennox se voltam para ele e para Les Brodie, mais ou menos com a mesma idade, de bicicleta.

*No túnel... As paredes de pedra, se fechando, aqueles homens cercando a gente... Crianças não deviam ter que lidar com essas merdas... Crianças têm que ser protegidas...*

— Definitivamente um alicate — Ian Martin confirma, fazendo Lennox sair do túnel fechado e voltar para o parque aberto. — E sim, pelo ângulo da lesão e o padrão do sangue, ele estava ereto na hora.

— Ter um alicate no pau seria meio broxante...

— A não ser que ele estivesse drogado ou estimulado de alguma outra maneira. Coletei umas amostras, mas a gente vai levar ele pro laboratório, pra uma sessão com o Burt — Martin diz. A frieza não faz de Ian Martin um sujeito simpático, mas, ao mesmo tempo, sua abordagem minuciosa faz com que seja difícil não respeitá-lo.

— Ele tentou se livrar de amarras. — Martin indica as marcas nos pulsos e nos tornozelos. — Eu diria que isso foi feito algumas horas atrás, mas o corpo foi jogado aqui. — Ele olha para o parque.

— No círculo central do campo mais perto do pavilhão.

É uma boa observação de Martin, e para Lennox isso cheira a algum ritual.

*Ereto. As pálpebras cortadas. Fizeram Erskine assistir a alguma coisa, tipo a remoção dos próprios genitais? Pornografia infantil, ou talvez algum ato sexual dele mesmo gravado?*

*Jogado no círculo central de um campo de futebol.*

*Quem diabos era Norrie Erskine afinal?*

Lennox se afasta dos outros e fica de costas para o vendaval cortante para ver mais mensagens de Jackie antes de ligar para Hollis.

— Terceiro corpo, mais ou menos o mesmo modus operandi, com algumas modificações. Um dos nossos, um policial chamado Norrie Erskine.

— Caralho... — Hollis chia, claramente ainda meio dormindo.

— Ele tinha uma má reputação?

— Crimes Graves — Lennox diz, olhando para os colegas. Olhando o queixo quadrado de Gillman se projetar, ele se lembra da briga na Tailândia em que seu rival quebrou seu nariz com uma cabeçada. — Como vão as coisas por aí?

— Nem tenho como te agradecer por ontem, Ray... É, eu estou dando uma averiguada, tentando ser discreto... mas você sabe como é.

*Sei, é coisa do Hollis.*

— Sei, meu caro, sem problemas. Relaxa e me avisa o que acontecer. Te mantenho informado.

— Combinado — Hollis diz.

Lennox aperta no botão vermelho de desligar e vai até os colegas. É visível que até os veteranos mais durões da divisão de Crimes Graves estão chocados. Principalmente Dougie Gillman, que não consegue acreditar na morte do parceiro. O olhar dele é opaco e sem foco.

— Esse bosta me enchia o saco — ele consegue dizer —, mas... Puta que pariu...

Em meio à multidão, fazendo anotações no iPad, surge a presença tranquilizadora de Glover.

— Gill, você pode falar com todo mundo que viu Norrie ontem à noite? Vamos traçar um panorama dos últimos movimentos dele.

Glover assente, e alguns dos homens no entorno parecem desconfortáveis.

*É melhor que eles fiquem do nosso lado. Principalmente o Gillman. Vai saber o que anda acontecendo com ele ultimamente. Era mesmo a Drummond que ele estava seguindo? Quem era a outra mulher com ela?*

Ele anda até Gillman.

— No que você está pensando, Dougie?

A resposta do policial veterano que costuma ser superemotivo é estranhamente mecânica.

— Quero checar os conhecidos do Erskine e os crimes que ele já investigou em Glasgow — ele diz. — Se Glasgow é tão sensacional como ele sempre diz... dizia, por que ele se transferiu pra cá?

— Bem pensado — Lennox concorda. Ele testemunha a dor no rosto e nos olhos de Gillman, e, por um momento, eles compartilham algo que pode ser empatia.

Só dura um segundo porque Gillman, como se percebesse que está revelando suas emoções, esbraveja:

— Deixa comigo. — E sai correndo.

Drummond faz um aceno de cabeça para Lennox e os dois voltam para o carro dela. Ele vê o vento soprar o cabelo dela para longe da testa. Sente uma energia, algo entre erotismo e um amargor anêmico. Eles vão embora, mas param numa lanchonete em Corstorphine e pedem um *skinny latte* pra ela e um espresso duplo pra ele.

Ela se senta com calma na cadeira, pegando o iPad e o celular, instigando-o a fazer o mesmo. Os dois percebem que Glover não perdeu tempo e já conversou com todos os policiais homens, porque seus e-mails enchem a caixa de entrada deles. Então, surge uma chamada de um número desconhecido no celular de Lennox. Ele se levanta, vai até a porta, seguido pelos olhos de Drummond.

— Tio Ray, sou eu.

— Fraser... Você está bem? Onde você está, rapaz?

— Eu estou bem.

— Você tem que me dizer onde você está. Sua mãe...

— Se eu falar pra você, você vai falar pra ela. Então não tem como eu fazer isso. Só quero que você diga pra ela que eu estou bem.

— Fraser, por favor, a gente está morrendo de preocupação! Eu sei que você se meteu com um pessoal meio suspeito tentando fazer a coisa certa...

— Se você sabe quem eles são, sabe por que não posso falar nada, e sabe por que eu vou desligar. Diz pra mãe e pro pai que eu estou bem. Tchau, tio Ray — ele diz, calmo.

— Fraser... por favor... — Mas Lennox está falando com a linha telefônica. Ele liga de volta, mas o celular está desligado. Tenta fazer um balanço da situação. Olha em volta e vê os olhos de Drummond queimando de curiosidade do outro lado do ambiente.

*Não diga nada pra ela.*

Agora é Jackie quem liga. Ele sai do café para Drummond não escutar, e para na St John's Road cinza e molhada antes de atender.

— RAY! VOCÊ JÁ...

— Ele está bem, Jack. Acabei de falar com ele. Está tudo certo.

— Meu deus... Meu menino... Meu menininho lindo... Obrigada... Onde ele tá? Traz ele pra casa!

— Ele não quer me dizer onde está. Ele desligou, e o celular que ele está usando agora está desligado. Não acho que ele esteja em perigo, nem preso ou sendo controlado por alguém. Acho que ele está tentando proteger alguém.

— Como assim? O Fraser?

— Ele se envolveu numas coisas pesadas com gente suspeita. Mas não é culpa dele. Ele é um garoto bacana e está tentando fazer a coisa certa e ajudar as pessoas.
— Quem... Quem é essa gente?
— É isso que eu estou tentando descobrir. Estou rastreando eles e vou trazer o Fraser pra casa.
— Que... Quando? Onde você está?
— Preciso ir. Eu ligo pra você depois, prometo.
— Não ouse desligar na minha cara, Ray!
— Desculpa, Jack, mas ele está bem. Estou tentando encontrar ele, mas também estou tentando solucionar múltiplos homicídios, incluindo o do irmão da sua namorada. Eu te ligo.
— RAY!

Lennox termina a chamada, entra e se senta com Drummond, o cérebro numa agitação superaquecida.

Eles tomam café num silêncio pontuado apenas por clichês atônitos sobre Erskine. Lennox começa a ler os e-mails em voz alta e se preocupa se não está parecendo condescendente de um jeito machista, mas é nítido que Drummond recebe bem a intervenção.

— Parece que Erskine deixou alguns deles, Gillman, Harkness, McCaig, bebendo no Oficina Mecânica, e aí foi para o Triângulo Púbico. — Ele vê uma rápida centelha de desprezo nos olhos de Drummond ao usar esse termo. — Aí ele decidiu tomar a saideira no CC Blooms. Teoricamente é um bar gay, mas, na verdade, é um ponto de encontro para todo mundo que fica bebendo até tarde, não importa a orientação sexual — Lennox diz, e há uma certa tensão entre eles quando seus olhares se cruzam. — Parece que ele conversou um pouco com uma mulher, que depois foi embora. Gill já pediu as imagens das câmeras. Vamos seguir a rota dele.

Drummond concorda com um aceno sincero, e eles terminam as bebidas. Eles vão até o Triângulo Púbico, o apelido da área de bares com dançarinas exóticas na Tolcross. Nos dois primeiros estabelecimentos, os proprietários olham as fotografias e devolvem os livros. Eles têm rostos flácidos e debilitados, como se a vida os tivesse colocado num limbo murcho e sugado deles a motivação para alterar essas circunstâncias. Nenhum dos olhares sem vida reconhece Erskine.

Eles tiram a sorte grande no terceiro bar. A gerente, Mary Manderson, uma mulher alta e angulosa, com mais cara de quem seria proprietária de uma loja de bolos em Morningside do que dona de um pub em Tolcross, imediatamente reconhece a imagem de Erskine.

— Ele vem sempre aqui. Geralmente com outros policiais, mas às vezes sozinho.

— Ele estava aqui ontem?

— Não.

— Como eles são, esses outros policiais? — Drummond pergunta.

Mary Manderson levanta uma sobrancelha, sarcástica.

— Homens, é claro.

— Mas às vezes ele vinha sozinho?

— Sim, ele passava um tempo aqui. Dava muita atenção para as meninas. Elas chamavam ele de tio Norrie. Acho que era bem próximo de algumas.

— Pode me dar os nomes e informações de contato?

— Claro. — Mary vai ao escritório, imprime um documento profissional com os detalhes de oito dançarinas e dá o papel para Drummond.

— Obrigada. Pode me enviar uma cópia digital por e-mail também?

Mary concorda e, a pedido de Lennox, Drummond imediatamente a encaminha para Glover. Eles vão embora e, quando chegam ao estacionamento, tanto Drummond quanto Lennox têm as imagens das câmeras do bar de strippers em seus iPads.

— A Glover manda muito bem — ele observa, estudando as imagens.

Já de início, alguém se destaca. Uma pessoa alta, forte, com cabelo castanho comprido, usando um vestido, está escorada no bar de forma provocadora bebendo uma caneca de Guinness. É uma presença tão estranha que até os bêbados calejados não só deixam de fazer gracinhas como também evitam contato visual.

*Gayle.*

Lennox pausa o vídeo. Mostra para Drummond. Eles seguem o olhar devastador de Gayle, que pousa num homem gordo e corado. Ele está parado ao lado do palco com um sorriso enorme, observando uma dançarina.

— Erskine — Drummond sussurra.

A mente de Lennox está pegando fogo com aquilo que a equipe dos Crimes Graves chama de ligar os pontos. *Fraser. Lauren. Gayle. Erskine... O Confeiteiro.* Ele olha o horário nas imagens do hospital. É difícil Gayle ter atacado Lauren na segunda vez — antes da oportuna intervenção — dele, mas não impossível. Ele não sabe dizer se aquela figura corpulenta que ele pegou tentando matar Lauren era Gayle, mas se não for, quem pode ser?

*Com certeza as pulseiras entregam que é Gayle.*

*Mais importante, os assassinatos de Erskine e Gulliver e a agressão a Piggot-Wilkins... Por quê? O que liga Norrie Erskine a eles? De que merda o Confeiteiro estava falando?*

— Vamos voltar pro escritório e brifar a equipe — ele diz, e Drummond concorda.

Ela recebe uma chamada no celular.

— Certo... Obrigada por avisar.

Ela desliga e olha para Lennox.

— Parece que Tom McCaig pegou a tenda policial emprestada para ir acampar. Ele não fixou direito e ela saiu voando de uma falésia em Helmsdale direto pro mar. Ele estava tentando substituir a tenda por outra. Foi suspenso imediatamente e vai passar por uma investigação.

# 33

Eles chegam ao estacionamento da Fettes sob uma garoa. Ao saírem do carro, Lennox, puxando a gola da jaqueta Hugo Boss pra cima, se vira para Drummond.

— Aquela noite...

Amanda Drummond abaixa a cabeça e levanta a mão.

— Foi um erro, Ray, e nós dois sabemos. Eu estava bêbada, infelizmente não foi a primeira vez — ela diz, com tristeza. — E você também. Você tem uma namorada. Vamos parar de falar sobre isso.

— Não, eu e a Trudi terminamos...

— Assunto seu. Não estou atrás de um namorado e também não tenho nenhuma vontade de ser uma transa pós-término pra você.

Outra mensagem furiosa de Jackie aparece:

> Onde você está, Ray?

— Não é isso — ele suplica para Drummond enquanto digita no celular:

> Procurando seu filho!

Drummond está olhando por cima do ombro dele. Ela dá um tapinha em seu cotovelo.

— MENTIROSO! — Lennox se vira e vê Jackie saindo de uma Range Rover preta. Batendo a porta com força, ela corre na direção deles. — SEU MENTIROSO DE MERDA!

Drummond levanta as sobrancelhas, atravessa o estacionamento e vai até a entrada do QG da polícia.

A única opção para Lennox é continuar e abraçar a irmã.

— Me desculpa... Preciso olhar todos os aspectos... Eu vou encontrar ele, mas o importante é que ele está bem. — Ele olha para Drummond, que dá de ombros e entra. — Sei que é difícil, mas ele está vivo e bem. Agora você precisa confiar que eu vou fazer o meu trabalho.

Jackie se afasta dele energicamente.

— Por que eu confiaria? Por quê? Não posso confiar em você nem pra me contar a verdade sobre onde você tá!

Lennox agarra os ombros dela. Jackie permite, mas mantém o olhar flamejante no irmão.

— Preciso passar um briefing rápido sobre os assassinatos. Um policial, um dos nossos, da divisão de Crimes Graves, foi assassinado. — Ele omite a castração e a remoção das pálpebras de Erskine caso Jackie conecte isso a Fraser, como ele mesmo não consegue deixar de fazer. — Depois disso eu volto direto pra rua, atrás de pistas. Enquanto isso, quem mais sabe dele? — Ele se arrisca. — Moira?

Jackie se desvencilha das mãos de Ray com força. Ela parte para cima dele, os dentes à mostra, mas a voz no mais puro tom de sala de audiência.

— Ah, não, *você não vai implicar* a Moira no desaparecimento do meu filho só porque você odeia o Ritchie Gulliver!

— Não tem nada a ver com isso, eu preciso...

— Tem a ver com o que então, Ray? — As pupilas de Jackie crescem. — Você quer colocar a Moira no meio disso porque ela não quis dar pra você? Vocês, homens, são patéticos mesmo!

Atrás dela, um pombo de peito inacreditavelmente estufado persegue uma potencial companheira magra e assustada pelo asfalto, como se para ilustrar o argumento. Eles olham para a cena, e depois se olham. Tentam controlar o riso; se contentam com um sorriso compartilhado.

— Eu *vou* trazer o Fraser pra casa — Lennox insiste, acariciando o antebraço dela.

— Eu preciso ver ele — Jackie explode de desespero. — Foda-se o que ele está vestindo, ele precisa saber que eu amo ele muito e que quero ele de volta!

— Fraser sabe disso, e ele quer que você saiba que ele está bem, e que não precisa se preocupar. Eu falei com ele — Lennox olha para o relógio — literalmente meia hora atrás. Não contei pra ninguém da delegacia sobre essa ligação. Para eles, Fraser ainda está desaparecido. Não quero que desistam de encontrar ele. Então nem fala nada sobre ele ter entrado em contato comigo, ou vai sobrar pra mim. Vir aqui e fazer um escândalo não ajuda. Entendeu?

Ele verifica o estacionamento vazio. Dois fardados deixam o prédio e entram numa viatura. Um deles, um policial gorducho que luta para emagrecer, se inscreveu para tirar o uniforme e entrar nos Crimes Graves. Lennox fecha a cara para eles, como se estivesse avisando para não chegarem mais perto.

*Se você for promovido, nunca que um gordo fardado desses vai entrar no departamento.*

— Sim, mas...

Ele dá um passo para frente e segura Jackie pelos ombros de novo.

— Eu disse: entendeu?!

— Sim... Mas você precisa me manter informada, Ray. Assim que você ficar sabendo de qualquer coisa...

— É claro. — Lennox sente uma leve vergonha por estar numa posição de poder acima da irmã mandona. — Fique em casa, caso ele volte pra lá, porque ele vai voltar. Eu amo o Fraser e amo você também. Juro por Deus que logo ele volta pra casa.

— Eu também te amo — ela enruga o nariz —, mesmo você precisando de um banho. — Ambas as declarações genuinamente parecem mais do que só educação. Depois os olhos dela ficam mais focados. — Se alguém ousar encostar a porra de um dedo naquele menino, eu mato.

— Pode entrar atrás de mim na fila, Jack. — Lennox dá um beijo na irmã, apertando a mão dela. Ele sai, deixando-a no estacionamento com um olhar desolado, porém estranhamente esperançoso, e entra no QG da polícia.

## 34

A sala de reuniões parece menor do que nunca, cheia de detetives. Lennox faz uma cara feia ao sentir o fedor de tênis e suor, tentando localizar a fonte. Para seu horror, ele percebe que o cheiro vem dele mesmo. Constrangido, ele toca a bochecha com barba por fazer. As luzes fluorescentes no teto não perdoam nada, mas ele está longe de ser a única tragédia presente. Ele olha os rostos reunidos: Gillman, Arnott, Harkness, Notman, Harrower, McCorkel, Inglis, Glover e Drummond. Ausente: McCaig, suspenso. O assassinato de Norman Erskine coloca em foco o quão desleixados os detetives do departamento de Crimes Graves se tornaram. A imagem de Erskine, incongruentemente cafona e sorridente como um astro do teatro, é fixada por Amanda Drummond no quadro ao lado de Piggot-Wilkins e Gulliver. Lennox observa enquanto Gillman, que toca na pinta no próprio queixo, olha para ela com algo semelhante a ódio.

*Bom, eles sempre se odiaram. E Gillman está ainda mais louco com a morte do Norrie. Não significa que ele esteja seguindo ela com más intenções.*

*Também não significa que não esteja.*

Ray Lennox pensa no dia em que ele e Les Brodie estavam no túnel com as bicicletas. Quando foram pegos de surpresa pelos três andarilhos. Homens que com certeza já tinham se comportado daquela maneira antes, e que provavelmente voltariam a fazer a mesma coisa de novo. Mas nada apareceu. Todos aqueles anos analisando compulsivamente o Registro de Criminosos Sexuais, que ele conhece da mesma forma que um padre conhece a Bíblia; zero resultado. Era como se os três homens — todos eles — tivessem desaparecido do nada.

Ele ainda não contou para nenhum colega que seu sobrinho ligou, e que Fraser tecnicamente não está mais desaparecido. Um policial fazendo outros policiais perderem tempo. *Não é a primeira vez.*

*Mas Fraser tem uma conexão com Gulliver, e com Gayle... e agora Jackie e a irmã do Gulliver... Isso tudo só pode ser coincidência... não é?*
Com a perceptível ausência do som ostensivo e inigualável de Toal pigarreando, a única coisa dizendo para Lennox prestar atenção são as expressões confusas e insistentes dos colegas.
Portanto, Ray Lennox zelosamente explora as conexões entre as três vítimas; dois assassinados, um brutalmente agredido.

— Os dois primeiros estudaram, pagando, naquilo que só um britânico orwelliano e classista chamaria de escolas "públicas": Piggot-Wilkins, na Charterhouse de Surrey; Gulliver, na Fettes. — Ele olha pela janela e vê a escola do outro lado da rua, ameaçadora. — Piggot-Wilkins fez faculdade em Balliol, em Oxford, e Gulliver, em St Andrew's. Quem não se encaixa aqui é Norrie Erskine — ele diz para o grupo, mas principalmente para Drummond. — Não é uma figura do establishment, é só um garoto escocês que recebia benefícios do governo. — Ele se vira para Gillman. — Drumchapel, não é, Dougie?

O queixudo Dougie Gillman retruca:
— Garthamlock.
Lennox força um sinal de gratidão.
— Foi jogador profissional de futebol por um breve período, jogou pelo Hamilton Accies. Essa carreira ficava mais difícil a cada quilo que ele ganhava, então ele virou policial. Mas, por dentro, ele continuou um cara extravagante, louco por um palco, que tinha overdoses de espetáculos do Billy Connolly — Lennox dá um meio sorriso, uma leve afeição se instalando na voz, enquanto Gillman olha para a frente —, e ele não conseguiu resistir à atração desse estilo de vida. Então por que ele parou de atuar para entrar de novo na polícia? — Lennox pergunta, pensando em Stuart, desejando ter prestado mais atenção no que ele falou.

*Mais um pra fazer as pazes... No entanto, se o caso do Norrie era algo sexual, ele era só mais um pervertido na divisão de Crimes Graves. Outro triste viciado em meio a uma coleção de homens podres, uma descrição em que a Drummond agora passou a te incluir. E ela não está errada.*

Os policiais reunidos continuam em silêncio.

— Uma vingança contra assédios sexuais anteriores parece ser a motivação desses crimes. Mas, em relação ao Norrie... não tem nada.

— Ele bate na pasta. — Sei que isso é sensível e que ninguém quer ser dedo-duro, mas o comportamento do Norrie pode nos levar até o assassino. Então... se vocês souberem de qualquer coisa... Encontros com prostitutas, acompanhantes, idas a alguma sauna... — Ele evita olhar para Gillman. — Não escondam essas informações. Tudo aqui é confidencial.

Um silêncio calculado percorre a sala. Então Harkness, com um leve tremelique nos olhos, diz:

— Olha só, todo mundo aqui...

Gillman lança um olhar fulminante para ele.

Harkness vacila sob o calor daquele olhar, mas continua:

— Quero dizer que todo mundo... — Ele olha para Drummond e para Glover. — A maioria aqui já esteve em bares e boates de strip. Às vezes, por causa do trabalho, às vezes só pra... bom, vocês sabem...

— Vamos deixar isso claro de novo — Lennox afirma —, ninguém vai ser julgado pelo que faz no seu tempo livre.

— Ah, é mesmo? — Gillman retruca. — Porque está me parecendo o contrário. — Ele passa seu olhar lancinante de Drummond para Glover, e as duas mulheres reagem de jeitos diferentes. O rosto de Drummond fica corado, enquanto Glover só retorna o olhar dele com calma, apesar dos olhos inertes.

Lennox se intromete.

— Discutir sobre como os policiais são, como deveriam ser, o que deveriam fazer, não vai ajudar a gente a achar quem matou o Norrie, então não vamos perder tempo com isso. Eu estou perguntando sobre o Norrie, sobre os hábitos particulares dele, não sobre sociologia policial em geral.

Drummond rapidamente recupera a compostura.

— Por que ele saiu da polícia naquela época? — ela pergunta.

— Algo além do desejo de subir nos palcos?

Um pensamento importuno vem à mente de Lennox: o rubor de Drummond é igual àquele pré-orgásmico que ele sentiu durante a noite de sexo deles. Como seu corpo era leve e atlético na cama, comparado com a magreza e a fragilidade que aparenta agora, vestido, no trabalho. Ele pensa de novo em Gillman seguindo Amanda. Foca os olhos estreitos de predador do colega, o queixo pesado, a pinta descomunal no rosto. Sente o sangue deixando sua cabeça.

*Você quer comer ela e matar ele... Você tem que contar pra ela o que ele anda aprontando...*

Ele está ciente das conversas e discussões pululando a seu redor, mas é difícil se livrar da hipnose pornográfica desses pensamentos violentos e sexuais...

— Isso não significa porra nenhuma! — Gillman rosna para Drummond, o que traz Lennox de volta para a sala.

— Olha aqui! — Drummond grita, falando mais alto que Gillman enquanto coloca a foto de uma mulher no mural. Lennox fica com a impressão de que ela é sua chefe. Comandando o show. — Este é um caso com alegação de assédio sexual. Ele foi arquivado, nada foi provado. Foi nos anos 1990. — Os olhos e a boca de Drummond se apertam demonstrando irritação. — Talvez não signifique nada, mas Norrie Erskine deixou a polícia um ano depois disso.

— Quem é essa? — Lennox se vê perguntando, olhando para a foto.

— Andrea Covington — Drummond declara para todos que estão reunidos ali, a veia do pescoço saltando. Lennox se diverte brevemente com a ideia de ser "dono de casa", casado com a chefe Drummond, obedientemente chupando a xoxota tensa dela toda noite quando ela chega em casa cansada do trabalho. É ridículo, e ele é forçado a conter uma risada enquanto ela continua.

— Ela foi policial por um breve período. Não cooperou muito na época. Talvez coopere mais agora — ela diz, observando Gillman balançar a cabeça. — Vou falar com ela — afirma, e depois pensa, se dirigindo a Lennox:

— Será que o fato do corpo dele ter sido deixado num campo de futebol significa que o assassino quer mandar uma mensagem?

Lennox se atrapalha com essa pergunta direta, dá de ombros e levanta as sobrancelhas para que os outros contribuam.

— Futebol amador de domingo em Edimburgo — Harkness diz. — Que tipo de mensagem é essa?

Drummond se esquiva.

— Talvez uma mensagem que só poderia partir de alguém que não entende muito de futebol?

Outra encarada lancinante de Gillman, enquanto Lennox pensa nisso. Então a figura azulada, castrada e nua de Erskine surge em sua mente... *Trudi, indo embora... Fraser, insubmisso naquele vestido...* Toda a angústia do mundo parece correr em suas veias.

— Norrie era um de nós — ele diz essa banalidade sem nenhuma ironia. — Vamos achar esse filho da puta que fez essa crueldade.

— E agora ele está se emocionando. — Vocês sabem o que fazer.

Os membros da equipe voltam para seus postos. Lennox se senta ao lado de Drummond, que está no computador. Sente uma lufada do perfume dela.

— A conexão pode não ser entre as vítimas, mas com outra pessoa com que todos eles se envolveram — ela defende, olhando o arquivo pessoal de Erskine.

Lennox luta para se concentrar.

— Não sei. Ainda acredito que tem a ver com a Lauren, com essa Gayle. Esse pessoal pode estar envolvido na morte do Gulliver, possivelmente na do Norrie, mas no caso do Piggot-Wilkins parece meio forçado. Mas essa pessoa é ardilosa e misteriosa. Identidade sexual já é um negócio nebuloso, no mundo trans então...

Drummond não esboça reação.

Lennox quer chamá-la para um canto, dizer que precisa conversar com ela. Ou abraçá-la. Mas ele não sabe o que dizer, e seria ridículo. Então ele se levanta e volta para a própria mesa. Incapaz de sossegar, vai até o quadro e olha as fotos, anotações, conexões. Ele quer colocar Fraser Ross, seu próprio sobrinho, bem no meio de tudo aquilo.

Então o leal Scott McCorkel, no ombro dele, pergunta se ele está bem. Lennox faz que sim com a cabeça, pisca e se afasta. Deixa o rapaz energizado pelo reconhecimento de uma intimidade, mas um pouco preocupado e se sentindo enganado. Lennox precisa encontrar Toal, para pedir a ele que ache seu sobrinho. Agora que ele sabe que Fraser está vivo, porém assustado e escondido, parece ainda mais crucial encontrá-lo antes que a pessoa que também está à procura dele, seja quem for, encontre o menino. Lennox suspeita que essa pessoa seja Gayle. É patético num homem adulto, mas ele também está ciente do quanto está tentando evitar a desaprovação da irmã. Como Jackie invoca a passividade infantil contra a qual ele lutou a vida inteira.

Lennox passa pelo escritório de Toal, mas ele não está. Liga, mas ele não atende o celular. O chefe parece se comunicar sobretudo por mensagens ultimamente. Lennox se pergunta se ele ainda está no parque Gyle, ou no necrotério.

> Chefe, preciso conversar com você.
> Onde você está?

> Me encontre no parque Inverleith.
> No lago.

Para Lennox, a transição de Robert Toal é mais misteriosa do que qualquer redesignação de gênero. O chefe da divisão de Crimes Graves quase nunca está longe de sua mesa. O parque, sempre atingido por ventos fortes, fica a algumas quadras do QG da polícia. Chegando lá, ele encontra Toal com um garotinho de uns cinco anos. Estão colocando um barquinho para velejar no lago. Toal olha para Lennox enquanto ele se aproxima.

— Ray. E aí?

— Tudo bem, chefe — Lennox mente. — E você?

— Nada mal. Só tirando um tempo pra cuidar do meu neto aqui, o Bertie. — Ele acena para a criança, que contempla o veleiro deslizando devagar sobre o lago inerte. — Minha filha está no dentista, tratamento de canal de emergência.

*Toal... sendo babá no meio do expediente... O mundo enlouqueceu mesmo...*

Enquanto Bertie continua a intensa supervisão, andando pela margem do lago, Toal confessa:

— Vadiando, Ray, como muitos de nós da polícia fazem por anos. Passei a manhã toda falando com McCaig e a guarda-costeira, tentando achar a porra da tenda. Que piada.

— Nunca pensei que você seria tão cínico em relação ao trabalho.

Revirando os olhos, Toal imita um dar de ombros de um jeito que deixaria Erskine orgulhoso.

— No início, eu queria me aposentar daquele jeito clichê, por cima, encerrando um caso importante. — Ele sorri, alegremente derrotado, olhando para as árvores amarelas que cercam o lago. — Mas agora que sei que meu tempo acabou, porra, eu nem ligo. Sinto muito pelo Norrie Erskine, mas eu estou exausto. Pra mim já chega de assassinos, estupradores, pedófilos, sádicos e esquisitões. E, sem querer te ofender, Ray, nem você, nem o coitado do Norrie, que Deus o tenha, mas também cansei dos caras ferrados que prendem esses caras.

Lennox se sente violado. Ele força um dar de ombros para dizer: *sem problemas.*

— Ainda bem que eles existem — Toal dá um tapa nas costas dele —, mas eles que se fodam. — E rangendo os dentes, ele volta a seu assunto preferido. — E que se foda o departamento com sua burocracia. Que se fodam a mídia oportunista, as elites e os políticos que brincam de office-boy e de office-girl das elites. Principalmente, que se fodam os cidadãos idiotas dessas ilhas que são tão covardes e burros que nem merecem ser outra coisa que não uma presa dócil desses bastardos.

— Justo, chefe. — Lennox exala um ar comprimido do peito tenso.

*Puta que pariu... Será que o Hollis possuiu o corpo do Toal? Quando a gente começa a ouvir essas declarações de uns putos que sempre baixavam a cabeça, aí é fim de jogo mesmo...*

— Isso não quer dizer que eu não quero que você fique com a vaga, Ray. — Toal olha para ele, seu rosto redondo e sereno. — Você já se preparou para amanhã de manhã?

— Já — Lennox diz.

*Você não pensou nessa merda nem por um segundo!*

Toal assente devagar enquanto eles veem o veleiro deslizar pelo lago. Quando ele chega no meio, o vento para como se fosse um ventilador tirado da tomada. O barco se demora no próprio marasmo. Lennox pensa em Billy Lake, no barco dele, literalmente rolando um barril cheio de buracos, tomado pelos gritos de um rival ou ex-associado, enquanto o vilão bombado e um dos seus capangas de merda alegremente jogam o barril dentro do Mar do Norte. Talvez acompanhado de risadas à la Sid James, abrindo cervejas no convés e celebrando.

Então uma rajada de vento mordaz se manifesta, e o barco de Bertie começa a balançar. A ventania derruba o barquinho, que vira e afunda, desaparecendo no lago. A criança chora:

— Vovô!

Bob Toal dá um soquinho no braço de Lennox.

— Quero poupar as crianças disso. Elas não merecem passar por essas merdas.

— Eu sei, por isso preciso falar com você. Meu sobrinho, ele...

— Eu fiquei sabendo. — Toal interrompe, poupando Lennox de ter que decidir se conta ou não sobre a ligação de Fraser. — Encontre ele, Ray. Que se foda o Erskine e essa merda toda por enquanto. Encontre o garoto. — Ele vai na direção do neto chateado.

— Acontece, amigão — ele diz, sobriamente. — Vamos, a gente compra um novo e vai buscar sua mãe. — Ele passa a mão pelo cabelo do menino e se vira para Lennox. — Até mais, Ray.

Lennox vê seu chefe ir embora, segurando a mão do menino infeliz. Ele se lembra de levar Fraser para o Tynecastle, quando ele devia ter a mesma idade de Bertie. Lembra de ter que pedir para o bêbado sentado na frente deles parar de gritar palavrões. O homem se virou com um olhar de soslaio enfurecido, pronto para a violência, mas aí viu o menininho triste. Ele imediatamente pediu desculpas, oferecendo dois pedaços do seu KitKat para Fraser. Depois os dois engataram uma conversa tranquila. Foi um belo momento.

*Você precisa encontrar seu sobrinho.*

Mas Lennox tem outro compromisso.

35

Optando por andar até o consultório de Sally Hart para desanuviar a cabeça, Lennox atravessa a Stockbridge na direção de Canonmills. Cruzando o parque King George V, ele percorre a rua Scotland e a rua Dublin. Liga para o Confeiteiro no celular que ele forneceu. Nada; a linha nem chama. Não era com ele que o assassino e estuprador de crianças em série precisava entrar em contato, e o telefone provavelmente já tinha sido confiscado a essa altura.

Ele faz uma chamada para Melville.

— Jayne, é o Ray. Preciso ver ele. O Confeiteiro. Está tudo bem? *Agora você vai se preocupar com o bem-estar daquele filho da puta! Que patético! Mas se ele morrer, o caderno morre com ele. A paz das famílias morre com ele.*

— Sim, até onde eu sei. Vou falar com ele, ver se ele está receptivo. Mas, Ray...

— Sim?

— Tem um novo diretor começando na prisão. Ele está reorganizando os funcionários, e o Ronnie McArthur vai se aposentar. Esse cara novo vai dar um jeito nas coisas por lá. Essa é a última vez que eu vou poder te ajudar.

— Entendo. Obrigado por tudo que você já fez. — Ele pigarreia antes de dizer: — Me desculpa por não ter conseguido encontrar a Rebecca, mas eu garanto que nunca vou parar de tentar.

— Obrigada, Ray — Jayne diz suavemente.

Ao chegar ao consultório de Sally, enquanto ele se acomoda na cadeira, a primeira coisa que ela diz é que ele parece estressado de novo.

*Você não pode mencionar a Trudi... nem a Drummond — caralho, a Amanda... Fraser...*

— Pois é... — ele reconhece. — Esse caso em que estou trabalhando... Alguém, ou mais de uma pessoa... está castrando homens. Homens bem-sucedidos que, na verdade, têm grandes chances de serem indivíduos muito abusivos. Criminosos sexuais, mas protegidos pelo sistema. Estou investigando isso, mas estou...

Enquanto ele hesita, Sally termina a frase dele.

— ... em um dilema?

— Não — Lennox responde, tomado por uma certeza repentina. — Nem um pouco.

Sally Hart olha para ele, os olhos se expandindo numa revelação penetrante.

— Você está do lado do crimin... de sei lá quem está fazendo isso.

Lennox sente que está confirmando com a cabeça lentamente. É bom estar com alguém que entende você.

— Pra mim nunca foi uma questão de mocinho e bandido, essa besteira toda de preto no branco, bem contra o mal que a gente é forçado a acreditar. — Ele ouve o desprezo se infiltrando na sua voz. — Tem vários policiais que eu não gosto — ele diz, e de repente desembucha: — Eu odeio o Dougie Gillman, queria que aquele cara morresse... Na Tailândia, eu já te contei... Quando vi o Dougie com uma menina que era claramente menor de idade e lembrei a ele que a gente era da polícia... E o filho da puta bateu em mim. Será que ele é melhor do que as pessoas que a gente prende?

Um sorriso discreto passa pelos lábios de Sally Hart, e então ela desabafa com um olhar de aço:

— Obviamente, não cabe a mim julgar. Mas você me disse, nas nossas sessões, que já se sentiu compelido a fazer coisas que normalmente acharia moralmente condenáveis, em nome de um bem maior.

— Pois é... — ele diz. — Meu trabalho tem seu lado ruim. Mas...

— E Lennox se choca com a sinceridade e a afetação de seu tom. — Você não pode levar isso pra própria vida. Eu não tenho paciência com gente que faz isso.

Lennox está abalado com a própria hipocrisia. *E a Trudi, cacete? Aquilo não foi uma lição salutar? A diferença é só de grau...*

Parece que Sally vai confrontá-lo, mas ela o deixa tagarelar sobre vários casos que ele acha que já mencionou antes. Ele também se ouve falando sobre pessoas transgênero, como ele tem empatia pela situação de alguém que se sente limitado pela designação que recebeu do mundo, mas que acha a questão complexa demais para ser reduzida a premissas básicas, e cita Lauren e Gayle como exemplos. Ela o deixa continuar até olhar para o pulso e informar a ele que o tempo deles acabou.

Ele sai da sessão com a cabeça destroçada pela própria torrente verbal.

*Encontrar Fraser...*
*Falar com a Trudi...*
*Falar com a Amanda...*
*Encontrar o cara que matou o Norrie... O Confeiteiro deve saber...*
Ele verifica as mensagens. Uma é de um número desconhecido:

> Fiquei sabendo que você quer me ver.
> É hora da janta na casa dos répteis! Venha!
> Acho que a gente tem muito a conversar!

Parece que o Confeiteiro ficou com o Nokia de Moobo, o traficante. Obviamente, Jayne Melville liga minutos depois. Informa a Lennox a hora da sua última visita.

Com a voz de Toal ressoando na cabeça, Lennox escolhe ir pelo Southside, em busca de seu próprio desaparecido. Não tem ninguém no apartamento de Leonora, embora dê para ouvir o gato miando. Ele espia pela caixa de correio, vê dois olhos entreabertos o observando, críticos. Lennox quer derrubar a porta a chutes. Em vez disso, bate na porta do outro lado da rua.

Uma mulher antipática, cigarro preso no lábio inferior, abre a porta.

— Ela tem estado em casa, vi ela ontem.

— Tem alguém que sempre vem aqui, tipo essas duas pessoas?
— Ele mostra fotos de Fraser e Gayle no celular.

— Vem todo tipo de gente aqui... — A mulher segura o celular de um jeito esquisito perto do rosto. — Eu reconheço essas duas, sim. — Ela devolve o celular para Lennox. — Meio estranhas, mas quem somos nós para julgar.

— Uma boa filosofia — Lennox admite, agradecendo e indo embora. Nas escadas, ele recebe um e-mail:

Para: RLennox@policescot.co.uk
De: ADrummond@policescot.co.uk
Assunto: Homicídio Erskine

Falei com Andrea Covington sobre o caso de assédio sexual envolvendo Norrie Erskine. Foi aquilo de sempre, eles tiveram um caso, ela terminou depois de descobrir que ele era casado. Ele continuou assediando, e ela entrou com um processo contra ele. O departamento ficou do lado dele. Ele não foi acusado. Andrea saiu da polícia, e Erskine também saiu logo depois, para tentar uma carreira no teatro. Apesar dela ter sido obviamente lesada por esse comportamento, o foco da raiva de Andrea é o departamento, ou a polícia no geral, e não Erskine. Ela diz não conhecer Piggot-Wilkins nem Gulliver. Não acho que ela esteja mentindo.

Abraços,
Amanda

Ele responde:

Para: ADrummond@policescot.co.uk
De: RLennox@policescot.co.uk
Assunto: Homicídio Erskine

Ótimo. Obrigado.

Ao chegar à prisão, Lennox encontra o Confeiteiro de bom-humor, apesar de o Nokia de Moobo ter sido confiscado.

— O celular foi incrivelmente útil, Lennox. Não para mandar mensagens pra você, mas para conversar com o jornalista que está escrevendo minha biografia!

— Fico muito feliz por você — Lennox diz, com uma sensação ruim. Era inevitável isso acontecer.

— Tenho certeza de que ele vai querer conversar com você em algum momento, Lennox. Essa é nossa chance de brilhar!

Ele morde a língua, pensando nos dois corpos no poço. *Que merda você fez, cooperando com esse filho da puta?*

— Você parece meio acossado — o Confeiteiro diz, sorrindo.

— Que tal o poço?

Lennox continua em silêncio.

— Você mesmo desceu lá, não foi? Antes você do que eu, Lennox.

— O Confeiteiro dá um tapinha na barriga. — Encontrou meus presentes?

— O que você quer, Gareth?

— Fiquei sabendo que seu colega, Erskine, teve um fim desagradável! Toal não vai ficar feliz, e como isso vai afetar nosso amigo Gillman?

*Vocês são dois nojentos que perseguem mulheres... E o Erskine... Que porra é essa?*

— O que você acha? Qual a história do Erskine? De onde você conhece ele? Seu biógrafo... Quem é?

— Sou um tipo transacional por natureza, Lennox. Não estou vendo outro celular aqui. Nem qualquer outra coisa que possa despertar meu interesse.

— Você e eu... — ele avança, é importante que o Confeiteiro ache que eles estão do mesmo lado do jogo, envolvidos, ainda que por razões distintas, no assassinato e na tortura de inocentes. — Erskine nunca se envolveu no *nosso* caso!

— Minha boca é um túmulo. — Ele puxa um zíper imaginário pelos lábios.

— Você sabe quem matou ele? No que ele estava envolvido? — A mente de Lennox, violada pelos corpos das garotas no poço, por sua mão encostando naquele crânio em pó... Ele segura o Confeiteiro pelo pescoço: — ME FALA SOBRE O ERSKINE! QUEM É ESSE BIÓGRAFO, PORRA?!

O Confeiteiro, mesmo com o rosto enrubescendo e com os olhos lacrimejando, fica parado, sem sequer levantar o braço para resistir; é quase como se ele estivesse jogando um jogo de autoasfixia. Ele diz, ofegante:

— Se você quiser continuar vendo aqueles cadernos... é melhor soltar.

Lennox obedece, olha para o Confeiteiro, depois para as próprias mãos, enquanto seu algoz recupera o fôlego e depois esfrega a garganta. Junta os pulsos, colocando-os sob o queixo, feito alguém se preparando para rezar. Quando ele fala, sua voz é suave e misteriosa, como se estivesse tentando atrair uma criança para dentro da floresta com um saco de doces.

— Os Gillmans deste mundo sempre vão derrotar pessoas que nem você, Raymond Lennox, porque eles entendem a escuridão. Eles vão a lugares que você não consegue ir, porque você é, fundamentalmente, um covarde. Você não tem a força de vontade que eu e ele possuímos.

*Esse filho da puta usa essa voz quando quer te infantilizar, quer que você seja o garotinho naquele túnel.*

Um sorriso de escárnio se forma no rosto de Lennox. Ele desdenha do assassino pedófilo com uma risada genuína.

— Você quer que eu seja um abusador arrogante e sem alma que nem você, possivelmente que nem ele. Não vou me desculpar por não querer ser essa pessoa. Por ser humano. — O riso repentino de Lennox deixa o Confeiteiro perplexo.

— Na sua vida, como essa virtude é recompensada? Como está seu noivado... ou ele já acabou? Não! Acho que não. — Ele ri, saboreando a raiva no rosto do adversário. — Ela já deve estar na cama de outro. Ele deve estar passando as mãos pelo corpo nu dela, comendo ela, e ela vai gemer de prazer, prazer que você nunca deu pra ela, obviamente. O que você acha disso, Lennox?

Mas a resposta de Lennox é só mais uma risada cruel.

— Ah, se eu tivesse me aconselhado com um assassino estuprador de crianças antes, quem sabe minha vida romântica tivesse sido melhor. — Ele dá de ombros. — Suponho que seja uma questão de timing.

— Tem algo diferente em você, Lennox. — O olhar do Confeiteiro se estreita. — Você parece relaxado, aliviado... — Ele volta a arregalar os olhos. — Você vai deixar a polícia!

— Não. — Lennox mantém o sorriso. — Eu nunca faria isso. Ia sentir falta das nossas conversas. Mais alguma coisa pra mim?

— Achei que você ficaria encantando com a notícia do meu biógrafo. Esse, como você diz, é nosso legado conjunto.

— Só me diz quem é.

— Ou é você quem está se sentindo usurpado agora?

— Me dá mais um caderno — ele ordena, com um sorriso conspiratório. — Mais um caso para abrir.

— Como eu já disse, posso contar minha história para outra pessoa agora.

Ele só consegue repetir:

— Quem é?

— Seria revelar demais. Logo você vai saber.

Lennox sabe que, em negociações, o controle do nível de dúvida da outra parte é crucial.

— Já pensou que esse biógrafo pode estar te enganando? Pensa só. Se algum dia você quiser me passar um nome, eu dou uma olhada. Tudo faz parte do serviço. Algo a se pensar. — Ele pisca e vai embora, sem olhar para a reação do Confeiteiro.

Enquanto ele sai, uma mensagem chega:

> A gente tá aqui no Oficina Mecânica.
> Um brinde pro Norrie.

Dougie Gillman. A raridade de uma mensagem de Gillman, principalmente uma mensagem social, faz Lennox rir alto e maniacamente.

*Talvez você tenha sido meio duro demais na terapia, desejando a morte desse cara. Não era bem isso... Na verdade, Douglas, eu estava agora com outro stalker, um companheiro seu. Ele falou muito bem de você, como sempre.*

# 36

Nos preparamos para mais uma das nossas sessões. Hoje em dia, tudo precisa ser gravado para que todo mundo, tirando a pessoa que está gravando, possa subsequentemente ignorar tudo. Mas nossas *ações* criam a relevância. Nós obrigamos as pessoas a se importarem.

Sally Hart, minha parceira, está ansiosa para contar a história do detetive Norman Erskine, mas primeiro preciso que ela fale de outra pessoa. Nossa aliada instável, que contratamos para essas aventuras. Tempos atrás, serviu para algum propósito: agora, está se transformando cada vez mais em um risco.

— Me conte sobre Gayle.

Bebendo um gole de água, ela se recosta na cadeira e começa.

— Gayle era um jovem problemático chamado Gary Nicolson. Quando ele me procurou pela primeira vez, como a maioria das pessoas, Gary estava um pouco perdido, confuso e lutando para encontrar seu lugar no mundo. Ele queria aceitação. — Sally sorri. — Quase todos nós somos assim, eu sei. A maior parte das pessoas que vem até mim se autodescrevendo como trans está sendo sincera. Outras, como Gayle, ou Gary, são apenas almas desamparadas e feridas, procurando um gancho onde pendurar suas neuroses. Querendo encontrar algo, uma única coisa, que explique tudo; algo que possam designar como fonte de todos os seus problemas. É claro, ele era tóxico como os abusadores que encontro regularmente, mas era maleável. Como tanta gente hoje em dia, ele basicamente só queria que alguém lhe dissesse o que fazer.

Eu considero isso um truísmo: todos esses proponentes da *liberdade*, profundos e tagarelas, estão lutando até a morte pelo direito de serem escravizados por algoritmos corporativos.

— Era óbvio que ele queria transar comigo. Mas desde o incidente nos Alpes Franceses, parei de me sentir atraída por isso. Eu aprendi táticas de dissociação, de ser capaz de me remover mentalmente daquele acontecimento horroroso. Isso implica empregar uma tática muito semelhante àquela que as pessoas usam naturalmente no reino dos sonhos, mover-se da primeira-pessoa participante para a terceira-pessoa observadora durante o ataque. Não deu certo na época.

Ela para.

Eu deixo o silêncio pairar no ar.

Por fim, ela continua.

— Um deles naquele teleférico sabia o que dizer: o sussurro ameaçador, a risada; pior ainda, o carinho subversivo ao qual seu corpo responde, puxando você de volta para aquele presente horrível.

Ela parou de falar da problemática Gayle e voltou a falar deles, das pessoas com as quais tínhamos de lidar.

— Os espertos são os mais perigosos. Eles sabem exatamente quanto elitismo o patriarcado branco, em especial o de classe média, já patrocinou: imperialismo, a divisão do trabalho. Como eles fodem com todos nós. Depois, temos os apoiadores imbecis, genuinamente cegos em relação ao papel que desempenham em nome dos seus patrões para manter as coisas como estão. São os que olham confusos e perplexos quando você se vinga; aqueles que têm um "por quê?" estampado na cara estúpida, mesmo quando você remove aquilo que é o orgulho deles — ela explica, num crescendo de intensidade.

Estamos revirando o passado novamente, mas é uma história que ela precisa contar. Nós dois sabemos que às vezes é preciso ir mais de uma vez ao banheiro para que toda a merda saia.

— Erskine era um cômico em ascensão. Não estava no nível de Rikki Fulton ou Alan Cumming, que faziam a plateia rir histericamente apenas com uma careta, enquanto o ator perplexo fazia uma interpretação mais sóbria na boca de cena, sem entender por que o público não levava seu grande momento a sério. Aí eles olhavam em volta...

Detetive Erskine. Longe de ser o pior, mas ligado ao mal, e não só alguém que arranjou um emprego temporário quando o trabalho no teatro ficou mais escasso. Qualquer cúmplice de Piggot-Wilkins é meu adversário. E, com certeza, é um inimigo dela.

— Eu vi várias performances dele, acompanhando sua carreira ao mesmo tempo que desenvolvia a minha, depois de voltarmos para casa daquele lugar gelado. A polícia, o palco, de volta para a polícia. Pensei que ele poderia ser a parte inocente naquele trio desesperado. Que ele poderia ter sido coagido a arranjar aquilo tudo. Houve um tempo em que o separei emocionalmente dos outros dois. Eu até ri, em retrospecto, pensando em algumas das piadas dele no palco. Mas Freda Miras me contou sobre as travessuras dele. Ela era uma prostituta húngara que ele contratava, um caso que eu atendi de graça. Por trás da fachada jovial dele, havia uma escuridão contagiosa, mais tarde mencionada pelos seus colegas Amanda Drummond e Ray Lennox.

Ray Lennox. O policial problemático. Mesmo sem plena consciência de que eu existo, ele parece estar chegando mais perto de mim, sentindo minha presença. Ele é cliente de Sally, *paciente* dela, mesmo assim ele aparece primeiro com Gareth Horsburg, e depois, totalmente deslocado, no barco de Billy Lake em Essex. E, na sua intervenção potencialmente mais perigosa, naquela ala hospitalar em Glasgow com Lauren Fairchild.

E esse é o homem cujo nome foi a última palavra de Gulliver. Lennox.

Eu não acredito em coincidências. Acredito em campos energéticos. Lennox está no centro disso tudo e até agora não conseguiu ligar os pontos. Mas ele vai chegar lá. Ele com certeza é mais problemático que Wallingham, cujo modus operandi descobri com o Lake, a pessoa que eu esperava que fizesse involuntariamente o trabalho sujo ali. Aquele idiota, o Lake, burro como uma pedra, delirante o suficiente para se ver como um gênio do crime, e ainda assim se perguntando na nossa última sessão, todo confuso e agressivo, quem o dedurou. A resposta era: ele mesmo, contando tudo pra mim, o idiota. É claro, nem ele, nem Wallingham jamais saberão disso, mas pelo menos um deles vai pagar.

— Freda me mostrou as marcas. — Sally agora está concentrada em mim. — Me contou que a especialidade dele era queimar partes dela com cigarro. Isso fazia ele gozar. Mas nunca era o bastante.

A cada visita, o cigarro tinha que queimar a pele por mais tempo. Erskine era tão perturbado quanto os outros — ela diz com frieza no olhar.

Eu a deixo tagarelar, já que ela ama fazer isso, principalmente porque precisa ser contida com os clientes. Mas preciso saber de alguns fatos para escrever nossa história. Tudo está nos detalhes.

— Em comparação com os outros dois, como era Erskine?

— Eu diria que, depois de Gulliver e Piggot-Wilkins, ele era um alvo mais ou menos fácil. Mas matar um capanga brutal do estado patriarcal é uma resposta válida, não é?

Eu concordo. Pensando em Roya. Deixando meu ódio arder. Eu deveria ter acabado com Piggot-Wilkins quando tive a chance. Ter arrancado o pau que ele enfiou na minha irmã, assim como ele arrancou a minha mão. Isso teria sido justiça. É isso que Sally precisa entender de uma vez por todas, parafraseando o que ela mesma disse: não importa que Lennox pareça benigno ou bem-intencionado, ele é um servo de um estado corrupto que existe para impedir essa justiça.

Ela hesita por um minuto completo antes de concordar também. Ela conhece meus pensamentos. Naquele momento, eu consigo ver o brilho austero em seus olhos que talvez diga: você já fez parte do mesmo aparato. É claro, isso é verdade. Na imprensa, o meu emprego, tanto quanto o da polícia, era proteger os ricos e suas propriedades. Eu só estava na ala publicitária do movimento supremacista da elite. Pretérito.

— Aí Ray Lennox chegou e me contou sobre Gillman — ela continua —, e sobre uma viagem à Tailândia, para ser mais específica. Nada tão ruim quanto Erskine, mas era o parceiro dele, e alguém bem solícito. Nosso próximo alvo.

— Obrigado — digo a ela, tentando apertar o botão de parar, ágil apesar da minha mão pesada. Me sinto satisfeito em conseguir executar uma operação tão delicada. Quando penso na quantidade de telefones que já estraguei, o progresso foi grande...

Desatarraxo minha mão.

Ela olha para meu braço só por alguns segundos antes de levantar a saia e tirar a calcinha.

— Faça eu me importar — ela pede, enquanto aplico gel no meu pulso. Quando removeram minha mão, costuraram a pele por cima da protrusão. Várias mulheres gostam disso; uma ereção enorme que nunca perde seu poder.

Sou lento no início da penetração, mas implacável conforme aumento o ritmo. Logo escuto a respiração dela se alterando, depois gemidos suaves saem da sua boca. Vendo-a brilhar, cheiro seu cabelo. Como desejo beijar aquela boca. Mas isso eu não posso fazer. Isso não é permitido. Eu me esfrego nas pernas dela enquanto a encho com meu pulso do amor. Uma névoa escarlate encobre meus olhos quando meu pau explode e espalha minha porra nela, sempre antes de ela chegar ao próprio êxtase brutal. Apesar de eu estar exausto, as estocadas precisam continuar. Sinto o aperto dos seus músculos pélvicos. Só o que posso fazer é ouvir seus gemidos, enquanto ela implora por mais força, seu rosto todo retorcido conforme meu antebraço entra e sai com força de sua buceta.

— Não para — ela implora.

— Nós nunca vamos parar — sussurro no ouvido dela.

Quando ela finalmente se entrega ao êxtase, meu braço está ardido na altura do cotovelo. Eu o tiro gentilmente de dentro daquele orifício pulsante.

Ficamos deitados um do lado do outro. Ela diz para mim:

— Não sei se sou capaz de amar, mas o que sinto por você é o mais perto que posso chegar. — E sinto a mão dela segurando a minha enquanto o coto, vermelho, descansa do outro lado.

Gillman está chegando mais perto. Eu o vi seguindo a policial Drummond. Mas Ray Lennox também está. É claro, não posso contar isso a ela. Ela se apegou a ele. Meio como um outro amigo em comum, mais ou menos, aquele que eu compartilho com o detetive. Mas nós vamos dar um jeito neles.

Em todos eles.

Não, nós ainda não temos intenção de parar com isso.

Lamento, Ray Lennox. Você não é o pior deles. Mas você é um deles.

## 37

A última coisa que ele pretende fazer é aceitar o convite de Gillman e ir ao Oficina Mecânica. Ele volta para o apartamento de Leonora, novamente o encontra vazio, e aí percebe que está pertinho do triste boteco do Southside. Enfim, parece importante estar com os colegas dos Crimes Graves neste momento. E ele também sente certa culpa por desejar a morte de Gillman.

*Aquilo foi extremo. Um chute na bunda bem dado bastaria. Esses filhos da puta são tudo o que você tem. Desesperador, não?*

Então Ray Lennox marcha pela cidade escura e inóspita. Tenta imaginar como seria morar em outro lugar. Edimburgo está no seu DNA, mas ele pensa na cidade como um pai frio e ausente que nunca o amou de verdade. Que não o apoia. Ele supõe que todas as cidades sejam assim. Mas Edimburgo é o bêbado truculento no Natal, que se senta triste no bar, dolorosamente professando seu amor pelos filhos que nunca vê. O falastrão trancado no banheiro com dois gramas de pó e planos grandiosos que se transformarão em autodepreciação quando as luzes cruéis se acenderem. Talvez a cidade esteja desativando qualquer bondade nele, devorando-o vivo, de dentro para fora, deixando apenas uma casca oca. E agora ele está indo para um pub que julga ser o segundo pior da capital, atrás apenas do bar da sua vizinhança, gerido pelo volúvel Jake Spiers.

O Oficina Mecânica está praticamente vazio, exceto por um canto onde estão os rapazes dos Crimes Graves. Eles estão mais apertados ao redor do bar do que de costume. Homens se segurando desesperados numa prancha de madeira tentando não se afogar; Gillman, Harkness, Notman, Arnott, Harrower e até os mais refeitos Inglis e McCorkel. Eles também parecem reconhecer a enormidade da situação. O mais furtivo é Tom McCaig, suspenso, que está praticamente chorando dentro do copo de uísque.

— Eu achei que tivesse mais que uma tenda — ele diz, tirando o cabelo grisalho desgrenhado da testa enrugada.

*Somos servos de um Estado que nem consegue nos proteger. Isso não deveria acontecer. Nos sentimos fracos, expostos. Esta é uma nova força policial, talvez um prenúncio do que está por vir. Ela não tem medo de nenhuma consequência. Ela não vai parar.*

Lennox olha para o devastado Gillman, pensa em como nunca se deu bem com ele desde que o conheceu, ainda um jovem policial. Policiais veteranos costumam desprezar novos recrutas. O mundo é assim. Gillman, porém, tem uma perversidade grosseira, não mitigada pela bonomia arrogante exibida por outros tipos misantropos com quem ele trabalhou, como Bruce Robertson e Ginger Rogers. Gillman exala um ódio puro, ao mesmo tempo dissimulado e explícito, por tudo que ele não gosta. E ficou óbvio, desde o início, que ele não gostou de Ray Lennox.

Agora a morte de Erskine parece ter desequilibrado Dougie Gillman ainda mais. Frases sobre vingança transbordam de sua boca. E não é sem querer. É algo assustadoramente disciplinado. Ele está nutrindo o próprio ódio, tentando encontrar sua profundidade e seu alcance.

— Eu vou matar um filho da puta por causa disso.

Ele toma o uísque de um gole só e, batendo o pé, prontamente se vira e vai embora do bar, como se tivesse acabado de decidir quem. McCaig se arrepia visivelmente e parece aliviado quando Gillman passa reto por ele.

— Não deixa ele ir — Ally Notman diz para os presentes, mas sem mexer um dedo para impedir a partida do colega.

— Eu vou atrás dele — Lennox diz, saindo do pub. A saída é rápida demais para que ele registre qualquer comentário dos outros policiais, mas consegue ouvir os pensamentos deles cristalizados na forma de uma energia incrédula e compartilhada, que segue atrás dele pelas ruas molhadas: *Lennox vai ajudar Gillman*. No entanto, Ray Lennox não pretende interagir com Dougie Gillman. Ele só segue pela escuridão fria da cidade.

Indo na direção do centro pela rua Nicolson, Lennox não acredita que está tendo dificuldade para acompanhar a marcha incansável de Gillman, misteriosamente rápida para um homem cujo preparo físico é evidentemente péssimo. Lennox toma isso como um sinal do próprio declínio: ele precisa voltar para a academia.

A noite fica mais escura, o gingado peçonhento de Gillman sendo a força crepitante que o impele no trajeto que leva dos botecos decadentes aos bordéis que eles chamam de saunas. Segui-lo pela cidade é uma tarefa desagradável e solitária, mesmo para alguém acostumado com tocaias como Lennox. Finalmente, Gillman para na frente de um bloco de apartamentos em Marchmont, olhando o prédio de cima a baixo. Depois, atravessa a rua para observá-lo daquele ponto de vista. Lennox conhece o apartamento, perto da casa de Trudi; é onde mora Amanda Drummond.

Quando ela aparece, usando um casaco que vai até os joelhos, calças jeans e sapatos baixos, indo rumo à noite, Gillman se esconde numa escada próxima. Depois ele a segue pela rua, entrando no parque Meadows. As suspeitas de Lennox estão confirmadas. Dessa vez, não há mais ninguém por perto. Nenhuma amiga parecida com Glover.

*Você não estava imaginando. É verdade. A outra mulher com quem ela estava antes é irrelevante. Ela é o objetivo dele. Gillman está seguindo Drummond.*

Na trilha central do Meadows, ele alcança Gillman, que manteve uma distância de vinte metros de Drummond.

— Dougie — Lennox sussurra com urgência hostil.

Gillman para, se vira e vê Lennox, depois se vira de novo para observar Drummond se afastando. Olha para Lennox:

— O que você quer?

— Você está seguindo ela? A Amanda?

— Não. Estou vigiando ela. Você está me seguindo?

— Não — Lennox diz, pego desprevenido pela resposta. — Eu vim atrás de você quando você saiu do bar. Você não estava muito bem da cabeça.

— Você está me seguindo desde lá? Vai se foder, Lennox!

— Eu vi você seguindo a Amanda uns dias atrás. Eu queria ter certeza, e agora tenho. Você está seguindo a Amanda. Por quê?

— Já disse, estou vigiando ela.

— Por quê?

— Digamos que comecei a notar coisas sobre a Amanda e pessoas próximas a ela. — O peito de Gillman se estufa, cheio de pompa.

— Quais pessoas?

— Vá fazer sua própria lição de casa, Lenny.

— Dougie, escuta. A Amanda é nossa colega. Uma policial. Você sabe que está fazendo merda, né?

Mas Gillman parece não escutar.

— Ah, esses esquisitões de merda e essas vadias vingativas — ele diz pra Lennox —, eles tão trabalhando juntos. Esses pervertidos do caralho, quem não sabe que tipo de gente eles são: eles tão tomando conta de tudo, Lenny! Fica de olho!

— Isso tem a ver com a promoção? — Lennox diz, perdendo a paciência.

— Tem a ver com tudo — Gillman responde enquanto alguma criatura se mexe na árvore acima deles, perto o suficiente para ambos olharem para cima. — Se você é um cara que se sente preso no corpo de uma mina, tenha colhão pra arrancar teus colhões. Arranca as bolas e manda fazer uma buceta ali. Não fica aí falando de banheiro feminino e calcinha com as bolas penduradas, dizendo pra qualquer filho da puta que você é mulher, porra. O que você acha dessa merda toda? — ele pergunta.

Lennox está quase inclinado a rir dessas imagens de Gillman, mas aí ele pensa em Fraser.

— Foda-se o gênero das pessoas, Dougie. Como seguir a Drummond faz parte desse caso, porra?

— E você está trabalhando nisso indo passear em Londres? O que você descobriu sobre o assassinato do Norrie?

— Que caralhos *você* descobriu?

Gillman pega o celular e começa a mexer nele. Mostra um velho artigo de jornal. É aquele sobre a Sra. X, enviado para Lennox por Sebastian Taylor.

— Lennox lê. Olha para Gillman.

— E daí? Uma estudante novinha estuprada por uns playboys de merda num resort de esqui francês.

— Adivinha quem eram esses filhos da puta?

Lennox expira longamente.

— Bem, eu também aposto em Gulliver e Piggot-Wilkins, mas a gente ainda não tem provas para conectar eles a esse dia nos Alpes. O Piggot-Wilkins não abre a boca e está sendo protegido pelo andar de cima, e o Gulliver não pode falar...

— Pois é. E aí?

Lennox encara Gillman, tentando descobrir aonde ele quer chegar com isso.

— Você está dizendo que a Amanda é a Sra. X? Que ela foi estuprada por eles quando era estudante e depois matou o Gulliver e castrou o Piggot-Wilkins?

— Isso.

— Ela investigou o Gulliver! Questionou ele.

— E daí, porra? Aquele estupradorzinho de merda deve ter abusado de um monte de meninas. Você acha que ele ia reconhecer uma mulher de um teleférico quinze anos atrás?

— Não pode ser.

— Pode ser, sim. Nessa época, ela estava na França, numa excursão da escola. Que incluía os Alpes.

— Você está investigando ela em segredo com base nessa besteira?

Um casal vem na direção deles, e então, sentindo a energia pesada, desvia até a borda do caminho, andando mais rápido quando passa por eles. Gillman olha para Lennox, mostrando os dentes:

— É a Drummond, caralho! — ele declara. — Ela está envolvida nisso!

— Você está maluco. Você está completamente doido — Lennox grita. — Eu sei que você e o Erskine eram amigos, mas cai na real.

O dedo gordo de Douglas Gillman balança na frente dele.

— É você que não tá vendo a situação porque está comendo ela, Lenny!

As sobrancelhas de Lennox atingem as alturas. *Esse corno também está te seguindo? Como ele sabe...*

— Não gostou dessa, né? — Gillman canta, triunfante. — Não é muito *profissional.* — Ele imita o tom professoral que Drummond geralmente usa quando diz essa palavra.

— Você não sabe de porra nenhuma, Dougie!

— Me esclareça, então — Gillman desafia, coroado por uma lua crescente prateada que corta as nuvens turvas. Depois, em face do silêncio de Lennox: — Viu, o que você não percebe, Lenny — Gillman estufa o próprio peito enquanto olha para ele, em apelo — é que eu estou lutando pra sobreviver aqui! O que um cara como eu vai fazer depois dos Crimes Graves? — ele pergunta. — A primeira coisa que o novo chefe faz é uma avaliação dos funcionários. A Noite das Longas Lâminas, e adivinha quem é o primeiro coitado que a chefe Amanda Drummond manda pro olho da rua? O *numero uno*, o Roger Waters na lista negra dela é ninguém mais, ninguém menos que Dougie, o Dinossauro. — Gillman faz uma reverência mal-humorada como se estivesse num palco.

— Ela ainda nem foi chamada para a vaga, seu paranoico de merda!

— Vamos ver quem se sai melhor nas entrevistas amanhã de manhã, Lenny. — Gilman bufa. — Não vou ser eu e não vai ser você: isso eu já te digo.

*Amanhã...*

Ray Lennox sabe que as entrevistas são amanhã. Mas essa informação, armazenada em algum lugar no fundo da mente dele ainda não tinha se tornado preocupação consciente. Ele considera o que está acontecendo na sua vida pessoal e profissional. Como a promoção é irrelevante pra ele. Dá um passo adiante, fica de frente pra Dougie Gillman, confronta seu olhar demente.

— Você é completamente maluco. Sério, vai embora agora.

Mas seu velho rival não vai desistir. Aquele queixo quadrado salta para fora como a gaveta de uma caixa registradora.

— Sua namoradinha gostosa te deu um pé na bunda. Aí você começou a trepar com essa sapatona frígida e não conseguiu se livrar dela... — Depois, repentinamente inspirado por algo que vê nos olhos de Lennox, ele arrisca: — Não, espera, foi ela que te deu um pé na bunda! Arrependimento do consumidor!

Para a surpresa de Gillman, Lennox solta uma gargalhada.

— Você acertou em cheio. Devia confiar mais na sua intuição.

— É exatamente o que eu estou fazendo — Gillman responde enquanto Lennox se vira e começa a ir embora. — Fica de olho nela — ele diz, à medida que se afasta, desaparecendo na névoa do Meadows como um fantasma.

Procurando um táxi, Ray Lennox, apenas alguns minutos depois, vê algo que o deixa desnorteado. Ele se vira antes que possa ser visto por um casal passeando. Se mete nas sombras da passarela e os deixa passar, atentos apenas um ao outro. Ele quer gritar, mas as palavras na garganta dele são gotas d'água na areia do deserto. Lennox observa o casal virar a esquina.

*Trudi... que sua vida seja boa.*

38

Sally limpa a garganta com um gole d'água. Cruza as pernas longas, usando meias-calças vermelhas e sapatos pretos. É encantador; hipnotizante. Seu poder foi aperfeiçoado pela profissão, mas concebido para esta vingança. Isso o torna ainda mais devastador.

— Eu tinha dezoito anos e trabalhava em Val d'Isère, num restaurante nas montanhas chamado La Folie Douce. O pessoal era bem divertido, vários eram britânicos. Eu era bartender junto com a Chloe, uma menina de Ipswich, que virou minha amiga, e o Norrie, um piadista de Glasgow. Ele estava sempre com um morador da região que operava os teleféricos para os esquiadores. Uma noite, o Piadista me passou uma cantada meio de brincadeira; eu disse que não estava interessada. Ele pareceu entender a mensagem. Esse era o Norman Erskine.

"A Wigan's Ovation tinha um cover de 'Skiing in the Snow', que tinha feito sucesso na época dos bailes do Northern Soul. Era popular com um pessoal chique que todo mundo chamava de dândis. Alguns eram até bem agradáveis e davam gorjetas boas. Um deles era particularmente bem-educado: tinha olhos azuis e era bem-humorado. Seu nome era Chris Piggot-Wilkins.

"Ele insistiu que eu fosse esquiar com ele e os amigos num dia de folga. Eu fui. Descobri que ele só tinha um amigo, um rapaz de Perthshire chamado Ritchie Gulliver, que era um esquiador decente. Depois, fomos para uma festa na montanha. Foi um dia divertido e emocionante; bares, cocaína, álcool. Eu era jovem e inocente, mas senti uma tensão crescendo perto da hora de a gente ir embora. Já não tinha muita gente na festa. Meus amigos tinham descido a montanha. Gulliver ficava dizendo que a gente estava bêbado demais pra descer de esqui. Pareceu razoável, mas a verdade é que eu era a única bêbada demais. Mais tarde, percebi que eles tinham batizado minha bebida.

"Entramos no teleférico que usamos para subir. Era feito para oito pessoas, mas éramos os únicos ali, todo mundo já tinha saído das montanhas.

"Na descida, Gulliver estava falando no celular, enquanto Piggot--Wilkins me olhava meio estranho. Eu já reconhecia aquele olhar nos homens. Aí o motor do teleférico parou. Gulliver guardou o celular e sorriu. 'Ah, querida... Parece que a gente vai ter que se distrair até que arrumem isso.'

"Foi aí que aconteceu.

"Quando o teleférico voltou a andar, eles logo se vestiram. Fiquei sentada ali, nua. O teleférico parou na base do resort e eles saíram, rindo. Estava muito frio. Eu estava completamente zonza quando me vesti. Vi os dois rindo com o operador do teleférico e seu amigo bartender: Norman Erskine, o ator desempregado. Meu olhar estava coberto por uma espécie de neblina, mas acho que vi dinheiro trocando de mãos.

"Quando passei por eles, Erskine sorriu com maldade para mim. 'Putinhas estúpidas que nem você precisam aprender uma lição.'

"Fui para meu chalé, tranquei a porta, tomei um banho, dormi e fui embora do resort no dia seguinte."

Sally continua calma, mas o olhar parece estar mais vazio do que o normal.

— Obrigada por me deixar falar, Vikram. Me ajudou muito.

Faço que sim com a cabeça, pensando em Roya. Pensando que ela nunca conseguiu falar. Mas agora a justiça será feita em nome dela, em nome de todas as mulheres que amamos que não podem falar.

# 39

Ray Lennox não esperava ver Trudi Lowe, que até esses dias era sua noiva, passeando com o novo namorado. Mesmo assim, ele já não consegue nem fingir que odeia o Dean da BMW. Desgrenhado, derrotado e inútil, ele só quer ir para casa, ver um pouco de pornografia e cheirar cocaína. Isso vai acontecer: mas Lennox acha melhor adiar. Ele decide voltar para o apartamento de Leonora. Uma mensagem de Jackie no iPhone dele confirma que a decisão foi acertada:

> Falou com ele?
> O que você está fazendo? Me liga de volta, Ray, por favor! Estou muito preocupada, ele pode estar em perigo!

*Que porra você tá fazendo nessa vida burguesa? Não é de espantar que o coitado do teu filho não saiba quem é! Vai lamber a buceta da tua namorada!*

Uma mensagem de Scott McCorkel chega, dizendo que Fraser e Leonora têm conversado com Gayle pelo Twitter. Ele manda uma captura de tela:

@killergayle
Só me diz onde você tá. Eu posso te ajudar. Tô preocupada.

@five-one
Tá sim, com certeza.

@killergayle
Por favor, o que você quer dizer com isso?

@five-one
Quero dizer: vai se foder. Não quero saber de você.

@sladest
Nem eu. Deixa a gente em paz!

*Não é o Fraser que você precisa encontrar. É a Gayle, esse grandalhão ridículo. Sempre foi a Gayle! Até no hospital com a Lauren!*

Chegar ao apartamento é um tremendo anticlímax. Ainda não tem ninguém ali. Lennox se sente desanimar. Mas, enquanto caminha para a rua Nicolson, vazia a esta hora da noite, Leonora Slade vem na direção dele, falando no celular. Os olhos dela se enchem de pavor quando ela o vê. Ela desliga e olha em volta, como se cogitasse sair correndo. Mas não é isso que faz.

Lennox não está rindo, e a expressão de Leonora é de arrependimento.

— Você vem comigo — ele diz —, de volta pra sua casa ou para a delegacia em St Leonard. Você decide.

— Minha casa — ela fala, tão baixo que ele faz força para ouvir.

No apartamento, Leonora oferece café. Ele recusa.

— Não tenho tempo a perder. Você tem voz. Você. A questão não é ser homem, mulher, trans ou qualquer coisa. A questão é ser humano e impedir que outros humanos se machuquem. Entendeu?

Ela faz um sim lento com a cabeça.

— Eu estava saindo com a Gayle... o Gary. Mas parei porque achei que estavam planejando machucar a Lauren.

— Por quê?

— A Lauren estava preparando um discurso para a palestra do Gulliver na Universidade Stirling. Ela obviamente queria condenar os transfóbicos, mas o discurso também era sobre pessoas trans que sequestram a pauta tirando outras pessoas do armário. Gary levou pro lado pessoal... — Ela começa a chorar. — Eu acho que o Gary... que a Gayle... ficou com muita raiva e levou pro lado pessoal. Eles falaram que iam matar a Lauren.

Lennox está quase concordando, mas algo o faz retroceder. A forma física, as roupas e a peruca eram parecidas, mas os olhos... Ele ainda não tem certeza sobre os olhos. Ele tenta se lembrar da pessoa atrás do volante da van no Savoy.

— E o meu sobrinho? O Fraser?

— Você sabe que ela está se escondendo, ela te disse. Ela estava na casa de uma amiga no início.

— Quem?

— Linsey, depois na casa do Dan. Eu te disse.

— Esse Dan Hopkirk, a gente não conseguiu encontrar ele. A universidade e a família dizem que ele está fazendo uma trilha e que não sabem onde.

— O Dan é assim, ele pega a mochila e vai. Acho que a Fraser admira isso nele. Não sei onde a Fraser está agora, ela não quer me contar. "Se você não souber, não podem te bater até você dizer", foi o que ela me disse ontem no telefone.

— Você acha que ele está com o Dan?

— Os dois são bem amigos, é possível.

— De quem o Fraser está fugindo? De quem ele tem medo?

— Da Gayle. — O lábio inferior de Leonora treme. — Ela enfrentou a Gayle. A Gayle ia matar ela. Eles sabem onde a Fraser mora. A Gayle disse que eles iam matar a família da Fraser. Queimar a casa dela.

Lennox olha para ela. A disparidade entre essa figura esquálida e élfica e o poderoso Gary Nicolson é perturbadora.

— Você ainda está transando com esse lunático... esse Gary... Gayle?

Leonora evita olhar para ele.

— Elu me liga. Elu me enche de medo, e preciso me encontrar com elu. — Ela começa a chorar. — Eu não aguento mais. Quero morrer!

— Olha aqui — Lennox diz com firmeza, vendo a cabeça dela se levantando. — No mínimo ele está te coagindo a estar num relacionamento. Isso não pode continuar. Da próxima vez que ele ligar, você faz o seguinte...

Ele para quando o celular dela toca. Eles se olham quando ela mostra a tela para ele, que diz: GAYLE.

# 40

Que *gostosa* é a primeira reação do policial à paisana quando vê a mulher parada no bar. Ela tem longos cabelos loiros com franja. Há algo simultaneamente sedutor e perturbador nela. Prostituta? Parece óbvio demais, mesmo para esse bar de hotel fino. O sotaque, quando ela pede um Cosmopolitan para o barman, é local, mas chique. *Uma mulher desse tipo devia estar trabalhando como acompanhante, online, não procurando clientes assim, num bar de hotel.* Ele vai até ela, com a autoridade burra e preguiçosa de um servidor do Estado.

— E aí?

— Tudo indo. — Ela arqueia a sobrancelha. — E você?

— Bem. — O policial inspeciona a cena. Bebe, com uma esperança desesperada e um entusiasmo irascível. Ele vem sempre aqui. É um local de encontros popular para aqueles que preferem o drama e a performance da vida real, em vez das mecânicas cansativas do Tinder.

Eles começam uma leve conversa sobre relacionamentos e masculinidade. Ela diz que ele é o tipo do cara que não foi desconstruído.

— Desconstruído, como assim? — Antes que ela possa responder, ele resmunga: — É que nem futebol; todo ano eles falam de reconstrução, como se isso fosse adiantar alguma coisa. Não vai adiantar nada. As coisas são como são.

Ela lança um olhar profundo na direção dele, ou pelo menos um dos olhos dela faz isso. O outro, levemente lacrimejante, parece encarar algo atrás dele ou, talvez, algo além dele.

— Ah, todo mundo pode mudar — ela diz antes de sugerir: — Vamos para a minha casa?

— Claro.
O policial à paisana está maravilhado. Sim, ela está acima da categoria dele, mas sempre foi assim. E apesar da barriga que só cresce e do cabelo que some, ele tem um ego. Às vezes, isso basta.
A mulher diz que seu apartamento é ali perto, em Bruntsfield.
Enquanto eles se afastam do enorme castelo e vão até Tolcross, a lua brilhando através das nuvens, dando a ela um brilho mineral intermitente, ele confere sorrateiramente o corpo dela. Ela é bonita, mas, mais do que isso, ela topou: é isso que importa. Romance quase nunca passa pela cabeça dele.
O apartamento dela é no segundo andar de um prédio vitoriano, e é dominado por uma sala com uma enorme janela saliente. Por dentro, o lugar é confortavelmente mobiliado, mas sem personalidade. Ela vai até um armário de bebidas e prepara um drinque para os dois.
Ele dá golinhos na vodca tônica enquanto eles se sentam mais perto no sofá, os joelhos quase se encostando. A conversa continua. Fica mais provocadora e pessoal. Aí ela diz algo que o deixa chocado:
— Você fez isso sim…
… Mas a arrogância dele luta contra a ideia de que esta situação pode estar saindo do controle. Ele percebe que está suando e que seus batimentos cardíacos estão desacelerando. Olha para a mulher numa resistência brutal e desdenhosa, sabendo que tem algo de errado e que ele precisa ir embora… Ele se levanta e cambaleia até a porta. As pernas dele parecem feitas de geleia enquanto ele tenta girar a maçaneta, que desliza em suas mãos. Logo depois ele está no chão, vendo a mulher acima dele.
De repente, outra voz no cômodo; abafada, mas profunda e rouca.
— Esse cretino é nosso.
Depois disso, Dougie Gillman não ouve mais nada.

# 41

A dança salpicada da chuva no asfalto. As ruas desertas, exceto por retardatários presos nas portas das lojas. Mesmo estacionado, Lennox usa os limpadores de para-brisa do Alfa Romeo. Ele coça os olhos; outra noite em claro. O carro dele, cheio de embalagens, papelões e latas de refrigerante, um monumento à vida mal vivida, enfatizado pela dieta cheia de carboidratos no estômago.

Nesses dias deprimentes de Edimburgo, Miami inunda seu cérebro. Vívidos tons pastel cortados por linhas pretas, delineando o céu e prédios em art déco de uma beleza voluptuosa. O artista visual Romero Britto se aproveitou disso e se tornou o maior dos artistas pop de lojinhas de aeroporto. Um contraste com a série de tons de sombra de Edimburgo e seu céu ameaçador que parece ter vomitado os prédios escuros abaixo dele. Mesmo assim, em sua mente, Lennox vê os edifícios delimitados por elétricas linhas brancas, como aquela que brilha em cima do painel à sua frente. Ela vai dilacerar seu cérebro, causar uma erosão nele, é verdade, mas ao mesmo tempo vai injetar nele a aura interna de invencibilidade.

Ele recebe um e-mail de seu antigo contato, o jornalista Sebastian Taylor:

Para: RLennox@policescot.co.uk
De: staylor125@gmail.com
Assunto: Sra. X

Prezado Ray,
Me desculpe, mas não tenho informações sobre a identidade da Sra. X.

Abraços,
Sebastian

É a Amanda. Ela é a Sra. X. Gillman está certo! Até porque a coisa está tão doida que só pode ser...

Você sempre soube que a gente tinha uma conexão... Ela estava perseguindo os caras de dentro da polícia. Ela era sua parceira e ouviu sobre seus casos antigos e toda aquela merda sobre o Gillman na Tailândia. Por isso o Gillman estava com tanto medo. Ele devia suspeitar que ela iria atrás dele!

Mas isso é uma paranoia sem sentido. Só porque ela te castrou psicologicamente, não significa que esteja fazendo isso literalmente por aí!

Mas...

... Ela foi a primeira na cena a te contar sobre o Erskine. Onde ela estava antes? Ela chegou bem rapidinho quando o Gulliver foi encontrado no galpão. Onde ela estava antes? Ela estava de licença quando Piggot-Wilkins foi atacado...

Um Toyota Prius estaciona. Isso o arranca do pensamento acelerado pela cocaína. Leonora surge na porta. Entra no carro. Ele não consegue reconhecer o motorista, mas sabe quem é. Lennox segue o veículo até a área industrial, na faixa litorânea aterrada perto das docas de Newhaven.

A sempre fria vila de pescadores, devorada há muito tempo pela cidade. O porto continua intacto, vigiado pelas altas torres do moinho Chancelot.

O Prius estaciona em frente ao Moinho e Lennox observa duas figuras saírem. Leonora e Gayle: a garota minúscula, de calça jeans e Doc Martens, e aquele homem enorme de vestido.

*Será que era a Gayle no hospital com a Lauren, será que foi ele quem jogou a urina do seu colega em você e depois te arrebentou com aquele belo gancho de direita? Só pode ser.*

Quando eles estão quase dentro do prédio, ele pisa no acelerador, chegando mais perto.

Saindo do carro, Lennox passa pela entrada, deslizando pelo corredor com as costas na parede. Ele ouve os dois entrando no elevador. Deixando as portas fecharem, ele chega perto, observando o número na tela pequena, indicando que os dois pararam no último andar. Em vez de chamar o elevador, ele acha as escadas. É uma longa subida, mas ele avança dois degraus por vez, coxas, panturrilhas e pulmões ardendo quando chega ao último andar. Ray presume que Gayle trabalhe como segurança no moinho, ou conheça alguém que trabalhe lá.

Por trás de uma porta corta-fogo, ele ouve vozes discutindo. Lennox se aproxima, abrindo uma fresta da porta, para espiar. Há um peso de chumbo no chão, e ele o usa para deixar a porta entreaberta. Leonora fala, mas é repentinamente silenciada pela mão enorme de Gayle em sua garganta.

— Você não vai me dizer o que fazer. Esquece. — Ele diminui a pressão no pescoço dela.

Diante do olhar lastimável que ela lança para ele, Gayle sorri:

— Quero comer você encostada naquela parede, baixinha.

— O que, eu...

— Teus namoradinhos idiotas não te comem que nem eu.

— A Fraser e eu... A gente confiou em você... Você era um exemplo pra gente!

— Cala essa boca, burrinha, eu só queria te comer. Você e seus amiguinhos idiotas: todos esses filhinhos da puta com esses cus e bucetas apertadinhos. Queria foder vocês e depois foder a vida de vocês. — Ele mostra um frasco de nitrito de amila. — Cheira isso.

Ele segura o cabelo de Leonora e coloca o frasco embaixo do nariz dela.

— Isso vai abrir teu cu que nem o túnel Mersey!

— "Porque esta terra é o lugar que eu amo, e aqui eu vou ficar." — A voz de Lennox entoa "Ferry Across the Mersey" quando as portas se abrem. — Você é um escroto, Gary.

Gayle olha ao redor. Encara Lennox, tirando as mãos de Leonora. O frasco de nitrito de amila cai no chão e quebra.

— O que você quer, porra? Sai daqui agora ou eu...

Ele fica em silêncio enquanto Lennox vai rápido em sua direção. O que acontece a seguir pega o detetive totalmente de surpresa. Os olhos arregalados de Gayle sugerem uma rendição. Então Lennox descobre, tarde demais, que Gayle estava só se fingindo de morto, porque uma saraivada de socos irrompe do homem de vestido diretamente na cabeça e no corpo de Ray Lennox. Eles têm a força e a precisão de um lutador profissional, e o policial está vendo estrelas. Ele tenta revidar, mas seu equilíbrio está prejudicado pela ofensiva e ele não consegue colocar força nos golpes. Um dos socos faz o cérebro dele bater contra a parte detrás do crânio, e Lennox sente seus joelhos cedendo.

*Fique de pé...*

É inútil, mas ao olhar para Gayle, ele percebe que seu adversário também está caindo, e Lennox, enquanto desaba, se lança contra ele, tentando usar o corpo em queda para segurá-lo. Os dois caem no chão juntos. Lutando contra uma náusea crescente, Lennox olha para cima e vê Leonora segurando o peso de porta. A cabeça de Gayle está aberta, sangue escorrendo pelo cabelo, pescoço e ombros, pelo vestido. Com os ouvidos abafados, ele ouve o grito animado de Leonora:

— Eu nunca tinha feito nada parecido!

— Boa hora pra começar — Lennox diz, respirando fundo enquanto se coloca lentamente por cima de Gayle, zonzo, antes de dar um gancho de direita violento na cara dele. Depois: um de esquerda. Depois: outro de direita.

— Cadê meu sobrinho! CADÊ O FRASER ROSS!

— Não sei... Eu estava procurando... Procurei ele por tudo quanto...

— Ótimo — Lennox diz, se levantando. Ele dá um chute forte no rosto de Gayle, observando a cabeça dele girar. Pegando as algemas, ele prende um dos lados num cano exposto e outro no pulso de Gayle, que revira os olhos.

— Você é uma mulher de merda e um homem de merda também... Se isso de transição for sério, melhor se focar em personalidade e não em gênero.

— A gente pode cortar o pau delu fora? — Leonora grita.

Os olhos de Lennox semicerram.

— Pode sim.

— Não! — Gayle implora.

— Então desembucha, babaca — Lennox zomba. — Me dá um nome, porra!

— Não posso.

O celular de Lennox toca: Hollis quer fazer um FaceTime. Ficando em pé de novo, ele acha uma boa ideia atender.

— Mark — ele diz, olhando para o rosto grisalho —, você sempre aparece na hora certa.

— Vai se foder, Ray, seu escocês de merda — Hollis ladra com orgulho. — Eu descobri tudo. — Lennox é todo ouvidos. Conforme Mark Hollis conta a história, Lennox olha para o algemado Gayle.

— Vikram Rawat é o nome do cara que a gente está procurando.

— Eu estava quase chegando lá, graças a esse efeminado de merda. — Ele segura o celular no ouvido de Gayle. — Pode gritar de novo, amigão?

— Vik Rawat — Hollis ruge. — Ele estava escrevendo a biografia do Billy Lake, uma punhetagem estilo true crime para fãs de bandido. Sabe, aqueles textos que o cara finge ser mais durão que a merda presa no intestino da vó.

*E era o biógrafo do Confeiteiro também! Esse filho da puta enganou todo mundo; policiais, gângsters e serial killers pedófilos. Tudo isso apelando para nossa vaidade execrável que diz que nós somos presenças divinas neste mundo.*

— Então esse negócio de trans que a gente estava em cima...

— Uma distração, cara, só pra desviar a gente da história que realmente importava. — O rosto de Hollis se contorce num sorriso amarelo, e Lennox olha para o homem de vestido.

— Não fica tão triste, Ray, eu sei que foram vocês que inventaram essa história de trans, desfilando por aí de kilt. Mas se aquele cuzão do Gulliver não gostasse de homem de vestido, não ia ter ficado do sem pinto, e a gente nunca ia ter encontrado esses filhos da puta. Então, onde o Vik Rawat está?

— Vou usar o método Hollis nesse cretino para descobrir. — Ele mostra Hollis para Gayle, que está em pânico. — Depois eu te conto, quando eu encontrar o Rawat.

Lennox desliga, vendo o sorriso sinistro de Hollis, e olha para Gayle.

— Onde ele está?

— Não posso dizer — Gayle choraminga.

— Você está com medo dele? Que grandalhão de merda! Por quê?

— Tem alguma coisa no jeito dele. No começo, a gente acreditou nele, mas descobri que ele matou o Gulliver. A Lauren e eu, a gente estava discutindo sobre o movimento e eu não me aguentei, contei quem tinha matado o Gulliver. E depois tive que falar pra ele que deixei isso escapar. Ele fodeu com a Lauren. Queria que eu matasse ela. Eu não obedeci, aí ele mesmo foi lá e fez. Você viu do que ele é capaz com o Gulliver, ele e ela. Eles são assassinos!

Lennox sente o peito queimar: *Sra. X.*

— Ela! Quem é ela!

— Sally. Sally Hart.

*Caralho.*

Lennox sente algo pesado caindo dentro de si. Ele olha para Gayle sem acreditar. O prisioneiro assustado começa a tagarelar.

— Eu era paciente dela... Eu teria feito tudo por ela... Contei tudo o que nosso grupo sabia sobre o Gulliver...

— Aí, quando a Lauren descobriu e começou a se meter...

O discurso vacilante de Gayle parece ser um reconhecimento do peso e das consequências das próprias palavras.

— Eles... Eles queriam que eu matasse ela... Mas eu não ia fazer isso! Aí eles mesmos mataram... Ou o Vikram matou, não a Sally. Mas os dois... Os dois mataram o Gulliver... — Ele chora, o rosto desmoronando.

*Quando a Sally estava te ouvindo toda atenta, você acreditou que ela estava interessada na sua motivação. Eram os detalhes dos casos, as coisas que você revelou sobre os caras violentos e manipuladores que você conheceu. De Gulliver a Rab, o Carpinteiro da Insânia, do Confeiteiro a Gillman, você estava entregando tudo pra ela; não só os corpos, mas os métodos também.*

Mas o Erskine não.
Erskine era o terceiro homem?
Sem paciência e com a raiva da humilhação fervendo dentro dele, Lennox bate em Gayle com tanta força que os nós dos seus dedos ardem quando ele sente os dentes do rapaz afrouxando e o sangue jorrando da boca dele.
— Mais uma vez. Onde eles estão?
É o golpe derradeiro, incentivado por Leonora, que finalmente faz o gigante de vestido desistir:
— Ali... Eu acho... — Ele aponta para a janela da torre adjacente do moinho Chancelot. Dei as chaves pra eles, deixei usarem o espaço...
Lennox olha para a estrutura pairando lá fora. Vai até a saída e depois à passarela que conecta as duas torres.
— O que eu posso fazer? — Leonora pergunta.
— Você pode ir para casa e esperar pelo Fraser — ele diz.
E Lennox se vai, o tempo todo pensando: *Não tem ninguém esperando por você. Você está sozinho. Você a viu com o cara. Mais jovem. Da idade dela. Aquilo machucou de verdade. Você entrou nas sombras do caminho do Meadows e viu; não do jeito como ela ficava perto de você recentemente, mas despreocupada, apesar da morte do pai. Ela e aquele cara, absortos um no outro, como a maioria dos namorados. Ambos sem notar que o ex-noivo dela estava passando; o homem com quem ela, até outro dia, queria passar o resto da vida. Como se perde um amor assim? Ficando longe dele, intencionalmente ou de um jeito subconsciente. E quando você perde esse amor, geralmente significa que não era mais digno dele. Você não odeia ela, agora não odeia nem ele. Você não tem tempo nem para odiar a si mesmo. Eis quem você é.*
*Não chore pelo amor perdido. Se sinta sortudo por ter tido esse amor. Você nunca mais vai amar de novo. Acabou. Pra você, está tudo acabado.*

# 42

*Nunca mais vou trepar...*

... É o primeiro pensamento de Douglas Gillman quando ele acorda preso no que imagina ser uma maca hospitalar. Amarrado pelos pulsos e pelo pescoço, ele instintivamente tenta se soltar, mas descobre que os tornozelos estão presos às laterais da maca. Ele olha para o teto rachado, a amarra do pescoço impedindo que ele levante a cabeça. Ao redor dele, coisas que parecem ser maquinário industrial. Ele deve estar numa fábrica antiga, talvez numa área industrial abandonada. Gillman sabe o que está acontecendo. Soube assim que começou a ficar tonto naquele apartamento.

Será que ele poderia continuar solucionando crimes sexuais como um eunuco? Seria estranho demais? Ele se empenharia nesse trabalho? Gillman sente uma risada involuntária percorrendo seu corpo subversivamente. Esses pensamentos esgotam seu estoque finito de resistência e, em sua mente, ele vê os restos mortais de Norrie Erskine, nu, azulado e sem pênis, no parque Gyle. Essa visão é acompanhada por um desespero tão avassalador que ele crê que poderia morrer ali mesmo.

Uma voz que confirma isso surge por trás dele:

— Por que os estupradores, pedófilos e assassinos são homens? — Sally Hart pergunta, passando por Gillman e se virando para encará-lo, a peruca loira descartada mostrando o cabelo na altura dos ombros num tom levemente mais acinzentado.

Com o cérebro fritando, Gillman gargalha com uma rebeldia sarcástica.

—Talvez as mulheres sejam menos confiantes... O patriarcado... A opressão sistêmica... Até agora. — Sally se agacha para ficar na linha de visão dele, segurando uma tesoura de poda.

Outra coisa se quebra dentro de Douglas Gillman, novamente engendrada pela ideia de que isso seria pior do que a morte. Na ausência do seu órgão, ele caminharia pela vida como um fantasma, um testemunho permanente do declínio da masculinidade tóxica.

Sally vai até a ponta da maca, puxando a perna da calça de Gillman, colocando uma das lâminas por baixo da roupa dele. Ela começa a cortar, na direção da virilha, observando o sorriso insolente dele enquanto ela avança rumo ao norte.

— Estou impressionada. Geralmente eles imploram.

Mantendo a rebeldia exterior, Gillman solta um grunhido de desprezo:

— Vai se foder, putinha. Você acha que vai mudar alguma coisa porque você arrancou uns pintos? Provavelmente vai acontecer o contrário, então larga dessa merda. Faz muito tempo que eu não transo sem pagar, então que se foda.

— Bem, eu posso foder, mas logo você não vai poder...

— CHEGA. — Uma voz alta, trovejante. Ray Lennox está parado na porta. — Acabou, Sally.

Sally congela, dá um passo na direção dele, tesoura na mão.

— Ray... Você está do nosso lado, eu sinto isso.

— Você teve que lidar com umas merdas. Quer vingança. Eu entendo tudo isso — Lennox admite —, você sabe que sim. Mas ele não tem nada a ver com isso.

*Pelo menos a Drummond não estava metida nisso. Gillman ficou cego de inveja com esse negócio da promoção.*

— Para com isso, Ray. — Ela acena para Gillman. — Você me disse que odiava ele, que queria que ele morresse; você está do nosso lado.

Gillman tenta girar a cabeça para olhar para eles. De boca aberta, incrédulo, ele se esforça para dizer:

— Puta que pariu... Lenny, seu filho da puta... Erskine... Ele era uma besta...

Lennox olha para Gillman com culpa.

— Foi uma figura de linguagem quando eu disse isso — ele afirma, pouco convincente, se voltando para Sally. — Sei lá, estou achando difícil entrar nessa onda da castração e da mutilação genital. — Ele vai para a frente, tentando se colocar entre ela e Gillman. — Cadê o Vikram?

De repente, Sally corre até Gillman, levantando a tesoura de poda acima da cabeça, pronta para enfiar as lâminas nele, mas Lennox se joga em cima do colega para protegê-lo. A tesoura rasga o braço de Ray atravessando a jaqueta Hugo Boss, arranhando a carne, mas é o suficiente para desviar o ataque de modo que Dougie Gillman seja atingido ao lado do peito. Enquanto Lennox está deitado face a face com Gillman, os dois gritam.

Lennox rola para fora da maca, vai para cima de Sally, derrubando a tesoura da mão dela. Ela tenta recuperar o objeto, mas ele pisa em cima, prendendo a mão da mulher embaixo da tesoura.

Sally grita e arranca a mão dali, correndo até a bolsa dela enquanto Gillman grita:

— Me solta, porra!

A mente de Lennox se divide. Ele observa Sally pegar algo na bolsa. Fica congelado pelo medo; só pode ser uma arma. Mas é uma garrafa, que Sally abre, tentando em seguida despejar o conteúdo na boca, sendo interrompida quando Lennox arranca o frasco da sua mão.

— Me deixa fazer isso — ela implora.

— NÃO INTERROMPE ELA! — Gillman grita da maca.

— Não — Lennox declara. — Você tem uma história pra contar.

— Tarde demais pra isso. — Ela corre passando pelas portas que levam para o terraço.

Lennox a segue enquanto Gillman grita:

— LENNY! ME SOLTA, SEU FILHO DA PUTA!

Mas ele está no terraço. De um lado, a cidade se eleva, o castelo semiescondido nas nuvens. Do outro: o apartamento, as águas gordurosas do rio Forth. Ray vê Sally avançar de maneira hesitante para perto da beirada. Não há nenhuma proteção. O vento sopra ao redor deles.

— Não, Sally, por favor! Sai daí!

Sally Hart semicerra os olhos. A roupa dela balança. Ela estende os braços como se estivesse se preparando para voar até o sol, e não até o concreto horroroso daquele aterro.

— Me diz o que fazer, Sally — Lennox implora. — Você precisa fazer isso valer a pena. Caso contrário, não significa nada!

— Não, Ray... é complicado demais. — Sally abre os olhos e sorri pra ele. — Você vai ser implicado. — A voz dela é de uma terapeuta profissional. — Se você quer me ajudar, e ajudar a si mesmo, pegue a chave na minha bolsa — ela levanta a bolsa —, vá ao meu escritório e destrua as partes relevantes das minhas observações no meu laptop... As que têm suas informações pessoais... O resto pode ser interessante para os seus colegas. Os poderosos nunca vão ser responsabilizados. O terror é a única coisa que eles entendem.

— Não! Eu sou cínico pra caralho, você sabe disso, Sally! Mas tem que existir outro jeito! Onde ele está? Cadê o Rawat?

— Não, Ray, o biógrafo precisa terminar a história... — A voz dela some até virar apenas uma rouquidão na ventania. Uma faísca de medo, hesitação nos olhos dela.

— Não é a sua biografia, você só se deparou com isso por causa do seu trabalho... Por favor, Sally, só me diz onde ele está...

Ela parece pensativa e diz, quase para si mesma:

— No último lugar aonde você gostaria de ir.

— O QUE ISSO QUER DIZER? — ele grita, desesperado.

— Quer dizer que você tem boas intenções, mas que no fim das contas é um servidor do Estado. É a vergonha que mata. — Ela sorri, cambaleando para trás.

— EU VOU ME DEMITIR! POR FAVOR!

— Tarde demais. — Ela atira a bolsa pra ele. — As chaves do escritório estão aí — ela diz enquanto Lennox chega mais perto, prestes a se atirar em cima dela. Então, Sally Hart se joga de costas, e ele chega a sentir a ponta dos dedos tocarem no tecido do vestido enquanto ela lentamente desaparece de vista. Lennox, na beirada, balança e quase cai, e só é salvo por uma mudança na direção do vento, agora soprando em seu peito, permitindo que ele desabe no chão firme, olhando as nuvens enquanto tenta recuperar o fôlego, segurando a bolsa de Sally com força contra o peito como se fosse a Bíblia. Ele se vira de frente, coloca com cuidado a cabeça para fora e consegue ver Sally, o cabelo loiro e o vestido vermelho, o sangue já formando uma poça no concreto ao redor do corpo destruído. Ele sai de perto do abismo e, assim que se sente confiante o suficiente, fica de pé em meio ao vendaval.

Com as mãos tremendo, ele procura na bolsa. Só há um molho de chaves. Ele o coloca no bolso e limpa suas digitais na bolsa antes de jogá-la lá embaixo.

Quando volta para dentro, Gillman está jogado no chão, arrastando a maca com ele. Ele se machucou para fazer isso. Ainda preso, o sangue escorre de sua boca, que implora:

— LENNY! PELO AMOR DE DEUS!

Lennox o solta e o ajuda a ficar de pé. Gillman olha para ele.

— Onde ela está…? — E sai correndo pela porta, olhando para baixo. — Ela pulou, não foi?

— Foi.

— Essa puta mereceu — ele rosna, cuspindo mais sangue. — Ela disse quem é o outro cuzão?

Lennox decide usar a raiva de Gillman.

— Tem um cara na outra torre, algemado num cano. Talvez você queira bater um papo com ele antes de registrar e levar pra delegacia.

— Ele vai até a escada.

— O que você vai fazer?

— Depois eu explico, agora vai prender ele.

— Valeu por tudo, Lenny. — Gillman aperta a virilha. — Sou bem apegado a isso aqui.

Lennox assente, vai até o elevador vazio e entra. A cada andar, ele pensa em Sally.

*Ah, Sally, eles te enganaram… ferraram com você mesmo. Você fez de tudo, mas não conseguiu superar. Por favor, por favor, Sally, fique em paz…*

*Por que você falou que ia se demitir?*
Quando ele sai, vai direto para o Alfa Romeo. Não consegue olhar para o corpo dela esmagado. Você já viu muitos corpos deformados pela violência. A polícia de verdade que lide com isso.
*Talvez você esteja mesmo se demitindo.*
Ray dirige pelas ruas cheias, passando por uma ambulância barulhenta, provavelmente a que levará o corpo de Sally para o necrotério. Gillman não vai ficar por ali; nem pode. Na sua mão esquerda, a mesma que segura o volante, as chaves da sala de Sally, na rua Albany. Indo até New Town, ele estaciona na paralela Dublin Street Lane, voltando a pé. A chuva já limpou a rua quando ele chega ao prédio, vacilando antes de descer os degraus e entrar. Assim que coloca as mãos no que precisa, um segundo conjunto de sirenes enche os ares.
*Estão vindo atrás disso. Seus próprios colegas te caçando.*
Em vez de sair pela frente, ele abre as janelas francesas e sobe alguns degraus até o pátio dos fundos. Espera que a chuva e que as grandes paredes de pedra da privacidade burguesa, em uma das áreas com maior concentração de prédios do Reino Unido, façam seu trabalho. Ele não olha para cima, isso só mostraria seu rosto para algum observador. Ray atravessa o pátio, forçando uma porta traseira no prédio dos fundos, atravessando o prédio e saindo nos paralelepípedos da Dublin Street Lane.
Ao voltar para o carro, a paranoia o invade. O desespero relacionado ao *último lugar* aonde ele gostaria de ir pulsa na mente dele, e ele escolhe o mais óbvio. Indo até o túnel Colinton, ele o acha menos ameaçador por causa das novas luzes e grafites.
*Não tem ninguém aqui.*
*Nenhum fantasma.*
Ele se sente arrasado. Ri dos voos ridículos da sua imaginação.
*O último lugar onde ele gostaria de estar? Fettes? Sua casa?*
O iPhone mostra um lembrete: ENTREVISTA AMANHÃ 11H.

43

Ela se foi. Mas Sally parte sabendo que seu trabalho está quase completo; Gulliver e Erskine mortos e castrados, Piggot-Wilkins em prisão domiciliar, mutilado e aterrorizado, ele e sua laia desesperados para saber quem será o próximo da lista. Não é um resultado ruim.

Mas ela partiu. Assim como Roya havia feito antes dela. Esse lindo anjo da vingança não existe mais. Destroçada pela gravidade e pelo concreto depois de se jogar do alto daquele moinho.

E Lennox vai pagar por isso.

Mas, agora, preciso ficar escondido até a hora do ataque. Fiquei arrogante demais depois do nosso sucesso, quando Lennox quase me pegou naquele hospital enquanto eu tentava dar um fim em Lauren Fairchild. Quem dera eu estivesse mais focado quando tentei atropelar Lennox e aquele policial gordo e corrupto de Londres na frente do Savoy. Dava para colocar a culpa por tudo isso em Gayle, aquela aberração. Mas fui autoindulgente. Preparei um testezinho para Sally; ver como ela reagiria à morte do seu policial favorito. Que bom que não deu certo na época. Porque a pior coisa que você pode fazer com um homem não é matar o sujeito, é obrigar a pessoa a viver uma vida de culpa, medo e tristeza. Não preciso eliminar o Lennox. Desta vez, vou deixá-lo fazer o trabalho pesado de sua própria morte.

# DIA SETE
Segunda-feira

## 44

Em seu apartamento, Ray Lennox desparafusa um dos painéis de gesso que cobrem a parede do banheiro. Com isso, expõe um conjunto de canos antigos, atrás dos quais ele esconde o laptop de Sally. O computador cabe direitinho ali, o cano quente longe do estojo e sem risco de causar algum dano ao dispositivo. Depois de parafusar o painel de volta, ele vai para a cama e cai num sono perturbado. Sonha que há homens da Corregedoria na casa dele, vasculhando.

O sol mal nasceu quando ele acorda com uma paranoia cortante. Ele desparafusa a placa de gesso para verificar o computador escondido que poderia ter feito — ou não — cabeças rolarem numa época anterior. É impossível que o laptop tenha sido levado ou danificado durante a noite, mas Lennox fica extremamente aliviado quando o segura em suas mãos. Ali estão os segredos sombrios de tanta gente: os dele também.

Talvez isso inclua a história que Vik Rawat, o biógrafo maluco, estava escrevendo por vingança. Vai ter coisas sobre Billy Lake. Talvez ainda mais segredos do Confeiteiro.

Mas ele não pode deixar o laptop em casa. Se pegam o computador com Lennox, ele seria preso. Lennox quebra a cabeça: é mais de uma hora de carro até o único porto seguro em que ele consegue pensar.

Chegando ao chalé da irmã em Perthshire, cujas chaves Lennox ainda tem, ele se sente grato por não ver nenhum carro estacionado. Mas, mesmo com a falta de sinais visíveis de ocupação, seus sentidos estão alertas. Lennox fica tenso, já que não consegue escapar da sensação...

*Alguém esteve aqui...*

Então um grito de gelar o sangue:

— VÁ SE FODER!!
E então ele vê que o jovem parado a sua frente, segurando uma faca, é seu sobrinho. Fraser veste uma calça jeans e uma camiseta do Primal Scream.
— Tio Ray... — Ele larga a faca e começa a soluçar. — Eles ameaçaram matar minha família... disseram que se eu procurasse você... Gayle... Acho que machucaram a Lauren!
*Não, era alguém bem pior. Outro homem, com olhos mais escuros. Você consegue ver os olhos agora, entre a máscara e o boné...*
— Está tudo bem, parceiro, você fez tudo certo, tentou manter sua família longe dessa merda com a Gayle e as pessoas que andam com ela.
Fraser não tinha como saber que Gayle, que sempre pareceu um valentão tão onipotente, estivesse com medo da manipulação de Vikram. Lennox abraça o garoto com alívio. Ele não consegue acreditar. Tão avesso a este lugar depois de estar aqui com Trudi, ele não pensou que fosse o local mais óbvio para seu sobrinho se esconder.
— Eu vim para cá... Estou sobrevivendo à base de Cup Noodles da lojinha da esquina — Fraser fala baixinho, apontando para algumas embalagens. — Minha mãe está muito brava?
— Não se preocupe com isso. Vamos tomar um chá. — Ele liga a chaleira, tirando o laptop da mochila. — O que você sabe sobre computadores?
— O quê? Ah, sei mais do que um dinossauro da geração X que nem você!
Aliviado por Fraser ter recuperado a leveza, Lennox pega o laptop.
— Preciso de uma senha para usar isso.
— Você sabe a conta do usuário?
— Não.
— Sabe o e-mail do usuário?
— Sim... — Lennox pega o celular e mostra o e-mail para Fraser, que anota.
— Vou tentar.

— Certo... Você precisa vir comigo.

— Não. — Fraser balança a cabeça, enfático. — Ainda não. Estou bem aqui por enquanto. Gayle disse que eles estavam envolvidos com outras pessoas, que estão vigiando meus movimentos.

— Isso é mentira, parceiro.

— Não — Fraser diz desafiadoramente. — Não vou voltar pra cidade, posso levar eles até minha mãe, meu pai e o Murdo. Além disso, você quer que eu dê um jeito nisso aqui, não quer?

— Certo — Lennox admite, pensando na entrevista e no futuro dele. — Tenho que ir agora. Só vou demorar umas horas. Não saia daqui de jeito nenhum.

— Pode deixar...

— Prometa que você não vai sair!

Fraser faz que sim com a cabeça veementemente.

— Vamos tirar uma foto, dos ombros pra cima, pra eu mandar pra sua mãe. Ela não vai conseguir determinar o local, mas vai saber que você está bem. Pra eu deixar você ficar aqui, essa é a condição.

— Tudo bem — ele cede, e Lennox faz a foto.

Lennox volta para o carro. Ele olha em volta: não tem ninguém ali. Pelo caminho tortuoso, ele segue até a estrada que leva à cidade, depois pela pequena rua principal, através do loteamento deserto. É assustador, mas é bom. Ainda é muito cedo, nem um único carro passa por ele no caminho. Ele manda a foto de Fraser sorrindo e fazendo joinha para Jackie com a seguinte mensagem:

> Como você pode ver, está tudo bem.
> Ele logo vai pra casa, e isso é uma promessa.

Ignorando a enxurrada de mensagens da irmã, Lennox pergunta pelo rádio se já pegaram Vikram Rawat. McCorkel diz que estão vasculhando a área e que já foram ao escritório de Sally.

— O que vocês acharam?

— O laptop dela sumiu. Todos os registros estão ali.

Há uma pausa, e Lennox se pergunta se o lógico McCorkel virou cem por cento policial e está tentando pegá-lo desprevenido.

— Algum jeito de rastrear?

— A gente está tentando, mas pode demorar um pouco.

— Certo, Scott, obrigado. Se souber de algo, me avisa. Logo chego aí.

Assim que desliga, estacionando em Fettes, Ray recebe uma ligação de Drummond. Ele sabe o assunto.

— Bom trabalho, Ray.

São raras as vezes em que Lennox pode apreciar seu próprio silêncio ensurdecedor dessa forma.

— Digo, você encontrou a Sally... foi um choque enorme...

— Drummond balbucia, e aí vai direto ao assunto. — Você sabe do laptop dela? — Agora ela não consegue nem tentar disfarçar o pânico na voz: as anotações sobre ela estão lá.

A ansiedade dela encoraja Lennox a dar a resposta mais razoável dos últimos tempos:

— Aposto que está com o Vikram Rawat. Quando pegarmos ele, vamos descobrir.

— Isso não te incomoda? — A voz de Drummond é aguda, quase um grito de desespero, enquanto Lennox sai do Alfa Romeo e vai até a entrada. — Tipo, com as anotações sobre você lá?

— Óbvio que estou preocupado... — Ele pisa numa poça e sente a água molhar a sola do pé. Segura um palavrão. Entra no prédio.

— Você devia reconsiderar sua atitude, Ray, em relação à promoção — ela diz. — Foi você que encontrou a Sally. Você é o favorito!

Lennox não consegue resistir, ao andar pelo corredor:

— Você me levou até ela, lembra? Eu não notei nada.

— Eu não suspeitei, Ray — Drummond confessa numa voz baixa e triste. — Você percebe como isso pode ser vergonhoso, não?

— Eu não suspeitei também. Só percebi quando já era tarde demais pro Erskine.

*O que você contou para a Sally? O que tem naquele arquivo? O que a Drummond contou pra ela?*

Ele encerra a chamada. Pendura a jaqueta no escritório rapidamente. Sai, e, ao fazer uma curva, encontra Drummond sentada do lado de fora da sala de reuniões, em um longo corredor cheio de quadros horríveis. Ela fica levemente ruborizada ao vê-lo ali, guardando o celular, não respondendo quando ele aponta para ela de brincadeira. Os dois voltam a agir com calma, e ela mantém as aparências, usando um tailleur verde-garrafa e sapatilhas pretas. Drummond, ele acha, joga bem o jogo institucional. Ela vai ser habilidosa e elegante na entrevista, como uma pessoa ambiciosa deve ser.

Lennox, dolorosamente ciente da sua aparência suja e desgrenhada, senta-se perto dela numa das cadeiras estofadas, enquanto Drummond informa:

— O Dougie acabou de entrar. — Ela anota algo no iPad, confirmando que não quer falar sobre nada, muito menos sobre eles. Logo que Lennox vai começar a mexer no próprio celular em solidariedade, Gillman sai de rompante. Para ao ver os dois ali, os lábios contraídos em desprezo.

Drummond olha para ele em choque.

— Dougie, o que foi? Você só ficou três minutos ali dentro!

Lennox luta contra um sorriso imaturo, assolado pela visão de Gillman em cima de uma prostituta em uma das saunas que ele frequenta. Opta por não demonstrar seu humor nervoso enquanto Gillman chia, apontando para a porta fechada onde os chefes deliberam.

— Falei pra esses vagabundos que eles eram uns filhos da puta por continuar com essa merda depois que um detetive veterano dessa divisão acaba de ser assassinado e mutilado. — Ele olha vingativamente para dentro da sala. — Duvido que você faça o mesmo — ele grita para Lennox, e depois aponta para Drummond. — Você eu sei que não vai!

*Seus três minutos são dois minutos a mais do que eu vou levar.*
Lennox dá um sorriso frio para ele.

— Os seus testículos. — Ele aponta com a cabeça para a virilha de Gillman, enquanto Drummond olha apavorada. — Eu devia ter deixado a Sally libertar os coitados. Infelizmente, eles ainda estão grudados nessa porcaria. — E o dedo dele sobe, parando na altura do rosto de Gillman.

— Ah, sim, obrigado de novo, Lenny, mas as do Norrie já eram! E isso significa que todos esses cuzões ali dentro têm que ir se foder!

Os olhos brilhantes de Drummond se enchem de lágrimas, enquanto um membro do conselho, também enrubescido, abre a porta para chamá-la, a cabeça dele girando de alívio por Gillman estar indo embora, como uma tempestade prestes a passar. Amanda Drummond se levanta e entra na sala de reuniões, os saltos baixos estalando no chão polido, recomposta, Lennox acha, já pensando no surto de Gillman como algo que vai favorecê-la. A apresentação dela será sobre oportunidades iguais, recrutamento de mulheres e maior diversidade racial para desintoxicar o ambiente inóspito cheio de velhos brancos que é a divisão de Crimes Graves, além de melhoramentos na tecnologia da informação e nos sistemas de comunicação e terapia para policiais com problemas de estresse, burnout e alcoolismo.

*E ela vai estar certa.*
*É mesmo a hora dela.*
*Mas ela não tem experiência. Ela precisa de uma mãozinha.*
Lennox sabe o que precisa fazer.

— Amanda, espera um instante, por favor — ele diz. Drummond olha para ele, confusa. Sua expressão espelha a do homem corado e corpulento parado na porta, que vai na direção de Lennox.

— Sou Rikki Knox, chefe do Crimes Graves de Glasgow.

— Eu sei — Lennox diz. Ele e Chic Gallagher trocaram reclamações sobre Knox e Toal ao longo dos anos.

— Algum problema? — Knox olha para a planilha na sua mão.

— Detetive Lennox?

— Quero ser o próximo. Não vou demorar muito.
— A detetive Drummond é a próxima. — Knox olha para Amanda Drummond. *Outro idiota com síndrome do pequeno poder. Chic tinha razão sobre ele.*

Drummond observa Lennox com o olhar arregalado de quem foi desrespeitada. Então um certo cálculo surge nos olhos dela, e ela parece sentir o cheiro de uma oportunidade. Ela dá de ombros.

— Tudo bem.

— Bom, se por você não tiver problema... — Knox assente com a cabeça. Levando Lennox para dentro, ele repentinamente exibe uma bonomia, sussurrando no ouvido dele:

— Bom trabalho nos assassinatos do Gulliver e do Erskine. — Ele aponta para uma cadeira desocupada. Na longa mesa da sala de reuniões, Knox se senta ao lado dos colegas levemente confusos, que ele apresenta como Chefe da Polícia Jim Niddrie, Cecilia Parish do Comitê Policial e Conselho de Edimburgo, Bob Toal, e Archie Mazzlo, do Comitê Policial do Governo Escocês, que não teve muita sorte com esse nome — sua insistência para que os recursos policiais fossem priorizados para certos tipos de crimes de delinquência juvenil levou ao uso generalizado da expressão "Hierarquia dos Pivetes de Mazzlo", que saiu da cantina direto para os tabloides.

— A detetive Drummond concordou em alterar a ordem das entrevistas com o detetive Lennox aqui — Knox explica com uma neutralidade estudada.

Lennox se senta diante deles, observando os retratos austeros dos ex-chefes que adornam as paredes. Todos velhos e brancos. É, a polícia realmente precisa se modernizar.

Archie Mazzlo começa.

— Suponho que a pergunta mais óbvia, detetive Lennox, seja: por que você quer esse cargo?

— Bom — Lennox diz e vê Sally caindo no abismo, um Ícaro loiro que voou perto demais do sol e acabou destroçado num aterro no fundo do moinho Chancelot. *EU VOU ME DEMITIR! POR FAVOR!* Ele respira fundo. — Eu pensei bastante sobre isso, por muito tempo, e decidi que não quero.

Os membros do conselho se entreolham. Por fim, Mazzlo, boquiaberto, pergunta a Lennox:
— Como assim? Pode explicar?

Lennox olha lentamente para cada um do grupo.
— Não é pra mim.

Celia Parish se vira para Toal.
— Qual é o problema com os homens da sua divisão?

Toal mantém a compostura, mas seu rosto parece ficar mole, e cai enquanto ele olha para Lennox com uma compaixão exausta.
— Será que você pode nos dar uma razão, Ray?
— Desculpe por desperdiçar o tempo de vocês. Mas a polícia é um desperdício do tempo de muita gente. Eu sei que, de maneiras diferentes, todos vocês estão em paz em relação a isso. Que bom. Infelizmente, eu não consigo mais. — Ele se levanta da cadeira.
— O que você está dizendo, Ray? — Toal está visivelmente magoado, e Lennox é tomado por um pesar profundo.
— Estou dizendo... que não tenho mais o que fazer aqui. Estou pedindo demissão.

O rosto de Celia Parish está contraído.
— Posso perguntar por quê? Você tem uma carreira sólida...
— Eu nunca estive aqui de verdade — Ray Lennox diz, se virando e indo embora.

Enquanto o comitê de seleção se entreolha surpreso com a partida dele, dissertando em sussurros sobre seus níveis de estresse, saúde mental, medicação e terapia, eles não veem o sorriso largo como o estuário do rio Forth no rosto do detetive de saída.

Ele passa por Amanda Drummond, que está chocada.
— O cargo é seu.

# 45

Um moleque corajoso, rebelde, impôs resistência. Mas eu sei, por experiência própria, como é fútil ser um garoto diante do poder de verdade. No fim das contas, isso vale também para ser uma dupla de um homem e uma mulher. Nós tínhamos consciência de que estávamos condenados muito antes do começo desta empreitada. O problema de gente como Piggot-Wilkins, Gulliver e Erskine é que eles também estavam condenados, mas sem perceber. Sim, foi bom enquanto durou, mas o Estado está nos cercando do seu jeito implacável e monolítico. Nossa campanha de terror foi bem-sucedida; eu sei, pelos meus contatos, que depois dos incidentes com Gulliver e Piggot-Wilkins, os poderosos abusivos ficaram com medo. Dobraram sua segurança. Contrataram mais servidores da classe trabalhadora para protegê-los, comprados com o dinheiro do contribuinte confuso, mesmo pretendendo saquear ainda mais os nossos cofres.

E Lennox, essa ferramenta útil para eles, simplesmente precisa ser ferido. Precisa conhecer a dor de saber que arrastou seu sobrinho para o meio disso tudo. Se ele for esperto o suficiente para perceber, ou corajoso o suficiente para ir até onde nós estamos indo, ele vai testemunhar a mão de seu sobrinho sendo arrancada.

Obrigado por me levar até aquilo que você ama, Lennox.

# 46

Glover e McCorkel se encolhem nos assentos quando Dougie Gillman entra como um furacão no escritório, derrubando a cadeira ao pegar a jaqueta no encosto, e explode:

— MANDEI OS CRETINOS ENFIAREM O CARGO NO CU!

A raiva instantaneamente vira choque: a última pessoa que ele espera ver vindo atrás dele é Ray Lennox.

— Que porra é...

— Parece que a gente estava lendo o mesmo roteiro — Lennox diz com indiferença, pegando a própria jaqueta Hugo Boss de um gancho na parede perto da mesa. — Estou dando o fora daqui.

Assim os dois homens se veem seguindo um ao outro, ou melhor, conectados pela mesma energia, que eles permitem que os impulsione para fora do QG da polícia e direto para as ruas molhadas de Stockbridge.

— Dei uma surra naquele esquisitão — Gillman corta o silêncio, talvez nervoso com a aparência alucinada de Lennox. — Cara enorme, sabe, e ainda precisei dar muito nele para acabar com a energia que ele tinha pra brigar. Foi legal da sua parte dar umas porradas nele e amarrar ele primeiro — ele diz, com um pouco de gratidão e admiração na voz, o olhar perguntando: como você conseguiu?

— Dei sorte. — Lennox gira na direção dele. — Acontece. — Ele pensa na Tailândia. Espera que Gillman pense também. — Arrancou mais alguma coisa daquele filho da puta?

— Provavelmente nada que você não saiba. Não foi ele que matou McVittie, Lauren, sei lá qual o nome agora. Pra mim todo esse negócio de mudança de sexo é coisa de gente maluca, mas Jim era um de nós — Gillman admite enquanto eles andam por Raeburn Place.

*Nós quem?*
Lennox decide ficar em silêncio. O gênero das outras pessoas, exceto quando existe o desejo e a possibilidade de transar com elas, não interessa muito para ele. São só 11h30, e, apesar de não estarem unidos o suficiente para entrar num táxi e irem ao Oficina Mecânica, eles optam por bater à porta de uma pousada de Stockbridge bem conhecida entre os policiais. O proprietário deixa os dois entrarem.

— Um dia daqueles? — ele pergunta, servindo as bebidas.

Os dois homens bebem as Stellas numa série de goles que os une. Gillman bate a base do copo contra o balcão como se fosse uma luva enquanto eles pedem mais duas.

— Valeu, mesmo — ele resmunga.

O rosto de Lennox continua imóvel.

— Eu estava esperando lá fora, torcendo pra que ela parasse de enrolação.

Uma risada seca irrompe de Gillman, balançando seus ombros. Ele logo para.

— A gente nunca se deu bem, Lenny, e provavelmente isso vai continuar igual.

Esse cara tem um jeito estranho de expressar gratidão.

— Bem, cada um é cada um, Dougie.

— Mas eu te devo uma, e nunca deixo de pagar uma dívida.

— Você me deve a porra de uma jaqueta — ele zomba, olhando para a manga rasgada da Hugo Boss.

— Ah... Sim... Pode deixar que eu conserto isso. Eu conheço um cara em Coogate — Gillman diz, a cabeça virando para a juke-box. — Esse lugar aqui está Lou Reed demais — ele diz. — Vou colocar uma música.

Lennox, agora estranhamente um irmão de guerra do seu velho inimigo, faz que sim com a cabeça enquanto Gillman vai até lá. Ele se pergunta onde Drummond vai comemorar. Manda uma mensagem para ela:

> Parabéns. A melhor pessoa ficou com a vaga. Bjs.

"You Ain't Seen Nothing Yet", do Bachman-Turner Overdrive, explode das caixas de som quando Gillman volta, dando grandes goles na segunda cerveja. Lennox fica impressionado — ele ataca o copo de bebida como se o copo fosse um pedófilo. Bebendo metade da cerveja de uma vez só e colocando o copo na mesa com uma careta intensa, ele pergunta pela enésima vez:
— Você se demitiu mesmo?
— Sim.
— O que você vai fazer?
— Sei lá.
Gillman balança a cabeça, incrédulo.
— Porra, não consigo acreditar. — Ele causa mais um estrago na cerveja. — Mal tirou a farda, detetive ano passado, e agora Chefe. É um insulto, porra. Esse emprego é uma merda. Não é de se espantar que você esteja de saída, Lenny. Mas eu preciso pedir desculpa. — Ele fixa em Lennox um olhar sério, fazendo sinal para mais duas cervejas enquanto "Here I Go Again", do Whitesnakes, toca. — Achei que a Drummond fosse a assassina. Aquela história da Sra. X. Eu me envolvi demais nessa merda. Deixei essas coisas pessoais atrapalharem meu juízo.
— Acontece — Lennox confessa. *Você também achou que ela fosse a assassina.*
Então Gillman se aproxima, baixando a voz e olhando atravessado para ele.
— Achei que você estava defendendo ela porque ela estava dando pra você.
— E eu achei que você estava perseguindo ela porque ela não deu pra você.
Gillman bufa indignado, mas a expressão dele é de uma aprovação austera quando Lennox pede dois Macallans.

Os outros policiais da divisão de Crimes Graves, ouvindo dizer que os dois estavam enchendo a cara, aparecem na pousada. Lennox e Gillman ficam sabendo que a vitória por W.O. de Drummond foi parcial. Ela vai dividir a chefia com Robbie Sives, um detetive veterano de Tayside. Ele vai trabalhar com ela por dois anos até se aposentar, e aí ela assume de verdade. Gillman está longe de ficar tranquilo.

— Se fosse qualificada para a vaga, ela seria chamada pra vaga, ponto final. Chefia compartilhada... Ela é superprotegida. Queria ver um policial homem tendo esse tratamento. Parece coisa de jardim de infância!

As bebidas continuam indo e vindo. Não há dúvida de que a morte de Erskine mexeu fundamentalmente com essa coalizão de homens amargurados, bêbados e confusos. Lennox sente uma liberdade inacreditável, sabendo que está livre de tudo isso.

*Fim.*
*Acabou.*
*Eles emitiram um alerta sobre Vikram Rawat e vão achá-lo.*

Ele pensa em Hollis e sente desejo de cheirar uma carreira. Só a chegada de McCorkel, que entra acompanhado de Inglis, o impede de levar a ideia adiante. Ele não tem intenção de apresentar um jovem policial à cocaína da mesma maneira que um ex-parceiro fez com ele.

Agora ele precisa voltar ao chalé para levar Fraser de volta para casa e para Jackie. Ele luta contra a vontade e sai de fininho pela porta lateral, sem se despedir dos colegas. Ele bebeu demais para dirigir, mas ainda é policial e isso tem lá suas vantagens, e ele dirige melhor bêbado. Futilmente eufórico por ter escapado despercebido, ele dá uma olhada nas ruas turvas, voltando para o estacionamento de Fettes para pegar o Alfa Romeo.

O frio cortante do outono penetra todas as camadas de roupa, mordiscando sua pele. Felizmente, é um frio seco e sem vento, por isso a caminhada resoluta por Stockbridge diminui o purgatório. Lennox segue em frente, a umidade vindo do mar. Uma névoa grudenta e voraz se insinua no ar. O frio parece ter feito um lar nos nervos das suas costas, forçando-o a encurvar os ombros. Quando ele chega no carro, liga para Drummond. Ela ainda não está atendendo.

— Parabéns...

Ele sai da cidade, volta para o chalé. Na chegada, a casa caiada parece sinistramente inerte, nuvens carregadas acima dela. Uma sensação de desespero avassaladora toma conta de Lennox enquanto ele empurra a porta destrancada.

Lá dentro, o lugar está destruído. Não há sinal de Fraser, só indícios de que ele lutou. Nada de sangue. Fraser resistiu, mas foi levado.

Lennox volta para a rua e seu coração fica ainda mais pesado quando ele percebe marcas de pneu no asfalto.

*Rawat... Ele te rastreou até aqui... Ele estava esperando no moinho Chancelot... Estava observando o apartamento...*

*Você fodeu com tudo monumentalmente. Você precisa encontrar ele. Era do laptop que ele estava atrás...*

Lennox entra na casa correndo. O laptop de Sally, assim como Fraser, se foi.

Neste mesmo instante, o celular dele indica uma mensagem de: Fraser. O sangue de Lennox gela. Ele sabe que não é do sobrinho. É um vídeo. As imagens mostram Fraser num lugar escuro, iluminado por uma lanterna. Os braços dele estão presos a uma bancada de madeira. É possível ouvir um barulho áspero, e uma serra elétrica aparece na imagem. Uma voz educada diz em off:

— Seu sobrinho está prestes a perder uma mão. Você deveria estar aqui para testemunhar. Você não tem muito tempo, detetive Lennox.

Ele entra no carro e volta para Edimburgo em alta velocidade. Drummond liga e ele põe no viva-voz.

— Eu devia te agradecer — ela diz, graciosamente, e depois de uma breve hesitação: — Foram belas performances, você e o Dougie. Estou muito agradecida por ter sido reconhecida, e estou ansiosa pra trabalhar com o Robbie Sives, mas não gosto de receber as coisas de bandeja.

*Caralho, por que você deixou aquele pirralho lá? Rawat estava te seguindo. Todo esse tempo, ele estava um passo à frente...*

— Você é a pessoa certa para a vaga, Amanda — ele responde mecanicamente. — Se a divisão quer se modernizar, precisa de gente como você.

— Mas precisa de gente como você também, Ray. O que você estava pensando, saindo daquele jeito? O que vai fazer? *Você vai respirar depois de ter segurado a respiração por anos... É um túnel... É o túnel Colinton... Mas não tem nada parecido agora, só artes coloridas...*

— Sinceramente, não sei.

*Fraser. A gente vai pro Tynecastle de novo, parceiro.*

Um silêncio no alto-falante é seguido por:

— Olha só, Ray, sobre aquela noite, é melhor você não me ligar pra falar de coisas que não têm a ver com trabalho... — Ela enrola e depois acrescenta, assertiva: — Você e eu... Aquilo foi um erro.

*Erro? Não, Ray Lennox erra. Erra demais. Amanda Drummond comete apenas pequenos equívocos. Ela é a melhor pessoa não só para essa vaga, mas para essa vida.*

— Como você quiser. Eu vou sair quase imediatamente, já tinha licença pra tirar.

*Rawat... Caralho, onde... A escuridão... O último lugar aonde você gostaria de ir...*

— Ray...

— Então além de nunca mais dormir juntos, nós não vamos nunca mais trabalhar juntos — ele diz com uma pausa dramática, se sentindo perturbadoramente parecido com Stuart. — Isso vai nos poupar de muito constrangimento social.

*Jackie... Você prometeu para ela que traria Fraser de volta... Caralho, no que você estava pensando? Você tinha encontrado ele. VOCÊ TINHA ENCONTRADO ELE, PORRA.*

— Ah, por favor! Não tenta fazer sua demissão ter a ver com o que aconteceu com a gente. Nem você acredita nisso... — Ela tagarela, mas Lennox não consegue ouvir. Ele é cortado por um pensamento invasivo:

*NÃO É O TÚNEL COLINTON!*

A corrida que ele fez vários dias atrás, antes de Toal contar sobre o corpo de Gulliver ter sido encontrado no galpão. Ele disse para Sally que não conseguia passar pelo longo túnel abaixo do Arthur's Seat.
*O túnel Innocent.*
Ele encerra a chamada, procurando o túnel no smartphone. Ambas as saídas estão bloqueadas há dois dias. Conserto em alguma área de sedimentação. O que tem lá dentro?

Olho para o jovem com certa pena. Olhos saltados, cheios de medo, acima da mordaça firme que coloquei tampando a boca. Ligo a câmera, apoiada no tripé. O coração precisa estar frio para fazer isto. Me preocupo que agora, fervor religioso à parte, poucas coisas me diferenciam do Prima Bette. Mas esse é o poder do monstro: contaminar. Eu me lembro daquela figura ridícula, pensando que sua infância deve ter sido cheia de surras, humilhação e abuso para ele se tornar o que se tornou.

Mas este rapaz vai sobreviver, assim como eu sobrevivi. Quem sabe o que isso vai produzir nele? No mínimo, ele terá uma razão para todos os problemas futuros da sua vida. Que dádiva essa que eu agora concedo! Porque, e isso talvez seja estranho, eu não me arrependo de nada que tenha a ver com minha existência. Ela foi marcada por uma sequência de desastres, quando meus pais foram assassinados, Roya foi estuprada e tirou a própria vida. Pode ser que ele também viva uma vida mais interessante como resultado desta amputação.

Quem carregará a verdadeira dor é Lennox. Ele é sensível demais para ser eficiente na execução das leis ridículas de uma ordem decadente. Agora seu sobrinho pagará pela sua incapacidade de entender isso.

E como não há mais ninguém para testemunhar, o jovem precisa ouvir minha história.

— Perdão pela mordaça — explico —, mas o que você tem a dizer é irrelevante. Eu detenho o poder, você fica em silêncio.

As pupilas do garoto se dilatam. Ele parece entender.

— Eu me tornei um biógrafo, trabalhando exclusivamente com pessoas de quem eu não gostava. Principalmente aqueles que sabiam algo sobre pessoas de quem eu gostava menos ainda. Um gângster chamado Lake me disse que terceirizava várias das suas operações, usando pessoas que, no geral, não seriam conectadas a ele. Mas, na verdade, quando disse isso, o idiota estava me informando sobre sua rede de contatos, que eu poderia manipular. Descobri que um espécime chamado Toby Wallingham fornecia vítimas para abusadores ricos como Christopher Piggot-Wilkins. Então decidi usar Wallingham para construir um conflito entre Piggot-Wilkins e Lake. Ficar de fora e ver Lake destruí-lo, e depois ir para a prisão por causa disso... Mas, desculpe. — Eu noto os olhos perplexos do rapaz. — Esses nomes não significam nada para você. Nem deveriam... — Eu me volto para a luz vermelha piscante acima da lente da câmera. — Mas isso, como eu disse, não é para você.

"Mas, Sally Hart... — e uma convulsão subversiva borbulha no meu peito. — Ela me convenceu que tínhamos que destruir Piggot-Wilkins por conta própria. Que meu jeito era muito a sangue-frio. Nós tínhamos que beber o medo deles. Então, embora o plano original tenha se tornado supérfluo, todos os elementos dele continuaram no mesmo lugar. Em um dos seus vários momentos de guarda baixa, Lake se gabou sobre o policial de Londres que o ajudava a 'se livrar duns monstros'. Investiguei mais a fundo e descobri que era o detetive Mark Hollis. Achei que seria divertido fazer com que ele desse uma surra no parceiro involuntariamente, através do detestável Wallingham. É fácil causar divisões quando se trata de pessoas confusas, desmoralizadas e cegas pelo próprio sentimento narcisista de merecimento. Na verdade, são só travessuras. É estranhíssimo, mas o que você descobre sobre esses homens que exercem o poder e destroem aleatoriamente as nossas vidas é que eles são burros, entediados e insatisfeitos. É a condição humana..."

Os olhos do garoto saltam ainda mais. O rosto dele está vermelho. A mordaça deve estar sufocante. Mas ela será removida quando Lennox entrar no túnel, para que ele escute o sobrinho gritar.

— E você é bem-vindo a ela. Sem uma mão, infelizmente.

# 48

Ele mal sente os calafrios agora, no calor do carro. A percepção de que está fazendo tudo por conta própria percorre seu corpo. É sempre melhor assim, como em Miami. Estar solto, irrestrito. A ressaca logo vai bater. Junto, virá o medo de agir em desacordo com a autoridade de um Estado que tem o monopólio da violência e que nunca responde bem àqueles que não reconhecem isso. Mas agora Ray Lennox só está ciente do sabor metálico da vingança na boca. As pernas tremendo. Os pulmões latejando. O coração batendo. Só mais um entre os bilhões neste planeta. Como todo o resto, o seu, em algum momento, vai parar. Seu corpo vai atrofiar e se decompor. Até lá, ele não consegue pensar em nada melhor para fazer do que isto.

O Alfa Romeo o carrega pela cidade. Estranhamente como se fosse parte dele. Uma força. O motor quase silencioso.

*Foda-se a polícia.*

Ele para no Oficina Mecânica. Vazio. Os *rapazes* — seus (ex) colegas — ainda estão no pub em Stockbridge. Ele pede um Macallan duplo, bebe de um gole só, pede outro e vai até o banheiro, onde cheira uma carreira. Pega uma caneta no bolso. Escreve na parede:

ACAB
LENNY
BAR-OX
HMFC

Ri feito um louco da própria obra.

Vamos ver se os cuzões decifram isso!

Ele já ingeriu sua coragem líquida; vai até o local do pavor. Atravessa o monótono conjunto de apartamentos sob uma garoa soturna. Lá está ele, escuro, ameaçador, absurdo. Um arrepio na pele, que vira um espasmo descendo por suas costas. Ele imagina o que aquilo pode parecer para uma criança que mora nessas casas, um portal para um mundo mais sombrio e misterioso.

Agora o túnel está bloqueado. Os balizadores e a grade, evidentes na última visita abortada, foram usados para criar um cordão ao longo do túnel. Do outro lado da barreira, um andaime perfura a escuridão. Ele inspeciona hesitante a abertura lacrada, tentando descobrir por onde entrar. Uma porta na grade; fechada com cadeado. Mas entre a ponta da barricada e a parede do túnel, um espaço onde o poste da cerca está enfiado numa base de concreto. Ele pode deslizar pela fenda; não é fácil, mas é possível.

Mesmo assim, ele hesita.

O coração dispara. Há pressão nos ouvidos. O oxigênio nos pulmões fica raro. Ele volta o olhar para os apartamentos. Totalmente silenciosos. Só um carro estacionado na frente deles.

Ele pensa em Fraser.

Entra. Enquanto se espreme pela fenda, ele sente o nariz e os testículos contraídos e pensa em Gulliver e Erskine quando esses órgãos encostam na cerca.

Está escuro lá dentro; as luzes do túnel estão apagadas. A única opção é entrar naquele buraco negro. Depois de alguns passos, as várias sombras que ele distingue se fundem formando uma única massa disforme. O ar é rarefeito. O coração dispara e a pele se arrepia. Ele não vê nada à frente. Sente que vai tropeçar. Olha para trás ao mesmo tempo que seu impulso o faz dar outro passo à frente, forçando-o a testemunhar a luz fraca atrás de si virar breu. É possível enxergar a escuridão total?

Lennox sente que o túnel e as trevas o engoliram. Parte dele quer correr, voltar, chamar ajuda, tentar entrar pelo outro lado, pelo parque. Mas não. Ele precisa estar aqui. E não só por Fraser.

Ele segue na direção do abismo. Pega o celular no bolso. Liga a lanterna. As pernas tremem.

*Lute contra isso. Monstros não existem. Você não é um garotinho.* Lennox tira a jaqueta Hugo Boss, optando pela mobilidade do lutador de kickboxing. Enquanto ele joga a jaqueta na escuridão, o som de alguém correndo e uma voz ressoando abruptamente atrás dele:

— Você não gosta de túneis, não é mesmo? Lennox dá meia-volta. Nada além do preto. A voz parece estar vindo da direita. Ele grita:

— ONDE ELE ESTÁ?

— Coisas ruins acontecem com garotinhos que entram em túneis. Você sabe disso, Ray Lennox.

— Cadê meu sobrinho, seu filho da puta?

A resposta é um breve lampejo de metal na reles luz do celular de Lennox, que depois se choca contra seu rosto, levando seu pescoço para trás.

Ele levanta a mão quando o metal vai na sua direção novamente, mas não consegue desviar e sente a pancada no queixo enquanto seu iPhone sai voando. Ele consegue se defender do terceiro golpe, mas é o pior de todos, deixando seu braço dormente, caído inutilmente a seu lado. Uma dor lancinante toma conta dele, e Lennox não pode fazer nada, o conteúdo do seu estômago saindo dele numa explosão e enchendo o ar abafado. Ironicamente, isso perturba um pouco seu agressor, que solta um palavrão, e Ray sente que ele deu um passo para trás para desviar do vômito. Ele corre para a frente e outro golpe atinge o detetive, que sente o chão se levantando para encontrá-lo na escuridão. Então há algo pesado em cima dele, segurando-o contra o solo. À luz do celular derrubado, tudo o que ele consegue ver do vulto sentado em cima dele são dentes brancos e uma enorme mão de bronze, pronta para atacar.

Acabou. É o fim dele. A dor vai terminar onde tudo começou: em outro túnel escuro nesta cidade ancestral.

Então, para sua surpresa, o homem hesita. Ele parece estar se sacudindo para lá e para cá, os músculos se contraindo conforme ele cai sobre Lennox e o segura firme. Dois olhos enormes surgem em meio à escuridão, e Ray Lennox é levado de volta ao momento em que tinha dez anos no túnel, quando evitou para si o destino de Les Brodie, que agora parece prestes a viver como adulto, fraco demais para lutar contra esse estuprador, os dois homens presos numa dança de São Vito bizarra. Mas há algo errado com o homem em cima dele, é como se uma corrente invasiva queimasse seu corpo, fazendo com que ele se contorça. Ele agarra Lennox com mais força, a mão de metal enfiada nas costas dele, e depois relaxa, pois seus nervos foram fritos, e todo o peso do oponente afunda sobre Ray Lennox.

Lennox sente um braço pegando no seu, puxando seu corpo apavorado para longe do homem abatido. Ele olha para cima e vê Brian Harkness, iluminado pela lanterna do celular, puxando-o para a liberdade antes de atingir o corpo aturdido com outra rajada da arma de choque que opera com o braço livre.

— Vi você saindo do pub... não gostei da sua linguagem corporal, então segui você até aqui...

— Brian... obrigado... — É tudo que Lennox consegue dizer, vendo os fios da arma brilhando como teias de aranha sob a luz do celular, que ele recolhe do chão. Harkness, ciente da mão de cobre, algema a figura desacordada acima dos cotovelos.

Eles encontram Fraser quase imediatamente, sobre algo que parece um colchão manchado de urina. Preso com amarras de plástico e quase sufocando com uma mordaça, seu braço está preso a uma bancada de madeira. Lennox segue a luz da lanterna e vê... um coto.

PUTA MERDA, NÃO...

A mão do menino sumiu.

Mas não, era uma ilusão, e quando Lennox, de olhos esbugalhados, coloca a lanterna mais perto, vê que sua jaqueta aterrissou sobre o banco, cobrindo a mão de Fraser. Ele tira o casaco e localiza a mão intacta. O garoto tem lesões sérias num dos lados do rosto. Quando Lennox tira a mordaça e Harkness corta as amarras, Fraser diz, ofegante:

— Eu não contei nada pra ele, tio Ray...

Harkness capta o significado do olhar de Lennox e vai até o abatido Rawat, deixando que Lennox sussurre:

— Você está bem?

— Sim. Ele não conseguiu. — Fraser baixa a voz para que Brian Harkness não escute. — Sabe, o que ele queria. Está na casinha do Condor. Ele virou o chalé de cabeça pra baixo, mas não procurou no canil. Eu disse que você tinha trancado na gaveta, no QG da polícia.

— Ele não viu... *Eu não vi* — Lennox ofega, incrédulo. *Como você durou tanto tempo como detetive... E como esse cuzão durou tanto tempo como jornalista?*

— Ouvi ele entrando pela porta da frente, daí corri pra parte detrás e coloquei no canil, debaixo do cobertor. Aí voltei pela frente pra confrontar ele, mas ele tem uma mão de metal e é um cara bem grande — Fraser diz com aquele tom de aluno de escola particular.

— Fiz o meu melhor, mas ele era muito forte.

— Você é um pivete corajoso pra caralho. — Ele segura Fraser pelos ombros e o olha nos olhos. — Não importa do que você quer ser chamado, você é uma pessoa incrível. É isso que sempre vou pensar de você, é isso que você é. — Ele abraça o sobrinho. — Aposto que você durou mais que eu contra ele.

De repente, uma voz familiar estronda nas trevas:

— AGORA PODE DEIXAR COM A GENTE, PORRA!

Uma lanterna e a cabeçona quadrada de Billy Lake aparece. Lennox sente um medo paralisante se insinuar e para na frente de Fraser. Harkness se levanta e mostra o distintivo.

Então Hollis aparece por trás de Lake, também carregando uma lanterna. Nos olhos dele, Lennox vê uma mistura de perdão e penitência. Agora ele está realmente preocupado.

Billy Lake parecia existir num estado permanente de raiva anabolizante. Agora ele atingiu um novo pico. Lennox se pergunta por quanto tempo Lake conseguirá viver nessa intensidade antes de se matar estourando uma veia ou artéria. Mesmo sob a luz fraca, parece que arrancaram algumas camadas da pele dele, e seus olhos brilham como insanos faróis de Hades. Só a voz dele é incongruentemente calma, enquanto ele olha para Rawat.

— Ele é meu.

Lennox olha para ele e depois para Hollis, que explica:
— Eu te rastreei pelo telefone, Ray.

Fora da sua visão periférica, a cartilagem no pescoço de Brian Harkness balança. O detetive da divisão de Crimes Graves mostra o distintivo.

— Polícia...

Ray Lennox só sabe de uma coisa: ele precisa tirar Fraser dali. Não importa o que aconteça daqui para frente, ele não quer que ele, nem Harkness, se envolvam ainda mais nisso.

— Não, Brian — Lennox diz sem olhar para o policial —, eu cuido disso. Leva o Fraser de volta pra família dele, agora. — Ele se vira para encarar Harkness. — Pode fazer isso por mim?

O pomo de Adão de Harkness parece ter crescido a ponto de sufocar seu dono até a morte.

— Tem certeza, Ray?
— Tenho. Vai logo.

Harkness hesita só por alguns segundos, olha para Lake, ensandecido, e depois para Hollis, igualmente transtornado, que exibe um distintivo da Polícia Metropolitana e diz:

— Como ele já disse, deixa com a gente, filho. Bom trabalho.

Lennox força um sorriso inofensivo para Brian Harkness, que balança a cabeça bruscamente para Fraser, agradecido, e sai do túnel acompanhando o garoto.

— E o que acontece agora, meus chapas? — Lennox pergunta para Hollis e Lake, uma tranquilidade esquisita tomando conta dele.

Lake aponta um dedo grosso para o biógrafo estatelado no chão.

— Esse filho da puta me irritou. Ele vai pagar por isso. Nenhum juiz pedófilo vai mexer os pauzinhos para ele não ir pra cadeia!

Enquanto Lennox pensa, Hollis chega perto e diz apressado:

— É uma merda, Ray, mas o Billy está certo; se a gente entregar ele pra polícia, ele nunca vai ser julgado. O filho da puta tem muita coisa pra contar sobre esses playboys pedófilos.

— Esses playboys precisam ser jogados aos leões.

— É verdade. — Vikram Rawat olha para eles desafiador, deitado no cascalho frio e sujo.

— CALA A BOCA, PORRA. — Lake o silencia com um chute na cara.

Lennox pensa no laptop de Sally. *Sua vida está nos arquivos de Sally.* Rawat é um dos dois filhos da puta que manipularam você e queriam você morto. Mas será que dá pra deixar ele com esses outros lunáticos aqui?

— O que acontece se eu deixar vocês dois levarem ele?

O rosto de Lake se contorce.

— Só pra esclarecer, não tem isso de "deixar", filho.

— Mas, para você entender — Hollis se intromete —, eu tiro todas as informações dele na base da porrada, e depois faço minha guerra contra esses cuzões; por bem ou por mal. — Ele aponta para Vikram com a cabeça. — Por mim tanto faz. Depois eu dou ele pro Bill e ele vira comida de peixe... Tirando essa mão de bronze.

— A gente pode fazer isso juntos — Rawat diz desesperadamente, apelando para Lennox. — Tudo que você precisa está nos arquivos da Sally. Ele está com o laptop dela! Ele tem as informações. Diz pra eles!

Hollis e Lake olham para ele, olhares protuberantes de incredulidade.

— Quem me dera — Lennox diz baixinho. — Mas eu acho que esse aqui — ele olha para Vikram — sabe onde o computador está. Vou dar o fora daqui e deixar vocês fazerem o que tiverem que fazer.

Ray Lennox se vira e sai do túnel, sozinho, andando na direção da luz, deixando um abusador apavorado lá dentro, à mercê de outros dois. Os gritos não duram muito, ecoando brevemente na estrutura curvada. Essa dança vai continuar em outro lugar.

Conforme ele passa espremido pela barricada, desta vez mais facilmente, mensagens, bloqueadas pelo túnel, surgem em seu celular.

Uma é de Jackie:

> Quando ele volta pra casa, Ray?

É um alívio responder:

> Ele está indo com meu colega, Brian. Chega a qualquer momento. Em 20 minutos estou aí. Pra mim, um Macallan generoso.

Um vento gelado sopra uma neve suja no rosto dele, mas Lennox assobia ao andar pela rua. Coloca as mãos nos bolsos. Ele precisa de uma bebida, e espera que Jackie tenha acendido a lareira da sala. Ele pensa muito brevemente no biógrafo e no último capítulo que Hollis e Lake, policial e vilão intercambiáveis, estão escrevendo em nome dele. Ele fica espantado pela própria falta de interesse no assunto. Talvez Toal estivesse certo; talvez você chegue num ponto em que não consegue mais pensar em merda nenhuma.

49

Ray Lennox observa a irmã abraçar o filho no sofá como uma planta carnívora agradecida envolve uma mosca, até Fraser protestar e dizer que precisa subir e trocar de roupa. A gratidão de Jackie e de Angus, o cunhado normalmente estoico, faz Lennox se sentir humilde e irritado ao mesmo tempo. Até Condor, o labrador, parece feliz com ele, correndo pra cima de Lennox e depois deitando nos pés dele para fazer contato com suas canelas. Mas isso também é opressivo, algo que não oferece um refúgio emocional. Além disso, ele tem algo a fazer. Basta um copo grande de Macallan e Ray Lennox se sente impelido a acordar o cachorro preguiçoso e sair noite adentro.

Ele dirige até o chalé em meio à escuridão, para reaver o laptop. No caminho, uma mensagem de Fraser:

> HHGH1902

O dispositivo está no canil, debaixo do cobertor cheio de pelos de cachorro. Ele ri alto ao tirar o laptop dali. Isso novamente mostra como Lennox, o detetive, e Rawat, o jornalista investigativo, são ambos prisioneiros da era digital: incapazes de detectar ou investigar o item físico diante deles.

*Estamos nos perdendo.*

Entre múltiplos arquivos, o primeiro interesse de Lennox é o dele próprio. Depois ele olha os nomes dos outros clientes de Sally. Entre eles há alguns notáveis locais dos negócios e da política, colegas da polícia, e especialmente Amanda Drummond. Mas o conjunto que mais o intriga são os vídeos de Sally Hart contando para Vikram Rawat sobre os ataques a Piggot-Wilkins, Gulliver e Erskine, e seus planos para pessoas tão diversas quanto Gillman, Lake, o Confeiteiro, parlamentares, ministros de Estado e três ex-primeiros-ministros.

Lennox não perde tempo no chalé. Na volta para casa, para no acostamento e digita a senha: HHGH1902. Começa a fazer o download dos arquivos de Sally num pen-drive.

Foi a decisão certa, já que logo após chegar em casa ele escuta a inevitável batidinha na porta. Colocando o pen-drive no bolso, ele deixa Atarracado e Magrelo entrarem, os homens da Corregedoria. Oferece café a eles.

O investigador gorducho faz que não com a cabeça animalesca, e com aquelas sílabas precisas e cortadas que Lennox já classifica como *besteira policial genérica*, declara:

— Precisamos que você entregue o laptop.

No mesmo instante, o celular de Lennox toca, a tela indicando Toal.

Atarracado diz para ele atender.

Lennox gruda o aparelho na orelha.

— Coopere, Ray — Toal avisa. — Essa questão é muito pesada. Faça exatamente o que eles disserem e depois venha me ver na minha casa.

Lennox desliga e olha para os investigadores.

— O que eu ganho em troca?

— Não ir pra cadeia — diz o Magrelo.

— Vocês vão ter que me oferecer mais do que isso.

Os policiais ficam em silêncio, mas não pegam as algemas, o que Lennox interpreta como sinal de que ainda há margem para negociação, mesmo que limitada.

— Podem colocar esse lugar de cabeça pra baixo, mas não vão encontrar nada aqui. — Ele balança a cabeça lentamente. — Como cliente da Sally Hart, quero apagar meus próprios arquivos antes da entrega. E os da Chefe da Polícia Amanda Drummond também.

— Aceitável — Atarracado diz após uma longa pausa. — Não estamos interessados neles, e você está protegido pela Lei de Proteção de Dados...

— Que mentirada. A não ser que eu seja um multimilionário ou que tenha estudado na Eton, eu não estou protegido por merda nenhuma, então nem tente me enrolar. E vocês são da Corregedoria. Estão interessados em tudo. Saiam e voltem em vinte minutos.

Os policiais hesitam, olhando um para o outro. Então Atarracado faz um aceno de cabeça curto e eles partem. Lennox pega uma bolsa e espera vários minutos antes de sair, indo para o pub da vizinhança, sabendo que os policiais estarão na sua cola.

O lugar está vazio, a não ser por uns bêbados profissionais. Lennox pede uma Guinness.

— Não tem Guinness — Jake Spiers, o proprietário banguela, o informa alegremente.

— Murphy, então. — Lennox aponta para a fonte.

— Também não tem. — Spiers puxa um copo fantasma para ilustrar. Os dentes dele parecem uma série de prédios abandonados.

— Uma Stella, então. — Lennox se pergunta até onde vai esse jogo.

Spiers parece irritado e serve a bebida de um jeito grosseiro.

Pegando o copo preguiçosamente, Lennox curte a cerveja sem pressa, colocando o álcool anterior para circular novamente no seu organismo. Ele levanta o copo para Spiers num brinde jocoso, e o proprietário o fuzila brevemente com o olhar com uma malícia calculada. Ao voltar pra casa, Lennox tira o dispositivo do esconderijo original: na parede do banheiro, entre os canos. Colocando o laptop na mesa, ele apaga seus arquivos e os de Amanda.

Os dois homens da Corregedoria retornam, e Lennox entrega a bolsa em que colocou o computador.

*Aquele filho da puta do Jake Spiers logo será investigado no próprio pub nojento. Ótimo.*

Eles tiram o computador da bolsa e o colocam num saco plástico. Então, com a boca fechada, mas deixando transparecer um sorriso no olhar, Atarracado diz:

— Espero que você não tenha copiado nenhum arquivo.

— Jamais — Lennox diz, sentindo o calor do pen-drive no bolso da calça jeans. — Eu posso ser burro pra caralho, mas um policial na prisão? Não é o que eu almejo, obrigado.

Essa resposta parece satisfazer os dois. Assim que eles saem, ele pega um táxi para a casa de Bob Toal, em Barnton. O chefe lhe dá as boas-vindas. Os dois se sentam na opulência silenciosa da sala. Lennox fica chocado com a decoração extraída de galerias de arte pós-modernistas; paredes brancas exibindo gravuras conceituais abstratas, esculturas com peças de bronze, iluminação indireta de bom gosto, uma enorme lareira aberta e janelas do piso até o teto com vista para um pátio e um jardim. Nunca Lennox imaginaria Toal num ambiente assim. De maneira estranhamente congruente com o ambiente, seu chefe parece bem mais novo usando uma camisa de botão e calça jeans reta. Margaret, a esposa, com cabelos loiros-grisalhos na altura do ombro, elegantemente platinados por uma tintura estratégica, também é uma versão mais jovial da variedade formal e cafona presente em eventos oficiais. Mais uma vez, Lennox percebe que foi mal escalado para esse papel de detetive. Dá um gole no uísque fornecido por Toal. Não é um Macallan, mas é aceitável.

— Então eles saíram ilesos, os pedófilos do sistema, como sempre? O tipo de vingança da Sally é o único que realmente coloca medo neles?

— Vai saber, Ray. — Toal olha fixamente para ele. — Quantas noites sem dormir eles têm que aguentar, os homens que realizaram esses atos? Os pecados assombram a gente quando a velhice chega. A alegria da vida se esvai à medida que a gente desacelera, quando a única coisa que resta para fazer é remoer nossas transgressões. Talvez, para homens assim, isso seja o purgatório. Talvez seja até a retribuição divina — Toal pensa, olhando para Lennox e depois dizendo com um tom brincalhão e sarcástico:

— E sabe-se lá quantas outras cópias desse arquivo existem por aí?

Lennox sorri, sabendo que isso não importa mais. A realidade é que, no nosso paradigma pós-democrático que venera o poder, toda oposição é inútil. Um primeiro-ministro do partido conservador pode ser filmado enfiando até as bolas num órfão aos berros, e as massas derrotadas provavelmente aplaudiriam. Poder e privilégio são intocáveis. Ou nos sentimos intimidados por eles ou, pior, defendemos aqueles que os detêm com um rosnado truculento. Os filhos dos cidadãos são, para o um por cento e seus subordinados, meros espólios da vitória na luta de classes. Desde que ganharam aquela batalha em Orgreave, eles fortaleceram seu comando, consolidando o poder. Nenhum jornal ou canal de TV fará reportagens sobre esses arquivos, e quando eles aparecerem em algum sitezinho radical, serão ignorados ou despreocupadamente dispensados como fake news.

Lennox passa a maior parte da madrugada bebendo uísque puro malte com Bob Toal, dois homens que mal tomaram um gole de café juntos durante todos os anos em que trabalharam lado a lado.

— O mundo está mudando, Ray — Toal afirma. — Fugindo da gente. Nosso tempo acabou. Tipos como você, eu e Dougie Gillman, por diferentes razões, não vão se adaptar. Seja nas ruas ou nos bastidores com os agentes do poder, a política e as regras mudaram e a gente simplesmente não entende nada. E você sabe disso. — Toal olha para ele com uma repentina presunção. — Eu acho que fiz as pazes com isso. No fim das contas, a questão não é minha carreira ou meu legado pessoal. Estamos nesse jogo para encontrar as crianças que foram roubadas por monstros. Depois a gente prende esses monstros. Fim. Somos policiais, Ray.

— Não, chefe, eu discordo — Lennox diz com emoção enquanto Toal se levanta para encher novamente seu copo de cristal. — Os imbecis que lidam com faróis quebrados e furtos em lojas são policiais. Eles são servidores do Estado. Nós, da divisão de Crimes Graves, servimos às pessoas. Servimos ao bem comum. Estamos do lado da vingança. — Ele vê um rápido lampejo nos olhos do chefe, o tipo de empolgação que indica que Toal já foi como ele, um espírito vingativo condenado, antes de salvar a si mesmo mergulhando na realpolitik. — Nosso trabalho é um dos poucos que valem a pena. Só que eu não consigo mais trabalhar, porque os pedófilos estão nos corredores do poder e esses filhos da puta são intocáveis. A gente só prende os caminhoneiros de Hull.

— Essa sua cruzada infinita, Ray... — Toal sorri. — Não sei o que você vai fazer fora da polícia!

*Viajar um pouquinho. Ir a uns festivais. Talvez uma ou duas raves. E, é claro: algumas trepadas.*

— E você? O que você vai fazer?

— Meu jardim, Ray. — As sobrancelhas felpudas de Toal, elas mesmo precisando de uma poda, se arqueiam. — Nossa, eu ria dos velhos que se aposentavam para cuidar do jardim. Agora eu gostaria de ter chegado muito mais cedo a esse lugar de tranquilidade onde é possível curtir isso. Mas eu não tenho como te explicar isso — ele ri —, você ainda é novo demais pra entender essas coisas.

Olhando para o jovem Toal, desprovido das roupas de trabalho, Lennox parece incerto.

— Uma coisa importante. — Toal contempla uma foto de Margaret, que já tinha ido para a cama havia horas, na lareira. — Encontre uma mulher. Sei que vai ser difícil por um tempo depois da Trudi, mas não desista disso. Encontre uma parceira de vida. Alguém que ajude você a se tornar a melhor versão de si mesmo.

Esse é o último comentário profundo em uma noite que se dissolve numa amnésia alcoólica muito mais amigável do que o costume. Depois de embriagadamente abraçar seu ex-chefe na porta e soltar uma piada:

— Melhor manter seus inimigos por perto... Eu acho.

Lennox pega um táxi de volta para casa. Pensa que Toal não é tão mau assim: um sujeito diferente, longe do trabalho. Se a parceira de vida de Toal fez dele a melhor versão de si mesmo, é evidente que seu emprego planejou fazer exatamente o contrário. Agora, como ele, Toal ainda tem algumas coisas para consertar.

*Talvez essa seja nossa sina. De nada, Amanda.*

EPÍLOGO

No dia seguinte, Ray Lennox se vê na frente da Penitenciária Saughton, frágil sob o sol fraco de uma manhã gelada e tempestuosa. Ele teve que ser muito persuasivo para que Jayne Melville concedesse *só mais uma* visita. Lennox disse que sairia da polícia oficialmente no mês seguinte. Seria a última chance de arrancar mais nomes de meninas desaparecidas do Confeiteiro. Ele não precisou dizer *incluindo a Rebecca*; isso sempre esteve implícito. Tudo que ela diz para ele no estacionamento é:

— Sem violência à lá Gillman, Ray.

— É claro que não — Lennox diz —, não sou desse tipo.

Ele olha para o prédio austero e se pergunta quando voltará a visitar aquele lugar. Tomara que nunca, mas talvez como detento, se tudo der errado.

Quando ele chega à cela, o Confeiteiro está lendo uma edição da *National Geographic*. Ele larga a revista.

— Lennox...

— Vou sentir saudades das nossas conversas — Ray Lennox diz, absorvendo o olhar confuso do Confeiteiro —, e preciso dizer, estou bem chateado por ter sido usurpado pelo seu biógrafo. Enfim, não é mais problema meu.

— Por quê?

— Estou de licença, pedi demissão — Lennox fala alegremente.

— Cansei da polícia. E talvez você precise de um novo biógrafo. Não lidei muito bem com a ideia de ser trocado.

O Confeiteiro parece preocupado: algo na voz e no olhar do seu velho adversário. O prisioneiro está prestes a falar quando a cabeça de Ray Lennox esmaga a cara dele. Ele não atinge o nariz do Confeiteiro; Lennox sente os dentes da frente se curvando para dentro quando eles roçam a testa dele e o sangue dos dois homens se mistura. Depois Lennox está em cima dele, batendo sua cabeça contra o chão, uma agressão brutal, mas silenciosa e econômica. Ele só para quando percebe que, através dos chiados apavorados e sem fôlego, o Confeiteiro está dizendo os nomes e os locais que ele sabe serem essenciais para que sua vida seja salva. Voltando para a realidade, Lennox cessa a pancadaria. Se levanta, frígido, sem pulsação, observando o Confeiteiro deslizar no chão frio da cela como uma enguia na bandeja de alumínio de um pescador. Pegando o iPhone, ele começa a gravar para registrar o mantra miserável do assassino de crianças.

Convencido de que tem tudo de que precisa, Lennox olha para o surrado Confeiteiro, que tem a audácia de devolver o olhar com uma rebeldia que supera o medo.

— Não lamente a perda do seu biógrafo — ele fala para o funcionário público pedófilo. — Ele te fez de trouxa, seu filho da puta imbecil. Pode continuar indo atrás de crianças, você não foi feito pro mundo adulto. — A bota dele arrebenta a cara do Confeiteiro com tanta força que dois dentes saem voando em outra explosão de sangue.

Depois ele sai da cela, esfregando as mãos esfoladas, acenando para Ronnie McArthur que olha para dentro e comenta:

— Parece que o cretino levou um tombo.

— Culpa e vergonha, Ronnie — Lennox diz. — Esse sentimentos realmente são demais para certas pessoas. Fazem você perder o equilíbrio.

Ele sai da prisão, vai até o estacionamento. Jayne Melville está esperando. Ronnie contou, em uma mensagem muito alegre, o que aconteceu na cela. Mas ela não recebeu essa notícia com o mesmo prazer sentido pelo carcereiro em vias de se aposentar.

— Você realmente acha que é melhor que gente como o Gillman?

— Sim — Lennox diz enfaticamente, apesar de se sentir culpado por ter mentido para ela.

Jayne não está nem de longe convencida.

— Por favor, me diz como você chegou a essa merda de conclusão.

— Porque eu estou sempre pensando que eu talvez não seja. Isso é tudo que me resta. Não tire isso de mim. — Lennox implora, passando a mão pela cabeça. — Fiquei sabendo de mais uns nomes... Desculpa, a Rebecca não é um deles.

Jayne olha para ele por um instante. Assente. E então ela se vira e vai embora.

Ele entra no Alfa Romeo e vai até os dois locais para encontrar os cadernos do Confeiteiro. O primeiro fica nos penhascos de Coldingham, perto de onde encontraram o corpo de Britney Hamil. Ele tem que molhar até as canelas para entrar em uma enseada deserta, onde encontra um caderno amarelo enfiado dentro de um saco plástico, escondido atrás de uma pedra. O segundo local fica em um cemitério antigo, acessado através da rede de trilhos abandonada no norte de Edimburgo. Em um toque típico do Confeiteiro, o caderno está escondido embaixo de uma lápide caída com o nome:

GREGOR ANDREW LENNOX
1922-1978

Até onde Lennox sabe, não há nenhum parentesco. Demora muito até ele conseguir tirar a pedra dali e colocar a mão no espaço apertado para soltar o saco plástico.

Com essa recompensa deprimente depois de quinze anos de trabalho, Ray Lennox vai ao correio de Canonmills.

Ele fica na fila observando pessoas idosas, pré-digitais, como McCorkel diz, recolhendo suas pensões. Os dois cadernos de páginas amarelas nas mãos. Ele está se livrando deles. Ele manda um para Amanda Drummond e outro para Dougie Gillman. Depois, no celular, envia um e-mail para ambos:

Para: ADrummond@policescot.co.uk; DGillman@policescot.co.uk
De: RLennox@policescot.co.uk
Assunto: Chocolate

Tem um presentinho que vai chegar para vocês. Um pra cada um. Juntando os dois, um grande mistério irá se revelar. Cada um de vocês poderá descobrir algo gigante. Isso deixará vocês famosos. Mas vão precisar trabalhar juntos para contar a mesma história.

Isso pode ser o começo de uma linda amizade. Joguem limpo, vocês dois.

Com muito amor,
Raymond

*Você acabou de impedir que a Drummond demita o Gillman. É claro que aquele idiota nunca vai te agradecer.*
Lá fora, sentindo-se realizado, ele se olha numa vitrine, observando a barba áspera no rosto. Ele não tem mais lâminas de barbear, mas, da última vez que saiu para comprar uma, voltou pra casa com um fardo de Stellas e um garrafinha de Smirnoff.
Atrás dele, o barulho incessante de uma buzina.
*Como são irritantes esses filhos da puta...*
Pior, é alguém em uma BMW estacionada. Lennox não sabe o que fazer: a pessoa parece estar buzinando para ele. Não tem mais ninguém na rua. Então o motorista acaba com a agonia dele saindo do carro.
George Marsden coloca os óculos de lentes fotossensíveis.
— É claro que você sabe que precisa escutar um amigo de vez em quando. Entra no carro.
— Aonde a gente vai?
— Pro litoral sul.
Lennox sorri, protege os olhos contra o sol fraco de outono.
— É sério — George diz. — Venha dar uma olhada. Se você gostar, trabalhe comigo. Ou você pode ficar aqui e beber até morrer.

— O que faz você pensar que não vou beber até morrer lá no sul?

— Ah, você com certeza vai. — George sorri maliciosamente, abrindo a porta dianteira do passageiro. — Mas, com sorte, você vai fazer isso um pouquinho mais devagar!

Ray Lennox joga a cabeça para trás e ri. Talvez seja legal pegar leve nas tendências suicidas.

Ele entra no carro.

FIM

FIM

# AGRADECIMENTOS

Agradeço a:

Graham Bell, Emma Currie, Katherine Fry, Emer Martin, Afshin Partovi e Michal Shavit, especificamente — contribuições e inspirações imensas vindas deles. A todos em Edimburgo, Londres, Miami, Chicago e Barcelona principalmente, mas, no geral, a todos meus amigos e leitores no mundo todo que me deixaram de cabeça erguida e com um sorriso no rosto mesmo com toda a merda dos últimos anos.

Impressão e Acabamento:
EDITORA JPA LTDA.